A E
& I

Milena o el fémur más bello del mundo

Autores Españoles e Iberoamericanos

Jorge Zepeda Patterson

Milena o el fémur
más bello del mundo

Obra editada en colaboración con Editorial Planeta – España

© 2014, Jorge Zepeda Patterson
© 2014, Editorial Planeta, S.A. - Barcelona, España

Derechos reservados

© 2014, Editorial Planeta Mexicana, S.A. de C.V.
Bajo el sello editorial PLANETA M.R.
Avenida Presidente Masarik núm. 111, 2o. piso
Colonia Chapultepec Morales
C.P. 11570, México, D.F.
www.editorialplaneta.com.mx

Primera edición impresa en España: noviembre de 2014
ISBN: 978-84-08-13405-3

Primera edición impresa en México: noviembre de 2014
ISBN: 978-607-07-2482-4

Impreso en los talleres de Litográfica Ingramex, S.A. de C.V.
Centeno núm. 162, colonia Granjas Esmeralda, México, D.F.
Impreso en México - *Printed in Mexico*

Para Alma Delia

1

Milena
Jueves 6 de noviembre de 2014, 9.30 p. m.

No era el primer hombre que moría en brazos de Milena, pero sí el primero que lo hacía por causas naturales. Aquellos a los que había asesinado no dejaron rastro ni remordimiento en su ánimo. Ahora, en cambio, la muerte de su amante la sumía en la desolación.

En asuntos del corazón, el sexo siempre había terminado por imponerse en la vida de Rosendo Franco. El día en que falleció no fue distinto. Bajo la exigencia del Viagra que lo inundaba, sus coronarias se vieron en la difícil disyuntiva de bombear la sangre exigida para sostener el violento ritmo con que penetraba a Milena o atender a otros órganos. Fieles a la historia de Rosendo, sus entrañas optaron por el sexo. El corazón se desgarró en bocanadas desatendidas aunque concedió al cerebro del viejo unos instantes adicionales para adivinar lo que sucedía.

Una imagen acudió a la mente del dueño del periódico *El Mundo*. La contracción del pecho proyectó la cadera hacia delante, profundizando la penetración. Se dijo que por fin iba a venirse, que iba a lograr eso que llevaba esquivándole los diez minutos de cabalgata febril sobre las blancas caderas de su amante. Rosendo siempre creyó que su último pensamiento sería para el diario al que había dedicado sueños y desvelos;

en años recientes, cada vez que pensaba en la muerte experimentaba un ramalazo de rabia y frustración al imaginarse la orfandad en que dejaría la gran obra de su vida. Y pese a ello, destinó los breves instantes de su agonía a exigirse una gota de semen para despedirse de su último amor.

Milena tardó unos segundos en percatarse de que los ruidos que emitía el hombre no eran de placer. No pudo hacer mayor cosa. Su amante la sujetaba por la cintura, envolviéndola con los brazos mientras estrellaba sus estertores agónicos contra su espalda enrojecida, como olas menguantes sobre una playa extensa. El viejo encajó la frente en la nuca de la mujer y la nariz en su cuello. Su respiración violenta agitó un rizo indisciplinado. Milena percibió de reojo el tenue vuelo de su cabello impulsado por el lánguido aliento del moribundo, luego el rizo quedó estático y la quietud reinó en el cuarto.

Se mantuvo inmóvil largo rato, salvo por las gruesas lágrimas que resbalaban por su rostro y morían en la almohada. Lloraba por él, pero sobre todo por ella misma. Se dijo que prefería suicidarse antes que regresar al infierno del que Rosendo la había rescatado. Peor aún, sabía que en esta ocasión la represalia sería despiadada. Se vio a sí misma tres años antes, desnuda frente a dos grandes perros dispuestos a destazarla.

No entendía por qué habían comenzado a amenazarla en las últimas semanas después de dejarla tranquila durante varios meses. Ahora, sin la protección del anciano, se convertiría en un saco de carne y huesos destinado a pudrirse en algún barranco, sin que importara el hecho de que los hombres pagaban mil doscientos dólares por el privilegio de macerar sus carnes. Imaginó el hallazgo de su cuerpo meses más tarde y el desconcierto de los forenses ante el fémur anormalmente largo de sus piernas kilométricas. La imagen la sacó del trance en que había caído y al fin la puso en movimiento. Se incorporó a medias para ver el rostro del muerto, limpió un rastro de saliva en su barbilla y lo cubrió con la sábana. Observó el blíster de Viagra sobre la mesita de noche y decidió ocultarlo en un último acto de lealtad hacia el orgulloso viejo.

Caminó al baño impulsada por los sentidos alertados, con la lucidez febril del sobreviviente. Su mente ocupada en el contenido de la maleta que tendría que llenar antes de tomar un avión, aunque solo le importara la libreta negra que escondía en el clóset de la habitación. No solo era su venganza última en contra de aquellos que la habían explotado, también una garantía de supervivencia por los secretos que guardaba.

Nunca llegó al aeropuerto, no se llamaba Milena ni era rusa como todos creían. Tampoco se percató de la gota de semen que cayó sobre la baldosa.

2

Los Azules
Viernes 7 de noviembre, 7 p. m.

Si hubiera podido incorporarse desde el fondo de su ataúd, Rosendo Franco habría estado más que satisfecho de su capacidad de convocatoria. La funeraria transfirió a otras sucursales los difuntos menos connotados para dedicar todas las salas de vela a albergar a las dos mil personas que acudieron al velatorio del dueño de *El Mundo*. Incluso el presidente del país, Alonso Prida, había permanecido veinte minutos en el recinto mortuorio y con él buena parte de su gabinete. Prida ya no tenía el porte majestuoso e imperial que ostentaba en su primer año de gobierno; demasiadas abolladuras inesperadas, pocas expectativas cumplidas en lo que se suponía iba a ser un espectacular regreso del PRI. Con todo, la presencia del mandatario mexicano electrizó el ambiente, y tras su partida la mayoría de los presentes se habían relajado y dedicado a beber.

Dos horas antes, a las cinco de la tarde, Cristóbal Murillo, secretario particular de Franco, decidió que el café no era una bebida que hiciera honor a la calidad de los visitantes que acudían a despedir a su patrón y exigió a la funeraria un servicio con copas de vino blanco y tinto de las mejores marcas. En el salón principal al que solo llegaban los VIP que él mismo seleccionaba, demandó que se distribuyeran champaña y viandas frías.

«En la muerte también hay códigos postales», se dijo Amelia al ver la funeraria parcelada en varios cotos entre los que el atuendo y hasta los rasgos étnicos contrastaban visiblemente. No era cercana a la familia de Rosendo Franco, a quien apenas había conocido, pero en su calidad de líder del principal partido de izquierda su presencia en el funeral resultaba imprescindible, al igual que la de toda la clase política. Amelia lamentó, de nuevo, la presencia de los tres escoltas que la acompañaban desde hacía dos años y que ahora hendían como un ariete los corrillos atiborrados de la funeraria para hacerle paso. En realidad la dirigente no habría necesitado ayuda para que los asistentes se hicieran a un lado; su melena rizada, sus ojos enmarcados por enormes pestañas y su tez aceitunada eran señas de identidad de una figura tan conocida como respetada en la escena pública del país, gracias a los largos años dedicados al activismo en defensa de niños y mujeres sometidos a abusos por hombres de poder. Una Madre Teresa de Calcuta con la belleza intimidante de una María Félix joven, había dicho algún agudo periodista en una ocasión.

Al cruzar los sucesivos salones, la dirigente se percató de que solo en el segundo, el de concurrencia más humilde, se oían llantos de duelo. Eran los trabajadores de las rotativas y las secretarias, quienes se lamentaban del desamparo en que los dejaba la muerte del empresario tantos años reverenciado.

En el resto de los salones que cruzó ahora también acompañada de un ujier, solo advirtió visitas de compromiso, actos de relaciones públicas e incluso ánimo de fiesta en algún corrillo alentado por los vinos y los chistes indefectibles en todo velatorio.

Al llegar a la sala principal, Amelia percibió dos ambientes que podían cortarse con cuchillo. Una treintena de familiares y amigos íntimos del difunto rodeaban el féretro como un comando dispuesto a sostener a sangre y fuego el último bastión frente a las hordas de políticos que llenaban el lugar; defendían el ataúd como si fuera la única bandera en la colina sitiada por el enemigo. Ocasionalmente un gobernador o un ministro se desprendía del resto de los funcionarios y acudía furtivo a dar un breve pésame a la viuda y a la hija, tras lo cual regresaba con sus colegas para despedirse y tomar el camino de salida.

Amelia tardó unos segundos en distinguir a Tomás, acodado bajo un amplio ventanal a un costado del recinto, como si quisiera mantenerse al margen de la imaginaria batalla que enfrentaba a las dos fuerzas. Como tantas veces en la vida, la sosegó la simple vista de la figura desaliñada, de pelo ensortijado y ojos acuosos, de su viejo amigo y ahora amante. Algo tenía la presencia de Tomás que apaciguaba su espíritu guerrero.

—Lograste cruzar los siete salones del purgatorio —dijo él al saludarla con un breve beso en los labios.

—A juzgar por los presentes, esto se parece más al infierno —respondió ella mientras pasaba una mirada por los asistentes que abarrotaban el sitio.

Los dos contemplaron durante un rato los corrillos de políticos y poco a poco sus miradas convergieron en Cristóbal Murillo, el único embajador que transitaba entre los dos grupos instalados en el salón. Iba y venía para atender a un secretario recién llegado o para hacer alguna consulta con la viuda del empresario. Pasaba de un bando a otro con la confianza de saberse útil en ambos. Era servil allá donde se requería e imperativo donde era posible serlo. Tomás, destacado articulista de *El Mundo*, nunca lo había visto tan rozagante y expansivo. Su corta estatura incluso daba la impresión de haberse alargado dos o tres centímetros en las últimas horas. Después de tres décadas de imitar a su jefe, actuaba como si fuera el legítimo heredero. Y ciertamente lo parecía; a fuerza de cirugías plásticas había logrado una buena imitación del rostro del dueño del diario. No era gratuito el apodo que le endilgaban a sus espaldas por su extraño parecido con el finado: el Déjà Vu.

Amelia fue la primera en expresar lo que ambos pensaban.

—Oye, y tú que estás adentro, ¿qué sabes? ¿Cómo quedará

el diario sin Franco? ¿No me irás a decir que ese payaso se hará cargo de la administración? —preguntó a Tomás.

Él se encogió de hombros y enarcó las cejas, pero instintivamente los dos miraron a Claudia, la única hija de Franco, quien rodeaba con un brazo a su madre, ambas al pie del ataúd. A la distancia, la auténtica heredera no parecía más afectada de lo que delataba la lividez de su semblante, resaltada por un elegante atuendo oscuro. Tomás pensó que la indomable cabellera roja de Claudia era infiel a cualquier vestimenta fúnebre. Aunque su hombro tocaba el de doña Edith, su mirada mortecina atrapada en los mosaicos del suelo revelaba que su mente se encontraba muy lejos. Él supuso que su examante se habría perdido en algún pasaje familiar de la infancia y creyó confirmarlo cuando ella salió del trance y sus ojos quedaron prendidos en la caja donde yacía su padre.

Un mesero con canapés de salami y jamón bloqueó la vista que ofrecía la familia Franco. Detrás del empleado apareció la figura de Jaime.

—Mala selección de bocadillos tratándose de un negocio de carnes frías —dijo el recién llegado mientras alzaba la vista hacia el techo.

Ninguno de los dos dio muestras de la reacción que les provocaba encontrarse con el viejo amigo de su infancia, pero a ambos les incomodó: aún no perdonaban el comportamiento de Jaime en el caso de Pamela Dosantos, una actriz cuyo asesinato salvaje había sacudido al país un año antes e involucrado a Tomás como periodista y a Jaime como especialista en temas de seguridad. Los tres amigos formaban parte de un cuarteto que había sido inseparable a lo largo de la infancia y la adolescencia conocido como los Azules, por el color de los cuadernos que el padre de Jaime traía de Francia. La crisis provocada por el asesinato de Pamela Dosantos, amante del secretario de Gobernación, había quedado resuelta con saldos variopintos: las amenazas en contra de Tomás habían sido conjuradas, Amelia y él habían iniciado una relación amorosa tres décadas después de los escarceos suspendidos durante la adolescencia, y Jaime había sido clave en la resolución del caso aunque con métodos que sus amigos encontraron reprobables.

Pese al tono desenfadado con el que los había abordado, Jaime tuvo que vencer la resistencia inicial que le provocaba acercarse a Tomás y Amelia. Durante la adolescencia y la vida universitaria los dos jóvenes habían rivalizado por el amor de su compañera, ambos con escaso éxito debido a la temprana atracción que los hombres maduros ejercieron en ella. Pero ahora, a los cuarenta y tres años de edad, la relación que había surgido entre el periodista y la líder removía en Jaime la antigua obsesión por su primer amor. Como otras veces en el pasado, se preguntó si su aversión al matrimonio o a una relación de pareja estable se relacionaba con la pasión desmedida con la que amó a Amelia en su juventud y a la terrible frustración que experimentó al verla en brazos de su padre veinte años atrás. Contemplarla hoy al lado de su antiguo compañero no era ningún consuelo. Por enésima vez hizo una comparación mental con Tomás, como en tantas ocasiones a lo largo de la vida: inventarió atributos físicos y éxitos profesionales y, de nuevo, encontró inexplicable que Amelia lo eligiera a él. De un lado, Jaime Lemus, exdirector de los organismos de inteligencia y dueño de la principal empresa en temas de seguridad en el país. Un hombre poderoso y seguro de sí mismo. Un cuerpo bronceado y de músculos largos y fibrosos, un rostro de facciones esculpidas con dureza pero armónicas. En conjunto, una figura deseada y atractiva. Su porte elegante y su 1.82 de estatura contrastaban con el cuerpo de Tomás, diez centímetros más bajo, que sin ser obeso proyectaba una imagen de blandura y afabilidad con su pelo entrecano, la sonrisa pronta y la mirada cálida. En suma, el rostro de un hombre en apariencia bueno. Una mezcla que solía inspirar en las mujeres una sensación de confianza e intimidad que Jaime envidiaba.

—¿A qué hora llegaste? —preguntó Tomás en tono neutro;

no quería ser grosero aunque tampoco pretendía recibir a Jaime con los brazos abiertos.

Amelia en cambio se envaró de inmediato, y estuvo a punto de dar media vuelta y dejarlo con la mano extendida. Al final prefirió ignorarlo aunque no se movió del sitio. El rechazo no pasó inadvertido a Jaime, quien tensó las mandíbulas e hizo un esfuerzo para sobreponerse.

—Hace un rato. Estaba entretenido escuchando algunas de las historias sobre Rosendo Franco que se cuentan en los corrillos. Era todo un personaje.

—¿Como cuáles? —inquirió Tomás inmediatamente interesado.

—Un amigo suyo se negaba a venderle unos terrenos a las orillas de la ciudad, donde Franco quería construir los nuevos talleres de impresión —contó Jaime—. Por más que le insistía al propietario, este se resistía en espera de una mejor oferta. Un día, Franco se enteró de que su amigo era fanático del horóscopo de *El Mundo*; lo primero que hacía por las mañanas era leer lo que le deparaba su signo. Enterado de su debilidad, llamó al responsable de la sección en su diario y le pasó el texto del signo de Sagitario para toda la siguiente semana. Luego invitó a su amigo a comer el viernes, día en que los astros ofrecían a todos los bendecidos por el Sol en Sagitario una oportunidad única en materia de bienes raíces. Ese día don Rosendo obtuvo los terrenos que codiciaba.

Tomás y Jaime rieron de buena gana, aunque de forma embozada en atención al lugar en que se encontraban. A su pesar, Amelia insinuó una sonrisa; la fuerza de la costumbre enhebrada durante tantos años compartidos comenzaba a imponerse sobre el resentimiento que le guardaba a su viejo amigo.

—Creo que yo me sé una mejor —dijo Tomás—. Hace dos o tres años la principal cadena de cines decidió suspender el anuncio de su programación en el periódico con el argumento de que la gente utilizaba Internet y el teléfono para enterarse del horario de las películas. El gasto en el diario les parecía superfluo. Franco no se inmutó, a pesar de que perdía un ingreso regular nada despreciable. Simplemente ordenó a la sección de espectáculos que publicara una página con la programación de las películas pero con un horario equivocado: en lugar de las siete de la noche, se decía que la proyección comenzaba a las ocho, por ejemplo. Las taquillas de los cines se convirtieron en fuente de reclamaciones: en cada función había cinco o seis personas indignadas por haber llegado una hora tarde. A la siguiente semana la cadena reanudó la publicación de los anuncios.

De nuevo los Azules festejaron la ocurrencia; no obstante, Jaime alegó que la anécdota del horóscopo era mejor. Tomás argumentó a favor de la suya y, como tantas veces en el pasado, acudieron a Amelia en busca de un veredicto.

Esta los contempló un momento y no pudo evitar que la invadiera la nostalgia; se vio a sí misma treinta años atrás, rodeada por sus amigos en una esquina del patio de la secundaria en la que los Azules constituían un coto privado, repudiado y a la vez envidiado por el resto de sus compañeros. Recordó a Jaime y su enjundiosa defensa de la práctica del karate, a la que tanto se aficionó en la adolescencia, y la respuesta falsamente desdeñosa de Tomás, quien solía cuestionar las actividades atléticas y privilegiar la lectura de libros, intimidado por su tardío desarrollo muscular.

Para fortuna de Amelia, el arribo del omnipresente Murillo le evitó pronunciarse. No solo no quería hacer de juez entre ambos, tampoco deseaba interactuar con Jaime, pese a tenerlo a un lado.

—¿Qué tal la concurrencia? Impresionante, ¿verdad? —dijo el secretario particular de Franco recorriendo con la vista el salón—. Y mañana la primera sección es de noventa y seis páginas por la cantidad de esquelas que llevamos —agregó con entusiasmo mientras se estiraba las mangas de la camisa para lucir mejor los gemelos con incrustaciones de diamante.

La mirada impávida de sus interlocutores le hizo notar que su comentario pecaba de entusiasmo.

—El patrón habría estado orgulloso —murmuró en voz baja con fingida humildad.

—Su patrón seguramente habría preferido estar hoy en las oficinas de su periódico y no en un ataúd —respondió Amelia sin ocultar su desprecio.

El hombrecillo la miró con furia un segundo, antes de que el gesto servil se instalara de nuevo en su semblante. Jaime lo observó con la cabeza ligeramente ladeada, como un antropólogo examina un extravagante ritual apenas descubierto en la etnia objeto de estudio.

Con ánimo de molestar a la líder perredista, conocida por sus causas a favor de las mujeres, Murillo les compartió una confidencia:

—Pues lo cierto es que murió como un rey, sobre el cuerpo de una damita bellísima y muy joven. ¡Ese era mi patrón! —dijo con orgullo y gesto desafiante, mirando a Amelia de soslayo.

Tomás observó a la sexagenaria esposa que lloraba al lado del ataúd y no resistió hacer la pregunta que Murillo deseaba escuchar:

—¿Muy joven? ¿Quién?

—Una rusa de colección a la que tenía como amante; le llevaba casi medio siglo pero la tenía feliz. Ya ven lo que decía el Tigre Azcárraga, cuarenta años mayor que su última esposa: «El poder descuenta diez años, el dinero otros diez y el verbo diez más», así que juraba que solo superaba por una década a Adriana Abascal. —El secretario particular lanzó una carcajada que nadie secundó.

—¿Tú la conocías? ¿Cómo sabes que murió en sus brazos? —indagó Jaime.

—Bueno, esa es la hipótesis que maneja la policía, luego de examinar el cuerpo. Y a la rubia la conocí cuando fue a ver el departamento la primera vez; yo fui quien lo rentó por instrucciones de don Rosendo. ¡Un monumento de mujer! —dijo

Murillo con un gesto de lascivia y de nuevo advirtió que la reacción de sus interlocutores no era la que esperaba.

—¿Cómo se llama? —preguntó Jaime.

—No sé, no me acuerdo —respondió el otro, que comenzaba a sentirse incómodo por el interrogatorio.

—¿Y estás seguro de que era rusa? —insistió Tomás. Más allá de la curiosidad de periodista de parte de uno, y de investigador policial de parte del otro, parecía que los dos amigos habían entrado de nuevo en una competencia para extraer del hombrecito la mayor información posible.

—Don Tomás, pregunta la señorita Claudia si puede usted pasar un momento con ella para comentarle algo —añadió Murillo, de pronto ansioso por retirarse de inmediato.

El periodista no pudo ocultar un gesto de satisfacción y sus ojos se desviaron de nuevo hacia la pelirroja, que seguía a un costado del féretro.

—Vamos todos de una vez para presentarle el pésame a la familia. Yo todavía tengo otro compromiso —dijo Amelia.

Tomás asintió con la cabeza aunque percibió un cosquilleo incómodo en la nuca. Amelia ignoraba el amorío que sostuvo con Claudia cinco años antes, y ahora que se habían convertido en pareja, él no tenía ningún deseo de que se enterara. La intuición de Amelia rozaba la brujería, o así le parecía al periodista.

Al caminar en dirección al féretro, los guardaespaldas se pusieron en movimiento apenas a dos metros de Amelia. Esta giró la cabeza por encima del hombro y con una mirada los conminó a permanecer en su sitio. Le parecía de mal gusto ofrecer condolencias flanqueada por individuos de tan fiero aspecto. Los tres Azules desfilaron ante la madre, la hija y otros parientes cercanos al fallecido barón de la prensa. Tomás percibió las profundas ojeras en el rostro de Claudia, síntoma evidente de la enorme responsabilidad que de golpe había caído sobre sus hombros. La madre nunca intervino en los negocios del marido y carecía de parientes con alguna habilidad empresarial. El único hermano vivo de Rosendo Franco era alcohólico, y los dos tíos de Claudia por el lado materno eran golfos profesionales. El único integrante de la familia Franco en quien podía confiar era su primo Andrés, el encumbrado tenista mexicano, pero hacía años que se había ausentado del país. El periodista se preguntó qué papel jugaría el marido de Claudia en todo esto; la distancia que había guardado durante el funeral sugería alguna tensión matrimonial. La idea lo alegró de una manera vaga, como un buen recuerdo al que no se le puede asir en un sitio o una fecha.

Tomás tomó la precaución de demorar el saludo a la viuda y abreviar el pésame a la hija, consciente como era de la presencia de Amelia. Con todo, la dirigente política se hallaba distraída. Siempre le incordiaba dar el pésame: no existían fórmulas que no le resultaran clichés. Suponía que ni para ella ni para la viuda resultaba placentero intercambiar frases repetidas docenas de veces a lo largo de la velada. Había algo de impostado en los velatorios que incomodaba a Amelia; consideraba que los vivos debían enterrar a sus muertos en la intimidad y hacer su duelo en el espacio privado y familiar en que habían convivido con el difunto. Las convenciones sociales obligaban a los dolientes a exhibir su sufrimiento en un aparador ante extraños que mostraban un pesar que no sentían. Se preguntaba cuántos de los sollozos que oía a su alrededor los causaba la reciente pérdida y cuántos en realidad se debían a la autoconmiseración que suele esparcirse en los velatorios. El cuerpo en el ataúd no era más que el detonante de lágrimas que le eran ajenas.

Amelia se despidió besando sus propios dedos y luego abriéndolos en dirección a los que dejaba en una especie de bendición masiva. Aún le esperaba una larga y delicada conversación con Andrés Manuel López Obrador, el líder histórico de la izquierda, separado del PRD desde meses antes; deseaba explorar con él algún tipo de frente común ante el gobierno. No sería fácil, el divisionismo de la izquierda parecía un condicionamiento congénito: «Toda organización integrada por tres trotskistas encierra cuatro fracciones», recordó ella con desesperanza. Con todo, se dijo que había que intentarlo.

Por su parte, Jaime recorrió el salón con la vista para ubicar a Cristóbal Murillo: la rusa había despertado su curiosidad y juzgó que, liberado de la presencia intimidante de Amelia, el locuaz asistente de Franco podría mostrarse más parlanchín. Todo enigma constituía para Jaime un reto irresistible, sobre todo en casos como este, que implicaba a un poderoso miembro de la élite del país.

Tomás se quedó al lado de Claudia en espera de que algunos políticos terminaran de presentar su adhesión a la familia. En los siguientes minutos presenció la manera contrastante en que hombres y mujeres ofrecían sus condolencias: aun cuando no hubiera familiaridad de por medio, las mujeres abrazaban a la viuda y la consolaban con una intimidad y una emoción nacida, suponía él, de la solidaridad femenina. Un atavismo tribal tan viejo como la historia de la humanidad: mujeres que confortan a mujeres, viudas a cargo de otras viudas. El acercamiento de los hombres, en cambio, adquiría todas las formas de una oferta de protección más fingida que real. «Lo que usted necesite, doña Edith»; «No se preocupe, don Rosendo tenía muchos amigos»; «Estaremos atentos a cualquier necesidad de la familia»; «Usted nomás diga»; frases que se disipaban en el aire más rápidamente que el caro aroma de sus lociones. Tan pronto se daba la vuelta, el supuesto protector revisaba a la concurrencia en busca de algún interlocutor propicio para sus negocios y quehaceres.

Por fin una interrupción en el desfile de dolientes permitió a Claudia conducir a Tomás hacia una pequeña oficina tras una puerta a pocos pasos del féretro. El periodista asumió que se trataba de un espacio reservado para permitir a los familiares de los difuntos recibir llamadas o descansar un rato, fuera de la vista del salón principal.

—No sabes cuánto lo siento... —comenzó a decir él cuando un dedo de ella sobre sus labios le impidió terminar la frase.

Claudia recostó la cabeza en el pecho de Tomás con los brazos exánimes a los costados, como una torre de Pisa en busca de una vertical olvidada. La abrazó con cautela, acosado por sensaciones múltiples: ternura frente a la vulnerabilidad femenina, conmiseración ante su pena, incomodidad por la cercanía del marido. Pero sobre todo, un impulso erótico inmediato e inesperado que terminó por barrer cualquier otra consideración.

Ella se separó antes de que pudiera advertir la respiración agitada de él. Cualquier razón que la hubiera llevado a recostar la cabeza en el pecho de Tomás parecía saciada. Estaba lista para hablar.

—Quiero pedirte dos favores —dijo Claudia en tono íntimo, más propio de una pareja que ha convivido toda una vida que de los efímeros amantes a quienes solo unían cuatro días de pasiones compartidas cinco años antes—. No confío en el director actual, Alfonso Palomar, para conducir el diario y mucho menos en el esperpento de Murillo, pero en los próximos días no estaré en condiciones de acercarme a *El Mundo*. Mamá no puede quedarse sola en este momento. Además, tampoco es que yo sepa mucho del negocio. No sé lo que voy a hacer, aunque me queda claro que por ningún motivo dejaré que esos corruptos tomen el control del periódico. ¿Y si tú te hicieras cargo?

La petición lo tomó por sorpresa; se había imaginado cualquier cosa antes que recibir la encomienda de hacerse cargo de un diario.

—Te doy toda la razón, Claudia, dejar al frente a cualquiera de esos dos equivaldría a poner a la Iglesia en manos de Lutero, el problema es que yo no soy la solución —respondió tras una larga pausa—. Soy columnista, no editor. Hace quince años que no reporteo y nunca he dirigido una sección o una revista, mucho menos una redacción completa. Si quieres, te ayudo a encontrar a alguien idóneo para el cargo.

—Mi padre tenía una oficina en la propia sala de redacción que nunca utilizó —dijo ella ensimismada, ignorando la objeción de Tomás—. Enviaré una carta a la administración para indicar que en los próximos días tú representarás los intereses del *publisher*. A partir de mañana, Palomar deja el periódico. Tendrás que autorizar la portada y la primera sección antes de que pasen a composición. Cualquier cheque superior a cincuenta mil pesos deberá llevar tu visto bueno. Mejor aún, el lunes hacemos la ceremonia de tu nombramiento como nuevo director general.

Tomás la examinó con atención, tratando de captar algún signo de desvarío en su mirada. No lo encontró. Tras el abrazo, ella parecía haber recobrado el aplomo; sus palabras reflejaban la certidumbre de algo sobre lo que se ha cavilado durante horas.

—Nunca me interesó convertirme en la sucesora de mi padre y por lo mismo no me preparé para esto. Mi amor por él era tal que siempre busqué algo a que aferrarme para evadir la eventualidad de su muerte; una apuesta absurda a favor de su inmortalidad. Desde que te conocí en aquel viaje a Nueva York me di cuenta de que llegado el caso solo podría confiar en ti, y saberlo ha sido un alivio durante estos años. Te puede faltar oficio, y sin embargo creo en tu honestidad y en tus intenciones. Es cierto que solo convivimos algunos días, Tomás, pero ¿nunca te ha pasado conocer a alguien a quien parecías llevar años esperando, al que sigues unido incluso después de perderlo?

Tomás enmudeció. Solo sus ojos, repentinamente humedecidos, reflejaron el impacto de la confesión de Claudia. Tanto tiempo añorándola; años asumiendo que su *affaire* había sido para ella un efímero divertimento en la vida de niña rica que llevaba. Cuatro días en que ella se deslizó a hurtadillas en su habitación sin que se enterara el resto de la *troupe* que acompañaba al padre durante su gira por los templos sagrados del periodismo estadounidense.

—¿Y el segundo favor? —dijo él con involuntaria brusquedad.

Ella demoró la mirada sobre Tomás, escudriñándolo como quien vacila en una mesa de póquer antes de decidirse a apostar su resto. Después de una pausa, se decidió:

—Hoy por la mañana Cristóbal Murillo me dio un sobre cerrado de parte de mi padre. Al parecer tenía instrucciones de ponerlo en mis manos en caso de un fallecimiento repentino. Lo que encontré me condujo a una caja en la bóveda de un banco; había un paquete con dinero y dos cartas. En una me habla de una tal Milena, primero para pedirme que la proteja y la ayude; después, en lo que parece una nota apresurada, para alertarme de un grave peligro.

—¿Milena? —preguntó Tomás mientras hurgaba en su cerebro en busca del apellido.

—Contra lo que se ha dicho públicamente, mi padre murió en los brazos de una amante en un departamento al que acudía varias noches por semana. Los primeros reportes de la policía dejan pocas dudas sobre las circunstancias de su muerte. Estaba profundamente enamorado de una joven, a juzgar por los correos electrónicos que encontré en la computadora de su oficina —dijo ella, y a manera de excusa agregó—: luego de los extraños mensajes que me dejó en la caja del banco, examiné su correo; el viejo no era muy ducho en materia de contraseñas.

—¿Y quién es Milena?

—Nunca creí que mi padre llegara a manifestar tal pasión; siempre mostraba un total control de sus emociones, era un manipulador consumado como todos sabemos —dijo para sí misma con una intensidad que Tomás emparentó con algo parecido a la ternura.

—¿Qué dicen las cartas? ¿Quién es Milena? —insistió.

—Pues es confuso, pero todo indica que ella se enfrentaba a amenazas de muerte y mi padre la protegía. En los mensajes que intercambian, él intenta tranquilizarla una y otra vez. En la primera de sus cartas me pide que haga un esfuerzo de comprensión y solidaridad y vele por su porvenir; pero la segunda es muy extraña.

Claudia extrajo la tarjeta apenas garabateada y leyó:

—«Protege a Milena. Pero quítale la libreta de pastas negras y destrúyela. Podría arruinar a la familia».

—¿Y dónde está la mujer? ¿Sabes algo de ella?

—Nada, se esfumó.

Los dos guardaron silencio algunos instantes. Seguían de pie, a un costado del escritorio de la improvisada oficina de la funeraria. A falta de respuestas o soluciones él la abrazó, conmovido. Comenzaba a entender la difícil encrucijada en que la había colocado la petición de su padre. Hacerse cargo del periódico era un reto formidable, aunque de alguna manera era algo que ella sabía que tarde o temprano habría de sucederle. Pero sentirse responsable de salvaguardar la integridad de la familia contra una amenaza misteriosa e inasible escapaba a sus posibilidades; un reto inesperado que la sumía en la zozobra y la parálisis.

—¿En algún otro momento tu padre se refirió a la libreta? ¿No la menciona en los correos?

—En absoluto. Solo en esta tarjeta. No sé ni por dónde empezar.

—Quizá habría que revisar a conciencia el departamento del que salió huyendo. No creo que haya dejado algo valioso, y menos una libreta a la que le temía tu padre, pero al menos podremos descartar el sitio más obvio para comenzar. Déjamelo, yo me encargo —dijo Tomás sin saber cómo ni cuándo podría cumplir su compromiso.

—Por favor, apúrate, no sabemos si los contenidos entrañan un peligro inminente. ¿Qué crees tú que pueda ser? ¿Algo que avergüence a mi padre? O mejor dicho, ¿a mi familia?

Tomás especuló en silencio y se preguntó si Rosendo Franco temía algún tipo de chantaje o de extorsión por parte de la rusa a partir de algún video comprometedor o detalles de alguna infamia del viejo, que no debían de ser pocas.

—¿Y cómo te sientes con eso de proteger...? —«a la amante de tu padre», iba a decir Tomás, pero se contuvo a tiempo.

—¿Te parece que hay algo de enfermo en eso? Yo misma lo he pensado; en cierta manera es un acto de deslealtad a mi madre. Sin embargo, me parece que eso es lo que él hubiera querido. Tendrías que ver la intensidad que hay en esos intercambios; como si les fuera la vida en ellos.

Tomás pensó que, en efecto, la vida le había ido en ello, por lo menos a Rosendo Franco. Y por lo que Claudia comentaba, quizá también a la tal Milena, si las amenazas que había recibido eran fundadas.

—Mirado así, quizá es el mejor homenaje que puedes hacerle a tu padre.

—Y además está la otra advertencia, parece urgente, apresurada. No sé si quiera proteger a la mujer, lo que está fuera de duda es que debemos encontrarla y conseguir el cuaderno negro del que habla mi padre.

El periodista asintió con la cabeza y agregó:

—Sí, pero ¿por qué yo?

—Primero, porque ignoro la naturaleza de los peligros que enfrenta la muchacha, y será mejor no llamar la atención. No podemos correr el riesgo de que esa libreta caiga en manos de la policía o de cualquier otra persona; no sin saber su contenido. Segundo, porque pocas personas entenderían la naturaleza de mis intenciones, empezando por la propia Milena. Y sobre todo, porque mi padre me contó lo que tú y tus amigos hicieron en el caso de Pamela Dosantos, los archivos que descubrieron y la ayuda de un joven *hacker* de quien se dice que es un talento fuera de serie. Solo en ti puedo confiar para una investigación así, ¿o me equivoco? —concluyó ella con una amplia sonrisa.

Pese al tono categórico, las palabras de Claudia evocaron en Tomás la imagen de una niña que recita de memoria y plenamente convencida las razones por las que Santa Claus prefiere entrar por las chimeneas. Y no obstante, le resultó un mensaje seductor e irresistible.

En el momento de ceder Tomás se preguntó cuánto de las dotes manipuladoras de Rosendo Franco había heredado su hija. La sensación se acentuó cuando ella extrajo de su bolsa un juego de llaves con la etiqueta pegada de un domicilio en la colonia Anzures: el departamento de amor de Rosendo Franco, supuso Tomás. El beso que recibió en la comisura de los labios le hizo olvidar un largo rato las implicaciones de los compromisos asumidos. Dos horas más tarde tendría un ataque de ansiedad.

Al retirarse de la funeraria, Tomás no se percató de que la camioneta de Amelia y el vehículo de los guardaespaldas que solía acompañarla se encontraban aún en el estacionamiento, y tampoco imaginó la impensable escena que allí tenía lugar.

Amelia había recibido una llamada de la oficina de Andrés Manuel López Obrador aplazando su cita. En un primer impulso decidió acudir a su oficina pero luego optó por transmitir instrucciones por teléfono a Alicia, su secretaria, sobre los temas pendientes más urgentes. Los nudillos de Jaime sobre la ventanilla de su camioneta la interrumpieron.

—Qué bueno que aún te encuentro. ¿Tienes unos minutos? —Intentó abrir la puerta para obligar a Amelia a hacerle sitio en el asiento trasero. Los guardias acudieron en su auxilio pero ella los contuvo con un gesto de la mano. Jaime pidió al conductor que los dejara a solas, y a su pesar, Amelia accedió de nuevo con una inclinación de cabeza.

—Pasa —dijo ella en tono seco— pero tengo que estar en una reunión muy pronto. —Hacía años que no se encontraba a solas con Jaime y decidió que la sensación no le gustaba. No obstante, no podía dar un portazo en la cara a quien durante tanto tiempo había considerado un hermano.

Ahora que se hallaba por fin frente a ella, Jaime no sabía por dónde comenzar. Le había lastimado la actitud de Amelia un rato antes y, al verla disponible, decidió encararla bajo el influjo de un súbito impulso, contrario a su costumbre de planificar con cuidado toda actividad importante. Quizá por ello acabó diciendo algo que ni siquiera él esperaba.

—Sé que no comulgas con mis métodos, Amelia, pero créeme que en ocasiones es lo único que funciona en el mundo podrido en que vivimos. En el fondo las causas son las mismas.

—¿Y eso a qué viene al caso? ¿La muerte te puso reflexivo? —respondió ella haciendo un gesto en dirección a la funeraria. Lamentó la dureza de sus palabras, pero aún se sentía traicionada por el comportamiento de Jaime en los últimos meses. Le parecía que el hombre manipulador y lleno de secretos en el que se había convertido se encontraba a años luz del chico con el que había crecido.

—¿A qué viene al caso? Prácticamente me ignoraste allí adentro. No me merezco ese desdén; si solo supieras lo que desde siempre has sido para mí.

Ella permaneció callada, sorprendida del tono intenso y emocional tan poco usual en Jaime. Pero nunca anticipó lo que diría a continuación.

—Tengo al lado de mi cama un juego de colección de pulsera y aretes egipcio que te habría gustado —dijo de manera intempestiva, como si se le hubiera salido por los labios antes de pensarlo—. Te lo iba a dar hace veinte años, en aquella fiesta de bienvenida que celebramos en mi casa al regresar de mi maestría en Washington, ¿recuerdas?

Amelia asintió apenas y a su mente acudieron imágenes de vestidos vaporosos y hombres en esmoquin, carpas montadas en un jardín y media docena de meseros solícitos.

—Yo estaba muy enamorado de ti, Amelia. Y seguramente habríamos terminado juntos si mi padre no se hubiera metido de por medio. Esa tarde te iba a entregar el estuche y declararte mi amor. Durante horas aceché el momento oportuno y cuando por fin te vi desaparecer en lo que supuse era una visita al baño, te seguí en silencio. No te encontré en la planta baja y subí a la segunda; los ruidos apagados que procedían de la biblioteca de mi padre me llevaron a entreabrir la puerta. La imagen me ha perseguido el resto de la vida: estabas de rodillas con su pene encajado en tu boca, la mano de él sobre tu cabeza. Me llevó mucho tiempo perdonarte, pero aquí estoy. A él, en cambio, nunca más volví a verlo ni a dirigirle la palabra. Él sabía que yo te quería, pero no le importó destrozarme solo por darse el gusto de satisfacer un antojo.

Amelia escuchaba en silencio, sorprendida por la ferocidad de las palabras de Jaime sobre algo que había sucedido tanto tiempo atrás. Parecía un relato atormentado mil veces reproducido en la mente de Jaime. Sabía del afecto que Jaime le profesaba pero nunca imaginó la profundidad de su pasión, mucho menos el dolor que había provocado en él su amorío con Carlos Lemus.

—Lo siento, Jaime, pero entendiste todo mal —dijo ella tras algunos segundos en que su cerebro intentaba asimilar el reproche—. Tu padre y yo tuvimos una relación intensa y real durante varios años. Importante para ambos, pero no voy a ahondar en ello. Si escogiste odiar, fue tu elección. No nos culpes a mí o a Carlos.

—Nunca me he desprendido del estuche —respondió él como si no la hubiera oído—. Antes lo abría cada tantas noches para acordarme de la traición de mi padre; ahora lo hago como una forma de conjurar la espera. Era importante que lo supieras.

Ella iba a decir algo pero él descendió del coche. Lo vio alejarse y perderse detrás de una esquina de la funeraria.

3

Milena
Agosto de 2005

Se llamaba Alka y era croata, aunque después de tres días de encierro en un ropero oscuro sin probar bocado, tenía la sensación de ser un animal sin nombre ni procedencia. La falta de ropa, apenas paliada por una vieja manta tirada en el fondo del lugar donde la recluyeron, acrecentaba la sensación de extravío y anonimato, como si un intruso se hubiera apoderado de sus entrañas y todo lo que había sido hasta una semana antes hubiera desaparecido para dar paso a un organismo primitivo, obsesionado por un poco de agua y alimento. El primer día golpeó la madera durante horas con más indignación y enojo que temor, esperando que en cualquier momento una sombra interrumpiera el tenue haz de luz que se colaba por debajo y abriera la puerta. El segundo día la inundaron la autocompasión y la tristeza y se derrumbó deprimida en el piso de su madriguera. Pero el tercero cualquier otra consideración desapareció ante la urgencia desesperada de comer y beber. La idea de ser violada, que tres días antes le había resultado insoportable, ahora constituía un dato pueril frente a la necesidad de llevarse algo a la boca. El cuarto día comenzó a roer el único objeto que la acompañaba en el oscuro agujero: un gancho de madera que colgaba de una barra metálica a la altura de su cabeza. Ese día la sacaron.

Alka pasó sus primeros dieciséis años en Jastrebarsko, un pueblo antiguo a media hora de Zagreb, con seis mil personas pudriéndose en vida en el caserío y otras treinta mil corrompiéndose en su ruinoso cementerio. Vivía justamente tres manzanas atrás del camposanto y todos sus recorridos la obligaban a pasar a un lado de las añosas tumbas, muchas de ellas semiderruidas. Durante su infancia, los compañeros de juego habían utilizado fémures y tibias para improvisar pulidas espadas: primero para armar a D'Artagnan, luego a Darth Vader. Cuando llegó a la adolescencia y sus dilatadas y torneadas piernas fueron objeto de súbita admiración por parte de los adultos del pueblo, Alka se prometió a sí misma que su fémur nunca terminaría siendo un largo florete en manos de un aprendiz de esgrima.

El día que escapó fue el más feliz de su vida. No era la primera vez que subía al tren, pero sí la primera en que lo hacía para no regresar. Dejaba atrás la perspectiva de un trabajo en la empacadora de hortalizas y el insípido matrimonio con alguno de los pocos jóvenes que no emigraban a Zagreb o a otros países de Europa en busca de mejores horizontes.

Camino a la capital, en compañía de su amiga Sonjia, Alka pasó un largo rato ensimismada en el paisaje que desaparecía de su vista, devorado por el marco de la ventana del vagón. Sin embargo, en su ánimo no pesaban el arrepentimiento o la nostalgia. En realidad contemplaba el reflejo de sus grandes ojos azules y la línea de un rostro que aún no perdía las redondeces de la pubertad. No tenía forma de saber que los pómulos salientes, los ojos inmensos y separados, el mentón decidido y la nariz fina la convertirían en la Greta Garbo de los puteros de España. Eso lo descubriría más tarde. Por ahora solo pensaba que abandonar su vida anterior resultaba más sencillo de lo que había esperado.

Quince días antes Sonjia le había comentado que se iba a Berlín; un empresario de Zagreb iba a abrir una sucursal de su exitoso restaurante de comida balcánica en aquella ciudad alemana y necesitaba meseras que le dieran un toque de autenticidad. Alka sintió que era una llamada del destino. Hablaba algo de alemán gracias a su abuelo, el relojero del pueblo y germanófilo decidido, admirador incondicional de la tecnología teutona. La madre de Alka sospechaba que los padres de su suegro habían sido colaboracionistas durante la ocupación nazi, aunque ese era un tema del que nunca se hablaba.

Durante varios días insistió a su amiga que la invitara a Alemania sin conseguir mayores progresos. El novio de Sonjia, un húngaro avecindado en Zagreb, no estaba convencido de que hiciera falta una mesera adicional pese al alemán que Alka juró dominar; solo cuando ella envió una foto de cuerpo entero con el vestido que usaba para salir a la disco aceptó incluirla argumentando que con esa facha podría incluso aspirar al puesto de *hostess*, mucho mejor pagado que el de mesera.

La aventura terminó en pesadilla apenas había comenzado. En la estación de Zagreb las recibió el novio, un tal Forkó, prematuramente calvo, chaparro y de facciones agradables. Alka encontró excesivas sus zalamerías y algo torva la manera en que la examinó; no obstante, la euforia que la electrizaba le impedía detenerse en cualquier cosa que enturbiara la libertad recién conquistada. Tras un desayuno tardío tomaron carretera en el coche de él, un Peugeot azul de acogedores asientos que despedían el reconfortante aroma de objeto recién estrenado, algo que la chica interpretó como una señal de la bonanza que le esperaba.

Querían recorrer los setecientos kilómetros que los separaban de Praga ese mismo día y dormir en casa de un amigo camino a Berlín. En realidad solo recorrieron setenta; apenas habían pasado Durmanec, lejos aún de la frontera, cuando Forkó les informó que debía recoger algo en casa de un conocido. Dejaron la autopista y rodaron por una carretera local y luego por un camino vecinal hasta llegar a una casa vieja y desvencijada, apartada de cualquier otra finca. Al descender del coche invitó a las dos chicas a entrar con él para estirar las piernas, tomar agua e ir al baño si lo requerían.

Las recibieron con abrazos y felicitaciones tres hombres que saludaron a Forkó en un idioma que parecía griego. El de mayor edad, un tipo corpulento cercano a los cincuenta, extrajo del bolsillo trasero del pantalón un sobre con dinero y se lo entregó al húngaro; este echó un ojo a los billetes, agradeció el gesto y sin mirar a las dos chicas salió por la puerta por la que habían entrado. Sonjia lo llamó e intentó seguir sus pasos, pero un puñetazo en la oreja la tiró al suelo. Los tres hombres rieron y miraron a su víctima en espera de alguna otra reacción.

Alka quedó paralizada. En ese instante supo que nunca llegaría a Berlín ni sería mesera en un restaurante de comida croata. No obstante, repasó los rostros de los tres hombres buscando el contacto visual que despertara solidaridad o conmiseración. La capacidad de sus grandes y expresivos ojos para provocar empatía había constituido su mejor defensa a lo largo de su vida. Sin embargo, el intento resultó infructuoso: tres cocodrilos le habrían inspirado mayor esperanza que las caras indiferentes y obtusas que la observaban.

Ahora la atención estaba puesta en ella. Era mucho más guapa que Sonjia y los tres la examinaban con curiosidad; había más codicia que deseo en sus miradas. El mayor, sin duda el líder, se acercó a ella y le oprimió un pecho; con la otra mano rodeó sus glúteos. En sus gestos no había lascivia sino mero escrutinio, como un cocinero que palpa la consistencia de la masa para hornear. Sin pensarlo, Alka lo abofeteó con más miedo que enojo. Él sonrió y con toda su fuerza le asestó un gancho en la boca del estómago. Ella se desplomó hacia delante presa de un dolor insoportable; sintió que sus pulmones colapsaban y creyó perder el conocimiento. Se hizo un ovillo en el suelo tratando de recuperar la respiración, mientras los ramalazos de dolor se expandían a pechos, ingles y abdomen. Percibió manos que gestionaban la cremallera en su espalda y otras que tironeaban con fiereza sus bragas. Indiferente a los esfuerzos desesperados que hacía para llevar aire a los pulmones, uno de ellos la alzó del pelo para obligarla a sentarse y de un golpe le quitó el vestido. En cuestión de segundos había quedado desnuda. Volvió a tumbarse en el suelo mientras los tres hombres giraban a su alrededor para evaluar su físico desde todos los ángulos. Oyó risotadas y creyó percibir un choque de manos en el aire, como dos jugadores de basquetbol después de una buena canasta.

Asumió que ahora querrían violarla y se dijo que preferiría morder y arañar sin denuedo aunque eso le costara la vida, pero los hombres tan solo regresaron a la botella de vino de la que habían estado bebiendo y parecieron olvidarse de ella. Tan pronto consideraron que se había repuesto del golpe, uno la tomó del pelo, la puso en pie y la empujó hacia una puerta al fondo de la habitación; otro abrió lo que parecía un guardarropa pequeño, y cuando ella volvió la vista en señal de incomprensión, el que la sujetaba del pelo la empujó con tal fuerza que la estrelló contra la pared del fondo. Luego la puerta se cerró y ella quedó sumida en la oscuridad. Dos días después tiraron al interior del ropero una botella de plástico con agua; solo la dejaron salir cuando casi había terminado con el gancho de madera, al cuarto día de encierro.

La extrajeron entre empellones e insultos, la llevaron al baño y la hicieron entrar a una tina. Aturdida por la luz y la debilidad extrema, mantuvo la vista fija en el suelo; solo entonces se dio cuenta de que tenía excremento en las piernas. De pie sobre la tina, le arrojaron dos baldes de agua fría. Alka ya no tenía deseos de morder o arañar a nadie. Como una muñeca rota, desnuda y sucia, se dejó hacer sin un gramo de voluntad propia.

Le lanzaron una toalla deshilachada y la condujeron de nuevo a la sala principal. Ya no estaba el líder, pero sí sus dos secuaces. Uno de ellos quiso quitarle el paño húmedo y ella se opuso sabiendo que era el último acto de dignidad; un pequeño trapo que la separaba del reino animal. Su resistencia desencadenó la furia del hombre, quien le arrebató la toalla con violencia y le propinó un fuerte golpe en el seno izquierdo.

No fue tan severo como el que recibió días antes, aunque la debilidad hizo estragos en su anatomía: se precipitó al suelo sobre las rodillas y como un musulmán en sus rezos quedó postrada durante un largo rato.

Cuando por fin levantó la vista, uno de los hombres le acercó un plato con una hamburguesa a medio comer. Le permitieron un bocado antes de ofrecerle un trago de agua. Luego los dos se desabrocharon la bragueta y le indicaron lo que esperaban de ella. Le regresaron los restos de la hamburguesa solo después de haber tragado el semen de ambos.

Nunca más volvió a ver a Sonjia. No se atrevió a preguntar por ella ni podía hacerlo en el idioma de sus secuestradores. Dos días más tarde la llevaron hasta las afueras de Teplice, en territorio checo, a pocos kilómetros de la frontera con Alemania, a lo que parecía un hotel de paso en la carretera entre Praga y Dresde. Pasó treinta y seis horas encerrada y sedada en una habitación sin ventanas a la que periódicamente entraban algunos hombres a examinarla, siempre vigilada por uno de sus captores griegos. Al final la compró un español por treinta mil euros.

El día en que Alka cumplió diecisiete años lo pasó dentro de un coche junto a otras dos chicas, camino de Marbella. Pese a que hizo todo el trayecto bajo el efecto de los poderosos sedantes que las obligaban a ingerir, pudo aprender su primera palabra en español: «vacas». Era el apelativo que usaban los dos hombres que conducían para llamar a las tres mujeres; erróneamente asumieron que todas eran de procedencia eslovaca; sin embargo, el mote se les quedó. Vaca Lechera a Darva, por sus grandes senos; Vaca Pinta a Kristina, por sus extensas pecas en la espalda; y Vaca Fina a Alka por sus piernas largas y su elegante torso. El dueño del burdel al que llegaron le impuso «Milena» como apodo artístico, ella lo asumió con resignación y en los años siguientes no volvió a mencionar su verdadero nombre. Pensó que, después de todo, Alka había muerto y estaba sepultada en un cementerio de Jastrebarsko.

Ellos I

A mí no me gusta ir de putas. Son una sangría de dinero y cada semana, luego de visitar a alguna de ellas, me pregunto si habré pescado alguna infección. Por eso a mí no me gustan las rameras; solo que resultan peores las que no cobran. Ya me cansé de gastar dinero a lo pendejo. Las invitas a cenar a un restaurante o pagas cuentas exorbitantes en un bar y encima en la primera cita no quieren coger. Algunas ni segunda oportunidad te ofrecen, así que lo gastado va a fondo perdido. Y luego están las que en segundas y terceras citas se dejan meter mano pero de encuerarse ni hablamos. Para entonces ya te has gastado un dineral y no te la acabas con el dolor de huevos. Las peores son las que para entregar the whole enchilada *te obligan a un fin de semana en la playa o en Cuernavaca. Y para colmo tienen muy mal polvo, como dice mi amigo el gallego. A estas alturas haces cuentas y resulta que con lo que has invertido habrías cogido como rey varias semanas con una puta de calendario.*

Y de infecciones, están más limpias las profesionales —que para eso se revisan— que las supuestas semivírgenes con las que hay que armarse de paciencia para llevarlas a la cama pese a que traen más bichos que un pasamanos del metro.

Y para el sexo oral (una mamada, pues) te hacen sudar la gota gorda. Digo, literal. Con civiles necesitas tres o cuatro cogidas antes de que entiendan que cuando les pones la mano en la cabeza no es para alisarles el rizo. Pero qué se le va a hacer: todas ellas creen que si tocan flauta uno pensará que son furcias. Como si uno fuera pendejo y no se diera cuenta de las horas de vuelo que traen tan solo por la forma de agarrar el taco.

¿Sexo anal? Ni manera de sugerirlo. Es casi un asunto de intercambiar anillos. Sortija de matrimonio a cambio de que entreguen el pinche esfínter. Carajo, ¿por qué serán tan complicadas las mujeres?

Con una prostituta, en cambio, es diferente. No hay estrés ni dudas, ni cenas o gastos innecesarios. Arreglas el precio y el servicio, y ya está. Felicidad garantizada.

A mí no me gustan las putas, pues, pero creo que las otras menos.

F. D. Exdirector técnico de la selección
de futbol de México

4

Amelia y Tomás
Sábado 8 de noviembre, 11 a. m.

Tomás cumplió el encargo de pasar por el departamento que Rosendo Franco y su amante tenían en la colonia Anzures más por la curiosidad de observar el nidito de amor del barón de la prensa mexicana que por tener alguna esperanza de encontrar la libreta negra que quitaba el sueño a Claudia. En efecto, no encontró la libreta pero tampoco ninguna pista de la forma en que vivían el potentado y su exótica novia. El lugar que visitó no guardaba semejanza alguna con el decorado que pudiera existir dos días antes. El mobiliario había sido abierto a hachazos y destripado, los muebles de los baños arrancados y las paredes perforadas a mazazos. La violencia con la que había sido arrasado lo sobrecogió. Creía advertir no solo los estragos de una pesquisa exhaustiva sino también una furia incombustible, salvaje. Recorrió con rapidez las habitaciones apenas discernibles dentro de la vivienda y salió a la calle impulsado por un corazón trepidante.

La noche anterior juzgó que eran una exageración los temores de Claudia respecto a la libreta negra. Hoy no estaba tan seguro. El que destruyó el departamento mostró el tipo de furia y determinación que presagia tormentas. Decidió llamar a Claudia para reunirse con ella y ponerla al tanto de lo que había encontrado, pero la mujer no respondió al teléfono.

Supuso que estaría dormida tras el ritmo frenético al que se había sometido los dos últimos días. Marcó el número de Amelia y veinte minutos más tarde paseaban en el parque cercano a su casa. Le urgía compartir la desazón.

—No sabía que tú y Claudia fueran tan cercanos —le dijo Amelia a Tomás cuando este terminó de relatar la conversación sostenida con la heredera la tarde anterior en la funeraria y la visita al departamento devastado en busca de la libreta negra.

—No lo somos. Me parece que soy su tuerto en esa tierra de ciegos que es la redacción de *El Mundo*. Hace cinco años coincidimos en un viaje a Nueva York con otros ejecutivos del diario, y creo que solo yo me salvé del desprecio que le provocaron las actitudes cortesanas de toda la *troupe* que acompañaba al padre.

—Ser tuerto entre ciegos es una credencial muy pobre para dirigir un periódico, ¿no crees?

Amelia intuía que había alguna información que se le escapaba en todo el relato de Tomás, pero no podía precisar qué la hacía sentirse incómoda. Le resultaba difícil de entender que la hija del dueño del diario confiara una responsabilidad de tal magnitud a un columnista a quien apenas conocía. Y aún más extraño resultaba el hecho de que le hubiera pedido ayuda para encontrar a una mujer desaparecida y su comprometedora libreta. Tomás era un buen analista político, pero difícilmente podía considerársele un talento detectivesco.

El periodista no respondió, oprimió el brazo de ella y le indicó con la mirada una curiosa escena que tenía lugar en el parque por el que caminaban. Una mujer fingía concentrarse en la pantalla de su teléfono mientras miraba de reojo al bulldog gris que al final de una elegante correa defecaba profusamente en plena banqueta; era lo bastante educada para saber que los códigos urbanos obligaban al dueño a recoger el excremento de su perro, y demasiado melindrosa para hacerlo.

—En algún lugar leí que si un extraterrestre tocara tierra

un domingo en uno de nuestros parques, pensaría que el ser supremo en este planeta es el perro y que los seres humanos son una raza dedicada al servicio de sus amos. ¿De qué otra manera explicar que una especie se avenga a levantar con la mano el excremento de la otra mientras pasean?

Amelia afirmó con la cabeza y una media sonrisa, más por la actitud de Tomás que por su comentario. Ya se había acostumbrado a la forma en que su pareja introducía paréntesis digresivos y comentarios sarcásticos en momentos críticos de la conversación. Al principio le pareció una manía desesperante, pero con el tiempo llegó a producirle algo parecido a la ternura; entendía que era un recurso de protección. Tomás conversaba del mismo modo en que afrontaba la vida: dos pasos adelante y uno hacia atrás. Compresión, descompresión. Al final ella terminó por asumir que esas desviaciones tenían como propósito no evadir el tema sino ganar tiempo para abordarlo, y de paso le ofrecían una señal de los asuntos que resultaban sensibles para su amante.

«La invitación a dirigir el diario lo atrae y a la vez lo angustia», se dijo, y decidió hacer un comentario conciliador.

—En algo sí coincido con Claudia: basta echar un vistazo a la fauna del periódico para darse cuenta de que no hay alguien allí en quien pueda apoyarse, unos por imbéciles, otros por corruptos. ¿Y no habrá un buen profesional que pueda reclutar de algún otro lado?

—No crecen en maceta. Tendría que ser el subdirector de alguno de los otros diarios, pero tampoco es que la prensa sea en este momento un semillero de talentos. Los mejores periodistas y editores han emigrado a otras áreas, a proyectos personales. La crisis económica de los diarios y los recortes provocaron un canibalismo terrible al que solo sobrevivieron los más mediocres.

—¿Y tú? ¿Cómo te sientes frente a esa responsabilidad? Los diarios quizá se están hundiendo, pero *El Mundo* todavía puede tener un gran impacto. En un país en el que los tribunales se rinden a los poderosos, la buena prensa es el único fiscal que nos queda.

—Llevo desde anoche dándole vueltas. Me entusiasma pensar en lo que podría llegar a ser *El Mundo* con una línea editorial más profesional e independiente, aunque también me pregunto si soy capaz de encabezar un proyecto de ese tamaño.

Amelia detuvo el paso, giró el cuerpo para colocarse frente a él, tomó su cabeza con las dos manos abiertas y lo besó en la boca; luego, en un gesto que despreciaba en ella pero le resultaba inevitable, revisó el entorno para asegurarse de que no hubiera algún fotógrafo en las inmediaciones. Su relación con Tomás no era un secreto, aunque tampoco deseaba que una escena privada se convirtiera en un festín mediático en las redes sociales. Ya era suficientemente embarazoso que los dos guardaespaldas que la seguían fueran testigos de su intimidad.

—De eso no tengo la menor duda —le dijo con cariño.

Él agradeció el gesto y la abrazó por la cintura. La mujer del bulldog los observaba con una sonrisa que lo mismo podía ser de complicidad que de irónica reprobación. Tomás desvió la mirada ligeramente y contempló la ofrenda del perro sobre el cemento; la dueña del can borró su ambigua expresión, tiró de la correa de piel, dio media vuelta y siguió su camino.

—Quizá podrías traer refuerzos, quedarte mientras se produce la transición y Claudia aprende a confiar en algún director que le dejes entrenado —añadió ella de nuevo en tono conciliatorio.

—Podría ser —dijo él, y frunció el ceño tratando de pensar en algún candidato rescatable entre sus colegas.

Ahora fue ella quien tiró de una manga de Tomás para atraer su atención a lo que sucedía en una banca del parque Río de Janeiro, hasta donde los había conducido su paseo: una adolescente daba un beso en el hocico a una pequeña terrier yorkshire a la que portaba en un canasto.

—Bueno, esto dejaría muy confundidos a tus extraterrestres

sobre la relación exacta que mantienen las dos especies, ¿no crees?

Tomás rio con gusto. El periodista agradecía los pretextos y descansos que ofrecía a la conversación el paisaje urbanita mientras caminaban por la colonia Roma en torno a la casa de Amelia. Se había aficionado de tal manera a estos recorridos a los que se entregaban los fines de semana, que a veces pensaba que su amor era esencialmente peripatético. No es que hubieran dejado de tener sexo durante el año que llevaban frecuentándose en calidad de amantes, pero era cierto que a lo largo de las primeras semanas los había consumido una pasión intensa y animal, producto quizá de la larga espera. Se conocían desde los seis años de edad y tontearon con la posibilidad de un amorío a los veintitrés, aunque hasta los cuarenta y dos no concretaron por fin lo que parecía una asignatura pendiente. En los últimos meses esa intensidad había transitado a una relación de pareja madura y bien avenida, y pese a que todavía se perseguían en torno a la mesa de la cocina de tanto en tanto, Tomás sentía que era en estas excursiones cuando más la quería. Era lo que más extrañaba cuando ella se ausentaba por algún viaje durante varios días. Y eso a pesar de la incomodidad que suponía ser escoltados a tres metros de distancia por dos guardias que ponían los pelos de punta al periodista.

—¿Y qué piensas de la segunda petición de Claudia, eso de averiguar el paradero de la tal Milena y localizar la dichosa libreta? Lo del departamento pinta bastante mal. ¿Qué piensas? —inquirió él.

—Primero cuéntame qué sabes tú de ella y qué pitos tocaba en la vida de Franco.

—Todo es muy confuso. Rosendo Franco murió en su cama como en efecto se publicó en el diario, aunque esa cama ya no era la que compartía con su mujer en su residencia de Las Lomas sino la del departamento ahora destrozado de la colonia Anzures, donde prácticamente vivía con la amante; al parecer la mayor parte de las noches las pasaba con ella desde hace varios meses. Por lo que Claudia pudo averiguar, Milena es una mujer de unos veinticinco años, de Europa del Este, a quien Franco rescató de la prostitución.

—Tenía reputación de mujeriego, pero no sabía que también era aficionado a los puteros.

—No creo que frecuentara burdeles, pero a las reuniones íntimas entre políticos suelen invitar a prostitutas de muy altos vuelos a manera de postre o capítulo final de una encerrona. Recuerdo a un senador que siempre que quedaba con otros para cenar solía preguntar: «¿Con señoras?», y si respondías que sí, agregaba: «¿Quién las pone?».

—Y más allá de que le tocó morirse en la cama de Milena, ¿por qué tanto interés de la hija? ¿Tú te crees eso de la libreta?

—Parece que Rosendo estaba loco por la mujer. Claudia me comentó que su padre siempre tuvo amantes, y no obstante nunca dejó de dormir regularmente en su casa ni abandonó a su mujer de la forma en que ahora lo hizo.

—Todos estos machos renuentes a envejecer se vuelven muy extraños cuando la testosterona comienza a fallarles. La edad los reblandece, como los abuelos que consienten a sus nietos y dejan atrás la severidad que mostraron con sus hijos. Después de una vida de usar mujeres y desecharlas, se vuelven ancianos con corazón de pollo y lloriquean cursilerías de adolescentes.

Tomás quedó sorprendido por la dureza de las palabras de Amelia. Se dijo que la vieja herida derivada de su relación con Carlos Lemus, veinticuatro años mayor que ella, estaba lejos de cicatrizar.

—Lo más preocupante es que esa chica podría estar en peligro de muerte, si es que aún sigue viva. En los correos de Rosendo hay una pertinaz promesa de protección frente a las amenazas que al parecer la acechaban. Claudia dice que hay una frase obsesivamente reiterada, algo así como «Mientras yo viva, nadie te tocará un cabello».

—Podría ser un recurso retórico del viejo para hacerse indispensable en la vida de ella. Quizá exageraba el riesgo en que la mujer se encontraba para asegurar su dependencia o sumisión, vete tú a saber —dijo Amelia.

—Todo puede ser, aunque si Franco la rescató a trancas y barrancas de las redes de la prostitución, las amenazas tal vez eran reales. Él tenía mucho poder político, pero las mafias dedicadas al tráfico internacional de mujeres no son precisamente damas de la caridad. Lo que sucedió en el estudio revela que alguien no escatimará violencias para encontrar a la chica y lo que ella posee. En todo caso, Claudia teme por la vida de esa tal Milena y se le ha metido en la cabeza cumplir la promesa del padre de protegerla y cuidar la reputación de la familia Franco recuperando la libreta negra. Una extraña forma de mostrar su lealtad al viejo, supongo.

—Eso, y la curiosidad de conocer al único amor de Rosendo Franco aparte de su esposa. Hay algo de morbo, ¿no crees? —dijo ella.

—Tal vez —respondió él—. Me da la impresión de que la lectura de los correos de su padre le dio a Claudia una versión muy distinta de la figura paterna que se había creado. Durante los últimos años no eran muy cercanos; será quizá una forma de compensar ese distanciamiento.

—¿Y qué vas a hacer?

—¿En cuanto a Milena? No tengo idea. Lo del periódico ya me trae bastante aturdido como para jugar también al detective.

—La chica podría estar en verdadero peligro. ¿Se sabe algo más de ella?

—Se esfumó. Como ya sabes, el departamento estaba a nombre de Cristóbal Murillo, y por su testimonio y el de los vecinos, además de las cosas que se encontraron, es evidente que lo habitaba una mujer. Sin embargo, tampoco es que la policía la esté buscando. La muerte de Franco se debió a un paro cardiaco: no habrá mayor investigación. No sé si Claudia querrá dar parte de los daños causados al departamento, por ahora ni siquiera he podido informárselo.

—Seguramente Jaime podría ayudar —dijo Amelia en tono dubitativo.

Decidió no comentar con Tomás la extraña declaración de amor de la noche anterior. La relación entre los dos amigos ya era lo bastante tensa como para enturbiarla con un tema de celos.

—Seguramente —concedió él mirándola a los ojos. Los dos sabían de las capacidades de su amigo, pero también tenían presente que recurrir a él era poco menos que hacer un pacto con el diablo. Lo que no sabían es que Jaime Lemus ya estaba investigando el paradero de Milena.

5

Jaime
Sábado 8 de noviembre, 7.30 p. m.

No se llamaba Milena Asimov ni procedía de Eslovaquia. El expediente que Jaime tenía enfrente constaba de apenas algunas páginas pero incluía lo esencial. La copia del pasaporte indicaba que Alka Mortiz había nacido veintiséis años antes en un poblado llamado Jastrebarsko, en Croacia. Medía 1.83, tenía los ojos azules, el pelo rubio, la nariz fina y un rostro anguloso aunque bien proporcionado. Algo en su fisonomía sugería una delicadeza etérea, el rostro de un hada benigna, pese a que el resto de su cuerpo no tenía nada de sutil o evanescente. Las fotos que su personal pudo rescatar de algún sitio porno de Internet mostraban pechos y nalgas protuberantes, resultado probable de cirugías ordenadas por los proxenetas que la regentaban.

«Para cualquier red de trata, Milena debe de ser un botín de valor incalculable», consideró Jaime. Su presencia en México era en sí misma un misterio. Por lo general, América Latina es un mercado de reciclaje para prostitutas de países excomunistas, que suelen gozar de enorme demanda en Europa Occidental y en Estados Unidos; solo cuando pasan sus mejores años, los tratantes las introducen en mercados secundarios. No era el caso de Milena: la copia de la ficha de migración ante sus ojos mostraba que había llegado a México diez meses antes procedente de Madrid. Todo indicaba que la mujer se hallaba en la cima de su belleza y plenitud; algo no cuadraba en la historia de la chica. Justo el tipo de retos que fascinaban a Jaime.

Su interés se incrementó al enterarse de que Tomás asumiría la dirección del diario el siguiente lunes. Eso, y el hecho de que Claudia conferenciara en privado con su amigo en la funeraria misma, mostraba que existía entre ellos una relación cercana y nunca revelada. Recordó la ocasión en que coincidió con Tomás en la boda de Claudia algunos años antes; trató de evocar algún dato que relacionara al periodista con la novia, pero de esa fiesta solo recuperaba el estado de ánimo de Tomás, entre nostálgico y abatido. «Como un novio despechado», concluyó Jaime, y eso puso en movimiento su instinto de sabueso.

Jaime Lemus se había convertido en uno de los más importantes consultores en materia de seguridad en América Latina. Su empresa, Lemlock, recibía contratos cuantiosos de gobiernos regionales, corporaciones trasnacionales y alcaldías para montar sistemas de vigilancia de circuito cerrado, protección de información digital, capacitación de cuerpos policiales y todo lo concerniente a inteligencia cibernética. Durante años fue el encargado real o de facto de los servicios de inteligencia mexicanos y, al retirarse a la actividad privada, se llevó consigo a los mejores técnicos y especialistas en la materia. Contaba además con la confianza de los cuadros de la DEA y el FBI, a quienes proporcionaba información puntual que el propio gobierno mexicano no estaba en condiciones de ofrecer, fuera por incapacidad o debido a restricciones legales. Entre otras cosas, su empresa era responsable de la red de cámaras que supervisaba las calles de una docena de ciudades latinoamericanas, Buenos Aires y la Ciudad de México, incluidas. Cuatro países de la región, Cuba entre ellos, habían recibido de Lemlock asesoría para desarrollar sistemas de vigilancia e intervención de llamadas telefónicas y tráfico en redes sociales en la blogosfera. Jaime se beneficiaba de todo ello. Su verdadera pasión no estaba en acrecentar la facturación de su compañía, de por sí cuantiosa, sino en regodearse en la información a la que tenía acceso gracias a los servicios prestados.

La mayor fuerza de Lemlock residía en su poderoso equipo de *hackers* reclutado en todo el continente y en la sofisticada tecnología que poseía. Eso, y su carácter de consultor, le otorgaban una relación privilegiada con servicios de inteligencia de diversas naciones y un enorme peso entre los miembros de la clase política mexicana, que le temía y a la vez le necesitaba.

Su interés por los cambios que habría de experimentar el diario *El Mundo* tras la muerte de Rosendo Franco respondía a un doble motivo. Por un lado, el portal del periódico era el de mayor tráfico en Internet en México en materia de noticias y el líder en número de seguidores en Twitter y Facebook entre los medios de comunicación. La capacidad del diario para influir y lanzar *trending topics* era clave no solo en México, sino también en Estados Unidos entre la población latina. Lemus estaba obsesionado con la importancia política que había adquirido la discusión en redes sociales y la manera en que afectaba a la arena pública. El propio presidente del país, Alonso Prida, tenía más temor a un *hashtag* negativo que a la crítica de un partido de oposición. Jaime estaba decidido a convertir en un arte el posicionamiento de temas en la red y transformarse en el verdadero titiritero del ascenso y caída de los políticos en la opinión pública. Tener acceso e influir en el portal de *El Mundo* sería un paso significativo en sus pretensiones.

Y desde luego también estaba su amor por Amelia. Pese a lo que había sucedido el día anterior en el estacionamiento, Jaime mantenía vivas sus esperanzas. Sabía de la relación que Tomás y Amelia iniciaron doce meses atrás y, no obstante, él apostaba a que la inconstancia emocional del periodista provocaría el fin de ese vínculo, y estaba más que dispuesto a introducir el pretexto para garantizar que la ruptura se diera más temprano que tarde. En el lazo que apenas intuía entre Claudia y Tomás atisbaba lo que podría ser el detonante perfecto, tan solo necesitaba acercarse de nuevo a los Azules y preparar el golpe.

Esa misma tarde recibió una llamada que allanaría el camino para poner sus planes en movimiento.

—Hola, Jaime, habla Tomás. Necesito plantearte un asunto, ¿cuándo podemos vernos?

—Mañana domingo, cuando quieras.

—Lo traigo complicado mañana y el lunes. ¿Qué tal si comemos el martes? ¿Puedes?

—Dalo por hecho —dijo él, y colgó satisfecho. Una vez más lo asaltó el recuerdo del estuche egipcio, ahora con una sonrisa.

6

Tomás y Claudia
Lunes 10 de noviembre, 11.45 a. m.

«Hay algo siniestro en toda oficina multitudinaria», pensó Tomás al contemplar la redacción del diario *El Mundo*. Docenas
de personas encerradas día tras día durante más de ocho horas
en una convivencia forzada es algo que termina por cobrar un
pedazo de vida a cualquier ser humano. No importa cuán li-
bertario sea el espíritu de sus integrantes, todos sucumben a
las rutinas, a los actos mil veces repetidos con los que se con-
jura la larga espera entre el inicio y el fin de la jornada. Madres,
esposos, jóvenes solteros, viudos y mujeres en edad de merecer
se despojan de su condición civil para convertirse en piezas de
un engranaje, sujetas todas ellas a los usos y costumbres que
dicta la singular cultura de cada oficina. El ritual para tomar
el café; la forma de saludar a la poderosa secretaria; las bromas
de cada lunes a costa del fanático del futbol; el intercambio de
miradas frente a la prepotencia del arrogante subdirector; la
obligada revisión al andar eléctrico de la reportera de cuerpo
escultural.

A las doce del mediodía Tomás Arizmendi sería nombrado
oficialmente amo y señor de todo ese microuniverso plagado de
pequeñas infamias, de las interminables crónicas de pasillo,
de las innumerables pasiones, lealtades y traiciones que se de-
sarrollaban en los confines entre la zona de elevadores y, cien-

to cuarenta escritorios más lejos, el archivo de fotografía. Tomás nunca había formado parte de una oficina, sus primeros años de reportero los pasó en la calle y los últimos quince como columnista apenas puso el pie en alguna redacción; sin embargo, hoy sería designado director de la enorme planta de ochocientos metros cuadrados que ocupaba el área editorial de *El Mundo*. Y aun así, una parte de la mente de Tomás seguía pensando en cómo y cuándo le diría a Claudia que el departamento que ocupaba su padre con su amante había sido destruido; algo que ella tendría que saber y que él tenía muy pocas ganas de informarle.

Cinco minutos antes del mediodía Claudia apareció en el marco de la puerta de la oficina en la que Tomás se había instalado de manera provisional; la seguía una estela de funcionarios del periódico. El *publisher* solo transitaba por la redacción en momentos históricos: para designar a un nuevo director o como anfitrión durante la visita de algún jefe de Estado, un premio Nobel o equivalente. Podían pasar años sin que alguna de las dos cosas sucediera. La visita de Claudia Franco, por ser la primera, revestía al acto de un carácter aún más singular. Habitualmente a esa hora del día solían estar presentes poco más de medio centenar de empleados; no obstante, ahora cerca de doscientos esperaban la inminente investidura del nuevo director.

Claudia cerró la puerta tras de sí y se quedó a solas con Tomás. Afuera, subdirectores editoriales y gerentes de otras áreas esperaban respetuosos a que terminara lo que suponían un diálogo solemne y trascendental.

—Director, ¿estás listo? —preguntó ella.

—Estoy muy nervioso.

—Y yo cagada de miedo —confesó Claudia con un resoplido liberador.

Ambos rieron en complicidad aprensiva, como dos niños sorprendidos en una travesura. En ese momento Tomás entendió lo fácil que sería enamorarse de esa mujer y lo difíciles que se pondrían las cosas si lo hacía: estaba casada, era su jefa y sobre todo no era Amelia, la mujer con quien quería compartir la vida.

—Te mandé el texto de lo que pienso decir allá afuera, luego se hará un resumen con tus palabras y las mías, algunas imágenes, y lo subiremos a la red inmediatamente. Mañana pondremos una foto en el doblez de la portada —dijo él.

—¿El doblez?

—La mitad inferior de la página uno. Un espacio digno, sin excederse en protagonismo.

—Perfecto, hazlo así —dijo ella contagiada del repentino tono profesional de Tomás, pero antes de salir volvió a derrumbar el efímero muro recién construido.

—Hoy nos vamos a comer tú y yo; un par de tequilas para ver cómo hacemos que funcione todo esto. Nos vemos a las tres en El Puerto Chico, ¿te parece?

Tres horas más tarde, Tomás caminó las ocho manzanas que separaban el restaurante de comida española de las instalaciones del diario. Claudia ya lo esperaba en una mesa, acodada contra la pared bajo una enorme pintura de la costa cantábrica. Desde lejos su cabellera roja se fundía con la base del cuadro, como una fogata a punto de expandirse por los pastizales que coronaban el acantilado sobre las supuestas aguas azules del Atlántico.

—El pescado a la sal es de antología en este lugar, jefa —dijo él a guisa de saludo.

—No seas cabrón; me vuelves a decir así y serás el director más fugaz en la historia del periodismo mexicano —contestó ella con una sonrisa que convirtió en música sus amenazas.

Tomás iba a responder cuando recordó el relato del extinto ministro de Gobernación, Augusto Salazar, sobre los micrófonos y meseros que tenía el gobierno a sueldo en los principales comederos políticos de la ciudad. En ese momento un mesero servía sendos caballitos de tequila.

Una vez que se quedaron solos, Tomás revisó al tacto el

revés de la superficie de la mesa en busca de algún micrófono. Encontró dos chicles pegados, insospechados en un restaurante de lujo como El Puerto Chico, pero ningún dispositivo de grabación. Se sintió ridículo e incluso se preguntó si las nuevas tecnologías todavía permitían detectarlos con los dedos. Luego relató la anécdota a Claudia, y entre bromas y veras ella propuso que hablaran en clave cada vez que se aproximara algún mesero.

—Me conmoviste con tus palabras, Tomás, y más importante aún, me parece que también a editores y reporteros —dijo ella tras hacer el obligado brindis en memoria de Rosendo Franco y el futuro del periódico—, ¿de veras piensas que el buen periodismo puede salvar a *El Mundo*?

—No lo sabremos si no hacemos la lucha, ¿no crees? En todo caso más vale morir por buenas que por malas razones.

—Te agradecería que no muramos ni por unas ni por otras. Más de seiscientas personas trabajan en el periódico, no me gustaría ser yo quien las dejara sin empleo.

—Los diarios están muriendo en todo el mundo, Claudia, tarde o temprano el ejemplar de papel terminará circunscrito a un pequeño grupo de lectores. Pero sí, como dije hace rato, estoy convencido de que la sociedad necesita de un manejo profesional de las noticias, los reportajes y la opinión, y eso solo puede ofrecerlo un grupo de profesionales que operen en una redacción orgánica y capacitada. El impreso va a morir y sin embargo la sociedad seguirá necesitando esa mercancía que produce un periodismo profesional.

—Si no es el papel, será Internet, supongo; aunque todavía no hay forma de hacer rentable la producción de noticias en la red, todo se ofrece gratis.

Tomás iba a decir algo, pero ella continuó hablando.

—Salga de la cama, enseguida me ordenó. Yo le obedecí y verá lo que pasó.

Por unos momentos él no supo a qué diablos se refería Claudia, hasta que percibió la presencia de un mesero que portaba los boquerones y los pimientos rellenos de atún que habían solicitado.

—¿Y qué es lo que pasó? —respondió él casi en automático, y al hacerlo advirtió que estaban citando el texto de una vieja canción de la Sonora Santanera.

—Pues que se desmayó —sentenció ella en tono dramático mientras veía alejarse al hombre que atendía su mesa.

Ambos soltaron la carcajada.

—Qué jefa tan vulgar tengo, no es posible. ¿Cómo se te puede ocurrir citar una canción de tan mal gusto? Ni siquiera es digna de aspirar a un compendio de música para planchar —se burló él.

—¿Y qué pensabas? ¿Que me iba a poner a recitar líneas de *Carmen*? —dijo ella, y sin ninguna transición retomó el hilo de la conversación—. Por lo que he leído estos días, entiendo que hay analistas que consideran que no solo la prensa está herida de muerte, también sostienen que no existe un modelo de negocio que permita financiar la existencia de redacciones de periodistas profesionales de tiempo completo. La información se ha convertido en un *commodity* gratuito y ha dejado de ser una mercancía. Esto significaría que no hay futuro en ninguna de las plataformas.

—Bueno, bueno; ya te estás haciendo experta en el tema. A lo mejor tienes más de tu padre de lo que creías. Lo que dices es cierto, pero quiero pensar que la sobreabundancia de información hace indispensable a los curadores profesionales, aquellos que desbrozan la paja del trigo. En este mismo momento nos puede llegar un tuit que notifique la muerte de Mick Jagger —dijo Tomás, y al hacerlo tocó madera—, pero solo hasta que lo veamos en la web del *New York Times* o equivalente lo asumiremos como un dato cierto. Nunca como ahora la comunidad necesitó de editores y periodistas con credibilidad.

—Pero ¿cuál será la vía para financiar ese periodismo? La gente no está dispuesta a pagar por ese periodismo que alabas.

—Desde luego no está dispuesta a pagar por ese periodismo *light* y frívolo que *El Mundo* ha estado haciendo para parecerse «a lo que la gente quiere leer» —dijo Tomás haciendo signos de comillas con ambas manos—; noticias sobre Lady Gaga o los intercambios estridentes entre políticos puede leerlos en cualquier parte. Nosotros mismos nos hemos hecho prescindibles. *El Mundo* tiene que convertirse en una marca de credibilidad y respeto, sus reportajes deben ser de tal calidad y profundidad que no se encuentren en ningún otro lugar de la red.

—Coincido, salvo por una objeción: es más costoso hacer un periodismo como el que dices. Un reportero joven, de mil dólares al mes, puede publicar tres notas diarias; un buen reportero de investigación cuesta dos o tres veces más y publica solo una o dos notas a la semana. El buen periodismo es mucho más caro. Tu apuesta puede ser razonable, pero es de muy alto riesgo porque exige más dinero, y al final del día el resultado puede ser el mismo: cerrar el periódico, salvo que más endeudado.

Tomás lamentó que Claudia usara la expresión «al final del día»; era una de las muletillas que más odiaba, una traducción afectada y pomposa, importada del inglés, que se había contagiado entre los tecnócratas, quienes encontraban en el artificio una manera de mejorar sus argumentos blandos y cojos. No obstante, no fue eso lo que respondió.

—Yo no quiero un amor civilizado, con recibos y escena del sofá; ni quiero que viajes al pasado y vuelvas del mercado con ganas de llorar. Tampoco quiero catorce de febrero ni cumpleaños feliz.

—Pues si tú no quieres eso, yo no quiero domingos por la tarde, ni columpio en el jardín. Lo que yo quiero, corazón cobarde, es que mueras por mí. Y morirme contigo si te matas, y matarme contigo si te mueres, porque el amor cuando no muere mata, y amores que matan nunca mueren —respondió Claudia mirándolo a los ojos.

El empleado del restaurante retiró los restos del primer plato y colocó en el centro de la mesa una bandeja grande con el pescado a la sal y una ensalada verde; ningún gesto traicionó su reacción frente al extraño diálogo que atestiguaba.

—Espero que el mesero se sepa las letras de Joaquín Sabina, de lo contrario su reporte notificará que en esta mesa se planea un suicidio por amor —dijo Tomás tan pronto se retiró el muchacho.

—Y a propósito —continuó Claudia con un semblante repentinamente adusto por un soplo de recuerdos—, ¿has sabido algo de Milena? —En realidad esa era la pregunta que tenía atorada en la garganta desde el momento en que se habían sentado, pero prefirió mostrar a Tomás que podía ser una dueña de periódico responsable, alguien capaz de hablar de negocios antes de abordar sus temores y preocupaciones familiares.

—Mañana me reúno con Jaime Lemus para tocar el tema. Él puede ayudarnos.

—Es el que estaba en el funeral contigo, ¿no? ¿Aquel que trabajaba en el Cisen?

—En el Cisen y en muchos lugares más. Un experto en asuntos de seguridad e inteligencia.

—Y los otros dos del cuarteto, ¿qué se han hecho?

—Mario Crespo es profesor universitario, aunque ahora anda en un seminario en Puerto Rico. La otra es Amelia Navarro, la presidenta del PRD, la conocen todos. —«Y es mi pareja», estuvo a punto de agregar aunque algo se lo impidió; Tomás se dijo que habría sido descortés mencionarlo después del intercambio cómplice de la canción de Sabina, aun cuando hubiera sido un juego. Pero eso no impidió que se removiera incómodo en el asiento, como quien intenta enterrar el trasero en la arena de la playa.

—Esa mujer es notable —dijo ella—, no se parece en nada a los políticos tradicionales.

—Es más bien una activista con una agenda en temas de

género y derechos humanos, llegó al partido de rebote, en el fondo ni perredista es; dejará el puesto dentro de pocos meses.

—¿Y tienes confianza en tu amigo Jaime?

Él reflexionó algunos instantes; describir quién era Jaime y a qué se dedicaba no era un asunto sencillo. Decidió sincerarse.

—Jaime resuelve, pero a veces a un costo muy alto. Lo que está claro es que para él todos los medios son válidos si cree que el fin lo justifica.

—Y en eso ¿en qué es distinto a cualquier político? Y si me apuras, a cualquier ser humano.

—*Touché* —dijo Tomás con una carcajada y prefirió adoptar otro ángulo para explicarlo—. Cuando denuncié en mi columna las raíces políticas del asesinato de Pamela Dosantos hace un año, como comprenderás el mundo se me vino encima. Muchos preferirían haberme visto muerto para impedir que publicara los secretos de Estado que la actriz había acumulado gracias a sus amoríos con miembros de la élite. Y de hecho, algunos lo intentaron. Estoy vivo gracias a Jaime.

—Pues hasta ahora me está gustando —dijo ella, y estiró el brazo para colocar su mano encima de la de él durante un instante.

—Sí, pero en el proceso pasaron cosas terribles. En una operación confusa, y creemos que por error, matones a su servicio cercenaron los dedos de Vidal, el hijo de Mario, y lesionaron de un balazo en la pierna a su amigo Luis Corcuera. Y todo porque se entrometieron en la investigación del asesinato de Pamela. Los dedos pudieron ser reinjertados, aunque a Vidal se le nota alguna rigidez en la mano, y Luis renguea al caminar y le ha quedado un rencor enconado en contra de Jaime. Es una pena, porque juntos harían un equipo formidable.

—Lo siento, ¿y los responsables al menos fueron castigados?

—El que lo hizo está muerto.

—Menos mal —dijo ella conmovida.

—Eso no es todo. Otro amigo de Vidal fue asesinado y con él toda su familia. Solo sobrevivió la hermana del chico, Marina Alcántara, quizá recuerdes el caso porque fue muy comentado en los medios. El padre era un contador muy conocido.

—Me acuerdo de alguna imagen horrorosa en uno de los diarios de la tarde. ¿Y eso también fue responsabilidad de la gente que trabaja para Jaime?

—No de manera directa. Fueron los cárteles de la droga, pero me parece que lo andaban buscando a él.

—Bueno, pero ¿al final resolvió el asunto?

—Sí —respondió Tomás tras alguna vacilación.

—Entonces búscalo. Él nos ayudará a encontrar a Milena.

El periodista iba a contestar pero ella se adelantó:

—*The first time ever I saw your face I thought the sun rose in your eyes. And the moon and the stars were the gifts you gave to the dark and the endless skies, my love* —dijo ella, y girando la cabeza en dirección al mesero pidió café cortado para ambos, ningún postre.

—La mejor versión es con Roberta Flack —dijo el hombre en voz apenas audible y con una sonrisa en la boca—. Ahora traigo sus cafés, con su permiso —agregó antes de dar media vuelta camino a la cocina.

—¡Un mesero melómano! ¡Qué maravilla! —dijo Tomás entre risas, aunque luego agregó dudoso—: Digo, es una canción, ¿no?

—No te preocupes, es una canción —respondió ella con una mirada divertida que él prefirió no interpretar.

Ahora fue Tomás quien entendió que no podía retrasar por más tiempo la información sobre el departamento. No había querido arruinar el buen sabor que había dejado su nombramiento como director ni la charla coqueta y cómplice en la que se habían engarzado durante las últimas horas. Pero supuso que la terrible descripción de los acontecimientos del año pasado había preparado la escena para ponerla al tanto de lo que había sucedido en el sitio donde murió su padre. Sabía que lo que iba a decir a continuación la consternaría profundamente. Y en efecto, un pliegue hasta ahora inadvertido se instaló en su entrecejo tan pronto se enteró de la noticia. Aun así, le sorprendió su reacción.

—Eso demuestra que los temores de mi padre con respecto al peligro que corre la familia no eran infundados, Tomás. Tenemos que encontrar a esa chica. ¿Cuándo vemos a tu amigo? —dijo ella en tono beligerante.

Se despidieron en la entrada del restaurante con un beso deliberadamente casto. Él emprendió el regreso al periódico y, pese a tararear durante algunas manzanas a Joaquín Sabina, no pudo recuperar el buen humor que habían compartido durante la larga comida.

7
—

Milena
2005-2006

Los primeros días afrontó a cada cliente con un cosquilleo
optimista; se dijo que los hombres no podían ser indiferentes
a su situación, que el próximo amante sería su llave de salida.
Los miraba a los ojos como los viejos marineros observan los
mapas y su sola vista desencadena la experiencia del viaje, pero
eso era cuando aún creía en los seres humanos o por lo menos
en el deseo que tendrían de expiar sus culpas. La mirada que
le regresaban era de codicia, desprecio, timidez, culpa y muy
ocasionalmente de conmiseración, nunca de solidaridad o
complicidad.

Recién llegada a Marbella, apenas cumplidos los diecisiete
años perdió la virginidad a manos de un jeque árabe, vencedor
en la subasta. Con el tiempo descubrió que los árabes adinerados abordaban el sexo como los franceses la comida: gozaban
más de hablar de la experiencia que de la experiencia misma.
Esa noche su desvirgador declamó largas peroratas en su idioma a medida que desvelaba porciones de su cuerpo, como un
catador de guisos que proclama beneplácitos tras cada bocado;
sin embargo, la arremetida final consistió en apenas media
docena de empellones y un par de resoplidos exhaustos. El
hombre se desplomó a su lado y se olvidó de ella por un rato
hasta que súbitamente pareció recordar algo, se incorporó en

la cama y la empujó con brusquedad: una enorme sonrisa tajó su rostro cuando vio el rastro de sangre sobre la sábana. La sonrisa no desapareció mientras caminaba hasta una cómoda de cuyo cajón superior sacó un estuche. De allí extrajo una ajorca de oro que él mismo colocó en el tobillo de Milena.

De esa noche ella recordaría más bien el día siguiente: el dolor repentino y punzante que experimentó a manos del jeque fue nada comparado con la violación tumultuaria de que fue objeto doce horas más tarde. Los cuatro hombres que cuidaban la casa-prisión a la que la habían llevado se dieron cita en su cama por la mañana e hicieron lo que no les habían permitido hasta que su virginidad fuera vendida. En lo que parecía un ritual de iniciación, abusaron de Milena durante horas en formas y modalidades que ella creía destinadas solo a los animales. Quedó postrada durante veinticuatro horas por el dolor y el entumecimiento; nunca volvió a ver la ajorca.

Dos días después empezó el desfile de clientes, todos adinerados y muchos de ellos extranjeros. En los primeros años solo le asignaban un parroquiano por noche, no en consideración a ella sino al alto precio en que la cotizaban y las exigencias de los que pagaban. Por lo general, la trasladaban a alguna *suite* y en muchas ocasiones se requería su permanencia durante toda la velada; pocos estaban dispuestos a pagar mil o mil doscientos euros por solo media hora de compañía. Al principio confundió las atenciones que algunos de ellos le prodigaban con un auténtico interés en su persona; luego aprendió que en realidad se trataba de una cortesía del cliente hacia su propio dinero.

Desde niña Milena había tenido facilidad para los idiomas. Hablaba croata y serbio, algo de alemán y algo de inglés; con los años dominaría este último, el español y el ruso gracias a la procedencia variopinta de la clientela, mejoraría su alemán y llegaría a darse a entender en francés, italiano y árabe. Los primeros días intentaba explicar a cada uno de los clientes el secuestro del que era víctima, las infamias que había padecido y su desesperación por escapar. La respuesta de los hombres fluctuaba entre la incomodidad y la franca irritación; no habían pagado tan elevada tarifa para escuchar problemas. En el mejor de los casos, sus súplicas inspiraban un encogimiento de hombros apenado, como quien rehúsa dar una moneda a un pordiosero pretextando falta de dinero suelto en los bolsillos.

Antes de una semana uno de los clientes denunció a sus captores las quejas de la chica y el mundo se le vino encima. Le quemaron las plantas de los pies con cigarrillos antes de encerrarla desnuda durante tres días sin alimento ni bebida en un agujero oscuro y pestilente, como la primera vez; al salir la ahogaron intermitentemente en una tina con agua. Cuando por fin la dejaron descansar, ella asumió que el castigo había terminado: faltaba lo peor. La trasladaron a un burdel de mala muerte de un viejo barrio y durante una semana tuvo que atender a ocho o diez hombres por noche, a razón de cuarenta euros la sesión. El responsable recibió la instrucción de asignarle los clientes más borrachos o repugnantes, aunque siempre atento al estricto uso del condón.

Después de ese escarmiento Milena dejó de procurar la ayuda de los clientes. Solo de tanto en tanto, cuando alguno se empecinaba en saber quién era y de dónde venía, se animaba a sugerir con timidez su deseo de un cambio. Ninguno dio algún paso para involucrarse en su liberación; los más sensibles eran también los que más se intimidaban ante la apariencia fiera del guardia con el que ella llegaba y partía en cada cita.

No obstante, incluso esos tímidos intentos fueron abandonados seis meses después del primer castigo. Natasha Vela, una de las tres Natashas que habitaban la casa —en realidad se llamaba Valeria, pero los clientes sentían fascinación por el nombre ruso—, logró escapar con un cliente enamorado. Sus captores no tardaron ni veinticuatro horas en recuperarla: se habían refugiado en un humilde hostal del centro histórico de Marbella, creyendo que pasarían inadvertidos por el simple expediente de alejarse de los circuitos vinculados al turismo de élite. Al hombre, un holandés propietario de una pequeña imprenta, lo golpearon y le advirtieron que si lo volvían a ver o daba parte a la policía, sería asesinado; en los papeles que le encontraron había fotos de su familia, esposa incluida, y eso facilitó las cosas. Lo llevaron al aeropuerto y lo subieron a un avión con destino a Londres. A Natasha la arrastraron de vuelta a la casa y sus tratantes decidieron convertirla en una experiencia pedagógica: la mataron a palos frente al resto de las chicas. La víctima era una prostituta veterana que se encontraba en el último tramo de vida profesional útil, por lo menos al nivel en que operaban Milena y sus colegas; el responsable del grupo juzgó que tenía más valor como ejemplo aleccionador para asegurar la obediencia de las más jóvenes.

A partir de esa tragedia, Milena sintió que la desesperanza iba a ser su pan de cada día.

8

Amelia
Lunes 10 de noviembre, 1 p. m.

De haber nacido en el siglo xv habría muerto en la hoguera, se dijo Amelia. Amaneció con un presentimiento oscuro e inasible pero intenso, sin sustento ni razón evidente. Ventiló asuntos y citas a lo largo de la mañana con la sensación de que algo no encajaba, sentía que su alma experimentaba un desajuste milimétrico con su cuerpo, como un retrato ligeramente movido. Nada en las palabras o el talante de Tomás durante el fin de semana que pasaron juntos revelaba un cambio de actitud. El domingo desayunaron en la cama, leyeron periódicos y suplementos, pasearon por el centro histórico de la ciudad y comieron chiles rellenos en el Café de Tacuba.

Y sin embargo ella percibió una liviandad inasequible y difusa en la presencia de Tomás, como si hubiera perdido peso específico. Por la noche, durante el insomnio que la aquejó, prefirió atribuir el aire distraído de su amante a las preocupaciones que lo abrumaban fruto de sus nuevas responsabilidades; a partir de esa mañana arrancaba su primera semana formal como director de *El Mundo*. Con esa explicación pudo conciliar finalmente el sueño. No obstante, al despertar, antes de que el cerebro se convirtiera en el piloto de su jornada, contempló al hombre que dormía a su lado e intuyó que una parte de él no había amanecido en esa cama. Por fin, en la regadera, pudo ponerle nombre a su preocupación: no acababa de entender la súbita aparición de Claudia en la vida de Tomás. Nadie entrega un periódico a un desconocido, ni pone los secretos de la familia en manos de alguien a quien no ha visto en tantos años.

Siete horas después no podía desprenderse de la sensación de abandono. Ya en su oficina, fue al baño, se lavó el rostro y decidió arrinconar esos pensamientos, porque si bien Amelia intuía auras y respiraba presentimientos, también poseía la capacidad operativa de un ingeniero prusiano. Tomás solía decir que si la soltaran en paracaídas en medio del Amazonas, se podría regresar un año más tarde y encontrar una Disneylandia erigida a partir de la nada.

Tenía una hora libre antes de acudir a su comida de trabajo con Héctor Villalobos, secretario de Hacienda, y decidió dedicarla a estudiar el proyecto de presupuesto que sería sometido a voto en la Cámara de Diputados. Tras dos años al frente de la presidencia, Alonso Prida tenía dificultades para materializar sus promesas de campaña. Hacía rato que las expectativas incumplidas habían minado el glamuroso regreso del PRI al poder. Mantenían una mayoría precaria en las cámaras, pero llevaban meses sin contar con el apoyo de la opinión pública. Sería una comida de estira y afloja; el ministro quería negociar con Amelia los votos del PRD para sacar adelante su proyecto de presupuesto para el siguiente año por unanimidad.

Apenas comenzaba a hacer las primeras anotaciones en el grueso documento plagado de cifras, cuando Alicia la interrumpió por el interfón.

—Te llama Vidal, dice que tiene una urgencia, aunque prefiere decírtela en persona. Está a cinco minutos de aquí. ¿Lo recibes? —Alicia era la única secretaria de un miembro de élite de la clase política que no usaba el «usted» al hablar con su jefe.

—¿No sabes de qué se trata?

—¿Recuerdas que andabas buscando ayuda independiente para el análisis del presupuesto? Vidal se enteró y creo que por allí viene su interés.

—¿Vidal? Y él qué sabe de estos temas.

—Creo que viene con alguien —dijo Alicia, y Amelia entendió que su secretaria sabía más de lo que decía. Pero así era ella, una samaritana en perpetua ayuda de los problemas ajenos. Además, su asistente sabía del cariño que Amelia tenía por Vidal.

Ya no pudo continuar revisando el voluminoso escrito que tenía enfrente pero no le importó; hacía más de cuatro meses que no veía a Vidal, a quien consideraba su sobrino por ser hijo de Mario, uno de los cuatro Azules. Sabía que el joven estaba entusiasmado con el trabajo que hacía con su amigo Luis Corcuera; habían logrado jugosos contratos de programación de juegos para algunas empresas estadounidenses. También sabía que estaba enamorado. Y en efecto, no llegó solo.

—Hola, tía, te acuerdas de Rina, ¿no? —le dijo indicando a la joven con la que entró del brazo. Su nombre en realidad era Marina, pero desde su regreso a México ella insistía en que la llamaran por el apodo que tenía de niña.

Amelia le echó un vistazo a la chica y no necesitó de su portentosa intuición para darse cuenta de que el pobre Vidal estaba en apuros o lo estaría muy pronto. Rina tendría la misma edad que él, o quizá un poco más, aunque habitaba en algún punto varios pisos por encima en la espiral de una jerarquía no escrita pero implacable. Era una mujer impactante de una forma extraña: alta, de cutis blanco y pelo de ala de cuervo que contrastaba llamativamente con sus ojos azules; vestía jeans ajustados y de buen gusto, tacones altos y blusa negra y un saco que le otorgaba un porte elegante. Su aplomo desentonaba a ojos vistas con el nerviosismo y la timidez que mostraba Vidal en su presencia.

—¡Vidal, qué gusto verte! Te extrañaba; hace mucho que

no me visitas. —Amelia exageró la calidez del saludo en un esfuerzo inconsciente por compensar las carencias del joven. Él se ruborizó de placer, halagado por las atenciones que le prodigaba la presidenta del PRD en presencia de su enamorada.

—Tú disculparás, Amelia, he estado ocupadísimo desarrollando junto con Luis un *software* para unas firmas de Estados Unidos.

—¿Rina? ¿Eres Marina Alcántara?

Amelia no conocía a la única sobreviviente de la masacre en casa de la familia Alcántara, pero la había visto en fotos un año antes. No obstante, la mujer que tenía enfrente guardaba poca semejanza con la imagen de la estudiante que recordaba; su porte y actitud eran los de una persona mucho más madura que sus veintitrés años. Supuso que la orfandad abrupta y un año en el extranjero viviendo sola la obligaron a quemar etapas camino a la edad adulta.

—Gracias por recibirnos, señora Navarro, un honor. —El saludo de Rina era algo más que una mera cortesía. Conocía la trayectoria de Amelia y la respetaba por la cruzada a favor de las causas de las mujeres.

—Por favor, si eres amiga de Vidal, prácticamente formas parte de la familia —respondió Amelia tomando del brazo a su sobrino; este se giró para mirar a su acompañante sin poder reprimir una sonrisa de orgullo.

—Rina está de regreso en la Ciudad de México luego de terminar sus estudios en Estados Unidos. Jaime nos asegura que ya no corre ningún peligro.

La muchacha interrumpió las explicaciones de Vidal:

—Estoy buscando trabajo, Amelia. Mis parientes me consiguieron algunas entrevistas en medios bancarios y financieros, aunque a mí me interesa el sector público. Hacer más ricos a los ricos no es algo que me atraiga mucho, digamos.

—¿Qué estudiaste exactamente? —respondió Amelia, tratando de advertir si su desprecio por los ricos era una pose con la intención de ganársela a ella.

—Una maestría en Políticas y Finanzas Públicas, y antes estudié Administración en el ITAM —contestó Rina, y Amelia miró involuntariamente el grueso expediente con tablas y cifras que reposaba amenazador sobre su escritorio.

Observó a la joven, ahora con más interés. Desde el principio había captado algo extraño en sus ojos, y solo ahora percibió la razón: los tenía muy cercanos uno del otro. Eso y una nariz angulosa le otorgaban un vago aire a personaje de Almodóvar. El tipo de mujeres que podían tener un gran parecido con sus hermanas feas, y no obstante eran poderosamente atractivas; no le extrañó que Vidal estuviera tan entusiasmado.

—Pues quizá tenga algo para ti en tanto encuentras algo mejor —dijo mirando de nuevo el proyecto de presupuesto—. Una plaza temporal, aunque no pagan mucho.

—El dinero no es problema —interrumpió Rina.

Amelia asumió que la chica habría heredado los bienes y las cuentas bancarias del padre, que debieron de ser considerables.

—Pues empezamos en cuanto puedas —dijo Amelia—. En unos días se decide el presupuesto del gobierno para el año que viene, y no tengo tiempo para analizar algunos temas que me interesan.

—Encantadísima. Pero ¿no tiene el partido expertos económicos que estén trabajando en el documento?

—Desde luego, salvo que todos traen su agenda. A mí me interesa en particular que algunas partidas para proyectos sociales no resulten perjudicadas. Necesito un buen análisis al respecto, comparación con otros países, estándares mínimos de la inversión que requiere un proyecto para ser viable.

—Si urge, por mí puedo comenzar a trabajar de inmediato —respondió Rina entusiasmada—. Desde que regresé vivo acosada por la parentela, que cree que debe cuidarme como si tuviera quince años.

—Te propongo algo. Voy a una comida justamente a tratar estos temas, en un par de horas regreso. Mientras tanto te instalo en la salita de juntas que tengo al lado, examinas el documento ese, y cuando vuelva lo conversamos y te explico mis preocupaciones. Si lo deseas, te traen algo de comer. ¿Va?

—Eres muy gentil —dijo Rina conmovida.

Amelia pensó que por primera vez la expresión de la chica delataba su juventud. Llamó a Alicia y le pidió que la llevara a la sala adjunta y la apoyara en todo lo que necesitara.

—Acompáñame al coche —pidió a Vidal—, tengo algo que preguntarte.

Cuando Vidal hizo alusión a su amigo un momento atrás, una idea se agitó en el cerebro de Amelia; recordó al brillante *hacker* y las sorprendentes revelaciones que había logrado en el caso del asesinato de Pamela Dosantos.

—¿Cómo está Luis? ¿Qué ha estado haciendo todo este tiempo? —inquirió una vez que se quedaron solos.

—Se fue a vivir unos meses a Barcelona con su padre luego de todo lo que pasó, aunque desde allá hemos seguido en contacto. Regresó la semana pasada a Guadalajara por unos días; ahora está en México porque su viejo insiste en que lo revise el doctor que lo operó de la pierna. Pero regresa a España en unos quince días.

—Me gustaría mucho tomarme un cafecito con él. ¿Podrías pedirle que nos encontremos?

—Ahora mismo se lo pregunto —dijo Vidal y tecleó algo en la pantalla de su celular.

Ella miró a su sobrino y se dijo que era un desperdicio que de los cuatro Azules solo hubiera dos azulitos: Vidal y Jimena, la hija de Tomás, ambos encantadores. Acarició el pelo del chico y se despidió con un beso.

—Me avisas, ¿eh?

—Espera, Amelia. ¿Y qué te pareció Rina?

—Bueno, acabo de conocerla. Se ve muy centrada pese a la tragedia que vivió; debió de ser terrible. Supongo que ahora debería tomarse todo con calma, sin apresurar nada —dijo ella con cautela. En realidad el consejo era para Vidal: no quería ver roto el corazón del chico, quien a todas luces aspiraba a un sueño difícil de alcanzar.

El celular de Vidal emitió una alarma e interrumpió lo que estaba a punto de decir.

—Es Luis. Dice que hoy puede en la noche, que dónde se verían.

—Si no le importa, pídele que venga a mi oficina a la hora que quiera, yo estaré hasta muy tarde trabajando en el dichoso documento.

Dos horas después Amelia encontró a Rina en la sala de juntas tal como la había dejado. Ni siquiera se había quitado la chamarra; el café que tenía a un lado seguía intacto. Le recordó los hábitos pasivos de Tomás al dormir; cuando su pareja se levantaba de la cama, apenas un par de arrugas en la almohada delataban que alguien hubiera pasado allí la noche. Él no dormía: se fosilizaba. Sin embargo, las profusas anotaciones a lápiz en muchas de las páginas revelaban que Rina se había movido poco y trabajado mucho.

—Hola, ¿se fue Vidal?

—Lo corrí de aquí para que me dejara trabajar.

—¿Y qué has encontrado?

—Me centré exclusivamente en los presupuestos del sector social. El gasto para el próximo año crece un 6.5 por ciento, lo cual no está mal; supera al de otros sectores, salvo que al analizarlo por partidas te das cuenta de que está muy politizado. Se concentra en los programas que generan éxito rápido y votos, pero abandona todo lo que se refiere a temas como el combate a la pobreza extrema o la población indígena, esos sectores que casi no votan. Sobre eso hice mis tesis, ¿sabes? —dijo la joven con orgullo.

—Voy a atender un par de asuntos urgentes en mi despacho y luego vengo contigo para que me muestres todo lo que encontraste. Lo que dices es oro molido para enmendarles la plana a estos coyotes.

Rina asintió con un gesto sin levantar la vista de las hojas.

Amelia se retiró aunque antes de cerrar la puerta tras de sí miró a la chica, que ya se había olvidado de ella. Le gustaba la manera absorta en que trabajaba con esos ojos suyos, tan pegados uno al otro que parecían binoculares capaces de perforar el papel. Los desplazamientos de cabeza acentuaban la sensación de que su campo visual no incluía los costados; para ver las cosas giraba el cuello como si enfocara a través de una escafandra. Parecía solvente y dedicada, pero lo que más le gustó de ella en los escasos momentos que habían compartido era su trato desenfadado: sin ser irrespetuosa, la trataba como a una igual a pesar de su cargo. Era una sensación agradable y contrastante con las oleadas de servilismo en que se movían los empleados y secretarias formados en la cultura burocrática de la Ciudad de México.

Atendió al responsable del partido en Quintana Roo, quien traía algunos nombres para las candidaturas que tendrían lugar en el verano del año siguiente. El PRI les había arrebatado el control de Cancún dos años antes y Amelia quería hacer todo lo posible para recuperarlo. No obstante, los candidatos que le propusieron le parecieron iguales o peores que los de la competencia. Se deshizo de la visita y se prometió encontrar el tiempo para dar con un ciudadano honesto y respetado.

Después de escribir algunos correos electrónicos y hacer un esbozo del discurso que pronunciaría en una ceremonia al día siguiente, Amelia regresó a la sala donde se encontraba Rina. La noche había caído pero la chica no parecía haberlo notado; tenía papeles desparramados a lo largo de la mesa, algunos apenas visibles en la mortecina luz que proyectaba una lámpara lateral.

—¡Rina! ¿Cómo puedes ver? Estás en penumbras.

Ella la miró confundida, como si se preguntara quién era esa señora y de dónde había salido. Finalmente la reconoció.

—Es cierto, ya estoy haciendo bizcos.

Amelia juzgó redundante la expresión: bizqueaba desde que llegó.

—¿Y qué has encontrado? —preguntó conforme encendía las luces principales.

—Necesito más tiempo, aunque ya me queda claro que están eliminando programas sin necesidad de decirlo: es tan pequeño el presupuesto asignado que los convierten en cascarones vacíos. Todo lo que tiene que ver con discapacitados, por ejemplo.

—Lo suponía; cabrones. Habrá que hacer una lista de los programas afectados —dijo Amelia. Advirtió la carga de trabajo que eso suponía y agregó—: Tómatelo con calma, no lo vamos a resolver en un día. Vete a descansar por hoy y mañana seguimos, ¿va?

—A mí no me importa, ¿sabes? —dijo ella, y bajó la voz para agregar—: No tengo adónde ir.

—¿Cómo? ¿Dónde te estás quedando?

—Perdón, me expresé mal. Me acaban de entregar el departamento que compré y todavía no me he mudado. Apenas terminaron la cocina, pero está superbonito —dijo Rina entusiasmada, aunque de inmediato se apagó su voz—. Todavía estoy con unos tíos, pero ya no aguanto la mirada de lástima con que me ven. Para ellos soy «la huérfana de la tragedia» —agregó entrecomillando con los dedos.

—Dime algo, Rina, ¿no habrás regresado demasiado pronto a México? —preguntó Amelia en el tono más cariñoso que le fue posible.

—Terminé lo que fui a estudiar al extranjero. Nueva York no es mi casa ni mi ciudad, y no me voy a convertir en una trotamundos para escapar de lo que viví. Necesito esto: un trabajo que me guste, conocer a otras personas, tener mi propio departamento. Alejarme de todos los que me ven como si mi alma estuviera fracturada.

Amelia se sorprendió del aplomo y la madurez de la joven; era un discurso que se habría repetido a sí misma infinidad de veces en los últimos días. Por lo demás, absolutamente razonable y sano, consideró.

—Te entiendo, cuenta conmigo —respondió y se acercó para tocarla en el antebrazo—. O mejor dicho, cuento contigo, porque me vas a salvar de que estos lobos nos metan una tarascada —concluyó en tono de complicidad.

Alicia interrumpió la conversación para anunciar la llegada de Luis Corcuera. Amelia pidió que lo hiciera pasar a la sala donde se encontraban.

Luis había cambiado mucho desde la única vez que lo vio, en la cama de un hospital once meses antes; el joven que entró cojeando a la habitación también parecía mucho más maduro que sus veinticinco años. Supuso que la tragedia, como en el caso de Rina, era un acelerador poderoso.

Vestía jeans y camisa azul de marca, botas modernas y una fina chamarra de piel negra. A pesar de que el atuendo, la barba de tres días y el cabello claro cortado a rape le otorgaban un aire ligeramente delictivo, las largas pestañas de sus ojos marrones quitaban cualquier asomo de hostilidad a su expresión.

—Luis, pasa, gracias por haber venido —dijo Amelia.

—Un placer, encantado de conocerte. Sé mucho de ti por Vidal; bueno, y por la prensa —respondió él.

Amelia hizo una pausa en espera de que los dos jóvenes se saludaran. Como esto no sucedía, se preguntó si estarían enemistados y si habría sido una mala idea recibirlo en compañía de Rina. Finalmente fue esta quien habló primero:

—Así que tú eres el famoso Luis —dijo, y por primera vez enarboló una inmensa sonrisa que transformó su cara. Además de revelar una inmaculada dentadura, el rictus separó sus ojos, otorgando a sus facciones una fascinante armonía; Amelia contempló la irresistible y extraña belleza que desplegaba su rostro una vez que abandonaba los rasgos cubistas de su expresión en reposo.

Al parecer también Luis la había captado, porque tardó en responder:

—Y tú la hermosa Rina —dijo con una carcajada gozosa.

Se miraron durante unos instantes, como niños atrapados por la vista de una golosina; Amelia se sintió una extraña en su propia sala de juntas.

—Perdón por no haberlos presentado, creí que se conocían; al ser ambos tan amigos de Vidal...

—Aunque nunca nos habíamos visto siento que la conozco bien; Vidal no habla de otra cosa —dijo él mientras se desplazaba en torno a la mesa, tratando de identificar la naturaleza de los cuadros estadísticos dispersos en la superficie.

Rina no le quitaba la vista de encima; su cabeza lo seguía como el periscopio de un submarino que ha fijado su objetivo. Amelia intervino para interrumpir lo que estuviera sucediendo allí, sin saber bien qué ocurría.

—Dame unos minutos, Luis, quiero hacerte una consulta —dijo y lo arrastró hacia la puerta de su privado—. Discúlpanos, Rina, luego continuamos.

Los jóvenes no se despidieron, solo se sonrieron uno al otro con una complicidad recién inaugurada.

Una vez en su despacho, Amelia hizo la consulta a la que llevaba dando vueltas toda la tarde. Le explicó el caso de Milena, la necesidad que tenían de encontrarla para valorar el riesgo que afrontaba y, de ser preciso, tratar de protegerla.

—No quiero que te involucres ni mucho menos, solo que nos indiques por dónde buscar. Mañana tengo una cita con el director de la policía y quisiera sugerirle algunas pistas; ellos tienen una unidad de inteligencia cibernética. Tal vez estén lejos de tu nivel, pero los puedes poner en el camino correcto para iniciar la búsqueda, ¿no crees?

Amelia percibió la manera en que Luis se activó al influjo de su invitación, como un edificio al que se le reconecta la electricidad o una flor que recibe los primeros rayos del sol. El mero enunciado de un misterio por resolver provocó la expansión de sus pupilas, un ligero ensanchamiento de las aletas de la nariz y la contracción de los labios en un curioso mohín de concentración. Reaccionó al acertijo como lo haría un adicto ante la mención del objeto de sus deseos. Luis, entendió Amelia, vivía para resolver arcanos y enigmas; de la misma forma en que algunas personas no resisten pasar de largo frente a un sudoku sin aventurar una solución, él nunca quedaría indiferente ante una búsqueda digital intrincada. Amelia se dijo que quizá cometiera un error al creer que su conversación constituía una simple consulta: con toda seguridad el chico la convertiría en su agenda durante los próximos días. ¿Era eso lo que ella buscaba? ¿Insistió en que era una mera pregunta para tranquilizar su conciencia, a sabiendas de que él se zambulliría en la investigación? En realidad aún no tenía una cita con su amigo, jefe de la policía, aunque había pensado verlo alguno de esos días.

Luis tomó lápiz y papel del escritorio y garabateó círculos que conectaban con otros círculos; Amelia siguió sus trazos tratando de descifrar algún significado, y luego se dio cuenta de que no era más que una forma de pensar. Le quedó claro cuando él comenzó a hablar:

—Primero que nada pídeles el nombre real de Milena, su situación legal, entradas y salidas del país. Habrá que averiguar el número de su teléfono, tarjetas de crédito, correos electrónicos, Facebook, Twitter y Skype si los tiene. Con cualquiera de estos datos puedes ir construyendo los demás.

—Y una vez que tenga algo de eso, ¿cómo doy con su paradero?

—Lo más fácil es el celular, porque permite localizarla inmediatamente. Un consumo en la tarjeta de crédito la sitúa a una hora y en un lugar; el correo electrónico te da acceso a su red de amigos y familiares, con los cuales tarde o temprano se comunicará. Skype es útil porque muchos de los que viven en el extranjero utilizan esta vía para hablar con los que dejaron atrás; además, creen que es inviolable.

—Perfecto. Mil gracias, Luis, me ha sido útil; si tengo alguna duda, te vuelvo a molestar. Déjame tu número de teléfono y correo, ¿quieres?

—Si no te importa, preferiría que me buscaras por conducto de Vidal; se vuelve uno un poco paranoico.

—No creas, los que andamos en la política también. Tengo mis recursos para hacer una llamada sin que sea rastreada —dijo ella con cierto orgullo.

Luis sonrió a modo de disculpa, aunque no hizo gesto alguno de anotar los datos solicitados. Se le quedó mirando a los ojos con rostro impasible.

«¿Qué pasa con esta generación? —se dijo Amelia—. ¿De dónde sacan ese aplomo?»

—Bueno, vamos a despedirnos de Rina. Voy a cerrar el tinglado por hoy.

Se pusieron en pie y regresaron a la sala de juntas donde la chica seguía con la cabeza zambullida en los cuadros. El periscopio de su mirada captó a Luis al instante y de nuevo siguió su desplazamiento por la habitación. Inevitablemente Amelia pensó en una suricata.

—Paremos por hoy, Rina. ¿Quieres que te lleve a algún lado? Yo voy hacia la colonia Roma.

—No, mil gracias, traigo coche.

—Yo no —dijo Luis—. ¿Me llevas? —preguntó dirigiéndose a Rina.

—Con gusto mi chofer te lleva a donde vayas —intervino Amelia, pero ninguno de los dos pareció escucharla: Rina había desplegado de nuevo su inmensa sonrisa y los dos jóvenes cruzaban miradas de mutuo embeleso.

Amelia pensó con tristeza en Vidal y apagó la luz de la sala para poner fin a la sensación voyerista que ahora la inundaba. Los tres salieron juntos a la calle; uno de ellos sobraba.

9

Milena
Martes 11 de noviembre, 10.30 a. m.

Intentaba mirar otra cosa que no fuera el reflejo de su largo y demacrado rostro mientras le teñían de negro el cabello en una estética de barrio. La mujer que la atendió insistía en girar el asiento obligándola a enfrentar su propia imagen, como si en lugar de embadurnarla de plastas de tinte la estuviera torturando. Y en efecto, contemplar su cara era una suerte de suplicio: las pronunciadas ojeras y la piel macilenta tras más de cuatro días de insomnio y encierro en un hotel le recordaban la pesadilla en la que se encontraba. Estuvo a punto de encarar a la empleada para que dejara de confrontar su rostro ante el espejo, pero asumió que eso delataría su acento extranjero. Había pedido el servicio que buscaba con las menos palabras posibles. Se sentía expuesta al haber salido de su madriguera, le parecía que en cualquier momento irrumpirían en el local un puñado de sujetos mal encarados. Un par de veces giró la cabeza de manera abrupta al creer percibir una silueta en la ventana que dominaba la calle. En ambas ocasiones se llevó un trazo de tinte sobre la cara de parte de la improvisada estilista.

Nunca llegó al aeropuerto para comprar un boleto y salir del país. Tenía pasaporte y doce mil dólares en el bolsillo, pero recordó las amenazas del Turco y prefirió esconderse. El jueves anterior, después de salir apresurada del departamento que compartía con Rosendo Franco y a medio camino del trayecto al aeropuerto, pidió al taxista que se desviara al Holiday Inn más próximo. Recordó que las redes de prostitución evitaban esa cadena y lo último que le interesaba era toparse con algunos de sus exjefes o sus empleados. Y mucho menos con alguien vinculado a la mafia rusa.

Sabía que los agentes de inmigración del aeropuerto a sueldo de los traficantes de personas darían parte de su salida del país y, peor aún, su destino final. Corría el riesgo de que allá donde fuera estuvieran esperándola cuando aterrizara su avión, si es que lograba subirse a él. Una y otra vez en los últimos años había constatado el poder de esas organizaciones internacionales y sabía que sus largos brazos podían alcanzarla en cualquier punto.

Y además estaba Leon. Su hermano tenía ahora dieciocho años, pero nunca dejó de estar en la mira de los tratantes. Durante los más de nueve años que Milena pasó en manos de ellos, periódicamente le mostraban fotos actualizadas del niño y de sus padres y le advertían de que cualquier intento de fuga provocaría la ejecución de su familia; Leon sería prostituido entre pederastas y sus padres asesinados. «Tu trabajo paga la libertad de tu hermano», le dijeron.

Sin embargo, hasta la última célula de su cuerpo rechazaba regresar a la vida que había llevado. Solo el cariño y las atenciones que le prodigó Franco le permitieron salir del embotamiento en que se sumergió durante tantos años para sobrevivir a la prostitución forzada de que había sido víctima; gracias al viejo despertaron libertades perdidas, atisbos de lo que otra vida podía ofrecer. La existencia que había llevado resultaba más odiosa vista desde afuera y en plena libertad que desde las capas de resignación que construyó cuando vivía adentro de la jaula.

El Turco vendría por ella. Lo sabía; una y otra vez se lo habían advertido sus verdugos a lo largo de las últimas semanas incluso bajo la protección de Franco. El dueño del periódico se la había llevado sin haberla comprado, y ese no era un código que los traficantes aceptaran. Según sus leyes, ella seguía siendo objeto de su propiedad.

Durante los cuatro días de fuga había vivido paralizada por la angustia. El servicio de habitaciones del hotel y las cortinas cerradas le permitieron un duermevela indefinido, muy poco reparador aunque útil para bloquear momentáneamente su ansiedad. A ratos consideraba imprescindible alertar a su familia del peligro que corría, pero luego asumía que una llamada desde su habitación o el celular, que mantenía apagado, revelarían su ubicación. Y no conseguía armarse de valor para salir a la calle y utilizar un teléfono público. Por lo demás, ¿qué podría decirle a sus familiares, a quienes no había llamado en años? ¿Que huyeran adónde?

Finalmente decidió que tenía que hacer algo con su apariencia. Si no podía huir, al menos podía esconderse, y para ello debía disimular la estampa de valquiria que la convertía en blanco de todas las miradas en México.

Ahora, mientras le teñían el pelo, comenzó a arrepentirse. El tono oscuro del cabello instalaba en su rostro una severidad que le resultaba ajena. Después de veintiséis años de saberse rubia, le costaba reconocerse en esa imagen dura y decidida que le devolvía el espejo. Y no es que su semblante hubiera sido amable anteriormente; los abusos e infamias padecidos durante años prohijaron en ella un gesto duro y una mirada vacía. Pero había sido una mirada de derrota y de rendición absoluta: la imagen de esta Milena *brunette*, en cambio, poseía una determinación y un rencor vivo que creía haber perdido mucho tiempo antes, en el ropero de una finca abandonada en las inmediaciones de la frontera alemana. Poco a poco concilió la visión que observaba con un nuevo estado de ánimo. Durante los últimos quince minutos ya no separó la vista de su rostro y de las sensaciones que el espejo le devolvía. Decidió que nunca más regresaría a la prostitución; también, que nunca se dejaría atrapar viva y no antes de dar a conocer el explosivo material de la libreta negra. La había dejado escondida en el hotel, pero sin ella ahora se sentía vulnerable. Decidió volver cuanto antes e hizo gestos a la empleada para que terminara de una vez por todas y le cobrara sus servicios. No obstante, al ver la computadora sobre la mesa de recepción no resistió la tentación de despedirse de Rosendo Franco por última vez.

10

Los Azules
Martes 11 de noviembre, 2 p. m.

—Hola, señor director —saludó Jaime a Tomás al llegar a la mesa que ya ocupaban él y Amelia.

El periodista examinó el rostro de su amigo en busca de algún asomo de sorna, pero la expresión parecía sincera.

—Gracias, los primeros tragos van por tu cuenta.

—Y disculpa que primero salude al cuarto poder, Amelia; ahora sí que hay jerarquías. Además no estoy seguro de en qué lugar exacto del *hit parade* del poder se encuentra la oposición en este país —agregó Jaime y le dio un beso apenas perceptible en la mejilla.

Ahora fue ella quien escudriñó la actitud del hombre que apenas cuatro días antes le había hecho tan abrupto reproche amoroso. Los modos relajados de Jaime podrían haberla hecho creer que la escena en el estacionamiento de la funeraria había sido un sueño. Pero Amelia no era alguien que confundiera los sueños con la realidad. Concluyó que pese a los largos años de amistad nunca acabaría de entenderlo. No obstante, decidió dejar atrás el distanciamiento de los últimos meses; no quería ni podía odiarlo porque eso implicaba rechazar una parte de su propia biografía.

—Impresionante el funeral de Rosendo Franco, yo no recuerdo algo de esa magnitud desde la muerte de Camilo Mouriño, y eso porque era secretario de Gobernación y brazo derecho de Felipe Calderón —comentó Tomás.

—Pues sí, se le enterró como si fuera prócer de la patria —respondió Jaime.

—El número de asistentes en un funeral tiene muy poco que ver con las virtudes del difunto —dijo Amelia—. Muchos acuden solo para asegurarse de que el personaje velado efectivamente haya muerto. Siempre me ha llamado la atención el respeto con que se entierra a los caciques, dueños de vidas y haciendas de todos los que los rodean, personajes infames que mueren en su cama rodeados de familiares que lloran como si les debieran algo. La hija que fue abusada por el padre; los hijos que mendigaron el cariño ausente. Confunden con amor el reblandecimiento de la severidad del padre en sus últimos años, y olvidan pronto las humillaciones castrantes, la coerción sobre su vocación profesional y las imposiciones en el matrimonio de los hijos. Dictadores y sátrapas, responsables de los más abominables delitos, se despiden del mundo entre pleitesías y honores.

—La severidad de Amelia era genuina, pero en algo abonaba la incomodidad que la acosaba por la tensión de saberse entre su actual pareja y Jaime, súbitamente convertido en pretendiente.

—Lo cual nos lleva al tema del que quería hablarles: la enamorada de nuestro prócer no aparece por ningún lado —intervino Tomás—. Peor aún, el sábado pasado me di una vuelta por el departamento que tenían Milena y Rosendo en la colonia Anzures. Está destrozado. Todo indica que alguien anda buscando a la mujer con excesiva enjundia. Claudia está preocupada, al parecer la rusa había recibido constantes amenazas por parte de los empresarios que la regenteaban. Con todo, la violencia empleada me parece excesiva, ¿no creen? —Tomás se dirigía a ambos en atención a Jaime; todo lo que acababa de decir lo había conversado extensamente con Amelia durante el fin de semana.

—Debo confesarles que Milena me intrigó un poco desde que oí de ella en el funeral, así que pedí a alguna de mis gentes que le echara un ojo al asunto. —En realidad una división completa de Lemlock había trabajado los últimos días en la construcción de un expediente de la mujer, pero Jaime prefirió omitirlo.

Extrajo una tableta de su saco y revisó algunas notas antes de hablar. Los tres Azules se encontraban en un reservado del Rosetta, un restaurante en la calle de Colima en la colonia Roma. Jaime les había asegurado que el sitio era discreto y de fiar; no obstante, cada vez que se acercaba un mesero Tomás se sentía inclinado a declamar canciones.

—Milena no es rusa. Se llama Alka Mortiz y nació en Jastrebarsko, Croacia, el 23 de agosto de 1988. Tiene visa para trabajar en México —dijo Jaime, y desplazando el índice sobre la tableta agregó—: en calidad de modelo y agente de relaciones públicas.

«Relaciones púbicas», pensó Tomás, pero prefirió no interrumpir a su amigo.

—No ha salido del país todavía, o por lo menos no hay registro de tal cosa. Tiene una American Express asociada a la cuenta de Rosendo Franco; no se han hecho cargos en los últimos días. Tampoco existe un celular a su nombre, lo más probable es que Franco le pasara alguno de los suyos. Habría que ver en los registros del periódico los aparatos asignados al dueño.

—¿Es todo? —dijo Tomás decepcionado.

—Lo que sigue es más preocupante. Entró al país hace diez meses, no obstante, a efectos prácticos es como si un hoyo negro se la hubiera tragado por lo menos hasta julio de este año, cuando comienzan los viajes en compañía de Franco y los consumos con su tarjeta de crédito. Antes de eso no hay registro de sus idas y venidas o de plano de su existencia, salvo la fecha de entrada. Tampoco encontramos algo en otras bases de datos internacionales sobre su pasado.

—¿Eso qué significa? —preguntó Tomás.

—Significa que vivía secuestrada. En el negocio de la prostitución hay muchas modalidades; la más dura la desarrollaron las mafias rusas y se extendió por toda Europa. Se basa en la compra de mujeres que son tratadas como esclavas literalmente; ni siquiera fingen un esquema de salarios o de comisiones que se descuentan de una deuda impagable, simplemente son explotadas hasta que las enfermedades o las drogas acaban con ellas. Viven en el mismo sitio donde son prostituidas o en lugares muy cercanos, encerradas y sin día libre, salvo cuando se enferman o necesitan recuperarse de alguna lesión. Y cuando salen a cumplir con un servicio, un esbirro las acompaña hasta la puerta del hotel.

—Me cuesta trabajo creer que no puedan escapar, hasta los cautivos de un secuestro a veces logran fugarse. ¿No hay algún cliente al que puedan pedir ayuda? —inquirió Tomás.

—Son mujeres aterrorizadas, muchas de ellas forzadas a convertirse en adictas. Todas son amenazadas con sufrir represalias en contra de sus familias. Las vejaciones y torturas a que son sometidas desde el inicio las dejan sin resistencia. Una prostituta guapa, como supongo que es Milena, puede generar a sus operadores trescientos mil dólares al año, quizá más. Los rusos no se andan con miramientos ni operan al largo plazo; las exprimen al máximo porque saben que hay un suministro inagotable de rumanas, eslovacas, africanas y latinoamericanas.

—Si son rusos, serán bastante notorios aquí en México. No sería difícil encontrarlos, ¿no? —insistió el periodista.

—Decimos rusos en atención al método. El modo de operación se ha extendido a muchos otros tratantes que adoptaron el estilo: griegos, turcos y libaneses en todo el Mediterráneo; ucranianos, húngaros y rusos en América del Norte, y todos ellos en Europa. Por lo general, las mafias de las repúblicas exsoviéticas son las que controlan la extracción y la primera venta, pero una vez colocadas en las subastas, las víctimas pueden terminar en cualquier lugar del mundo. Milena llegó a México procedente de España. Ya pedí a un amigo de la Interpol los datos de su paso por allá.

—La relación entre proxenetas y traficantes de mujeres es hoy más fuerte que nunca —dijo Amelia—. Antes los puteros acordaban con la policía del pueblo y con mujeres de la región; ahora forman parte de una larga cadena que oferta venezolanas o rumanas, se arregla con agentes de migración, con la Policía Federal y hasta con los narcos que los extorsionan. En esa pirámide los rusos y nacionalidades parecidas son los que predominan porque comenzaron antes el trasiego internacional. La globalización, lejos de convertir a la trata de personas en un anacronismo del pasado, generó un mercado mundial para las redes del crimen organizado.

Los demás recordaron que durante su gestión como diputada, Amelia había sido presidenta de la Comisión de Lucha contra la Trata de Personas, y la prostitución ocupaba aún buena parte de sus preocupaciones profesionales.

—En México es todavía más complicado porque los cárteles de la droga se han metido en el negocio —continuó ella—. Al inicio fue solo la extorsión a prostíbulos, locales de masajes y *table dance*, y ahora les interesa cada vez más la explotación directa. Kilo por kilo, el trasiego de mujeres es más rentable que la droga: bastante más fácil de introducir y es un producto que se vende muchas veces y a muchos clientes en lugar de una sola vez. Rusos y narcos en México ya operan juntos. Los Zetas, por ejemplo, dan protección a los burdeles y tugurios en todo el golfo de México, incluida Cancún, que es la plaza más rentable. Las mafias europeas y asiáticas han utilizado los contactos del narco entre los agentes de migración y con los coyotes para introducir mujeres a México e incluso a Estados Unidos.

—A ver, si esto va a meter a los narcos en el asunto, deberíamos revisar muy bien qué haremos. La vez anterior Vidal acabó sin dedos y Luis con una bala en la pierna —intervino Tomás.

Amelia sintió el impulso de decirle que las heridas infligidas a Vidal y a Luis no fueron obra de los narcos sino de los esbirros de Jaime, pero había dejado atrás ese reclamo y no parecía el mejor momento para resucitarlo.

—Simplemente se trata de localizar a Milena para asegurarse de que la muchacha está bien. Eso no debería ser tan difícil ni tan riesgoso, ¿no creen? —argumentó ella.

Jaime y Tomás la escucharon hablar y, sin ponerse de acuerdo, los dos se remontaron a su infancia, treinta y cinco años atrás, cuando comenzaron a ser conocidos como los Azules en el colegio. Amelia siempre había sido la líder del grupo gracias a su desarrollo más temprano y a provenir de un hogar con padres liberales, psicólogos ambos, en el que la única hija podía y debía cuestionar a la autoridad y era tratada como adulta. Galvanizados en torno a ella, los Azules se convirtieron en una cofradía propia pero siempre caracterizada por militar en las causas perdidas y a favor de las querellas de los desprotegidos. El resto de la población escolar los veía como un grupo aparte y a la vez como un cuarteto de justicieros. Defendían al alumno humillado por sus compañeros y hacían la guerra al profesor arbitrario o inepto. Ahora que la escuchaban abogar por Milena, resonaron en la memoria de ambos las docenas de ocasiones en las que los metió en problemas tras conminarlos a no quedarse de brazos cruzados frente a la infamia del momento. A la postre, habían terminado, todos ellos y no solo Amelia, por sentir una suerte de responsabilidad ante los males del mundo que pasaban frente a sus ojos.

—Evidentemente Rosendo Franco la retiró del trabajo de la prostitución —dijo Jaime tratando de analizar hasta qué punto la mujer podía encontrarse en apuros—. El hecho de que ella continuara recibiendo amenazas o se encontrara en peligro de muerte aun en compañía del viejo, como asegura Claudia, significa que Franco se quedó con Milena por la fuerza. Es decir, la mafia que la regenteaba todavía se cree con derechos sobre ella, y más ahora que su protector ha muerto.

Tomás estuvo a punto de ocultar a Jaime la existencia de la libreta negra. Desquitarse de una de las muchas ocasiones en que su amigo se había guardado para sí mismo información vital para el resto de los Azules. Pero decidió que si iban a pedirle ayuda, más valía ponerlo al corriente de lo que estaba sucediendo. Al menos tuvo la satisfacción de observar la manera en que las pupilas de Jaime se dilataron al escuchar la mención del misterioso cuaderno de Milena; fue el único gesto que delató su sorpresa, pero Tomás sintió que había valido la pena.

—Eso explica la violencia en el departamento, es vital encontrar la libreta y saber qué contiene —dijo Jaime casi para sí mismo, y ahora fue Amelia quien advirtió la manera en que se ensanchaban los pulmones de su amigo.

—No te precipites. Le prometí a Claudia que nadie vería el contenido del cuaderno antes de que ella lo hiciera —comentó Tomás.

—¿Algún secreto de Rosendo Franco? —dijo Jaime con una sonrisa.

—No lo sabemos, pero estoy decidido a cumplir mi promesa.

—Primero encontremos a la joven, ¿no creen? —interrumpió Amelia ligeramente incómoda por la intensidad con que su pareja declaraba su lealtad a Claudia—. Asumiendo que Milena está escondida y no la han atrapado los que la persiguen —concluyó.

—De acuerdo —dijo Jaime—, el asunto es que podamos encontrarla antes de que lo hagan ellos.

En realidad, había sido localizada dos horas antes, y ya lo sabrían si Amelia no tuviera la sana costumbre de apagar el celular durante las comidas importantes.

11

Luis y Rina
Martes 11 de noviembre, 10.30 a. m.

«¿Cómo se puede amar a alguien sin conocerlo?», se preguntaba Rina mientras veía a Luis levantar su laptop con ambas manos, como si fuera una fuente, para acercarla a la ventana en un intento por mejorar su conexión 4G; la alzaba por encima de la cabeza como si la señal fuera a posarse cual mariposa sobre la bandeja insinuante. El torso desnudo y su figura alargada y atlética provocaron en ella oleadas de ternura y deseo. Quizá no era enamoramiento lo que sentía, reconsideró Rina, sino las intensas secuelas del gozo que emanaban de su cuerpo agradecido.

—¿Sirve de algo ese movimiento? —preguntó ella.

—No, parezco un imbécil, ¿verdad?

—Sí.

—¿Siempre dices lo que piensas? —inquirió él divertido. Mantenía la computadora alejada de su cuerpo aunque ahora su atención estaba puesta en su compañera. Acababa de caer en la cuenta de que, desde que se conocieron, apenas quince horas antes, ella le había comentado que caminaba como un pingüino, que tenía las orejas muy grandes y demasiados pelos en las nalgas.

—Sí, sobre todo si me siento en confianza.

—¿Y no temes que me ofenda?

—Nada de lo que diga hará que dejes de desearme —dijo Rina. Lo aseguró como quien da la hora, sin asomo de romanticismo ni presunción, aunque acompañó sus palabras con una mirada a su propia silueta envuelta aún en la sábana.

Luis caviló durante algunos instantes, la observó otro tanto y asintió:

—Creo que tienes razón.

Habían pasado la noche juntos porque no encontraron una buena razón para dejar de hablar, primero, y para dejar de acariciarse, después. Por la mañana ella llamó a la oficina de Amelia para avisar que se incorporaría a su nuevo empleo el día siguiente. Lo poco que durmieron lo hicieron en la habitación que él ocupaba en el hotel Emporio del Paseo de la Reforma; ahora ella quería acompañarlo a la cita que tendría con el doctor para revisarse la pierna. Nunca llegaron a hacerlo porque antes encontraron a Milena.

La noche anterior comenzaron a hablar de la europea en tono festivo; entendían que ella había sido el motivo que el azar dispuso para que se conocieran. Ninguno de los dos bebía gran cosa, él porque le desagradaba la idea de que algún estimulante trajinara en su cerebro, ella porque durante los primeros seis meses tras el asesinato de su familia le dio por consumir una botella de vino por jornada; asustada, los siguientes seis meses se hizo casi abstemia. Con todo, brindaron un par de veces en honor de Milena con cervezas que extrajeron del minibar.

Rina no sabía la edad de Luis ni su signo zodiacal ni qué pensaba hacer en la vida; mucho menos si tenía novia. Por el momento le bastaba la sensación de plenitud y relajación posterior al sexo desenfadado que habían compartido, algo que no le sucedía en mucho tiempo. Se sabía de caderas demasiado anchas, senos caídos para su edad, y sus grandes huesos contradecían cualquier noción de feminidad. Sin embargo, deambuló por el cuarto completamente desnuda como si los unieran bodas de plata, y cada vez que regresó a recostarse en su pecho le pareció que retornaba a su verdadero hogar.

Justamente fue eso lo que la llevó a decir que deberían hacer algo por Milena, además de agradecerle haber sido el pretexto por el cual se habían conocido. Rina se había sentido huérfana, sola y abatida las primeras semanas en el extranjero y más de una vez creyó que su vida carecía de sentido tras la muerte de su familia. Ahora, mientras desenredaba distraída el vello púbico de él, se le ocurrió que el éxito o el fracaso de su relación con Luis estaría ligado a la suerte de la mujer que los había unido.

Él, en cambio, no necesitó de más motivación que el misterio de su desaparición. Respondió con una sonrisa a la solicitud de Rina, se estiró para alcanzar su laptop y la instaló sobre su vientre desnudo.

Veinte minutos más tarde leía en voz alta los correos electrónicos que Rosendo Franco y Milena habían intercambiado. Rina quedó conmovida por la intimidad de los diálogos, por el amor trunco del viejo, por el abismo sórdido y oscuro que acechaba a la extranjera.

Los dos quedaron sorprendidos por la intensidad y la honestidad de la relación entre el hombre y la prostituta. Franco no escondía su devoción rendida e incondicional a la mujer que había insuflado de vida sus últimos meses. Ella tampoco ocultaba la borrachera de felicidad que embargaba cada uno de los instantes que compartía con su protector; los experimentaba como si fuera un tiempo prestado después de saberse irremediablemente muerta. Rina y Luis advirtieron que en ningún pasaje ella se dijo enamorada de su bienhechor. Franco la había apodado Lika, normalmente precedido de «mi adorada». Ella se despedía siempre con un lacónico «Gracias, Rosendo», aun cuando la familiaridad con que se dirigía a él denotaba que el agradecimiento se había convertido ya en alguna forma de cariño.

Rina y Luis leyeron con preocupación las cada vez más frecuentes amenazas que recibía Milena y que le iba contando a Rosendo, y entendieron la zozobra y el desasosiego que debió de experimentar la mujer pese a vivir a la sombra de su poderoso benefactor.

—Ahora debe de estar aterrada —dijo ella aún conmovida.

—No hay movimientos en su cuenta de correo luego de la muerte de Franco. Supongo que la creó solo para comunicarse con él. Voy a activar una alerta; si llega a abrirlo ella o quien sea, lo sabremos —dijo él, y con eso apagaron la luz y siguieron hablando en susurros hasta que los venció el sueño.

Por la mañana hicieron de nuevo el amor, tomaron el desayuno en la habitación y luego Rina insistió en que se bañaran juntos. Estaba convencida de que no se conoce cabalmente a nadie hasta que el agua corre por la cabeza y pega los cabellos al cráneo, despoja a los rostros de cualquier máscara y devela su verdadera fisonomía. Por su parte, Luis tan solo pensó que debería prolongar su estancia en México para no separarse tan pronto de aquella espalda larga y el culo empinado que goteaba sobre las baldosas del baño.

Rina se probaba una camisa de Luis cuando sonó la alarma; la laptop indicaba que alguien había entrado al correo de Milena. Él oprimió algunas teclas y una ventana se abrió en la pantalla, el cursor parpadeaba.

—Están leyendo mensajes anteriores —dijo mientras abría una ventana adicional en su máquina—. Ya tengo la IP desde la que accedieron.

—¿Es en México?

Él no contestó de inmediato; siguió tecleando.

—Una estética en el centro de la ciudad. No sé si será ella.

—¿Y por qué no lo averiguamos? Estamos apenas a diez minutos de distancia del Zócalo.

Luis vaciló, recordando su pierna herida.

—Ni ella ni sus perseguidores nos conocen. Simplemente vamos a ver si se trata de Milena —añadió Rina.

—¿Vamos en tu carro? —concedió él por fin.

—En taxi será más rápido. No cierres tu laptop.

Doce minutos más tarde descendieron del coche en la calle de Isabel la Católica, a diez metros del salón de belleza. Los dos jóvenes miraban de reojo la pantalla para asegurarse de que la ventana del correo de Milena aún se mantenía abierta.

—Siguen leyéndolo, ¿verdad? —preguntó ella mientras Luis pagaba al taxista.

Rina no esperó ni disminuyó el paso cuando él la llamó para detenerla; entró al local y ubicó de inmediato a Milena. Estaba absorta en la pantalla de la computadora de la recepción de la pequeña estética, con los ojos enrojecidos y los cabellos teñidos con el tinte oscuro recién pintado. Supuso que había solicitado utilizar la máquina antes de retirarse del lugar: la croata habría creído que el uso de una computadora semipública la pondría a salvo de cualquier rastreo.

Se dirigió a la peluquera más distante del escritorio y preguntó si hacían depilación de piernas. «Con cera de la mejor calidad, no imitaciones», le dijo ufana la dependienta, una mujer morena coronada por una cabellera de un rubio imposible. Rina respondió que llamaría al día siguiente para obtener una cita y salió del lugar asegurándose de que Milena no advirtiera su rostro. Fue un gesto innecesario, la otra seguía absorta en la pantalla.

—Es ella, pero ya no es rubia. Sigue leyendo los correos de Franco —dijo Rina cuando se reencontró con su compañero. Horas antes Luis le había mostrado alguna imagen de la mujer sacada de viejos anuncios que sus tratantes habían colocado en la red.

—Pues espero que termine rápido, porque igual que yo, otros podrían ubicarla.

—¿Y ahora qué hacemos?

Antes de que Luis pudiera contestar, observaron que Milena abandonaba el local con paso vacilante. De espaldas a la puerta por la que salió, se mantuvo quieta unos segundos sintiendo que el mundo se le había extraviado. Pese a la protección de los grandes lentes oscuros el sol estallaba pleno y con rencor sobre su rostro, como si la reprendiera por haberse quitado el dorado de la cabellera; eso y su nula familiaridad con la zona parecían haberla desorientado. Finalmente se decidió y comenzó a andar en dirección opuesta a donde ellos se encontraban. Sin ponerse de acuerdo, los dos jóvenes la siguieron.

Vestía jeans desgastados, una sudadera varias tallas mayor de lo que necesitaba y tenis de suela baja, y no obstante era más alta que cualquiera de ellos. Su atuendo holgado no lograba ocultar del todo la contundencia de sus formas, los hombres se giraban a su paso: quizá les llamaba la atención su estatura desacostumbrada o la extensa zancada de sus largas piernas. Luis pensó que Milena era una mujer que difícilmente pasaría inadvertida en cualquiera de sus presentaciones. Vestida así y con esos lentes oscuros, parecía el cliché de una artista de cine tratando de camuflarse entre la muchedumbre.

Recorrieron dos manzanas hasta que ella desapareció en la entrada del Holiday Inn de la calle de Cinco de Mayo, a unos pasos del Zócalo en el Centro Histórico. Luis titubeó unos segundos, tras lo cual se introdujo en el hotel seguido de cerca por Rina. Milena no se encontraba a la vista, aunque él pudo observar que el elevador ascendía hasta detenerse en el tercer piso. El *lobby* estaba casi desierto a esa hora del día; dos mujeres de la tercera edad, alemanas al parecer, discutían su ruta sobre un croquis de la zona. No había botones a la vista.

Sin pensarlo dos veces, Luis tomó del brazo a Rina, se dirigió al mostrador de la recepción y solicitó una habitación en el tercer piso. El dependiente miró con suspicacia la ausencia de maletas de la pareja; no obstante, la American Express Platinum venció su reticencia. De todas maneras, les informó que el botones regresaría en cualquier momento y los ayudaría con el equipaje. Luis respondió que no requerían ayuda, pidió dos llaves electrónicas, tomaron el elevador y subieron a la habitación.

Se trataba de un piso renovado y con decoración moderna, levantado sobre el esqueleto de un viejo edificio. La habitación 328 era amplia, con un baño casi del mismo tamaño que el dormitorio, y a Rina le pareció impersonal y fría. Mientras

94

Luis llamaba a la recepción para pedir la clave del Wi-Fi del lugar, ella decidió asomarse a los pasillos. Una mucama arreglaba uno de los cuartos y dos puertas exhibían el cartel de no molestar: la 311 y la 318. Rina supuso que una de esas dos le correspondía a Milena. Regresó a la habitación y encontró a Luis molesto porque la contraseña de la red de Internet que le habían proporcionado no funcionaba. Prefirió bajar a recepción para resolverlo; antes le pidió a Rina que no saliera del cuarto.

Al llegar al *lobby* se dio cuenta de que el botones ya estaba en su sitio y optó por dirigirse a él para arreglar la conexión de su computadora. Era un hombre delgado de unos cuarenta años que portaba el uniforme con una elegancia digna de un mejor hotel. Se detuvo unos metros antes de llegar a él; tres tipos se le habían adelantado, y Luis creyó advertir que uno de los recién llegados, un hombre de traje gris, le entregaba al empleado un billete de cien dólares en la mano.

El chico dio media vuelta, se sentó en un sillón del *lobby*, a tres metros del grupo, y enterró la cabeza en el teclado de su laptop. Alcanzaba a escuchar palabras sueltas; al parecer los hombres le agradecían el aviso sobre la rubia. El conserje explicó que la mujer no salía del hotel, intercambiaron algunas frases más y Luis oyó decir algo sobre la habitación antes de que el empleado se dirigiera a la recepción; supuso que recabaría el número del cuarto que ocupaba Milena. Los hombres esperaron su regreso. Luis no: se apartó del grupo y llamó a Rina por el celular.

—Van a subir por Milena, ve por ella y llévala a nuestro cuarto; si no la encuentras en un minuto, retírate, ¿me lo prometes? Algo más: llámala Lika, como le decía Franco, y asegúrale que vas de parte de Claudia. ¡Apúrate!

Luis esperó de pie cerca de los elevadores, tecleando con dificultad sobre su laptop como si enviara un correo apresurado. Tras unos segundos observó que los tres hombres caminaban en su dirección. Mientras aguardaban la llegada de algún elevador, uno de ellos indicó a los otros la puerta de la escalera de emergencia. Luis supuso que por allí pensaban bajar a Milena si oponía resistencia.

Cuando llegó el elevador, Luis entró con ellos y oprimió el botón del primer piso en un último intento por retrasar a los matones. Un examen de reojo al individuo que tenía enfrente dejaba pocas dudas sobre su oficio: tres anillos de oro, cuatro nudillos tatuados, una pulsera con diamantes reales o aparentes. Al abrirse las puertas en el primer piso, Luis salió al pasillo, esperó a que las hojas de metal casi cerraran tras de sí y volvió a oprimir el botón del elevador.

—Perdón, estoy en el segundo —dijo con fingida sonrisa de culpabilidad al reingresar al elevador y oprimió el número 2 en el panel interior.

—Imbécil, no tenemos tu tiempo —dijo el de los anillos dorados.

El hombre de traje gris lo contuvo sin decir palabra, colocando una mano sobre el brazo desnudo y musculoso del otro.

Luis asintió bajando la vista y salió del elevador en cuanto se abrió la puerta. Una vez que lo hizo se molestó consigo mismo. Había ganado algunos segundos, pero se condenó a quedar aislado de su habitación en el tercer piso. Rina tendría que hacer frente por sí misma a lo que viniera.

La chica había partido inmediatamente tras la llamada recibida aunque tardó unos segundos en encontrar la llave digital, que Luis había dejado frente a la televisión. Se dirigió primero a la habitación 311, la más lejana, fiel a su filosofía de que las cosas siempre resultan más difíciles de lo que parecen. Tocó en la puerta con suavidad para no alertar a la mucama, quien había desaparecido en alguno de los cuartos que aseaba. Tras insistir durante algunos segundos, se desplazó a la 318. Milena abrió a la tercer llamada, creyendo que se trataba de la recamarera.

—Lika, soy Rina, amiga de Claudia Franco, vengo por ti. Tienes que salir de inmediato, unos hombres están subiendo para llevarte.

Milena la miró indecisa por unos instantes; sin embargo, la mención de los hombres venció su resistencia. Sin decir palabra se dio media vuelta, recogió su bolsa y acompañó a Rina. Doblaban el pasillo camino a la habitación cuando oyeron el tintineo de las puertas del elevador al abrirse; entraron al cuarto haciendo el menor ruido posible.

Rina percibió la tromba de su corazón volcado y las venas inundadas de adrenalina: la sensación le fascinó. Se sentó en la cama y con un dedo sobre los labios indicó a Milena que guardara silencio. La croata estaba asustada y quería hacer preguntas, pero también ella oyó la llegada del elevador y por el sonido creyó adivinar que los hombres se dirigían a la habitación que acababa de abandonar.

La pantalla del celular de Rina tintineó y exhibió un mensaje de Luis en WhatsApp:

«Lo lograste?»

«Sí, estoy en el cuarto con ella»

«En el nuestro?»

«Sí, y tú dónde estás?»

«En el *lobby*; no puedo subir porque ya me vieron»

«Silencia el sonido de tu cel», continuó Luis y mandó otros dos mensajes: «Métanse al baño y no contesten si tocan a la puerta» y «Ellos no saben que nuestra habitación está ocupada».

«¿Y qué hacemos ahora?», preguntó ella.

«Nada. Esperar y esperar. Te aviso cuando se vayan»

Luis evaluó sus opciones mientras dirigía miradas nerviosas al celular para informarse de los minutos transcurridos. Se dijo una y otra vez que las dos chicas no correrían peligro en tanto no abandonaran la habitación. Seguramente los hombres estarían examinando el cuarto de Milena, pero le preocupaba el desenlace. ¿Se irían después de un rato? ¿Montarían guardia?

Se sintió tentado de llamar a Amelia. No obstante, Luis solía desconfiar de toda solución institucional: no le atraía la posibilidad de que la presidenta del PRD llamara a su amigo, el jefe de la policía de la capital, y el asunto terminara en un tiroteo en el hotel. O peor aún, que recurriera al dichoso Jaime Lemus, a quien él debía su cojera. Se preguntó cómo habrían dado con Milena tan pronto, aunque luego recordó que, a diferencia de él, los esbirros la buscaban desde cinco días antes. Supuso que habían corrido la voz entre el personal de los hoteles y ofrecido alguna recompensa al que avistara a la rubia. Los conserjes tenían nexos regulares con traficantes de mujeres y drogas: eran el enlace entre el turista o el viajante de negocios y las mercancías ilegales disponibles en la ciudad.

Rina y Milena dedicaron los primeros minutos a examinarse mutuamente, sentadas en esquinas opuestas de la cama. La primera, con curiosidad descarada; la segunda con la desconfianza y la incomodidad que la extraña mirada de la mexicana le inspiraban. El nerviosismo de Milena estalló ahora que se encontraba inmóvil, se preguntó en qué ratonera habría caído y buscó indicios en la vestimenta y en los gestos de Rina para deducir si pertenecía o no a la industria del sexo. Pero el examen la tranquilizó: ninguna prostituta conservaba la frescura y espontaneidad que expresaba el lenguaje corporal de esta desconocida, algo que podía detectar con toda claridad tras convivir con cientos de profesionales en los últimos años.

Finalmente las dos sonrieron cuando Rina hizo un gesto en dirección al pelo de Milena y luego un corte de degüello sobre su propio cuello. Ambas coincidieron: el tratamiento era deplorable. Rina volvió a ponerse un dedo sobre los labios y con la otra mano le indicó que la siguiera, la llevó al baño como Luis le había dicho y cerró la puerta con sigilo. Humedeció una toalla e intentó limpiar una de las cejas renegridas de su compañera y un manchón de tizne en la frente; Milena observó que, en efecto, la ceja izquierda tenía un tono azabache mientras que la derecha era castaña.

Cuando Rina limpió lo mejor que pudo los rastros del tinte sobre la cara de la otra y ambas se miraron en el espejo, se sorprendieron del efecto: ahora que la croata lucía el pelo negro, advirtieron una extraña similitud. Las dos lo tenían lacio y largo, poseían rostros prolongados y de pómulos salientes, ojos azules. Mucho más armoniosos los rasgos de Milena, de un atractivo peculiar los de Rina. Y sin embargo, cualquiera que las viera en la calle les atribuiría un aire familiar, pensó esta última. Con esa idea, un plan comenzó a rondarle el cerebro.

Un mensaje de Luis suspendió el intercambio de miradas.

«Acaban de salir, pero uno de ellos se quedó esperando en el *lobby*»

«Ok. Tú nos avisas»

Ella le comunicó la noticia a Milena y por vez primera escuchó la voz ronca de la croata, en un español sorprendentemente fluido y de acento apenas perceptible.

—¿Y tú quién eres y por qué me estás ayudando?

Súbitamente Rina se dio cuenta de lo difícil que resultaba responder a esa pregunta. Ella misma no conocía a Claudia, y apenas había visto alguna vez a Tomás; hablarle de los Azules y su relación con Amelia, o del papel de Luis, le habría llevado mucho tiempo y a ella misma le pareció poco verosímil. Optó por una explicación más simple.

—Claudia quiere ayudarte y desea conocerte.

—¿Por qué?

—Eso sí no sé. Yo creo que te vendría bien un poco de ayuda, ¿no? —Y al decirlo, Rina hizo un gesto hacia el pasillo.

Dos nuevos mensajes de Luis interrumpieron la conversación:

«Recojan del cuarto de Milena lo indispensable, que no traiga maleta»

«Y avísenme cuando estén listas para bajar»

Luis observó al tercero de los sujetos, quien se había quedado de guardia y tomaba cerveza en una mesa del pequeño bar, desde el cual dominaba el acceso principal al hotel. Al parecer, los tipos asumieron que Milena había salido y dejaron a uno de ellos a esperar su regreso, pues miraba con insistencia en dirección a la calle. Por su parte, Luis salió brevemente a la calle para asegurarse de que el hombre del traje gris y el de los anillos de oro no estuvieran esperando en algún coche, pero por lo visto habían desaparecido y dejado al otro la responsabilidad de la vigilancia.

Consideró que el centinela apoltronado en el local no tardaría en ir al baño, a juzgar por la velocidad con que empinaba su segunda cerveza. Envió otro mensaje:

«Bajen por la escalera de servicio y esperen detrás de la puerta. Les aviso cuando puedan salir»

Unos minutos más tarde, en efecto, el hombre se puso en pie y buscó con la mirada el baño de la planta principal del hotel; se dirigió a una puerta al lado de la recepción que ostentaba la imagen inequívoca de una pipa de tabaco.

En el momento en que el tipo desapareció de su vista, Luis se precipitó a la puerta de emergencia, la abrió y los tres cruzaron el *lobby* en busca de la salida. Luis mismo se sorprendió del cambio de Milena: había imitado el atuendo de Rina —jeans, chamarra y botas— y usaba el mismo tipo de peinado; parecían el coro de algún cantante de música *country*. El conserje siguió al trío con la mirada durante un instante, y luego el sonido del teléfono desvió su atención.

Salieron a la calle y caminaron a lo largo de Cinco de Mayo; apenas habían recorrido diez metros cuando detuvieron un taxi. Antes de que Luis pudiera transmitir alguna indicación al conductor, Rina se adelantó:

—Llévenos a Río Balsas 37, en la colonia Cuauhtémoc.

12

Tomás y Amelia
Martes 11 de noviembre, 5 p. m.

—Tomás, ya encontramos a la que andabas buscando —dijo Amelia por teléfono. Usaba el celular, asumiendo que las líneas del periódico estarían igualmente intervenidas.

—¿Qué? ¿Está en un lugar seguro?

—Sí, aunque debemos conversarlo en persona. ¿Tu jornada va para largo?

—Ayer salí después de medianoche y hoy pinta parecido. Pero me urge que me cuentes lo que sepas.

—¿A qué hora termina tu reunión de portada? ¿Te caigo como a las seis?

—Aquí te espero. Oye, ¿y ni siquiera un beso?

—Van dos. Uno decente.

Tomás consultó el reloj. Eran casi las cinco de la tarde y su secretaria le recordó con un gesto la reunión editorial de portada. Se dijo que tenía que apartar a la dichosa Milena por un rato y concentrarse en sacar una edición decente para la mañana siguiente. En una larga mesa rectangular, al lado de su oficina, poco a poco tomaban asiento los coordinadores de las distintas secciones, cada cual con la última versión de su *budget* de noticias. Era consciente de su falta de experiencia y de la oposición desafiante del subdirector general, Herminio Guerra, un hombre que se sentía con mayores merecimientos para conducir el diario. Sabía que Guerra había criticado a sus espaldas las decisiones tomadas en los dos primeros días de su gestión.

Como cualquier oficina, la redacción de *El Mundo* operaba bajo una enorme compilación de hábitos, códigos y valores asumidos que Tomás no dominaba. Empezó a romperlos casi sin darse cuenta cuando pidió que a la reunión de portada acudieran también los jefes de Deportes y de Cultura. Normalmente un subdirector llevaba a la junta cualquier nota destacada de esas secciones, pero Tomás insistió en la presencia física de los editores; quería darle un mayor peso a sus temas pues consideraba que la línea del diario estaba demasiado politizada.

Hoy quería mantener la provocación; había decidido que si su paso por el diario iba a ser temporal, al menos se aseguraría de que valiera la pena. Esperó a que todos estuvieran sentados y ostensiblemente hizo un recuento con la cabeza:

—Trece a dos —dijo en voz alta—. Hasta el gabinete de Prida tiene mejor composición de género que nuestro cuerpo de editores.

Los asistentes se miraron unos a otros, y en particular enfocaron su atención en las únicas dos mujeres presentes: la editora de Cultura y la subdirectora de Diseño gráfico, y eso porque el titular estaba de vacaciones. Pese a que en la redacción del diario las empleadas superaban a los hombres, el reparto de las reuniones directivas podría haber sido el del equipo de futbol de un seminario católico.

A nadie pareció agradar el comentario, menos aún a las mujeres, que emitieron alguna risa nerviosa como si quisieran disculparse con el resto de sus compañeros. Tomás consideró que la misoginia estaba mucho más arraigada de lo que había creído.

—Hoy tenemos una nota de ocho obvia; de las automáticas —dijo Guerra—. El secretario de Hacienda contestó al de Gobernación. La declaración puede ser el titular de mañana: «Se necesita saber de números para gobernar». Está buenísimo el tira tira.

Tomás ignoró el comentario y ordenó el inicio de la pasarela de noticias: él mencionaba una sección y el responsable «cantaba» las dos o tres notas importantes del día. El director apuntaba en su libreta. Al final, mientras palomeaba con su pluma, dio su veredicto.

—Nos vamos con «FIFA interviene al futbol en México», y en bajada «Morelia y León tienen un mes para vender equipos hermanos o serán expulsados». Y como segunda nota, «El presupuesto del PRI castiga a los pobres». Incluyan un gráfico y una pequeña tabla. Metamos como imagen central el fin de la tregua en el este de Ucrania, la foto del miliciano manipulando el mortero.

—Director —dijo Guerra molesto—, la declaración de Hacienda es el primer pleito frontal entre los dos secretarios. Son los principales candidatos a suceder a Prida dentro de cuatro años, pero desde ahora comienza la batalla por la candidatura presidencial y no podemos perderla.

—De acuerdo, llévala de tercera —dijo a la diseñadora gráfica—. Una foto de los dos funcionarios enfrentados como en cartel de box, con sus declaraciones previas, pero abajo del doblez. Quiero la de la FIFA muy destacada.

—Es un error —se atrevió a decir Guerra con el rostro desencajado.

Se hizo un silencio gélido en la sala. El mando en las redacciones de los diarios, como el de un barco, suele ser absolutamente vertical; la hora de cierre, verdugo inclemente, elimina la tentación de cualquier discusión democrática, sobre todo en las últimas horas de la tarde. El cuestionamiento de Guerra al director no solo era inusual, constituía un sacrilegio nunca antes cometido en una reunión del periódico. El propio subdirector quedó aturdido por su atrevimiento.

—Celebro la disidencia, Herminio, me dicen que no suele haberla por estos rumbos. En otra ocasión con mucho gusto considero tu punto de vista; no ahora. Los periodistas nos hemos convertido en una subclase de la clase política, en un espejo de los funcionarios, y en consecuencia acabamos haciendo el diario para ellos. Con razón la gente nos ha dejado de leer. Estos dimes y diretes entre políticos les importan sobre todo a ellos: de hoy en adelante vamos a priorizar los temas de la escena pública que más afectan la vida presente y futura de los lectores. Bueno, a trabajar —concluyó Tomás y se puso en pie.

Regresó a su escritorio y al tomar su taza de café, ya fría, percibió por el temblor de su mano que él también había quedado impactado por el episodio que acababa de pasar. Nunca fue de un talante imperioso, no era un rasgo que formara parte de su personalidad. Pero era tan dominante la figura del director que resultaba casi inevitable ejercerlo, como el sujeto que se descubre con una ametralladora en una reunión de cuchillos o dueño de la mitad de las propiedades en un juego de Monopoly.

Emiliano Reyna, editor y subdirector responsable de la sección de Opinión, tocó en el vidrio de la puerta y entró en su oficina tras un gesto de aprobación por parte de Tomás.

—*Round* a tu favor, director, les diste una buena sacudida —dijo el recién llegado—, aunque te advierto que Guerra no se quedará cruzado de brazos.

Reyna era el único amigo que Tomás tenía en el periódico; todavía le estaba agradecido por haberse arriesgado a publicar un año antes la columna que desafió al anterior secretario de Gobernación. De todos los vicios que pueden adquirirse en un periódico, el cinismo era el más frecuente, casi un rasgo profesional, aunque por alguna enigmática y afortunada razón que Tomás celebraba, Reyna había quedado inmune.

—Pues estoy más divertido de lo que me había imaginado, mi querido Emiliano; por lo menos hace que las desveladas valgan la pena —dijo el director en tono desenfadado—. Habrá que pensar en algún sustituto en caso de que se pase de lanza este cabrón.

—Te aconsejo que te vayas con cuidado, tiene el control de la mitad de los jefes de sección y de la mayoría de los reporteros que cubren las fuentes de información importantes; él los puso allí.

—Entonces habrá que ir cambiando poco a poco a las piezas principales —dijo Tomás, y tras una pausa agregó—: Hazme un favor, prepara un reporte confidencial de los editores y reporteros que están allí por lealtad a Guerra y no por méritos profesionales; comenzaremos por ellos. Quisiera quitar a alguno para sentar un precedente, pero debo hacerlo sin perder legitimidad frente a la redacción. Siempre hay alguno que el resto del equipo considera con pocos merecimientos.

Tomás se hizo cargo del eco calculador de sus palabras y decidió explicarse mejor.

—No me malentiendas. No se trata de una cuestión de lucha de poderes mezquinos entre una fracción y otra, sino de concepción periodística. El diario no va a avanzar si predomina el criterio anquilosado de personas como Guerra: periodismo de declaraciones, de grilla política y demagógica. Necesitamos jóvenes y mujeres en puestos directivos, enfoques frescos y mucho más temerarios.

Su explicación fue suspendida por los gestos que hacía una mujer detrás de la puerta de cristal: la diseñadora gráfica le mostraba un *dummy* desde fuera de la oficina; venía acompañada del editor de portada. Tomás les indicó que entraran.

—Tengo una prueba con los temas que usted pidió, señor; don Herminio ya cabeceó una propuesta para los titulares.

—«Interviene FIFA fut de México; Castiga PRI pobreza en presupuesto» —leyó Tomás—. Justo lo que no debemos hacer. De hoy en adelante titularemos como se habla, no en idioma telegráfico. Usaremos sujeto, verbo y complemento.

—*El Mundo* siempre ha preferido empezar por el verbo, señor, se considera más dinámico y atractivo para los lectores —se defendió con voz apagada el editor de portada, un joven de mirada huidiza.

—Es afectado y absurdo, la gente ni siquiera tuitea así. Cambia a: «La FIFA prohíbe poseer más de un equipo; El presupuesto del PRI castiga a los pobres», prefiero menos puntos en el cuerpo de la cabeza que esa sintaxis de Toro Sentado. Y no me vuelvan a traer un titular que inicie con verbo salvo que caiga otro Muro de Berlín.

Al salir los dos jóvenes, Reyna y Tomás intercambiaron una carcajada.

—Ya veo por qué te estás divirtiendo. Ojalá también a mí me des motivos: desde hace tiempo quiero hacer cambios en las páginas editoriales, estamos llenos de compromisos antiguos de don Rosendo y de artículos de políticos que escriben puros lugares comunes —dijo el subdirector de Opinión.

—Además, los políticos ni siquiera redactan sus propios textos. Son aburridísimos —añadió Tomás.

—Dame una semana y te presento una propuesta de cambio, ¿te tinca?

—¿Te tinca?

—Que si te gusta. Mi esposa es chilena, es una expresión de por allá.

—Mientras no la pongas en un editorial..., tampoco nos vamos a poner tan coloquiales —respondió el director de buen humor; sin embargo, registró con sorpresa el hecho de que Emiliano estuviera casado: los gestos amanerados, la cultura exquisita de su amigo y su forma de caminar, con la espalda tiesa y las caderas ligeramente bailarinas, le habían hecho creer que era homosexual. La revelación de su matrimonio le hizo pensar que le agradaba más de lo que lo conocía. En realidad, así solían ser las redacciones de los diarios, o quizá ocurría lo mismo en todos los colectivos sujetos a presión: sus miembros aprendían a convivir espalda con espalda y a interpretar con exactitud cada gesto o inflexión de voz de los compañeros pese a desconocer todo sobre sus vidas privadas.

Al quedarse solo, Tomás dedicó unos minutos a repasar las cartas de felicitación que se agolpaban en la bandeja de co-

106

rrespondencia del escritorio; la mayoría eran institucionales. Recordó que su secretaria le había solicitado unos instantes para comunicarle las invitaciones que habían llegado por teléfono y por correo electrónico. La hizo pasar de inmediato.

—Llamaron de Los Pinos; el presidente quiere invitar a comer a doña Claudia y a usted tan pronto como el luto y la disposición de la señora lo permitan. Tres secretarios de Estado y dos gobernadores, cada uno por separado, también quieren una cita con usted —dijo Miriam Mayorga, exsecretaria de Rosendo Franco, y por algunos días asistente del nuevo director editorial.

Tomás deseaba que se quedara con él de manera permanente; la maquinaria burocrática del diario no tenía secretos para ella y gozaba de gran ascendencia entre los empleados de la empresa.

Él tomó nota de las invitaciones para discutirlas con Claudia y luego dio instrucciones para que el coche y la escolta de Amelia pudieran ingresar al estacionamiento del edificio. Ella llegó por fin quince minutos después de las seis de la tarde. A Tomás le atosigaba la impaciencia por saber qué había sucedido con Milena.

—Visita conyugal —dijo Amelia al entrar—: como tú ya no vas a coger a mi oficina, tu amante acude a la montaña.

Tomás rio con el comentario y recordó que, en efecto, hacía meses que habían cesado sus ardorosos encuentros en el sofá o en el escritorio del despacho de su pareja; ya no se asaltaban uno al otro como en los primeros días, cuando las manos se afanaban sobre cierres y botones a la primera oportunidad. Sus arrebatos carnales habían adquirido la regularidad gozosa aunque predecible de sus encuentros de fin de semana en casa de ella.

—Digamos que el ambiente del Partido de la Revolución Democrática no es precisamente afrodisíaco; prefiero tu cama. Y aquí va a estar difícil, a no ser que te agrade compartir tu cariño —dijo él dándole un beso mientras su dedo apuntaba

107

a la cámara de vigilancia que dominaba toda la oficina del director.

—¿Y quién vigila a los periodistas?

—Supongo que Franco era un tanto paranoico. Ven, acompáñame a la terraza, aprovecho para fumarme un purito.

El frío de noviembre los golpeó en el rostro cuando salieron al breve espacio abierto que funcionaba como fumadero de la redacción. Amelia pegó su cuerpo al de Tomás para resistir el aire helado que los recibió; sin embargo, prefería la inhóspita terraza a esa promiscua pecera que era la dirección. En particular para hablar de lo que había venido a decirle. Un reportero solitario en mangas de camisa penaba en su vicio, encogido contra la oscuridad del horizonte; apagó su cigarro y se retiró en cuanto se percató de la identidad de los recién llegados.

—No me preguntes cómo, pero Luis Corcuera encontró a Milena; estaba escondida en un Holiday Inn del centro.

—¿Luis? ¿Y qué pitos toca en todo esto? ¿No estaba en Barcelona?

—Larga historia; lo vi ayer casualmente y le pedí consejo. Hace rato me buscó Vidal para decirme que Luis y Rina la tenían escondida en un sitio seguro. No quiso decirme nada más por teléfono.

—¿Tú no la has visto?

—Me mataba la curiosidad, pero luego pensé que la mujer ya debe de estar confundida con la aparición de los muchachos; podría asustarse con el desfile de otros desconocidos. Su único referente es Claudia: por ser hija de Franco, debería hablar con ella primero.

—Tienes razón. ¿Y dónde podrían verse?

—Háblale a Vidal, él los llevará con Milena.

—Perfecto, yo lo arreglo con Claudia —dijo Tomás.

Ella siguió con la mirada el resto del delgado puro que él tiró al suelo y aplastó con la punta del zapato. Docenas de cigarros destripados confirmaban la vocación de la terraza: un cementerio del tabaco muy poco glamuroso. Amelia observó que una brasa sobrevivía a pesar de la presión del zapato, aunque Tomás había dejado de mirarla. Por alguna razón el espectáculo le hizo sentirse frágil. Se juró que nunca sería una colilla desechada por su pareja.

Como si percibiera su repentina desazón, Tomás la abrazó y enterró el rostro en su pelo. Pero no era un gesto destinado a consolarla.

—No sé si voy a poder con este reto —dijo.

Ella le acarició la nuca y presionó contra su cuello la cabeza del hombre, aunque interrumpió el movimiento cuando percibió de nueva cuenta que Tomás había tenido esa extraña capacidad para intuirla y trastocar sus incertidumbres. Un simple guiño, y ahora solo quería confortarlo y fortalecer su confianza en sí mismo, pese a que un segundo atrás era ella quien necesitaba un gesto de aliento.

Amelia pensó que su imagen de «chica superpoderosa» era una desventaja en materia de intercambios emocionales. Desde la infancia había sido líder de los cuatro Azules gracias a su lengua ingeniosa y pronta para mantener a raya a condiscípulos y profesores; todos temían los apodos apabullantes y los comentarios sarcásticos sin posibilidad de réplica que salían de su boca. Como activista, había sido indomable en sus causas; y como diputada, su oratoria y su ética intachable la convirtieron en una rival que infundía respeto. Pero últimamente se sentía cada vez más incómoda con esa imagen de Dama de Hierro de la izquierda que le habían endilgado tirios y troyanos, empezando por su propia pareja. Tomás le atribuía tal fortaleza que las inseguridades que ella experimentaba como líder del PRD no tenían cabida en sus conversaciones a medianoche, cuando la oscuridad propiciaba el intercambio de confidencias. Las sensaciones de fracaso, ridículo o desesperanza que la asaltaban no eran cosas que compartiera, y a él le resultaba inconcebible atribuírselas; su confianza en ella era ilimitada.

—¿Y qué pierdes con intentarlo? —respondió finalmente Amelia—. Mientras lo veas como una estación de paso, tan solo será una experiencia aleccionadora. Lo importante es que te resulten gratificantes los cambios que puedas hacer, y si no te dejan hacerlos, te retiras. No habrás perdido nada.

—En el fondo no las temo a las dificultades del puesto, sino a mis debilidades; tengo miedo de enamorarme de este protagonismo y quedar atrapado en él. Dicen que los periodistas comienzan queriendo cambiar al mundo y terminan buscando ser directores de periódico o jefes de sección. Ahora veo que la dirección de un diario tan influyente como *El Mundo* te convierte en el centro de un universo donde tu propio ego puede terminar siendo rehén. Me cortejan como si fuera la celebridad del momento, ¿y si acaba por gustarme?

—Pues el hecho de que adviertas el riesgo ya es un buen signo. El verdadero peligro con este tipo de cargos es que creas que el cortejo está dirigido a ti en lo personal y que es producto de tus cualidades; quien lo asume así se jodió.

Tomás se dio cuenta de que ella hablaba a partir de su propia experiencia en la dirección del PRD. Pero en el caso de Amelia era fácil, pensó: detestaba a la clase política. Al periodista le parecía inconcebible que el poder fuera a tentarla en cualquiera de sus acepciones, no así al resto de los mortales, él incluido.

—Pues casi todos los buenos periodistas que llegan a estas posiciones pierden el norte: reporteros y editores valientes y capaces terminan castrados por su adicción al poder. Viven entre algodones, rodeados de atención, y todo su quehacer se limita a asegurar sus privilegios.

—Debes tener más confianza en tus propias virtudes, mi amor; eres mejor de lo que tú mismo crees, y si hace falta, aquí estaré yo para recordártelo.

—¿Ves por qué te quiero? Eres el álter ego con el mejor trasero que conozco.

Amelia rio con el comentario: era muy típico de Tomás terminar con una vulgaridad cualquier diálogo que entrañara emociones subcutáneas.

—Dame un beso antes de que regreses a fastidiar políticos —dijo ella al despedirse, y ninguno de los dos mencionó que también la presidenta del PRD estaba entre los políticos por fastidiar.

Cada uno por separado había considerado el potencial conflicto de intereses que podría tener *El Mundo* al cubrir noticias favorables y desfavorables sobre el partido que Amelia encabezaba, y ambos se consolaron pensando que sería por poco tiempo: ella porque terminaría su gestión seis meses más tarde, y él porque no creía durar mucho como director.

Tomás le devolvió el beso efusivamente aunque al terminar se descubrió entusiasmado por la perspectiva de comunicar a Claudia que ya habían encontrado a la amante de su padre.

Ellos II

Nunca había estado con una prostituta hasta que conocí en una convención a Sofía, quien dijo ser economista y arrastraba las palabras como si tuviese la lengua entumecida. Más tarde me confesó que en realidad era «economixta»: por las mañanas trabajaba de asistente del director en una pequeña empresa de consultoría y por las noches vendía su cuerpo en el bar de un hotel para ejecutivos.

Me gustó desde el principio, antes aún de que me dijese que su pelo era teñido pero las tetas auténticas. Tenía una manera de mirarte muy singular, cálida e intensa, como si fueses el único hombre presente en un salón abarrotado.

Quizá por ello me enganché en la prostitución casi sin darme cuenta. Cuando me confesó que cobraba por sus servicios, lo hizo después de un largo abrazo, con la respiración entrecortada y la vulva humedecida; la mención de una tarifa me pareció en aquel momento un detalle menor, como la novia esquiva que se desnuda a cambio de la promesa de un ramo de flores.

Solo al terminar me di cuenta de que esa noche me había convertido en putero. No fue una sensación agradable. Siempre había criticado a los amigos que acudían a los burdeles; pagar por sexo me parecía denigrante para el hombre y una infamia para la mujer.

Pero Sofía no tenía nada de infame. Un par de semanas más tarde me llamó para preguntarme si tenía planes para el fin de semana. Ese mismo sábado fuimos a cenar. ¿Le había gustado mi compañía como amigo y amante, o me buscaba en calidad de cliente? No pude dilucidarlo por anticipado, así que me llevé doscientos euros en efectivo por si acaso.

Terminamos en mi apartamento, donde hicimos el amor y vimos la televisión hasta la medianoche. Yo estaba exultante; era el mejor amante del mundo. Había logrado que una profesional lo hiciera conmigo por gusto y en su noche libre. Y la sensación no se me quitó del todo aun cuando, al levantarse para ir al baño antes de retirarse, dijo en tono coqueto y alegre: «Déjame el regalito en mi bolsa, ¿quieres?».

Seguí viéndola durante seis meses, hasta que me dijo que un compañero de trabajo —del turno de la mañana, no de la noche— le había propuesto matrimonio. Para entonces ya estaba enganchado al sexo desinhibido y salvaje que disfrutaba en los encuentros con Sofía.

Intenté reemplazarla con amantes pero la situación era irrepetible; muchas implicaciones emocionales, remilgos de todo tipo. Algunas mujeres se escandalizaban al primer cachete en el trasero; otras me toleraban algún mordisco severo aunque luego rehuían la siguiente cita. Nunca tuve oportunidad de volver a usar las esposas o la fusta con puntas de metal.

Ahora solo recurro a profesionales. Pago por su dolor, y todos contentos. El único problema es que cada vez me resulta más costoso y arriesgado alcanzar el clímax. Para emplear mis cuchillos he tenido que ir a tugurios sórdidos, peligrosos. En la última ocasión tuve que pagar ochocientos euros para disponer de una puta drogada que apenas reaccionaba. Cómo echo de menos a Sofía.

L. B. G. Tesorero del Ayuntamiento
de Marbella

13

Jaime
Martes 11 de noviembre, 7.15 p. m.

La transcripción de las llamadas entre Amelia y Tomás que Jaime tenía en su escritorio dejaban en claro que Luis se había anticipado una vez más a su equipo de inteligencia. Al igual que el *hacker* amigo de Vidal, los especialistas de Lemlock detectaron la consulta que hizo Milena de su correo electrónico desde una estética del centro de la ciudad, pero el joven se encontraba más próximo al lugar y llegó antes que ellos.

Más tarde sus hombres peinaron las cámaras de video que vigilan el tráfico en esa zona; para su desgracia, las ubicadas en las esquinas más cercanas al establecimiento no captaron a ninguna rubia con la apariencia de Milena. Jaime supuso que la croata había ido al salón de belleza precisamente a modificar su aspecto. De cualquier forma, el sistema de cámaras era muy poco confiable cuando se utilizaba para identificar a peatones; estaba diseñado para vigilar el flujo de vehículos.

Jaime se tranquilizó pensando que no tardaría en conocer dónde retenían a la examante de Rosendo Franco. Su equipo vigilaba en tiempo real los teléfonos de todos los Azules y su círculo inmediato; sin embargo, había perdido ya la oportunidad de presentarse ante Claudia y Tomás como alguien capaz de resolver todas las cuestiones de seguridad que *El Mundo* llegara a requerir. Luis se estaba convirtiendo en una molestia imprevista; algo tendría que hacer al respecto. Por lo pronto debía encontrar la vía para intervenir las comunicaciones entre el joven y Vidal: hasta ahora desconocía el método que Luis usaba para comunicarse con su amigo.

Con esa reflexión pensó en Vidal y una oleada de calor recorrió su cuerpo. Era lo más cercano a un hijo que alguna vez tendría. Algo en la bondad del chico y en su eterno deseo de agradar lo remontaban a su propia adolescencia, cuando se pasaba los días cultivando aficiones y habilidades para granjearse la admiración de su progenitor, el gran Carlos Lemus. Pero eso había sido antes de que le destrozara la vida al seducir a Amelia y restregárselo en la cara. Pese a los altos cargos que había desempeñado en los aparatos de seguridad del Estado mexicano, Jaime aún sentía que tendría que escalar varios peldaños para superar la sombra ominosa de su poderoso padre. Carlos Lemus había sido procurador general del país y cabeza del despacho de abogados más importante de México; durante décadas había sido un hombre temido y reverenciado por la élite empresarial y política. Todos sabían que cualquier querella en contra de un cliente del bufete de Lemus estaba condenada a la derrota. Peor aún, también Carlos Lemus lo sabía y vivía para demostrarlo.

Pero Jaime creía encontrarse en la ruta correcta para hacer morder el polvo a su padre algún día. Lemlock se convertiría en un imperio. La súbita oportunidad de sumar al diario *El Mundo* en su esfera de influencia era muestra inequívoca de su progreso.

Pensar en Lemlock le recordó la necesidad de involucrar a Vidal en la empresa. En caso de que él llegara a faltar, el chico podría continuar con el impresionante proyecto que había construido; carecía de herederos, y pese a gozar de buena salud a sus cuarenta y tres años, sabía que estaba a cargo de una operación de alto riesgo. El año anterior pudo escapar por muy estrecho margen a la orden de ejecución ordenada en su contra por el cártel de Sinaloa.

Le gustaban la agudeza de Vidal y sus buenas intenciones; el hecho de que tuviera talento en las artes digitales lo capacitaba para consolidar su imperio en materia de inteligencia cibernética. A sus casi veintidós años seguía siendo ingenuo e inmaduro, aunque él no había sido muy distinto a esa edad, pero la información confidencial que día a día llegaba a su oficina le quitaría el candor para siempre. Y tampoco era urgente, tenía todo el tiempo del mundo para prepararlo; era más importante hacerlo con cuidado que deprisa.

Por lo pronto, el bueno de Vidal le prestaría hoy un servicio sin saberlo: el iPhone 5S que meses atrás le había obsequiado con el propósito de localizarlo en caso de peligro hoy le permitiría ubicar dónde tenían escondida a Milena.

Su equipo ya había logrado descubrir la identidad del grupo de tratantes que la explotaban: un rumano apodado Bonso parecía ser el responsable, aunque Jaime sabía que en el mundo de la prostitución unas bandas se traslapan con otras en las distintas facetas del negocio: traslados, producción y venta de pornografía, suministro de mujeres para los *table dance*, empresas de *escorts* y burdeles.

La información obtenida de los registros oficiales les permitió detectar que el rumano y otras cuatro mujeres habían ingresado junto con Milena en el mismo vuelo, una conexión Marbella-Madrid-México. Una de las extranjeras había renovado su forma migratoria dos meses antes; lo tuvo que hacer para recibir tratamiento en una clínica de salud donde se atendía de los primeros síntomas de sida. Patricia Mendiola, una de sus investigadoras, la entrevistó esa misma mañana. Se hacía llamar Danica, pero su pasaporte la identificaba como Barbara Petrescu y solo tenía veintiocho años pese a que aparentaba cuarenta en la fotografía del expediente de la clínica. Hizo falta mucha paciencia y un «donativo» de mil dólares para que la mujer aceptara que la condujeran a las oficinas de Lemlock a contar su historia y la de Milena. Jaime consultó su reloj y supuso que la extranjera ya estaría instalada en la sala con ventana opaca que usaban para los interrogatorios. Llamó a Patricia y le indicó que comenzara la entrevista, él la vería desde los monitores.

La mujer que ingresó a la sala en efecto parecía encontrarse en estado terminal. Gruesas ojeras, el rostro ajado, porciones del cráneo a la vista y una espalda encorvada dejaban pocas dudas de la gravedad de su afección. Su voz maltratada era la banda sonora de la imagen misma del desahucio.

—Desde que llegamos a México nos juntaron en una casa allí por la colonia Irrigación —dijo Danica con un inequívoco acento gitano.

—¿Quiénes las juntaron? ¿Los que las ponían a trabajar? —preguntó Patricia.

—El Turco, ese era muy malo —respondió la prostituta con un estremecimiento.

—¿Y cómo se llama el Turco?

—No sé, pero no tiene nada de turco, creo que es de Argelia, o algo así. Yo una vez tuve un novio turco y no se parecía en nada a este cabrón.

—¿Quién es el jefe del Turco?

—¿Pues quién va a ser? Bonso, el enano.

—¿Y ese cómo se llama? ¿De dónde es?

—Ah, eso sí sé porque es rumano, como yo. Pero no sé cómo se llama; todos le dicen Bonso. Por eso nos ponen la «B», mira —dijo Danica y se puso en pie, le dio la espalda y se alzó la falda para mostrarle el tatuaje en la parte superior del glúteo derecho—: Nos marcan para que todos sepan que somos de su ganadería. El Turco dice que es por nuestro bien, así los doctores no batallan cuando nos tienen que poner una inyección. Nunca duele si le atinan a la bolita de abajo de la «B» —concluyó Danica con una sonrisa orgullosa. Le faltaban dos dientes superiores.

—¿Conociste a Milena? ¿Estaba en la misma casa?

—Ya te dije que sí hace rato. Llegamos juntas al país, aunque a ella siempre le daban trato especial. No sé por qué. Bueno, era la más bonita de todas.

—¿Trato especial? ¿Cómo?

—No es que la trataran mejor, solo que siempre andaban vigilándola —dijo la mujer casi para sí misma y luego, como si recordara algo festivo, añadió—: El puto lío que se armó cuando desapareció, era para verlo.

—¿Cómo que desapareció?

—A mí me tocó de cerca porque fue una de las últimas fiestas a las que pude ir. —Hizo una pausa y agregó en voz baja—: Antes de la enfermedad, ¿sabes?

—¿Y qué sucedió en la fiesta, Danica? —preguntó Patricia solícita, abandonando el tono neutro que hasta ahora había utilizado.

—Fue en marzo o en abril, cerca de la Semana Santa. Había seis o siete señores que traían la fiesta desde temprano; nosotros llegamos hacia la medianoche. Desde el principio un hombre grande y viejo pero todavía macizo se le pegó a Milena y ya no se le separó. Luego nos enteramos que comenzó a solicitarla cada semana y no me acuerdo bien, pero como dos meses después de eso ya no regresó de la cita.

—¿Cómo que no regresó? ¿Qué pasó?

—Volvió el guardia que la había llevado pero ella no. Los escoltas del hombre ese le dijeron que ya no iba a trabajar de puta y que la dejaran en paz. Tenías que haber visto la que se armó.

—¿Y Bonso y el Turco no fueron a reclamarla?

—Primero le dieron una paliza a la pobre de Brigite, la compañera de cuarto de Milena, porque no les avisó que la palomita se iba a fugar. Se la tuvieron que quitar al Turco porque casi la medio mata. Y cuando llegó Bonso todavía se lio a patadas con ella. Una cosa muy fea.

—¿Y no fueron a buscar a Milena?

—Pues muy raro. Estaban como espantados de que se les hubiera ido. No entiendo tanto escándalo por una puta. Resulta que el viejo es dueño de un periódico y alguien muy influyente porque al día siguiente vino a la casa el mandamás de la oficina contra la trata, un señor al que a veces le damos servicio. Habló con Bonso y le dijo que no hiciera lío.

—¿Y obedecieron?

—Andaban como almas en pena. Nunca había visto a Bonso así. El otro día me encontré a Sonia, la venezolana, también en una revisión. Creo que también ella se infectó —dijo Danica reflexiva.

—¿Y qué te dijo Sonia? —la apuró Patricia, la mujer parecía a punto de ponerse a divagar.

—Ah. Me dijo que hace como un mes vinieron unos hombres a revolver el cuarto que había ocupado Milena, rompieron todo, hasta las paredes. Parece que no encontraron nada porque Sonia dice que las interrogaron una por una para saber si había dejado alguna cosa o si habían visto sus cuadernos.

—¿Cuadernos? ¿De quién, de Milena?

—Pues claro, siempre andaba escribiendo en sus libretas. Pero parece que ella no dejó nada de eso, solo su ropa y unos libros que los hombres se llevaron.

—¿Y Brigite? ¿Tú crees que ella sabría algo?

—Pues si sabía, se lo llevó a la tumba. Los hombres que rompieron todo eso se la llevaron y dice Sonia que ya no regresó. Me asegura que luego vio la foto de un cadáver medio descompuesto que sacó un periódico de escándalos y que el lunar junto al ombligo era el de Brigite. Vete tú a saber. La Sonia es algo habladora.

—¿Cuánto hace que dejaste la casa? ¿Has sabido algo más?

—Hace como seis meses detectaron mi problema en una revisión, y luego de eso una ya no sirve para ellos.

—¿Y te dejaron en libertad?

—Nada de eso, ¡me la gané! Durante dos semanas tuve que hacerla de carne de cañón de los sados. Cabrones, lo que me hicieron —dijo y se levantó la sudadera para mostrar las cicatrices y quemaduras en el vientre.

Patricia interrumpió su movimiento con un gesto de la cabeza.

Jaime apagó el volumen de la sesión y se sumió en sus reflexiones. Se dijo que algo no cuadraba en la actitud de Bonso. ¿Por qué razón el rufián había comenzado a amedrentar a Milena a pesar de que se encontraba bajo la protección del poderoso dueño del diario? ¿Por qué no aceptó la indicación del inspector de la policía para que dejara el asunto en paz? El proxeneta corría un riesgo que no justificaba el perjuicio económico que supone privarse de una prostituta. Franco era alguien que podía sentarse con el procurador de la República, o el presidente mismo con un poco de paciencia. Si se empeñaba, podría haber conseguido la destrucción de la banda o por lo menos la expulsión del país del rumano.

¿Qué representaba Milena para que un mafioso de la trata se arriesgara a tanto? Jaime se dijo que el tema escondía mucho más de lo que aparentaba; el ligero escozor en la garganta y un aumento en la salivación reforzaron sus intuiciones. Había algo explosivo en el pasado de la mujer o en el contenido de la libreta.

Esa misma noche Vidal se reuniría con Claudia para conducirla al lugar donde se encontraba la croata; a partir de ese momento Jaime trataría de retomar los hilos de la investigación. Llamó a su equipo para poner a punto el operativo de seguimiento de Claudia; tendrían que hacerlo con sigilo para evitar que los detectara el equipo de seguridad que antes custodiaba a Franco y ahora a la heredera. Los intentos de Tomás y de Amelia para ocultarle la aparición de Milena le resultaban infantiles e inútiles, pero no dejaban de ofenderlo. Aún no se había ganado su confianza, pero lo haría. Luego pasó con cariño el dedo por la pantalla para seguir el puntito rojo que reflejaba los desplazamientos de Vidal.

14
—

Claudia y Milena
Martes 11 de noviembre, 9.20 p. m.

El departamento, en realidad una pequeña casa que formaba parte de un dúplex, podía ser el de una artista del *burlesque* parisino de los años veinte: terciopelos rojos, biombos con motivos orientales, muebles de madera antiguos y sillones tapizados de arabescos, afelpadas alfombras sobrepuestas en un arreglo más propio de una tienda de tapetes, tan redundantes unas encima de otras como una llovizna sobre el mar. El recargado *vintage* del lugar estaba decidido a desterrar el minimalismo de una vez y para siempre. Había dinero, tiempo y gusto por la decadencia, juzgó Claudia cinco minutos después de haberse instalado en un sofá en el que se hundió irremediablemente y que le hacía sentirse pequeña y vulnerable.

La dueña del lugar, una tal Marina Alcántara, a quien llamaban Rina, no defraudó la escenografía. Tenía una cara inclasificable, la voz ligeramente aguda, y movía el torso al mismo tiempo que la cabeza, como si su cuello y columna vertebral estuvieran unidos por un eje rígido; sus grandes manos y pies acentuaban la impresión de torpeza que transmitían sus movimientos desmadejados. El chico que la acompañaba, seguramente su pareja por el arrobo con que ella lo seguía con esos extraños ojos, parecía normal; eso si la normalidad fuera ser guapo, medir 1.80 y tener la dentadura perfecta. Una especie de Ben

Affleck de veintitantos años. Ambos hacían una pareja atractiva y sofisticada que sería bienvenida en cualquier fiesta del *jet set* internacional. Así se veía el resultado de varias generaciones de élite mexicana bien alimentada y saludable, se dijo Claudia.

—Disculpa que no te pueda ofrecer algo, acaban de instalarme la cocina y ni vajilla tengo; lo demás ya está completamente amueblado. Apenas me estoy mudando, no hay nada de despensa —se excusó Rina.

—No te preocupes, pero deja que envíe a uno de los que me acompañan para que haga una compra de lo más básico. ¿Quieres algo en particular? —preguntó Claudia mientras hacía un gesto en dirección al guardaespaldas de pie junto a la puerta.

—Ni idea de lo que ella quiere —respondió la anfitriona, señalando el dormitorio donde Milena terminaba de bañarse—, además, Vidal ya se lanzó al minisúper por algunas bebidas y lo necesario para preparar sándwiches; mañana hago una despensa en forma.

Los siguientes minutos Luis explicó la manera en que habían localizado a la croata y burlado a sus tres perseguidores. Lo hacía en un tono descriptivo, aunque un par de veces el entusiasmo y algún residuo de adrenalina agudizaron su voz. Con todo, Claudia apreció la mente ordenada, la elección precisa de las palabras y la riqueza de detalles casi cinematográficos de su relato.

—Me parece que corrieron riesgos innecesarios, ¿por qué? Ni siquiera la conocían, ¿no? —dijo ella al concluir la narración de Luis.

Los dos jóvenes intentaron exponer la admiración que sentían por Amelia y Tomás y la solidaridad que les despertaba alguien en desgracia, pero Claudia quedó convencida de que detrás de aquellas razones imperaba simple y sencillamente la excitación por el misterio, la atracción por la aventura y el deseo de romper la monotonía de dos vidas en las que muchas cosas estaban resueltas, al menos en lo material.

Sin embargo, cuando Milena salió de la recámara, ella se olvidó de todo. Por su parte, la croata la reconoció de inmediato, se sentó a su lado y la abrazó. Claudia se habría esperado cualquier reacción menos esta; no obstante, respondió al abrazo conmovida. Supuso que solo por ser hija de Franco, ella era lo más cercano que la extranjera tenía en el continente. Luego, a medida que el abrazo se prolongaba, Claudia se fue sintiendo crecientemente incómoda. Hundida en el sillón y con la diferencia de estaturas, su cabeza quedó oprimida contra los pechos de la otra mujer; la firmeza de los implantes le recordó el oficio de Milena y la naturaleza sexual del vínculo que tenía con su padre.

Luis y Rina observaron la escena con atención: él con algo de bochorno, ella con mucho de alborozo. Al final optaron por dejarlas solas y salir a la calle con el pretexto de esperar el regreso de Vidal; el guardaespaldas captó el mensaje y salió a fumarse un cigarro.

—Primero cuéntame cómo murió —dijo Claudia por fin, con la vista clavada en los pies descalzos de Milena.

—Murió encima de mí.

Claudia reprimió un acceso de náuseas al imaginar a su padre agonizar sobre los duros pechos artificiales; se puso en pie para tomar aire y le dio la espalda a Milena. Una imagen sórdida invadió su mente: un cuerpo desnudo y viejo sobre una mujer que podía ser su nieta.

Algo intuyó Milena, que dijo:

—No lo juzgues, lo que teníamos era hermoso.

—¿Cómo puedes decir eso, con casi cincuenta años de diferencia y un arreglo económico de por medio?

—Entonces no entiendes nada —respondió la croata con dureza.

Las dos mujeres guardaron silencio, Claudia con un nudo en la garganta y la incómoda sensación de haber dicho algo despiadado; no obstante, no sintió ganas de desandar sus palabras. Se arrepintió de haber propiciado la cita con Milena.

¿La buscó para expresar el agravio que apenas ahora adivinaba? ¿Estaba indignada porque su padre no hubiera muerto en el seno familiar y rodeado por los suyos en lugar de hacerlo en los brazos de esa mujer, una desconocida sin mayor vínculo con la vida de los Franco que una vagina joven y dispuesta? Luego recordó el mandato paterno de recuperar el cuaderno que conservaba Milena y conjurar cualquier peligro en contra de la familia. Ahora mismo podía pedir a sus escoltas que revisaran las pertenencias de la mujer y eliminar así la amenaza de una vez por todas, pero tampoco tenía la seguridad de que ella llevara consigo la libreta a la que se había referido su padre; podría estar escondida en cualquier otro lugar. Optó por tranquilizarse y ganarse poco a poco la confianza de la extranjera.

Cuando giró el cuerpo para enfrentarla, se dio cuenta de que Milena había comenzado a llorar en silencio sin hacer el menor esfuerzo por enjugar las gruesas lágrimas que descendían por su alargado rostro. Luego habló:

—Lo único que yo quería era que los niños no jugaran a la guerra con mis huesos. Salí de Jastrebarsko a los dieciséis años...

15

Milena
2006-2010

Con el correr de los días los hombres dejaron de ser ojos espe-
ranzadores y se convirtieron en una sucesión de penes y bocas
ávidas. Después de ser testigo de la terrible y salvaje inmolación
de Natasha Vela, Milena desechó toda esperanza de regresar a
su vida previa; ahora el propósito de cada día consistía en hacer
méritos para mantenerse en la tarifa más alta y evitar descender a los burdeles de ese inframundo al que fue asignada durante su semana de contrición. Milena inundó todos los espacios
de su existencia; la vida que alguna vez llevó como Alka Mortiz
quedó arrinconada en una bruma crecientemente borrosa que
prefirió desterrar de su presente. Incluso los recuerdos de
Croacia le resultaban dolorosos. La desesperanza es llevadera a
condición de vacunarla contra cualquier brote de nostalgia.

La rutina de la casa era implacable; nadie podría haber
acusado a sus guardianes de negligencia. Las chicas que habitaban el lugar —entre doce y veinte, según la temporada— eran
un activo de alto valor y como tal eran tratadas. Una vez a la
semana una estilista revisaba peinados, tintes, *manicure* y *pedi-
cure*; todas las mañanas uno de los custodios las sometía a los
ejercicios de un video y una cocinera vigilaba los carbohidratos
en la dieta. «Un cerdo que engorda a base de bellotas no co-
mería mejor», solía decirles el Turco.

Ocasionalmente los guardias las obligaban a ingerir alguna línea de coca, para asegurarse de que no se intimidaran durante alguna fiesta o con un cliente generoso, pero vigilaban que las chicas no contrajeran ningún tipo de adicción. En otros burdeles los proxenetas usaban el enganche a las drogas como un recurso de control; no era el caso con las prostitutas de élite en condiciones de esclavitud. La inversión en vigilancia era tal que hacía innecesaria la adicción para esos propósitos, que además podía ser dañina para la salud de su mercancía.

Nunca recibían en casa a un cliente. Por lo general, acudían a los hoteles y departamentos de los usuarios o a alguna *suite* reservada para la ocasión por los tratantes en hoteles de su confianza.

En realidad, las jóvenes tenían mucho tiempo libre en los confines de la amplia casa donde se encontraban. Pese a trabajar los siete días de la semana, en función de la demanda, durante el día muchas de ellas se dedicaban a conversar y a ver la televisión. Estaban prohibidos los celulares o las computadoras. El primer año Milena desarrolló una estrecha amistad con un par de compañeras, pero prefirió tomar distancia cuando descubrió que una de ellas era confidente de sus captores. Por lo demás, la circulación de mujeres era intensa y dificultaba la consolidación de las amistades. La mafia que había comprado a Milena operaba burdeles en todo el Mediterráneo y las chicas eran trasladadas de un sitio a otro, según los vaivenes del flujo turístico; esto permitía acreditar novedades frente a los clientes de Estambul, las islas griegas, Roma, Venecia o Marsella. Milena se convirtió en una de las residentes más longevas de Marbella por la predilección de tres o cuatro clientes regulares de alto nivel que la convirtieron en su favorita. No obstante, la croata se acostumbró a perder amigas una y otra vez en el continuo trasiego de prostitutas, y ella misma debió pasar algunos veranos en Ibiza.

Pronto se refugió en la lectura. Había sido una alumna destacada en la escuela de su pueblo y siempre experimentó fascinación por las palabras. En el último año de secundaria llegó a escribir algunas reseñas de los libros juveniles que exigía el programa de lectura, en un intento por llamar la atención del apuesto profesor que los visitaba procedente de Zagreb.

Al principio devoró las novelas baratas que a veces desechaban a su paso los turistas a los que prestaba servicio por una noche; leyó de todo y sin medida. Poco a poco se fue aficionando a la buena prosa, a tramas más inteligentes y elaboradas y no tenía reparo en preguntar sobre libros y autores cuando veía un volumen en la mesita de noche de algún cliente. Así, de tanto en tanto iba recibiendo sugerencias que fueron afinando su gusto. Cuando solicitó a sus captores el primer libro, estos se burlaron de sus pretensiones aunque no impidieron que la estilista que las visitaba una vez a la semana y las surtía de ropa le trajera de El Corte Inglés los títulos solicitados. También ellos se acostumbraron a ver a Milena tumbada durante horas en un sillón, inmersa en la lectura. Incluso terminaron por alentar su afición porque les facilitaba el trabajo: ella provocaba menos problemas que la mayoría de sus colegas más inquietas o ruidosas.

Los cientos de hombres que pasaron por las piernas de Milena dejaron menos huella que las miles de páginas que desfilaron ante sus ojos; el sórdido blanco y negro de su brutal existencia perdió sustancia frente a la rica gama que las historias leídas coloreaban en su imaginación.

En algún punto comenzó a escribir relatos sobre los clientes. Intentaba adivinar oficios y procedencias a partir de la vestimenta; descubrir temperamento y personalidad por la forma en que abordaban los prolegómenos sexuales o disponían de la ropa al desnudarse. No le importaba que las biografías que colgaba a esos cuerpos fueran ciertas o falsas, solo le interesaba que resultaran congruentes, literariamente factibles. La manera de dejar el dinero sobre la mesa permitía concluir si el sujeto era avaro o desprendido, si era tímido o temerario en los negocios. Su reacción frente a las caricias le informaba de su salud emocional o la falta de ella; su comportamiento poscoital le decía más que un test psicológico.

Escribió cuadernos completos que perdía una y otra vez en las revisiones periódicas a las que sometían sus pertenencias cuando salía a prestar un servicio. No se lamentó demasiado por la desaparición de sus apuntes, no estaban destinados a conservarse o a ser leídos por terceros. Eran recursos para conjurar su destino, y en ocasiones para desquitarse de los abusos de individuos particularmente crueles o violentos. Siempre redactó en croata para asegurar la inviolabilidad de su escritura, pero terminó arreglando la conjugación y la sintaxis conforme a la gramática española. En una ocasión uno de sus captores pidió a un cocinero originario de Zagreb que leyera algunas páginas de un cuaderno de Milena incautado: el sujeto respondió que era una cháchara poco menos que ininteligible. La siguieron despojando de sus libretas aunque no pusieron un particular empeño en que dejara de escribir en ellas.

Su suerte empeoró a medida que el tiempo desdibujaba los rasgos de lolita que los clientes apreciaban en ella; al pasar de los veinte años de edad, algunos de sus amantes regulares emigraron a cuerpos más jóvenes. Inexorablemente su mirada había adquirido un tono endurecido, profesional, poco propicio para satisfacer las exigencias de los que acudían en busca de púberes o algo que se les pareciera.

En un principio Milena agradeció el cambio. Cada vez le resultaba más repulsivo vestirse con faldas escolares, hacerse trenzas o fingir sonrisas bobas que intentaban pasar por ingenuas. Sin embargo, su entrada en la mayoría de edad le trajo algunas desventajas: con la pérdida de ese tipo de clientela, su valor en el mercado del sexo disminuyó lo suficiente para perder algunos privilegios. La obligaron a prestar servicio a más de un cliente por noche en fines de semana intensos y, peor aún, sus explotadores decidieron hacer una remodelación de su cuerpo para incrementar su atractivo.

El pecho casi plano, que había sido un activo en la etapa

previa, fue considerado un inconveniente en la fase de prostituta adulta. Para subsanarlo la enviaron a una clínica donde su busto adquirió un rotundo 34D y, aun cuando originalmente poseía glúteos bien formados, se los agrandaron hasta convertirla en una rubia con cuerpo de mulata. Milena volvió a ser la favorita de los clientes en la pequeña comunidad donde residía: la exuberancia de su físico hipersexuado contrastaba con el rostro elegante y aristocrático que hacía recordar a Greta Garbo, una combinación que alcanzó el éxito inmediato en la industria del sexo de Marbella.

Aun así, su triunfo mercadológico y la recuperación de algunos privilegios no la consolaron; de hecho, la enfurecieron. Había sobrevivido durante cuatro años gracias a la convicción de que la fricción de pieles y el intercambio de flujos a los que era obligada noche tras noche no comprometían su cuerpo y menos aún perturbaban su alma. De lo primero se encargaba un largo baño que tomaba al regresar a casa; de lo segundo, el bloqueo emocional en que se encerraba gracias a las historias que hilvanaba mientras los hombres cabalgaban sus caderas.

Sin embargo, la deformación de su silueta destruyó esa sensación de pureza física incólume de la que había logrado convencerse. No reconocía como suyas las nuevas protuberancias en ese horizonte de carnes en el que antes todo era vertical. Durante semanas dejó de mirarse en el espejo; no podía soportar el reflejo de la furcia que tenía ante sus ojos.

Por primera vez algo parecido al odio comenzó a dominar su ánimo. Hasta ahora había predominado un estado de entumecimiento, como si esa vida no fuera con ella y en cualquier momento y de alguna manera el azar que la victimizó hubiera de regresarle su libertad; Forkó, Bonso y el Turco quedarían en el pasado, como un vaporoso y terrible sueño oscuro. Pero la transformación de su cuerpo hacía imborrable su paso por la esclavitud sexual; ahora sabía que la llevaría incrustada en el cuerpo hasta el día de su muerte, incluso si algún día podía despojarse de los implantes.

El odio, que ardía en su pecho con la misma firmeza que los silicones recién instalados, se dirigía más a sus clientes que a sus explotadores: entendía que el proxeneta y los gorilas que la vigilaban formaban parte, junto a ella y sus compañeras, de una maquinaria engrasada al servicio de esos hombres que venían cada noche a ensuciarla con sus viscosos líquidos. Al día siguiente cada uno de ellos proseguía su vida normal, al margen del infierno que financiaban, creyéndose legitimados y exculpados por la paga de unos cuantos euros.

Se prometió que algún día cobraría venganza. El siguiente 23 de agosto, fecha en que cumplió veintidós años, decidió fugarse.

16

Claudia, Milena y Tomás

Martes 11 de noviembre, 11.30 p. m.

El agudo sonido del timbre de la puerta provocó en las dos mujeres un sobresalto y la interrupción del estado hipnótico en que habían caído por el tono monocorde de los hechos que una relataba y la otra escuchaba. Al incorporarse para abrir, Claudia notó el cuerpo entumecido por la inmovilidad a que lo había condenado durante la última hora. El calambre que recorría su costado derecho no solo obedecía a una posición incómoda: le dolían las mandíbulas trabadas y le punzaban los muslos apretados con creciente fuerza a medida que la narración avanzaba, como si su propio cuerpo se contrajera en un vano intento por protegerse de las agresiones descritas por Milena.

Tomás entró a la habitación seguido de Vidal, Luis y Rina; Claudia se molestó por la interrupción del relato de la examante de su padre y estuvo a punto de pedirles que salieran, pero se reprimió al ver a los tres jóvenes todavía ateridos tras pasar casi dos horas esperando en la banqueta. No obstante no pudo evitar una mirada de reprobación dirigida a Tomás. Se suponía que él no vendría esta noche a conocer a la croata.

—Hola —dijo el recién llegado—, tú debes de ser Milena. Yo soy Tomás, amigo de Claudia, y por el momento dirijo el periódico de don Rosendo. A los demás ya los conoces, ¿verdad?

Ella asintió con la cabeza y estrechó la mano de Tomás con alguna reticencia. Los hombres en general, y de esa edad en particular, nunca le habían acarreado algo bueno.

—Milena apenas me iba a contar cómo llegó a México y conoció a mi padre —dijo Claudia.

—Entiendo —respondió Tomás a modo de disculpa y, después de una pausa, agregó—: Ya es un poco tarde para todos y habría que tomar decisiones sobre su seguridad. ¿Puedo hablar contigo un momento?

Caminaron a la cocina y Tomás le explicó qué hacía él allí:

—Hace unos minutos me informaron de que unos hombres entraron a la casa de tu padre, en Las Lomas. Redujeron a la servidumbre y revolvieron su despacho. No está claro qué buscaban pero provocaron algunos destrozos.

—Mi madre está en mi casa, prefirió dormir conmigo estos días —dijo Claudia para sí misma con alivio—. ¿Lastimaron a alguien?

—No, encerraron al jardinero y las dos sirvientas en un clóset. Están ilesos. Las autoridades apostaron una patrulla frente a la puerta de entrada. Juzgué que necesitabas saberlo.

Ella se tomó algunos segundos para tranquilizarse. Sin ponerse de acuerdo, las miradas de ambos convergieron en Milena y una vez más se preguntaron qué era lo que la mujer ocultaba. Por su parte, ella los miraba con desconfianza desde el extremo de la sala. Los secretos que cuchicheaban ambos en la cocina habían disipado la complicidad tejida entre ella y Claudia a lo largo de las últimas dos horas. Los rasgos del rostro de la croata se endurecieron repentinamente, como si la amenaza proviniera de alguno de los presentes.

Claudia intentó sobreponerse a las noticias recibidas y caminó hasta donde se encontraba Milena, tomó una mano de la joven y la condujo de vuelta al sofá del que se habían levantado, para hablar con alguna privacidad.

—¿Los que te persiguen son los que te explotaban antes de que llegara mi padre? —preguntó en voz apenas audible.

—Sí.

—¿Hasta dónde pueden llegar en su afán de encontrarte? ¿Se rendirán si no te localizan pronto?

—No creo. En su código, yo cometí el peor de los crímenes y estoy condenada a muerte. No descansarán hasta que me encuentren. ¿Recuerdas lo que te conté de Natasha Vela? Eso o algo peor podría suceder si me atrapan los rusos. —En realidad, Milena no tenía claridad absoluta de lo que harían con ella si la atrapaban, pero tampoco esperaba nada bueno.

—Al parecer andan buscando algún objeto porque han saqueado el departamento de la colonia Anzures donde vivías y ahora el despacho de mi padre. ¿Sabes qué puede ser?

Milena abrió los ojos aterrorizada y luego se llevó ambas manos al rostro y encajó la cabeza entre las rodillas. Luego el terror dio paso a la confusión. ¿La querían a ella o solo la libreta? ¿A qué obedecía la destrucción de los lugares por los que ella había pasado?

—No dejaré que te hagan daño —dijo Claudia tras un par de minutos de observarla inmóvil, y con una ferocidad que la sorprendió a ella misma—. ¿Confías en mí?

Milena no contestó, solamente oprimió la mano que la otra había puesto sobre la suya. Eso le bastó a Claudia, quien se incorporó y regresó al otro extremo de la habitación, donde esperaban los demás. Los puso al tanto de lo que Milena acababa de decir.

—Con todo respeto —dijo Tomás—, me parece un tanto melodramático el comentario de los rusos. Supongo que aún está en *shock* por la muerte de Rosendo.

—Ella conoce mejor a los cabrones de los que está huyendo; habría que darle el beneficio de la duda —dijo Luis al recordar la pinta de los tres esbirros del elevador.

—Se puede quedar aquí en el departamento. Diré que es una prima que vino de visita —propuso Rina.

—¿Una prima con acento de Europa del Este? —cuestionó Tomás. En realidad, el español de la croata era bastante bueno, salvo por un ligero carraspeo al pronunciar las erres.

—Bueno, diré que viene de Montreal. Luis dice que tenemos un aire familiar, ¿no? Además, aquí no viene nadie. Una amiga decoradora de interiores me habilitó el departamento y apenas me lo entregó.

—No es mala idea —dijo Luis—. A los ojos de estos mafiosos nada relaciona a Rina con Milena; no hay forma de que la rastreen hasta acá. Podría ser solo un par de días mientras la sacan del país o le encuentran un escondite permanente.

—O mientras neutralizamos a estos hijos de puta —afirmó Tomás.

—Por supuesto —agregó Claudia entusiasmada—. Si mi padre los mantuvo a raya, no veo por qué nosotros no podemos hacerlo.

—Por lo pronto hay que dejarla descansar. No me gustaría que se quedara sola, en una de esas se nos vuelve a espantar y desaparece —sugirió Tomás, aunque miró a Claudia con extrañeza. El optimismo de la mujer parecía fuera de tono tras la irrupción de los matones en la casa de su padre.

—Nosotros nos podemos quedar —dijo Rina, y Tomás no supo si eso incluía a los tres jóvenes o si había comenzado a hablar en primera persona del plural para referirse a sí misma; la chica se veía bastante rarita.

Luis movió la cabeza en sentido afirmativo mientras que Vidal bajaba la vista. Tomás cayó en la cuenta de que su sobrino era el único que no había abierto la boca desde que él había llegado.

Claudia comunicó a Milena la decisión y le aseguró que regresaría al día siguiente, quizá para comer juntas en el departamento. La croata asintió; simplemente quería quedarse sola después de la larga y tensa jornada.

Tomás subió al coche de Claudia, pero antes pidió al chofer que le habían asignado en el periódico que llevara a Vidal a su casa; este aceptó el ofrecimiento en silencio. En el trayecto a la calle de Campos Elíseos en Polanco, donde Claudia vivía en un departamento con su marido, hicieron un breve repaso de la situación en que se encontraban. Los allanamientos al departamento que ocupaban Rosendo y Milena y al despacho en la casa de los Franco indicaban que no solo les interesaba recuperar a la prostituta.

—¿Alguna noticia sobre el maldito cuaderno?

—Nada aún, apenas nos estamos conociendo. Pero me parece que voy en la dirección correcta; solo es cuestión de que me tome confianza. Está claro que somos lo único que tiene, al menos en México. Lo que me deja aún más preocupada: ¿cómo podemos garantizar su seguridad? Ni siquiera sabemos quién está detrás de ella. ¿A qué se referirá con eso de los rusos?

Tomás se alegró de poder responder a su pregunta. Le describió la llamada que había recibido de Jaime Lemus camino al departamento de Rina. Lemlock tenía información sobre la identidad del mafioso que perseguía a Milena, un tal Bonso, de origen rumano. Pero todo indicaba que el proxeneta operaba para la mafia rusa de la trata de mujeres. Le propuso que se reunieran los tres por la mañana para informarse mejor y definir una estrategia para proteger a la croata y conseguir la elusiva libreta negra.

Claudia le dijo que querría pasar un rato con su madre por la mañana; tenía que encontrar la manera de hacerla salir del país, después de lo que había sucedido en su casa. Le pediría que se fuera a descansar algunos días al departamento que la familia tenía en Miami. Quedaron en verse al día siguiente a las diez y media en el periódico. Al llegar al domicilio de ella, aguardaron en el coche la llegada del chofer de Tomás, ocupado aún en el traslado de Vidal, mientras se ponían al día con los temas más urgentes del diario: la invitación a comer en Los Pinos, los embates del subdirector en su contra, la necesidad de encontrar a un gerente general honesto y capaz para el área administrativa. Abordar los problemas del periódico constituía un bálsamo tras habitar durante las últimas horas en los umbrales de un mundo de mafiosos y proxenetas.

Antes de que el periodista bajara del vehículo, Claudia colocó una mano sobre su muslo y casi al oído para que su chofer no la oyera, musitó un conmovido «Gracias por todo». Tomás hizo un gesto para restarle importancia, pero la presión de la mano de ella quedó galvanizada por unos instantes en su piel. Más tarde, en la cama, Tomás repasaría esa presión y en particular la del dedo que rozó sus genitales, preguntándose si el incidente podía ser atribuido a la oscuridad que reinaba en el coche o a un acto deliberado por parte de Claudia.

17

Vidal
Miércoles 12 de noviembre, 00.10 a. m.

No oyó la pregunta de Silvano Fortunato, el chofer de Tomás, aun cuando estaba sentado a su lado en el lugar del copiloto. Vidal repasaba ensimismado la pesadilla que había vivido en las últimas tres horas; todavía era incapaz de procesar lo que Luis y Rina le comunicaron en la calle momentos antes.

—¿Adónde llevamos a su señoría? —preguntó de nuevo el conductor.

—Ah, disculpe. A la Condesa, a la glorieta de Popocatépetl —respondió él saliendo de su embotamiento—. ¿Sabe dónde es?

—Clarinetes cuetes, jovenazo. No somos primerizos en esto, no, señor; más sabe el diablo por viejo que por diablo. Con este bólido llegaremos en un santiamén.

«En la madre, encima me toca Cantinflas al volante», se dijo Vidal y trató de ignorar a su interlocutor, quien siguió desgranando refranes y lugares comunes mientras recorrían las calles frías y casi desiertas a la medianoche de un día de entre semana.

Vidal quería llorar, golpear a alguien, fumar marihuana sin parar durante dos días, o tomar un camión y salir de la ciudad; cualquier cosa menos estar encerrado camino a casa, transportado como si fuera un menor de edad por un conductor boquirroto.

—Por Paseo de la Reforma hacemos un *perimplo* circular, joven, pero es más seguro por la inseguridad. Las calles alumbradas espantan a los malandros y así lo entrego en su casa más sano que un yogur de ciruela pasa —dijo el chofer, aunque su pasajero volvió a ignorarlo.

Al llegar a casa se despidió con un lacónico «Buenas noches». No obstante, no pudo evitar otra intervención irreal de don Silvano:

—Buenas noches, joven, que llegue a casa con bien; váyase por la sombra —dijo el hombre a pesar de que lo había dejado a tres metros de su puerta y no existía otra posibilidad que caminar bajo algo que no fuera la oscuridad de una noche de escasa luna.

Al entrar en su habitación Vidal recordó que se le había terminado la hierba. Decidió que el tequila sería tan bueno como la marihuana para quitarse de encima el recuerdo de lo que había experimentado bajo el farol a media luz de la calle de Río Balsas. Bajó por una botella y al regresar a su cuarto revisó su celular; consultar el correo electrónico antes de dormir era su rutina de todas las noches. Quizá esperaba ver un mensaje postrero de Rina con alguna rectificación, o al menos uno de Luis ofreciendo algún tipo de disculpa. Lo que encontró, mientras apuraba el primer trago de alcohol, fue un correo de Jaime: «Necesitamos platicar, sobrino. Quiero mostrarte algunas cosas en Lemlock. ¿Puedes venir mañana? Te busco temprano para ponernos de acuerdo. Y que quede entre nosotros por el momento, ¿eh? Abrazo».

El segundo trago de tequila expandió en su cuerpo una oleada de cariño por Jaime. Era el único de todo su círculo que lo trataba como un adulto; sus padres, Tomás y Amelia seguían viéndolo como a un niño. Luis y Rina lo habían ninguneado a sus espaldas.

Todos sabían que existía algo especial entre él y Rina. Debido a los estudios que ella cursó en el extranjero se habían visto poco aunque escrito mucho desde la tragedia que sufrió la familia Alcántara. Él había sido el compañero en quien ella se había apoyado en los peores momentos; en varias ocasiones Rina le comentó que era su media naranja, su alma gemela. Cuando ella regresó a México, Vidal dio por sentado que la estrecha amistad evolucionaría de manera natural a una relación de pareja. Apenas una semana antes, ella le había preguntado su parecer sobre la decoración del departamento al que se mudaría: recordó la expectación con que Rina examinaba su rostro al mostrarle cada habitación, tratando de leer gestos de aprobación o de rechazo de parte de su amigo. Vidal lo interpretó como un indicio obvio de que ella se imaginaba una vida en común en ese espacio que con tanto orgullo le enseñaba. A la postre, aquello que había creído su nido de amor resultó el cementerio de sus ilusiones.

Cuando Luis lo llamó para decirle que Rina y él habían encontrado a Milena esa misma mañana, le pareció que algo no tenía sentido. Un día antes ni siquiera se conocían. Acudió al departamento de ella acosado por negros presagios, pero nunca se imaginó la confesión que escucharía; peor aún, ni siquiera era una confesión, más bien fue un agradecimiento por haberlos unido. Luis le dio un abrazo conmovido como si Vidal fuera el padrino gozoso del encuentro entre sus dos mejores amigos. Rina lo besó fraternalmente en la mejilla, aunque al separarse él notó que tenía los ojos perdidos en el farol de la calle, quizá para evitar que sus miradas se entrecruzaran, después de hacerle saber que había pasado la noche con su amigo.

Cada una de las palabras, la escena en su conjunto, constituía un mal viaje. Le habría gustado explotar y reclamar indignado la traición que estaban cometiendo. Las veinticuatro horas de amor que esos dos habían vivido eran un pésimo chiste comparadas con los once meses de idolatría que él le profesó a Rina; lo que pudieran haber compartido la noche anterior era de una frivolidad supina frente a los abismos a los que él y ella habían descendido o ante las cimas emocionales que escalaron tirando uno del otro en los momentos de apremio.

No era justo que Luis se quedara con ella: lo más seguro era que ni conociera el segundo apellido de Rina, y mucho menos sabría de su repulsa a todo lo que empezara con el número nueve, la forma meticulosa en que untaba el aderezo en cada hoja de lechuga mientras fruncía el ceño, su aversión a los pingüinos o la inclinación a sacarse la cera de la oreja cuando algo la contrariaba.

Le habría gustado estallar de alguna manera, golpear a Luis y dejar sin respuesta el abrazo de Rina, dar media vuelta y no volver a verlos nunca más. Pero en lugar de eso aceptó sus agradecimientos, hizo una mueca para fingir una alegría que no sentía y se hundió en el ensimismamiento de un silencio depresivo.

Durante años cuestionó la subordinación emocional de su padre ante sus tres amigos; siempre preocupado por las necesidades de los otros, ajeno a sus propias exigencias. Mario convirtió los caprichos de los demás en el derrotero de su vida y su hijo juró que nunca seguiría sus pasos. Pero ahora se sorprendía heredero de esa ruta al convertirse en escudero de Rina y Luis, celestino involuntario de un amor que le desgarraba el corazón.

Luego se dijo que su aceptación pasiva era una estrategia inteligente; que la unión de ellos dos habría de terminar más temprano que tarde porque era él quien profesaba un amor verdadero por Rina, y puesto que no podían existir dos pasiones simultáneamente auténticas y la suya era real, la otra tenía que ser un espejismo.

No obstante, poco más tarde recordaba la intensidad del intercambio de miradas entre sus dos amigos; el modo en que sus cuerpos dibujaban coreografías invisibles, como planetas sujetos a una ley gravitacional que solo existía para ellos. Un sistema solar con dos estrellas, ellos, y un satélite, él.

Instantes después pensó que su incapacidad para reaccionar no tenía que ver con una estrategia sino con la cobardía: su falta de valor para renunciar a Rina de una vez por todas, la necesidad de afecto que le obligaba a satisfacer las expectativas de los demás, su dependencia emocional de aquellos a los que admiraba.

¿Cómo hacían los otros para caminar por la vida sin frenar el paso al ver las flores pisoteadas? En el estrecho abrazo que hoy compartirían Rina y Luis ¿habría un resquicio por el que se colara algún remordimiento por el dolor infligido a su mejor amigo? ¿O de plano el egoísmo de su amor era ciego y refractario a todos los sentimientos que no fueran los suyos?

Tras la tercera copa de tequila, Vidal ya se había armado de resoluciones. Estaría cerca de sus amigos pero nunca más perdería la dignidad. Se juró que endurecería la piel para dejar de ser el apoyo incondicional que pasa inadvertido por ser obvio.

Y entonces recordó el mensaje de Jaime y supo el camino que habría de tomar; quizá siempre lo tuvo presente aun cuando la repulsa que su tío provocaba en Luis lo mantuvo postergado. Ahora el propio Luis había dinamitado tal obstáculo. No estaba condenado a ser Mario si podía ser Jaime. Volvió a abrir su correo en el celular y tecleó una respuesta.

18

Claudia, Tomás y Jaime
Miércoles 12 de noviembre, 10.30 a. m.

Los dos hombres que tenía enfrente eran tan diferentes que Claudia se preguntó en qué se basaría la estrecha amistad que los unía. Salvo por la edad, Jaime y Tomás no podían ser más distintos. El traje italiano y la camisa hecha a medida con las iniciales JL bordadas contrastaban con la corbata arrugada de Tomás y el saco en estado calamitoso, fugitivo de las tintorerías. El tono asertivo de Lemus, inapelable y articulado, era lo opuesto a la conversación reflexiva y plagada de avances y retrocesos que caracterizaba al periodista. La mirada dura de Jaime constituía las antípodas de los ojos acuosos y socarrones de su amigo.

Sin embargo, Claudia recordó la descripción que esa misma mañana le había hecho Miriam Mayorga, exsecretaria de su padre y ahora de Tomás, sobre el estilo firme y decidido con que el nuevo director de *El Mundo* llevaba las riendas de la redacción. «Tiene la dosis de cabrón que se necesita», había dicho la perspicaz ayudante. Quizá en el fondo, los dos amigos se parecían más de lo que creían.

Los tres se encontraban en una pequeña sala de juntas ubicada en un costado del enorme despacho que Rosendo Franco había utilizado en vida. Claudia se negó a ocupar el escritorio de su padre, aún colonizado por unos cuantos recuerdos: un trofeo de golf, una foto con el presidente Clinton, otra con María Félix, una réplica de su yate, una rotativa en miniatura, un retrato con su famoso sobrino cuando este ganó el abierto de Australia. Debajo de una lámpara, dos estuches de anteojos yacían paralelos uno al lado del otro, como dos sobrios ataúdes que esperaran ocupantes en una funeraria de pueblo. Claudia prefería operar en la mesa de trabajo lateral para seis personas, reconvertida en su propio escritorio.

Jaime desplegó ante ella y Tomás un mapa de las mafias vinculadas a la prostitución en Europa y el continente americano. Explicó que los kosovares eran expertos en el traslado de personas y mercancías robadas, y los rumanos y griegos en el manejo de burdeles a todo lo largo del Mediterráneo. Sin embargo, los rusos y ucranianos seguían constituyendo la élite de estos grupos, como si el Muro no hubiera caído aún y ejercieran en nombre del Soviet su dominio sobre todas las repúblicas de Europa Oriental. Eslovacos, georgianos, serbios y rumanos solían ser sus cuadros operativos, pero en la punta de la pirámide por lo general se hallaba alguien vinculado a las mafias rusas.

En México el fenómeno era mucho más variado. Colombianos y argentinos controlaban el tráfico de mujeres sudamericanas que alimentaba a los circuitos de *table dance* y prostitución de alto nivel; sin embargo, las mafias europeas habían instalado algunos cuadros propios para regentear a las pocas mujeres de sus naciones que trabajaban en México y, más importante, para traficarlas a Estados Unidos; jóvenes de los Balcanes, Rumanía y Bulgaria que acudían engañadas a estas redes con la esperanza de ser introducidas de forma ilegal por la frontera en busca de su sueño americano. Con todo, en algunas ocasiones los supuestos intermediarios terminaban prostituyéndolas temporal o permanentemente en México.

Al parecer tal era el caso de Bonso, un rumano que se decía italiano, vinculado a empresarios canarios y andaluces, y que hacía un poco de todo en la industria del sexo. Poseía tres o cuatro casas de prostitución de alto nivel desde donde surtía a los circuitos platino de empresas de *escorts* y algunos *men's clubs*. También operaba como *broker* a favor de otras mafias europeas para traficar mujeres a Cancún y a Estados Unidos vía México.

—¿Y eso de Bonso? ¿Es su apellido? —preguntó Tomás.

—Según su pasaporte se llama Neulo Radu, pero desde los primeros registros que hemos podido encontrar va por la vida con el alias de Bonso.

En realidad, el apodo se lo habían puesto cuarenta años antes cuando casi adolescente llegó a Milán a buscarse la vida. Para burlarse de su corta estatura un compañero comenzó a llamarlo Bonsái, en atención a los árboles miniatura, y él se lo apropió encantado creyendo que tenía algo que ver con los samuráis japoneses. Con el tiempo cayó en la cuenta de su error y terminó modificándolo por Bonso.

—¿Y qué tan poderoso podría ser este tipo? —interrumpió Claudia.

—Por sí mismos estos grupos tienen poco músculo; el necesario apenas para controlar de modo férreo a sus chicas. Sin embargo, sus vínculos políticos y de influencia pueden llegar a ser enormes, particularmente en casos como el de Bonso, proveedores de prostitutas a las cúpulas del país. Y me refiero a todas las cúpulas: desde cárteles del narco hasta gobernadores y generales, cuadros directivos de las más grandes empresas y también, como sabemos, a dueños de medios de comunicación.

Jaime se arrepintió de su última frase, pero Claudia ni siquiera parpadeó. Tomás hizo un gesto de reprobación; no obstante, insistió en el tema:

—¿Y crees que sería posible hablar con el tal Bonso?

—Hablar sí, yo podría concertar una cita —dijo Jaime con firmeza, ocultando el hecho de que aún no tenía ni idea de cómo podría abordar al rumano—, aunque no estoy seguro de que nos convenga.

—¿Por qué? —dijo Claudia.

—Porque a pesar de que se trata de un canalla de baja estofa, seguro que es un negociador de clase mundial. En cuanto perciba que la chica te interesa, su precio se encarecerá. Y por desgracia el precio pueden ser muchas cosas: tráfico de influencias, y hasta alguna cobertura favorable en *El Mundo*.

—¿Qué? —exclamó Claudia—. No querrá que publiquemos a todo color los quince años de la hija, ¿o sí? —añadió en tono irónico.

—No, pero son *brokers* que intercambian favores: una cobertura benévola para un general o para un casino en problemas, un crimen que en lugar de aparecer en la página doce sea desplazado a la treinta y ocho en *Última Hora*. Es decir, un chantaje permanente a cambio de Milena.

Última Hora era el tabloide propiedad de *El Mundo*; circulaba más de doscientos mil ejemplares diarios y constituía el referente de la nota policial en la Ciudad de México.

—Un precio que no nos podemos permitir —atajó Tomás.

—Justamente —convino Jaime—. Por eso tenemos que definir una estrategia adecuada para enfrentar a este hijo de puta antes de decidirnos a hablar con él.

—¿No sería más fácil sacarla del país, devolverla a su tierra? —preguntó la dueña del diario.

—Devolverla a su pueblo podría ser contraproducente. No digo que sea el caso de Milena, pero en ocasiones los propios padres, un tío o un padrastro, son los responsables de su venta a los traficantes.

—No, no es el caso de Milena. Ella me comentó que había huido de casa a los dieciséis años, engañada por alguien que la enganchó para un supuesto trabajo en un restaurante de Berlín —afirmó Claudia.

—En otros casos —continuó Jaime ignorando la interrupción—, se amenaza a la víctima con represalias en contra de la familia en respuesta a todo intento de fuga.

—La voy a ver hoy —dijo Claudia pensativa—; le preguntaré y trataré de obtener más información sobre Bonso y compañía.

—También yo espero algo adicional de los reportes de mi equipo —secundó Jaime—, entonces tendremos elementos para perfilar una estrategia.

Acordaron verse tan pronto como tuvieran novedades. Jaime se retiró, complacido por el giro que tomaban los acontecimientos; todo indicaba que se encontraba en camino de convertirse en el asesor de seguridad de Claudia.

Cuando se quedaron solos, Tomás y ella abordaron los temas más urgentes del periódico: eligieron a tres candidatos al puesto de gerente general para entrevistar y aceptaron una de las opciones que ofrecía la Presidencia para ir a comer a Los Pinos: el lunes siguiente.

No obstante, cuando salió de la oficina de Claudia con rumbo a la suya, Tomás pensó que el diálogo entre ellos no era el de un jefe y su subordinado, o el de un *publisher* con su editor. Parecían más bien un matrimonio bien avenido que dilucida en común la organización de una cena con invitados para el siguiente fin de semana.

En el trayecto a su escritorio, Tomás recordó que no hablaba con Amelia desde la tarde anterior. Por lo general, solo se reunían los fines de semana en casa de ella, y eso cuando sus ocupaciones como cabeza del PRD lo permitían. Procuraban comer juntos un día entre semana y el resto del tiempo intercambiaban mensajes por WhatsApp para desearse buenas noches o buenos días, ventilar preocupaciones mutuas o arrebatos de deseo, siempre en clave para evitar algún escándalo por parte de los muy previsibles espías que acechaban sus celulares y correos electrónicos. Tomás tecleó un rápido «Te extraño» y no volvió a pensar en Amelia o Claudia las siguientes horas, primero porque se sumergió en las rutinas del día, y después por el acontecimiento brutal e inesperado que las interrumpió: el secuestro del editor de Opinión de *El Mundo*, Emiliano Reyna, su amigo, a cien metros de las instalaciones del periódico.

Ellos III

Me he pasado la vida entre las damas de la noche. Quien las critica no las conoce. Hay más solidaridad en una velada interminable de música y alcoholes que en un acto de caridad entre damas de alcurnia que tasajean con la mirada el vestido de la recién llegada o los zapatos en desuso de la compañera caída en desgracia.

Mi verdadero hogar son esas horas entre las dos y las cinco de la mañana, cuando el borracho te dice que eres su hermano y la puta vieja te trata con el cariño que nunca te dio la tía que deseabas. Hay hombres y mujeres que tenemos alma de burdel. No es la bebida ni el sexo; tampoco la iluminación mortecina o la música de mal gusto. Esos son solo datos escenográficos, el ecosistema donde prospera nuestra especie, el lugar en que habitamos con otros miembros de esa familia en la que no se acostumbran los reproches por cantar desafinado o caminar a tropezones.

Hay quienes viven para el futbol o para el golf, para satisfacer al cura o dar gusto a su padre; hombres y mujeres anodinos que cumplen a rajatabla las rutinas del día con la rigurosidad monótona del que da lustre a los barrotes de su celda. Seres humanos convertidos en uno más de los animales domésticos de casa.

Yo digo que hay más espontaneidad en un antro de mala muerte que en esas vidas deslactosadas, comprimidas por el reloj de afuera y la cobardía de adentro.

Los hombres a quienes nos gusta la bohemia lo tenemos fácil. Nada impide dedicarnos a nuestra pasión tres o cuatro noches por semana, más allá de los reproches que hace tiempo dejamos de oír.

Las mujeres bohemias, en cambio, lo tienen más difícil: a ellas les llaman putas. El único pecado de estas damas es pertenecer a nuestra especie. Animales de la noche, flores nocturnas que solo se abren al compás de un piano desafinado y al destello intermitente de las luces de neón.

Me dirán que estoy romantizando. Quizá; tantos años de boleros y todo el repertorio de Agustín Lara no han sido en balde.

Y sin embargo, las hembras más admirables que he conocido proceden de este mundo huérfano de sol. Los nombres más amados nunca fueron reales: Amarilda, Zéfira y Zulma eran motes artísticos pero las mujeres que los portaban eran más auténticas que Patricia, Marta y Susanita, los esperpentos de la vida diurna con quienes alguna vez pretendí emparejarme.

Amarilda era la luna; pálida y brillante, generosa en sus redondeces. El sarcasmo en la punta de la lengua, los ojos dadivosos y la mano presta para la caricia oportuna. La misma habilidad para bajar los humos a un gallito encrespado que para levantar el ánimo de un parroquiano abatido. Murió hace años, luego de un aborto mal cuidado.

De Zéfira siempre recuerdo el escote abismal y la dureza del seno en tiempos previos al silicón. La mejor de las compañeras en una mesa de juerga. Un hígado galvanizado y la voz ronca y afinada hacían de toda velada un largo homenaje a José Alfredo Jiménez. Hermosa e inolvidable. Hace dos años la vi una madrugada ofreciéndose en una calle de Tepito. Preferí no acercarme; contrajo el sida hace tiempo. Me dio gusto que siguiera viva.

Zulma podía haber sido psiquiatra. Hablaba muy poco, no cantaba y pocas veces se levantaba a bailar. No obstante, por alguna razón era la preferida de todo cliente cuando había que desahogar las penas. Enfundada en su vestido blanco de bolitas negras y con los labios delgados pintados de rojo carmesí, te tomaba de la mano y te escuchaba sin pestañear, como si estuvieras en una burbuja o en un confesionario. Tenía una sabiduría innata para saber si luego del desahogo

requerías una caricia de novia parvularia o un apretón en la verga.
Luego supe que un hombre la mató a golpes no hace mucho.

Mujeres admirables las damas de la noche. Aunque ahora que lo
pienso, no me explico por qué siempre acaban tan mal.

C. S. Líder del sindicato ferrocarrilero.
Senador de la República

19

Jaime y Vidal
Miércoles 12 de noviembre, 1 p. m.

Vidal nunca olvidará la primera lección que recibió de Jaime
ese primer día que puso pie en las impresionantes instalaciones
de Lemlock. Se encontraban en su oficina, sentados ante una
enorme plancha de vidrio grueso que hacía las veces de escritorio, en armonía con las tres pantallas adosadas a las paredes.
Desde su teclado Jaime manipulaba las imágenes para reforzar
sus argumentos. Le urgía regresar con su equipo, llegar al
fondo del extraño caso de Milena y desvelar las razones de la
obsesiva cacería de la que era objeto por parte de sus perseguidores. Pero él mismo había invitado a Vidal a sumarse a
Lemlock y ahora no podía defraudarlo. Se consoló pensando
que la intervención del joven podría ser útil en el caso que
ahora ocupaba sus pensamientos.

—Grábate esto —le dijo—: los seres humanos nunca son
lo que parecen.

Y para demostrarlo le enseñó trapos sucios de algunos personajes conocidos que al chico le habrían parecido inconce-
bibles si no los estuviera viendo y escuchando en las pantallas
que lo rodeaban. Jaime le hizo leer las misivas privadas de
Rosendo Franco en las que lloriqueaba como un colegial, le
mostró evidencias de la adicción al juego que había padecido
Alcántara, el padre de Rina, y lo más doloroso, le dio a conocer

los comentarios despectivos —grabados y escritos— que a sus espaldas hacía de él Manuel, su amigo íntimo, con quien había diseñado un videojuego con más entusiasmo que éxito.

Esta última revelación lo impactó con la fuerza de un puñetazo, pero Jaime no le dejó replegarse en la autoconmiseración.

—Erguido; no te agobies. Es mucho menos grave de lo que parece. De este tipo de traiciones está hecha toda relación que dure o que valga la pena, incluidas las matrimoniales. Son los pequeños desquites en que incurrimos los seres humanos para compensar la vulnerabilidad que nos provocan los vínculos emocionales, insubordinaciones momentáneas para soportar la dependencia mutua en que vivimos. ¿Qué crees tú que pasaría si los Azules transparentáramos toda la irritación que nos hemos provocado a lo largo de tres décadas? Ya no podríamos mirarnos a los ojos, supongo.

—Quizá tengas razón —respondió Vidal con poca convicción, sacudido todavía por las crueles expresiones de Manuel—. Entonces debo ignorarlo y seguir como si nunca lo hubiera escuchado, ¿no?

—¡Claro que no! Tienes que asegurarte de que no te afecte, pero nunca ignorarlo. Las debilidades que detectes en los que te rodean son un recurso a tu favor, y créeme que nada como un enojo o una irritación para saber cuándo estamos frente a una debilidad. Luego te enseñaré a utilizarlo.

—Con todo respeto, a mí no me interesa enterarme de las debilidades de Manuel o de quien sea para usarlas en su contra.

—Esto no es de buenos y malos, ni se trata de utilizarlo en su contra. Es más, podrías utilizarlo a su favor.

—¿Cómo es eso? Ahora entiendo menos.

—Es que el primer axioma carece de sentido sin el segundo: los seres humanos no son lo que parecen, pero tampoco son lo que creen que son.

—¿Y eso qué tendría que ver con el caso de Manuel?

—Tiene que ver con el caso de Manuel, o de Luis, o de Rina.

Vidal reaccionó como Jaime supuso que lo haría al escuchar el nombre de su amada. El chico lo miró a los ojos como solía hacerlo el perro pastor alemán que había tenido en la infancia: la cabeza ligeramente ladeada, todo su ser embebido en el examen de su rostro, pendiente de la siguiente palabra como si la vida se le fuera en ello.

—Entender las motivaciones de la gente te permite conocer mejor que ellos mismos de lo que son capaces y de lo que son incapaces —continuó Jaime—. Con frecuencia lastimamos más a los que amamos por ser cómplices de sus debilidades o por tomar por bueno el terreno minado que cada cual se construye para apertrecharse del mundo, construcciones casi siempre falsas. Ahorraríamos mucho sufrimiento si tuviéramos el valor de confesarle a alguien que carece de dedos para el piano; un «verdadazo» a tiempo vale oro, aunque luego te odien por decirlo. No sabes cuántas veces he rescatado a Amelia, y sobre todo a Tomás, de situaciones en que pudieron haberse hecho daño por sus ideales románticos.

—¿Y eso cómo aplica a Rina?

—Los seres humanos actuamos por necesidad, y Rina no es diferente. Entender sus necesidades te permitirá hacerla feliz, si eso es lo que quieres.

Vidal se ruborizó aunque no pudo ocultar el gesto de esperanza que cruzó su rostro.

—Yo te enseñaré. ¿Estás dispuesto a aprender?

Jaime ya conocía la respuesta. Las siguientes dos horas le mostró el sofisticado sistema de intervención telefónica y digital que Lemlock había construido, lo mejor en su campo en América Latina.

Cuando Vidal salió de las oficinas ya tenía decidido qué iba a hacer con su vida, o eso creía. Durante el camino de regreso a su casa no pudo quitar la vista del mapa y los dos puntitos rojos —Luis y Rina— que se movían en la pantalla de su celular, gracias al *software* que Jaime instaló en su aparato.

20

Milena
Enero de 2011

Ignoraba la razón, pero desde que lo vio supo que este hombre sería diferente a cuantos había conocido, algo que confirmaría meses más tarde cuando aceptó matar por primera vez. Agustín Vila-Rojas entró a su vida de manera inesperada y apabullante, quizá porque a diferencia de todos los varones con que se había topado, a este le interesó menos lo que tenía entre las piernas y más lo que encerraba entre los parietales.

Lo conoció en una fiesta privada a la que acudieron todas las chicas de la casa, aunque en realidad parecía un velatorio: un juez acababa de emitir otra ronda de fallos en contra de funcionarios y empresarios de Marbella, herederos de las redes de corrupción del entramado que dejaron el exalcalde Gil y Gil y su corte.

Un hotelero importante quiso levantar el alicaído ambiente que reinaba en la ciudad e invitó a una docena de miembros de la élite a un coctel en un imponente yate atracado en Puerto Banús. Los invitados asistieron más con ganas de mostrar a los otros que no tenían nada que esconder que con el deseo de festejar lo que parecía el inicio del desplome de la explosión inmobiliaria que los había hecho millonarios.

Vila-Rojas era uno de los asistentes, pero eso era lo único que lo hermanaba con el resto de los barones del turismo y la industria del ladrillo, que reían sin convicción con un whisky en una mano y la otra en el trasero de alguna de las chicas.

Milena había instalado en su rostro una sonrisa profesional y escuchaba con atención la charla de un constructor de Málaga. Probablemente fue eso lo que atrajo la mirada de Vila-Rojas: el resto de las mujeres apenas podía disimular el desinterés que les producían las conversaciones sobre las multas y condenas que divulgaba la prensa en esos días. Entre el alivio de sentirse a salvo y el temor de ser los siguientes en la lista, los hombres no estaban muy interesados en el sexo pese al manoseo al que sometían a las chicas, más por inercia que por excitación.

En realidad, Milena examinaba con cuidado a cada uno de los hombres con el propósito de sustentar la historia que componía en su cerebro; trataba de imaginar el papel que cada uno de ellos cumpliría en una balsa salvavidas en el hipotético caso de que el yate sufriera un naufragio en altamar. Definitivamente el de Málaga, el más nervioso de todos, sería el primero que en su desesperación bebería agua de mar; el anfitrión, un hombre de sonrisa aviesa, con toda probabilidad sería el caníbal del grupo llegado el caso. Media hora antes había decidido que Vila-Rojas, reflexivo y de pocas palabras, emergería como el líder de la balsa una vez superados los primeros pleitos y exabruptos entre los sobrevivientes.

Aburrido de la conversación, Agustín fue al baño y al regresar tomó a Milena de la cintura y la arrastró a la terraza de cubierta. Ella agradeció el gesto pues le permitió escapar del aire casi irrespirable de la cabina, atosigante por el humo de los puros encendidos.

En medio de los aromas húmedos de la noche y los ruidos apagados del sutil embate del oleaje contra el casco del yate, charlaron como dos pasajeros que el azar ha unido en un avión o una terminal y deciden matar el tiempo conversando por no tener nada mejor que hacer.

—¿Y cómo llegaste hasta aquí? ¿Te engañó un falso novio y te puso a trabajar?

—Ojalá, por lo menos habría gozado de una breve luna de miel. No, quise trabajar en un lugar de manteles de cuadritos rojos en Berlín y terminé sirviendo entre sábanas blancas en Marbella. Una putada, literalmente.

—¿Secuestrada?

—A los dieciséis —dijo ella, sin asomo de autocompasión—. ¿Y tú? ¿Cómo llegaste hasta aquí? ¿Engañaste a una novia rica?

—¿Tanto se me nota el arrabal?

—No. Pero observas a los demás como si no pertenecieras a su círculo, como alguien que no ha estado antes aquí y teme regresar a la alcantarilla de donde salió.

—Qué dura eres —dijo él tras una carcajada—, aunque no andas tan desencaminada. No salí de una alcantarilla, pero casi. Abandoné la casa, en Granada, igual que tú, a los dieciséis. Primero intenté vender coches usados en Sevilla aunque con muy poco éxito. Me fue mejor estafando turistas y enamorando viudas. Con el dinero me pagué los estudios en la universidad; lo demás, como dicen, es historia.

El hombre hablaba sin mirarla en breves parrafadas interrumpidas por silencios, como el que narra una película casi olvidada cuyo recuerdo sobreviene a tropezones. No le habló de su paso por los circuitos financieros de Londres, París y Nueva York, en donde se convirtió en experto en los claroscuros del trasiego de dinero en el mundo. Al salir de su ensimismamiento, como si súbitamente se percatara de su acompañante, Agustín preguntó por qué un rato antes ella había escuchado con tanta atención a los tipos que se encontraban dentro.

Ella le explicó el elenco de personajes para su historia de la barca y, a instancias de él, describió el rol de cada uno de los presentes en el naufragio de su imaginación. Al terminar, Agustín la miraba absorto.

—¿Los conoces de antes?

—No.

—¿Todo eso has deducido de lo que hablaron e hicieron desde que llegamos a la fiesta?

—Sí.

—Notable —dijo él—, los he tratado durante años y no le cambiaría una palabra al naufragio que acabas de describir. Salvo en mi caso tal vez: no estoy muy seguro de que quisiera quedarme en la balsa, preferiría alejarme de ella y enfrentarme a los tiburones de afuera.

—Yo creo que tú eres el tiburón mayor, te los zamparías antes de que se dieran cuenta.

—¿Y te montas otras historias como esta? —dijo él tras una nueva carcajada.

—Solo cuando le cojo manía a alguno de los clientes. O sea, dos o tres veces por semana —respondió ella.

Milena explicó de qué iban sus historias y prometió leerle alguna de ellas si volvían a coincidir. Él la buscó una semana más tarde y no dejó de hacerlo una o dos veces al mes, hasta que la tragedia que desencadenaron sus encuentros los separó para siempre.

21

Claudia y Milena
Miércoles 12 de noviembre, 3 p. m.

De día el singular departamento de Rina lucía diferente, como una mujer ojerosa y pintada sorprendida por los primeros rayos de sol después de una noche de juerga. Las luces muertas de las lámparas, los terciopelos rojos y la recargada decoración desentonaban ante la luz que entraba a raudales por el amplio ventanal de la sala de estar.

A Milena le encantó, resultaba muy distinto a todos los lugares en los que había habitado antes. Cuando se lo comentó a Rina, esta asumió que hablaba menos de la decoración que de la atmósfera amigable que habían construido entre los tres mientras intentaban prepararse el desayuno, con resultados deplorables. La mexicana se imaginó el ambiente depresivo que debió de existir en las casas de mujeres por las que había pasado Milena en los últimos años. Se dijo que tan pronto salieran de la persecución a la que eran sometidos, le gustaría presentarla a otro tipo de personas.

—Un día vas a conocer a Amelia, te va a gustar. A lo mejor la has visto en los periódicos o en los noticieros, es líder del PRD. Pero no vayas a creer que es como otros políticos. Yo estoy comenzando a trabajar para ella, ¿sabes?

Milena trató de recordar a alguna mujer de la política pero no pudo. Le interesaban poco las noticias y menos aún desde que había llegado a México; solo ponía atención cuando se mencionaba algo del sur de España o de la crisis en Ucrania por la cercanía que había tenido con personajes de la comunidad ucraniana de Marbella; en la televisión se había hablado de Croacia durante el Mundial de Futbol, el resto del tiempo nunca se le mencionaba.

—Pues ya la conoceré —respondió Milena sin mucho interés y dio la vuelta en el sartén a un hot cake ennegrecido.

—Es por ella que estoy aquí —dijo Rina.

—Justamente eso quería preguntarte. ¿Por qué me ayudáis Luis y tú? ¿Por qué andáis corriendo riesgos por mi culpa? No quiero que pienses que soy una desagradecida pero vosotros dos no parecéis ni policías ni periodistas. ¿Sois de alguna ONG?

—Claro que no —respondió Rina, aunque la posibilidad le hizo gracia—. La verdad somos tan víctimas como tú.

Luego, mientras tiraban los hot cakes al bote de la basura y optaban en su lugar por preparar una tortilla española, Rina le contó cómo habían muerto sus padres y su hermano a manos de los narcotraficantes, el asalto que había sufrido Luis por ayudar a su amigo Vidal y la intervención de Tomás y de Amelia para salvarlos. Milena asumió con dificultades la confusa trama, aunque seguía sin explicarse la razón por la cual se encontraba en compañía de los dos jóvenes. Suponía que en última instancia la explicación remitía a Claudia, la hija de Rosendo Franco.

—A ver. Tomás trabaja en el periódico de Claudia; Amelia es novia de Tomás y tú trabajas para Amelia. ¿Es así?

—Suena intrincado, ¿verdad? Pero no es tan complicado. Tú piensa que nosotros somos como justicieros.

—¿Y Luis?

—Ah, Luis es un bombón, míralo nomás —dijo Rina y le embarró la mejilla con la masa sobrante de los hot cakes frustrados.

Milena prefirió seguir el tono de guasa que había adoptado la mexicana. Sus preguntas habían quedado respondidas a medias, pero importaba poco. Hacía mucho que no disfrutaba de la ligereza festiva y sana que emanaba de los dos jóvenes.

—Pues será un bombón, pero cocina de pena, quítale ya el bacon de la sartén.

Cuando llegó Claudia, algunas horas más tarde, le comentaron entre risas y burlas mutuas la fracasada elaboración de una tortilla española en la que habían trabajado buena parte de la mañana. Por distintas razones los tres eran neófitos en materia culinaria, y el mazacote de huevo y papas que les contemplaba ufano e incomestible desde la barra de la cocina dejaba constancia de ello. El desastroso estado de la cocina revelaba que la limpieza tampoco era uno de sus talentos.

No obstante, Spotify compensó cualquier frustración gastronómica. Luis y Rina pasaron horas en el portal tratando de llenar los huecos de la extranjera en materia de música en español. A Milena le gustaron en especial Lila Downs y Aterciopelados, con letras muy distintas a los viejos boleros a los que Rosendo Franco la introdujo o de la música ranchera y pop que se oía en la casa de putas que había abandonado. Desconocía todo sobre sinfonías o jazz, pero miles de mañanas en compañía de mujeres llegadas de todo el mundo le habían dejado un vasto y caótico repertorio musical.

En cuanto se familiarizó con el sistema de búsquedas de Spotify, Milena exploró y luego les mostró la música de los Balcanes que en su momento había apreciado, compartió con ellos sus piezas de rock en español favoritas, algo de flamenco y les tradujo un par de fados lentos y despiadados aprendidos de una colega portuguesa. No obstante, cuando Claudia llegó tarareaban *These boots are made for walking*, de Nancy Sinatra.

La transformación de Milena era asombrosa o así le pareció a Claudia, que solo la había visto la noche anterior. Tal vez tuviera que ver con la luminosidad que Luis y Rina parecían desprender en esa pasión fácil y estridente que se prodigaban, o con el trato que esta última dispensaba a la croata, como si fuera una vieja amiga de la escuela o una prima íntima a la que dejó de ver sin olvidar jamás las complicidades de la infancia. Y en efecto, había algo sutil que las hermanaba en la forma en que Rina traía un café sin que la otra lo pidiera o en la peineta que Milena portaba y que la noche anterior la mexicana lucía con la misma ausencia de coquetería.

A ratos la impaciencia comía a Claudia. Le urgía continuar la conversación interrumpida la noche previa y abordar de una vez por todas el asunto de la libreta negra y saber si el nombre de su familia se encontraba en peligro, como había temido su padre. Pero intuía que detrás del distanciamiento y la frialdad que proyectaba Milena había un cervatillo nervioso que terminaría huyendo ante cualquier movimiento brusco de su parte. Se obligó a tranquilizarse y a actuar con cautela.

Comieron el menú de pastas y ensaladas que Claudia había llevado de la Trattoria Giacovanni y trataron de imitar la pronunciación italiana de la croata a medida que esta enunciaba los nombres originales de los platillos, haciendo gestos de mafioso. Claudia cayó en la cuenta de que hacía años que Milena solo era tratada como un objeto de explotación o deseo y, por desgracia, eso incluía el periodo que compartió con Rosendo Franco.

Las últimas horas había vivido como cualquier veinteañera, sin más interés que dejar transcurrir entre risas y desaprensiones un día de asueto. Casi lamentó suspender la tregua, pero tenía prisa por conocer el resto de la historia de la prostituta. Luis y Rina parecieron entenderlo así y volvieron a ausentarse, ahora con la excusa de una cita con el ortopedista que atendía al chico de una lesión, cancelada el día anterior.

Cuando se quedaron a solas, limpiaron la cocina a ritmo del son cubano de Albita, que Milena pareció apreciar. Luego se instalaron en la sala pertrechadas de café y la croata reemprendió su relato.

22

Tomás, Claudia, Jaime y Amelia
Miércoles 12 de noviembre, 4.32 p. m.

La llamada entró directa al celular de Tomás unos minutos antes de que iniciara la reunión de portada. La pantalla reveló que se trataba de Emiliano y supuso que el editor de Opinión llamaba para explicar su ausencia en la sesión.

—Tomás, habla Emiliano, me han secuestrado unos tipos que quieren negociar contigo —dijo en un solo golpe de voz el periodista.

—¿Qué? ¿Quiénes? —preguntó Tomás. Y tras una pausa, seguida de lo que parecían ruidos de forcejeo, oyó otra voz.

—Nada de secuestro, ya le dije a su amigo, esto es una negociación entre caballeros —afirmó un hombre con acento extranjero cuya procedencia Tomás no pudo ubicar de inmediato. Se dijo que debía grabar la conversación, pero nunca se había familiarizado con la *app* para hacerlo aunque recordaba haberla instalado alguna vez en su aparato.

—¿Y qué quiere negociar?

—Ustedes tienen algo que nos pertenece.

—No sé de qué me habla. Deje ir a nuestro subdirector o tendré que enterar al procurador de la República —dijo Tomás en el tono más amenazador que pudo.

—La chica no les sirve a vosotros. Olvidaos de problemas y devuélvanmela —respondió el hombre y Tomás evocó a un gitano español tratando de pasar por mexicano por la pronunciación y el uso indiscriminado del «vosotros» y el «ustedes» al conjugar las frases.

—Usted estará enterado de que en este país el secuestro es uno de los delitos más penados; si no suelta a Emiliano inmediatamente, habrá una cacería en su contra.

—Suave, suave; no hay necesidad de hablar de secuestros ni delitos. Estamos tratando como hombres de negocios que somos. Y seguiremos conversando con el señor Reyna tanto como sea necesario, hasta que logremos convencerlo a usted. Pero no te preocupes, estaremos muy a gusto con él, tomando café y pastas, hasta que lleguemos a un acuerdo. *Estricty bisnes, ¿*eh?

—No te hagas pendejo, Bonso —estalló Tomás—. Si Emiliano no aparece dentro de una hora, desataré el infierno en tu contra.

El uso del apodo provocó un largo silencio al otro lado de la línea.

—Y tú tienes hasta las doce de la noche para entregar a Milena, directorcito de mierda —bramó una voz dura y rencorosa, sin asomo de la musicalidad maliciosa que utilizó segundos antes. Luego se cortó la comunicación.

El periodista se preguntó si habría hecho lo correcto al provocar al mafioso. Quizá tendría que haber alargado la conversación lo más posible con el fin de localizar el origen de la llamada; luego recordó que no había un equipo del FBI en su oficina monitoreando los aparatos, como solía ocurrir en las películas. La reflexión le hizo pensar en Jaime: sería conveniente consultarlo antes de invocar a la policía. No obstante, decidió llamar primero a Claudia.

La dueña del periódico tardó en responder su celular y solo lo hizo al tercer intento.

—Dime —espetó ella sin poder ocultar un asomo de irritación, a pesar de saber que era Tomás quien la llamaba.

—Claudia, hay una emergencia. Disculpa, pero tendrías que venir de inmediato.

—¿Es importante, Tomás? Estoy en plena conversación. Si es una emergencia del periódico, atiéndela tú que tienes más elementos que yo para enfrentarla, y te alcanzo en un par de horas. ¿De acuerdo?

—Es que la emergencia no es solo del periódico. Más bien tiene que ver con lo que ahora te ocupa, ¿me entiendes?

—Pues sí y no. Aquí todo está tranquilo.

—Acá no. Necesitamos tomar decisiones literalmente de vida o muerte.

—No me asustes, Tomás. Bueno, voy para allá.

Claudia colgó y la angustia con que miró a Milena, que había seguido de cerca la conversación, le confirmó a esta que la emergencia tenía que ver con ella.

—Disculpa, algo surgió en el diario. Regresaré en cuanto pueda pero te ruego que no salgas de la casa. Aquí está mi teléfono, llámame si se te ofrece algo o tienes cualquier pregunta; no dudes —dijo Claudia y le extendió su tarjeta.

—¿Pasó algo? —respondió ella mirándola a los ojos.

—Nada de lo que tú tengas que preocuparte. Aprovecha para descansar, en cualquier momento regresan Luis y Rina con su alboroto —dijo Claudia intentando diluir la crispación que observaba en el rostro de la croata. Se despidió con un beso y llamó a su escolta para que acercaran el coche a la entrada del dúplex.

Tan pronto se quedó sola, Milena buscó una bolsa en la que metió sus escasas pertenencias y la ropa que le había ofrecido Rina; más que un plan concreto de fuga, deseaba sacudirse el nerviosismo que le provocaba la salida precipitada de Claudia. Como tantas otras veces, en la duda optó por abrir una libreta y trató de terminar una historia de *Ellos* que había dejado a medias, pero no pudo concentrarse. Después de un rato decidió regresar a la música de Nancy Sinatra y se puso a bailar.

Mientras tanto, el convoy que trasladaba a Claudia devoró los tres kilómetros que los separaban del periódico.

—No podemos entregar a Milena —dijo categórica cuando Tomás le informó de la amenaza de Bonso.

—No podemos permitir que asesinen a Emiliano —respondió Tomás en el mismo tono—; tiene una esposa chilena —agregó aunque no supo qué diferencia podía suponer la nacionalidad de la mujer, quizá porque era la única información que tenía para humanizar a una familia sobre la cual ignoraba todo.

—Habrá que llamar a la policía, al secretario de Gobernación, a quien sea necesario: tienen que encontrarlo.

—Una vez que involucremos a las autoridades, todo se sale de control —objetó el periodista—. Ya localicé a Jaime, viene para acá; yo propongo que lo conversemos con él antes de tomar una decisión. También invité a Amelia, ella sabe mucho de estas redes de explotación y el jefe de la policía de la ciudad es su amigo. Digo, por si necesitamos hacer una consulta que no sea oficial.

Cuarenta minutos más tarde los tres Azules y Claudia se encontraban en la mesa de reuniones de la dueña de *El Mundo*. Tomás reprodujo tan fielmente como pudo la conversación telefónica sostenida con Bonso. A medida que avanzaba en su relato, las muestras de impaciencia de Jaime se acentuaron; finalmente estalló:

—Tu llamada le confirmó a este cabrón que ustedes tienen a Milena y peor aún, quizá le diste su ubicación —dijo al tiempo que extraía el celular de su saco.

—En absoluto —protestó Tomás—, nunca acepté que la teníamos y mucho menos hablamos del lugar donde se encuentra.

—Al llamarle por su apodo, Bonso entenderá que su nombre te lo dio la propia Milena; ¿de qué otra manera conocerías su identidad? Y al llamar inmediatamente a Claudia, él pudo puentear la ubicación del teléfono de ella. Al menos sabe dónde se encontraba hace media hora, aunque eso no asegura que estuviera con la croata; pero si yo estuviera en los zapatos de Bonso, comenzaría la búsqueda por allí.

164

Jaime tecleó un número pregrabado y ordenó a su interlocutor que desplazara de inmediato una unidad a un domicilio para proteger a una mujer en riesgo de secuestro. Se volvió hacia Claudia, le solicitó calle y número del departamento de Rina y lo transmitió a su colaborador. Luego dijo al teléfono algo apenas audible mientras agachaba la cabeza, como si la señal se hubiera debilitado; Tomás oyó «agente» y «el lugar».

En cuanto terminó la conversación, Jaime tomó el celular de Tomás y hurgó en él hasta encontrar y activar la aplicación para grabar; luego le indicó al periodista cómo utilizarla en caso de que los secuestradores volvieran a llamar. Examinó la llamada recibida y comprobó que, como les había informado Tomás, el registro correspondía a Emiliano Reyna. Podrían rastrear el lugar desde el cual marcaron, pero con toda seguridad encontrarían que los secuestradores ya se habían desplazado y el teléfono estaría apagado.

—Si me permiten una opinión, sugeriría hacer una consulta informal con autoridades «de confianza» —dijo Amelia entrecomillando con los dedos en el aire—. Dos personas están en peligro y no podemos ponernos a jugar a Dios. Tan respetable un periodista, que además no tiene vela en este entierro, como una joven que ha sido víctima durante tantos años de estos explotadores.

—¿A qué autoridades «de confianza» te refieres? —inquirió Jaime, y a nadie escapó el tono irónico de su pregunta.

—El jefe de la policía capitalina no es un mal tipo. Podríamos indagar si tiene información sobre la banda de Bonso; sería útil saber si él es la verdadera cabeza o hay otro pez mayor detrás de él. Y el gobierno federal cuenta con una unidad contra la trata de personas y justamente se dedica a combatir a este tipo de grupos; alguna vez conocí al que ahora la dirige.

—No es mala idea, aunque tendrías que hacer la consulta sin revelar nada sobre Milena —terció Tomás.

—A ver —dijo Jaime con el tono de autoridad de quien está a punto de clarificar una obviedad ante interlocutores imberbes—. Los riesgos que está tomando Bonso son absurdos; nadie se juega el cuello para rescatar a una puta desbalagada.

Claudia y Amelia lo miraron con dureza, sorprendidas por el duro apelativo. Impávido, Jaime continuó:

—Hay algo que no sabemos sobre Milena y su relación con sus explotadores; algo que podría no gustarnos. En todo caso, no convendría involucrar a las autoridades en ningún sentido, incluso podría ser contraproducente para la joven.

«Quién carajos es Milena», se preguntó Claudia tras escuchar el argumento de Jaime. Le pareció cruel y grosero que Lemus se refiriera a ella como «puta desbalagada», pero también le resultó inadecuado que la llamara «la joven». Milena era nueve años menor que ella. No obstante, la vida de meretriz que había llevado y el hecho de que hubiera sido amante de su padre impedían que pudiera asociarla con la juventud o algo que se le pareciera.

—Quizá —intervino Amelia—, pero el plazo que Bonso le dio a Tomás nos deja muy poco tiempo para especular. Tenemos que decidir ahora mismo una estrategia que permita negociar con ese tipo; creer que jugando a los detectives vamos a liberar a Emiliano en las próximas seis horas me parece disparatado. Debemos averiguar quién influye sobre este animal o tiene ascendencia sobre su grupo.

—Tiene razón Amelia —dijo Tomás dirigiéndose a Jaime—. Todas estas redes de trata están relacionadas entre sí y con otras mafias. Si encontramos algún interlocutor, podríamos negociar en mejores condiciones, o al menos distintas.

—Es correcto. Sin embargo, no creo que las autoridades se conformen con ser consultadas. Y además, podemos dar por descontado que Bonso tiene protectores dentro de la policía: nunca funcionan sin ellos —objetó Jaime.

—Bueno, ¿y qué sugieres? ¿Tienes alguna solución o lo tuyo es hacerte el interesante? —dijo Claudia exasperada.

Súbitamente se había dado cuenta de que, como dueña del periódico para el que trabajaba Emiliano, su primera responsabilidad era protegerlo. Hasta ahora había predominado en su ánimo el reciente contacto con Milena, pero ahora entendía que la vida de su editor de Opinión tenía que ser prioritaria.

Los tres amigos la miraron con sorpresa. «Hija de tigre», pensó Tomás. Amelia la observó con atención como si lo hiciera por primera vez, y en cierto modo así era: después de todo, la *niña bien* parecía tener más sustancia que una cara bonita y un papá rico. Jaime simplemente sonrió. De una u otra manera los tres pensaron que Claudia no quería ser una figura decorativa en el imperio que había heredado.

—Vamos por partes —dijo Lemus tras un largo suspiro—. Primero tenemos que asegurarnos de que Milena se encuentra bien. Mi gente debe de estar a punto de llegar al dúplex de Rina; hay que sacarla de allí y llevarla a una casa de seguridad. Nosotros nos encargamos. Debemos saber si tiene la libreta consigo e indagar qué es lo que contiene que genera tal interés.

Tomás se preguntó cómo diablos sabría Jaime que se trataba de un dúplex si apenas le habían informado del domicilio.

—Nadie ve esa libreta antes de que yo pueda revisarla. Ese es el acuerdo, ¿no? —intervino Claudia mirando a Tomás.

Los tres volvieron a observarla con sorpresa: ahora daba órdenes.

—Segundo —continuó Jaime como si no hubiera escuchado a Claudia—, Amelia tiene razón; habría que encontrar, si lo hay, un jefe por encima de Bonso o alguien que influya sobre él, y eso no lo conseguiremos con las autoridades. De cualquier forma, yo puedo enterarme de lo que tengan en sus registros en menos de una hora. —Jaime pensó que eso ya lo tenía en su expediente, aunque no lo iba a decir en ese momento.

»Tercero, las redes de trata y prostitución, en efecto, no operan sin un amparo político y policial. Antes de andar consultando con algún funcionario, debemos conocer qué oficina protege a este grupo en concreto. Esa puede ser la clave para negociar con este cabrón.

—¿Y cómo damos con su protector? —preguntó Claudia.

—Denme un par de horas, ya sé con quién tengo que hablar —respondió Jaime.

—Ahora que lo pienso, yo también tengo a alguien que podría saberlo; o mejor dicho, Amelia tiene a alguien —dijo Tomás mirando a esta última con una sonrisa cómplice.

Amelia lo observó indecisa durante unos instantes, y luego se le iluminó el rostro.

—¡Claro! Madame podría saberlo...

Antes de que pudiera continuar, Jaime interrumpió las conversaciones reclamando silencio con el brazo en alto y poniéndose en pie con el teléfono al oído. Unos instantes más tarde colgó y compartió con los demás las novedades:

—Hubo disparos y muertos en la casa de Rina. No sabemos si Milena es una de las víctimas.

23

Milena
Miércoles 12 de noviembre, 5.35 p. m.

Sus instrucciones eran vigilar y esperar, vigilar y esperar. Vigilar se le daba bien, esperar no tanto. Julián Huerta llevaba diez meses trabajando para Lemlock como detective de campo y le fascinaban las tareas que le asignaban: hurgar en la vida de otros; seguir recorridos sin ser notado; abrir sobres destinados a terceros y volverlos a cerrar sin dejar rastro; entrar a un departamento y revisar las fotos escondidas o las medicinas del botiquín. Descubrir un escondite —y todos lo tenían— le producía un inmenso placer. Desde niño espió a primas y amigas en la regadera o en el dormitorio, a través de cortinas mal cerradas y ojos de viejas cerraduras; le atraía no solo el avistamiento furtivo de las carnes prohibidas sino también capturar la intimidad de una persona cuando esta creía que el momento solo le pertenecía a ella.

Pero la vigilancia al departamento de Marina Alcántara durante más de ocho horas lo tenía aburrido de muerte. A las nueve de la mañana había relevado al colega que montó guardia toda la noche. El informe de ambos sería exactamente el mismo: Milena, la mujer alta de pelo negro que a veces se asomaba por la ventana, no había abandonado la casa donde se encontraba desde la noche anterior. Tenían órdenes de no intervenir aunque tampoco debían perder de vista a la europea si llegaba a salir. La pelirroja y sus guardias se habían retirado casi una hora antes, y en el interior de la casa todo parecía tranquilo. No obstante, en los últimos minutos había observado movimientos intermitentes a través de la ventana; la mujer practicaba pasos de baile o algo parecido. La breve franja que ofrecían las cortinas abiertas proyectaba la imagen recortada de la alta y guapa extranjera, apareciendo y desapareciendo del barrido que ofrecían los pequeños y potentes binoculares con que Huerta atisbaba desde su vehículo. La tentación terminó venciéndolo: juzgó que le bastaría con introducirse al pequeño jardín exterior para asomarse a la ventana y observar a sus anchas. Hurgó en su celular para desactivar cualquier sonido comprometedor pero se dio cuenta de que la batería del aparato se encontraba agotada.

Huerta abrió con sigilo la pequeña reja que daba al jardín exterior cuando el frenazo súbito de un coche le hizo volverse. Dos hombres descendieron de un sedán gris conducido por un tercero; tenían toda la traza de policías judiciales o equivalentes, y cada equivalente que pudo imaginarse le resultó más preocupante que el anterior. Sin embargo, tampoco se amedrentó; carecía de los músculos o la testosterona para pretender salir bien librado de una confrontación física, pero su labia nunca lo había defraudado.

—Qué tal, señores —dijo con el rostro aliviado, como el de alguien que se encuentra perdido y encuentra a un informante de fiar—. ¿No saben si aquí vive la familia Martínez Nieto? —preguntó señalando la otra casa del dúplex.

La ocurrencia probablemente lo habría salvado si en ese momento otro vehículo no hubiera llegado de forma igualmente intempestiva. Observó que se trataba de dos compañeros de Lemlock y no supo si eso era una buena o una mala noticia. Dos segundos más tarde descubrió que era pésima.

Sus dos colegas bajaron con las armas en la mano. Uno de los policías intentó desenfundar mientras giraba para enfrentarlos y fue abatido en el acto; el otro aprovechó ese instante para colocarse detrás de Huerta y disparar a los recién llegados. Convertido en escudo humano por el férreo antebrazo de su captor, Huerta no desempeñó otro papel que el de espectador de su propia muerte: en un primer plano, los nudillos tatuados y una esclava de diamantes pegada a su rostro; en un segundo, el tipo que conducía el sedán de los esbirros abatía a uno de los hombres de Jaime. El tiroteo se generalizó, aunque no duró más de un minuto.

Cuando cesó el estruendo de los disparos, Milena asomó el rostro por la ventana y observó la escena final. Decidida, salió al jardín armada de un travesaño sobrante de la estantería de la cocina recién instalada y una bolsa grande colgada del brazo. Solo dos hombres sobrevivían: un tipo moreno y de brazos tatuados que se ahogaba en su propia sangre, y otro de corbata y traje que se miraba atónito un agujero en el vientre; este último estaba sentado en el suelo con la espalda recostada contra la camioneta. Milena reconoció al primero, uno de los judiciales que solían ofrecer servicios a Bonso, e hizo un gesto de desagrado. Sin pensarlo dos veces, asestó un golpe seco al cráneo del sujeto; provocó poco daño pero a ella le hizo sentirse mejor. Luego miró al hombre elegante que se desangraba frente a ella, sin saber si debía agradecerle algo o soltarle también un estacazo. Tiró el palo a sus pies y se marchó con paso rápido.

Julián Huerta había caído víctima de los primeros disparos; quedó boca abajo, su rostro apoyado en el pavimento, con los ojos abiertos como si no quisiera perder detalle de la escena de la que había sido testigo.

24

Amelia
Miércoles 12 de noviembre, 7.40 p. m.

El largo trayecto a la casa de madame Duclau, prolongado por
el denso tráfico de la hora pico, permitió a Amelia atender
aunque fuera por teléfono los temas más urgentes de su oficina. La división irreconciliable de la izquierda y el autoritarismo
creciente del gobierno despojaban de cualquier entusiasmo
sus responsabilidades políticas. Hubiera preferido utilizar los
recursos institucionales de los que podía echar mano para ayudar a resolver la crisis que enfrentaba Tomás en sus nuevas
responsabilidades. El secuestro del subdirector de Opinión
ponía en riesgo a su propia pareja en caso de una escalada de
violencia. Si algo llegara a pasarle a Tomás, nunca se perdonaría su propia pasividad por un prurito de respeto al ámbito de
trabajo del periodista. En condiciones normales ya habría mo-
vilizado a los cuadros policiales que le eran afines, pero entendía que mientras no conocieran la identidad de los protectores de Bonso, podía ser contraproducente recurrir a cualquier
autoridad. Un punto en el que Jaime tenía la razón. Y por otra
parte, tampoco deseaba involucrarse en los asuntos de Claudia.
Debía evitar cualquier protagonismo que pudiera interpretarse como una disputa territorial en torno a Tomás. La reflexión
la entristeció.

Conocía lo suficiente al periodista para saber que él y Claudia aún no eran amantes. Pero quizá lo serían muy pronto: captaba una corriente de tensión sexual entre ellos, aun cuando no percibía los sentimientos de culpabilidad que Tomás mostraría en su presencia si la infidelidad ya se hubiera consumado.

Amelia se preguntó qué haría cuando eso sucediera. La relación amorosa entre ella y su amigo de la infancia se extendía ya por un año, y los dos se habían acostumbrado a sus fines de semana compartidos, al contacto diario por WhatsApp o correo electrónico y a los viajes cuando la agenda lo permitía. No obstante, más que el tiempo juntos, Amelia agradecía la seguridad emocional que Tomás le había traído. Se conocían tanto y de tanto tiempo que ninguno de los dos tenía que hacer algún esfuerzo para estar en compañía del otro. «Dormir contigo es estar solo dos veces», se lamentaba Fito Páez en su canción *Llueve sobre mojado*; para ella, en cambio, eso habría sido un elogio. Estar a solas era algo que siempre le había gustado, y si bien en el pasado disfrutó de la convivencia con algunas de sus parejas, acomodarse a ellas siempre le había resultado cuesta arriba. Con Tomás era todo lo contrario; estar con él era como estar sola, pero acompañada; la mejor de las sensaciones. No había esfuerzo ni tensión: compartían aquello en lo que coincidían y se separaban para acometer cada cual a su aire las inevitables fobias y filias acumuladas en cuatro décadas de vida.

La celebridad reciente de Tomás, primero como columnista y ahora como director de *El Mundo*, hacía más llevadera la relación pese a ser ella misma una protagonista tan destacada de la escena nacional. Pocos hombres eran capaces de sobrellevar el hecho de que su pareja fuera reconocida en todos lados, cortejada en los restaurantes y saludada en la calle. No estaba segura de que el mismo Tomás lo hubiera tolerado un año antes. Pero algo había cambiado; sin tener la exposición pública de un presidente de partido, él se sabía tan influyente como ella en los círculos que importaban.

Ahora todo eso estaba en riesgo. Amelia se preguntó qué haría si su pareja se convertía en amante de Claudia. Se sabía querida por Tomás, pero también conocía su inseguridad emocional y su tendencia a la promiscuidad. Claudia olía a remolacha en el mejor de los sentidos; despedía una fragancia a tierra negra y húmeda recién removida, naturaleza salvaje rebosante de vida en la cual su amante difícilmente resistiría enterrar las manos y embadurnarse el cuerpo. Le resultaría excesiva a Tomás la llamada de una mujer tan poderosa como era ahora la pelirroja, con esa sexualidad a flor de piel pese a sus elegantes trajes ejecutivos, o quizá gracias a ellos.

La conclusión a la que llegó le provocó una intensa punción en las entrañas, como un puño que apretara órganos y tripas en algún punto debajo del ombligo. Se dijo que nunca había sido celosa y no estaba dispuesta a serlo a los cuarenta y tres años; preferiría renunciar a él antes que comenzar a olfatear sus solapas o a aguzar el oído en cada conversación telefónica.

La llegada a la casa de madame Marie Duclau interrumpió sus penosas reflexiones. La anciana la esperaba en la puerta, elegante y enjoyada; la saludó con cuatro besos, dos en cada mejilla. Amelia llevaba años sin verla pero le pareció que era idéntica en cuerpo y ánimo a la mujer que había conocido tiempo atrás. Recordaba que al menos era una década mayor que su madre, de quien había sido muy buena amiga, aunque nada en el rostro o en la erguida desenvoltura de la mujer sugería que fuera septuagenaria: una mezcla favorable de buenos genes y mejores cirugías la había instalado en un limbo cronológico difícil de precisar.

—Amelita, qué gusto verte.

—El gusto es mío, madame Marie.

—Acuérdate: Marie nada más. No me hagas sentir abuela, que soy menor que tu madre —mintió la anfitriona con una sonrisa—. Y a propósito, ¿cómo está Dolores? ¿Y tu papá? ¿Qué es de él?

—Mamá feliz, sigue viviendo en Cuernavaca, casi retirada

aunque todavía mantiene un par de terapias. Mi padre se fue a Miami, la verdad lo veo poco. Hasta donde sé, está bien.

—Sí, qué triste eso. Nunca entendí por qué Dolores duró tanto tiempo con ese hombre; desde el día en que lo conocí supe que era maricón y así se lo dije a tu madre. Una detecta eso, ¿sabes? Por el oficio, supongo.

Amelia frunció el ceño y Marie Duclau entendió que había sido imprudente pero no ofreció disculpas. Ahora nunca lo hacía; privilegio de la edad.

—Lo importante es que tú estás hecha un mujerón; tan guapa como tu madre, salvo que con más porte y desenvoltura. Es lo que se necesita para sobrevivir en la jungla de los poderosos, ¡dímelo a mí! —concluyó, irguiendo el cuerpo como si hiciera un desplante ante el toro.

—Justamente, Marie, de eso quería hablarle, a ver si puede ayudarme. —Amelia le explicó todo lo que sabía acerca del caso de Milena.

En madame Marie Duclau lo único verdadero era lo de *madame*: no era francesa y el apellido lo tomó prestado de un efímero esposo. Durante décadas había sido directora extraoficial de relaciones públicas de diversas oficinas gubernamentales, aunque carecía de una empresa propiamente dicha; operaba como consultora particular de secretarios de Estado, gobernadores y altos ejecutivos del sector público. Sugería cambios de imagen y guardarropa, pulía a las consortes de funcionarios recién ascendidos o en campaña electoral, acercaba especialistas en oratoria y dicción, y a más de un huésped de Los Pinos le había puesto profesor de inglés. Sus servicios eran apreciados porque aseguraban una absoluta discreción. Su tarea, siempre decía, era hacer un *upgrade* cultural y social de los políticos que la contrataban. Sin embargo, sus mayores ingresos procedían de una zona mucho más oscura.

Madame Duclau entendió muy pronto que el poder y el sexo estaban necesariamente vinculados. Todo flamante gobernador o ministro se cansaba pronto de los recursos ilimitados y de las facultades y caprichos que podía permitirse por encima de la ley; el poder solo tiene sentido si se ejerce y pocas cosas lo ofrecen de manera tan tangible como la posibilidad de tener acceso a mujeres otrora inalcanzables.

La euforia y la necesidad de estímulos invariablemente conducían a una libido sin contenciones. Los políticos de larga carrera por lo general resolvían este asunto con la contratación de secretarias y asesoras que los acompañaban en su ascenso, pero no era el caso de los jóvenes recién llegados al poder. La alternancia política durante los doce años de panismo había ocasionado la incorporación repentina de una oleada de varones en sus treinta y cuarenta que literalmente en cada toma de decisión parecían exudar hormonas. Era sabido que en el gabinete de Felipe Calderón, el presidente anterior, integrado por jóvenes que hasta entonces habían sido cuadros discretos de la administración pública, las ganas de fiesta extramarital se convirtieron en una obsesión: varios de ellos pusieron fin a matrimonios tradicionales contraídos con la antigua novia de la universidad y se emparejaron con mujeres quince o veinte años más jóvenes, procedentes en ocasiones del medio artístico.

Madame había desarrollado toda una estrategia para abordar estas cuestiones con un máximo de discreción y contención de daños. Gracias al estrecho contacto que tenía con las principales casas de *escorts*, santas y non sanctas, podía ofrecer edecanes para cualquier ocasión. Tenía un aguzado instinto para encontrar la amante adecuada a cada gobernador, fuera para una noche o para todo el sexenio. Las chicas agradecían un contrato de largo plazo y los funcionarios se convencían de que las muestras de cariño eran genuinas, prefiriendo ignorar que nada era sino un arreglo a sus espaldas. Por su parte, madame Duclau cobraba exorbitantes sumas por sus tareas como consultora de imagen y eventos.

Amelia le contó a la anciana la razón de su visita y la cuenta regresiva en que se encontraba Emiliano. Tras escuchar el relato, la anfitriona se encerró en un largo silencio durante el cual no despegó la vista de una pulsera de plata que hacía girar una y otra vez en torno a una muñeca de delgadez cadavérica; la pigmentación de sus manos no ocultaba su edad. Amelia supuso que madame Duclau se debatía en el dilema de ayudarla en nombre de su vieja amistad o mantener su política de absoluta discreción sobre asuntos profesionales.

Su madre y ella se habían hecho amigas dos décadas atrás, cuando Marie buscó a una psicóloga especialista en desórdenes de la libido: un gobernador con aspiraciones presidenciales sufría un grave caso de adicción sexual que le llevaba a cortejar a cuanta belleza encontraba en su camino. Un empresario y un diputado ofendidos por agravios a esposa e hija, respectivamente, estaban dispuestos a arruinar la prometedora carrera del mandatario estatal. El gobernador nunca llegó a la presidencia aunque tampoco a las primeras planas de los periódicos sensacionalistas gracias a la terapia impartida por Dolores. A partir de entonces, madame Marie consultó a la psicóloga con frecuencia y terminaron cultivando una relación personal. Amelia nunca aceptó del todo a la falsa francesa porque desde el principio intuyó cuál era su verdadero oficio, pero terminó por apreciar la peculiar relación entre su madre y su amiga. Y la propia Amelia debió reconocer que en más de una ocasión se alegró de encontrar a madame Duclau de visita en casa de sus padres: le atraía su desenfado cínico y su desparpajo para juzgar a la humanidad. También sabía que la mujer desalentaba el trato con las versiones salvajes o violentas de la prostitución, como esa en la que había caído Milena.

—Por supuesto que sé quién es Bonso —dijo por fin la anfitriona—. Muy mal bicho. Apareció a principios de este año con un grupo de rubias del Este. Lo protegen desde el Instituto de Migración. Casi seguramente se trata de Marcelo Galván, un director de área sempiterno, corrupto y poderoso, al que recurren las redes de tratantes.

Amelia estuvo a punto de extraer de su bolsa papel y pluma

para escribir el anhelado dato, pero juzgó que el movimiento podría incomodar a la anciana. Repitió mentalmente el nombre una y otra vez para no olvidarlo, sin despegar la mirada de su interlocutora.

—Traté a Bonso por encargo de un alto directivo de Pemex, obsesionado por hacerse con una Natasha de manera permanente —continuó su anfitriona—. Revisé el portafolio del rumano y me interesaron tres o cuatro chicas y el tipo salivaba, ¿sabes? Todos quieren entrar en mi círculo.

—¿Y crees que Milena podría ser una de ellas? Si te traigo una foto, ¿podrías reconocerla?

—No sé, no creo; fue hace algunos meses y por lo general las fotos están demasiado trabajadas —dijo la mujer, y tras un breve silencio agregó—: Sin embargo, recuerdo un detalle interesante: cuando se enteró de que la Natasha que yo buscaba era para una relación larga, eliminó la foto de una de las jóvenes. Más por curiosidad que por interés, insistí en ella y el tipo me respondió irritado y de mala manera que esa estaba fuera del trato. Como a mí no me gusta que me amedrenten, le pregunté si había algo oculto, si la chica estaba enferma de algo o era un peligro; eso lo puso frenético porque en este negocio estás hundido si entre las altas esferas se corre la voz de que tus mujeres entrañan riesgos de algún tipo. Así que me explicó a tirones y jalones que esa persona estaba marcada desde Europa por un pez muy gordo; tenía instrucciones de que nada le pasara y nunca perderla de vista. Por esa razón solo podía ser amante de una noche y de nadie de modo permanente.

—¿No te dijo de qué lugar de Europa, o quién era ese pez gordo?

—No, querida; solo le pregunté si la chica era violenta o explosiva para justificar tales precauciones. Él respondió que todo lo contrario, que lo único que hacía era leer y escribir. «Una pinche puta ilustrada, eso es lo que es», me dijo. A mí me hizo gracia el mote.

—Se llama Milena —dijo Amelia.

Minutos más tarde subió a su automóvil y de inmediato llamó a Jaime Lemus.

—Es Marcelo Galván. Nos vemos en el periódico.

Luego marcó el celular de Rina sin obtener respuesta. La chica también había desaparecido después del tiroteo de su casa. Vidal le había dicho que durante la masacre ella acompañaba a Luis en la consulta al doctor, lo cual constituía un alivio, pero había dejado de responder al teléfono desde entonces. Confiaba en que se hubiera refugiado en casa de algún pariente. Con todo, juzgó que al margen de lo que Jaime opinaba, acudiría a sus propias fuentes de investigación si el panorama no se clarificaba.

25

Milena
Miércoles 12 de noviembre, 8.30 p. m.

Había caminado toda la tarde sin poder tomar una decisión, y no porque se debatiera entre varias opciones, sino porque tenía la impresión de que carecía de ellas. Primero deambuló sin rumbo fijo, tratando de alejarse de la trágica escena que acababa de contemplar. Luego, cuando se dio cuenta de que se encontraba en el transitado Paseo de la Reforma, optó por adentrarse en calles secundarias. Intentaba ubicar alguna estación del metro, pero desconocía la traza de la ciudad. Terminó sentada en un café de chinos cercano al Museo de Cera de la colonia Juárez. Le atormentaba la imagen del hombre de traje oscuro, recostado agónico contra la camioneta: había ido a protegerla de los esbirros de Bonso y ahora quizá ya estaba muerto. Se preguntó cuántos cadáveres más se apilarían antes de alcanzar su libertad o de que ella misma fuera asesinada.

Al ver la fachada del Museo de Cera recordó las tiesas figuras de los personajes y se dijo que todos habían pasado por momentos tanto o más dramáticos que los que ella ahora vivía. Rosendo Franco la había llevado a recorrer alguna vez los estrechos pasillos con olor a naftalina donde pululaban las esculturas con sus atuendos exagerados: «Míralos, muy quitados de la pena; con la cantidad de tragedias y muertes que provocaron los cabrones», le había dicho en aquella ocasión. Y con el recuerdo de esa frase, le inundó la envidia por la beatífica actitud de los muñecos; le gustaría estar así, como ellos, «muy quitada de la pena».

El desánimo se instaló en ella con el peso de una lápida. Plomo en las venas y cemento en las articulaciones, o quizá la cera inanimada de las figuras envidiadas segundos atrás. Se dijo que su vida era un despropósito sin beneficio ni provecho, una fuente de desdichas para los que la rodeaban. Súbitamente tomó una resolución: esa noche moriría. Era la única vía para conjurar la condena que planeaba sobre su familia. Recordó con pesar a Rina, acaso la única persona en su entorno que en verdad lamentaría su muerte pese a ser una desconocida. O quizá era eso: Rina la apreciaba porque en realidad no la conocía. La idea terminó por oprimirle el pecho. Se consoló pensando que al desaparecer también salvaba a los dos chicos: si se hubieran encontrado en la casa esa tarde, ahora podrían estar muertos.

Se vio a sí misma captada por una cámara de video al momento de lanzarse al paso del metro y encontró tranquilizante la imagen. No había nada de dramatismo, solo su cuerpo desapareciendo de la escena. Un detalle en el video mental que reproducía su muerte llamó su atención: antes de tirarse a las vías, la mujer depositaba con cuidado un maletín sobre el suelo.

La imagen arrancó una sonrisa en el rostro de Milena. Abrió la bolsa y extrajo la gruesa libreta de pastas duras. La acompañaba desde su llegada a México y la había conservado gracias a los señuelos que dejaba a sus celadores; carpetas llenas de sinsentidos que aparentaba ocultar en falsos escondrijos. Pero este cuaderno nunca lo había entregado. Ese sería su legado y su resarcimiento. Imaginó la portada de su libro: *Historias del cromosoma XY*, o quizá un simple *Ellos*, firmado por «Milena, la puta que escribía». O quizá nunca se convirtiera en un libro, pero confiaba al menos en que la prensa difundiera alguno de sus relatos para escándalo y escarnio de sus más célebres clientes. Se imaginó al obispo de piel lechosa huyendo del sur de España, ese que al terminar de vestirse invariablemente le impartía la bendición en un ridículo intento de recuperar la dignidad tras suplicar palmadas en sus mofletudos glúteos. Recordó al senador corrupto que se ufanaba de lograr una erección plena y poder venirse mientras citaba de memoria artículos de la Constitución, con el argumento de que solo para eso servían. Pensó en el medio centenar de entradas que existía en su libreta y se dijo que al menos su muerte no sería en vano.

Le faltaba pulir dos fichas antes de acudir a su cita con el metro. Preguntó a la mesera la hora en que cerraban la estación y luego juzgó que si se apuraba terminaría con todo esa misma noche. Como tantas veces en la vida, recurrió a la escritura como quien acude al punto de reunión señalado en un mapa; el lugar al que regresaba cada vez que se extraviaba.

La televisión encendida empotrada en una esquina de la pared de la cafetería la distrajo. La mención de Ucrania inevitablemente atraía su atención después de tantos años de convivir con clientes de la comunidad ruso-ucraniana de Marbella. A lo largo de los últimos meses, mientras vivió con Rosendo Franco, había seguido en los ejemplares de *El Mundo* que él traía al departamento la crisis en Ucrania y con frecuencia se preguntó cuál de las dos facciones ucranianas que dominaban la mafia en Marbella se beneficiaría de la situación. Conocía a los líderes de ambas. Ucrania se desgajaba en una lucha política y militar entre la población identificada con su origen ruso y la que defendía los valores nacionalistas ucranianos y miraba hacia Occidente. Ambas facciones tenían su representación en Marbella.

El conductor del noticiero reproducía en español la llamada de Putin a reconstruir «el glorioso pasado de la Madre Rusia». Con la cara enrojecida el mandatario moscovita arengaba a la multitud lanzando puños al aire. «No abandonaremos a los rusos que hoy viven en Ucrania», repetía con indignación y algo de ironía el periodista mexicano. Las palabras y la actitud del líder del Kremlin resonaron en el cerebro de Milena. Recordó fiestas en Marbella en las que había escuchado consignas parecidas de boca de algunos ruso-ucranianos. Por lo general, se trataba de fanfarronerías provocadas por el alcohol. Entre choques de vasos unos a otros se decían que la comunidad rusa de Marbella debía jugar un papel más activo en el apoyo a la Madre Patria. Pero no todo podía atribuirse a irresponsables efusiones etílicas; en más de una ocasión había observado a sujetos recién llegados de Moscú intercambiar nombres y cifras y hacer planes para estrechar lazos entre las políticas del Kremlin y las operaciones de la mafia rusa en la Costa del Sol.

El impacto de lo que ahora veía le cortó la respiración. Hacía mucho tiempo que no pensaba en ello. Por un acto reflejo llevó las yemas de los dedos a las guardas que forraban su libreta negra, pero no se atrevió a levantar lo que con tanto cuidado había pegado meses atrás. Al principio estaba convencida de que la persecución de la que era víctima obedecía a la obsesión de Bonso por devolverla a la prostitución; pero la destrucción de paredes y muebles por donde iba pasando y lo que acababa de escuchar comenzaba a perfilar otro motivo: la explosiva información que encerraba su libreta.

26

Jaime y Vidal

Miércoles 12 de noviembre, 9.20 p. m.

Como todos los empleados en Lemlock, Patricia Mendiola trabajaba contrarreloj. Dos horas antes Jaime había repartido tareas a sus cuadros y citado a una reunión de resultados a las nueve treinta de la noche. A lo largo de la tarde todos habían operado a un ritmo vertiginoso, todavía bajo los efectos del *shock* por el tiroteo que ocasionó la muerte de dos de sus compañeros y el coma de un tercero. Ella misma había reclutado al buen Julián Huerta, un voyerista inofensivo pese a la extraña manera en que solía mirarle las piernas cuando las cruzaba en su presencia.

Había trabajado durante horas en la construcción de un perfil de la banda de Bonso, aunque aún desconocía la identidad de sus protectores, que era lo que verdaderamente importaba a Lemus. Pero diez minutos antes él la había llamado entusiasmado a su oficina para informarle de que se trataba de Marcelo Galván, el funcionario del Instituto de Migración. Había sido uno de sus prospectos, pero carecía de certeza para incluirlo en su informe. Con el nombre en su poder había logrado construir un perfil más que aceptable.

Instantes más tarde el propio Lemus dio inicio a la junta con los coordinadores de los distintos departamentos. A Patricia le llamó la atención la presencia de Vidal, el sobrino de Jaime.

Ezequiel Carrasco, un excomandante de la Dirección Federal de Seguridad, explicó el operativo en que habían muerto sus compañeros. Se enfrentaron a tres policías en activo, aparentemente a sueldo de la banda de Bonso; los pistoleros formaban parte de la brigada asignada al Aeropuerto Internacional de la Ciudad de México.

El coordinador de operaciones en el extranjero, Esteban Porter, un exdirigente de Interpol, ofreció algunos aspectos adicionales acerca de la ficha de Milena, nacida como Alka Mortiz en 1988. Sus excolegas habían rastreado su paso por España a partir de 2005, cuando contaba diecisiete años de edad. Todo rastro de ella se perdía algunos meses antes de su ingreso a México el 23 de enero de ese mismo año. Poco se sabía respecto a su larga estadía en la costa española, pero esperaba tener mayores datos en las próximas veinticuatro horas: siguiendo instrucciones de Jaime, Porter había ofrecido una pequeña fortuna a informantes en círculos policiales y agencias de seguridad españolas con el propósito de indagar las razones que habían llevado a sacar a la chica de la península Ibérica.

Mauricio Romo, coordinador del poderoso equipo de *hackers* de la empresa, describió la red de vigilancia tendida para localizar a Milena. Intervenían las cámaras de video de la red pública del área metropolitana de la Ciudad de México, lo cual incluía calles y plazas, metro y transporte público. Colocaron escuchas en todos los teléfonos de las personas relacionadas con la croata: los Azules, Rina, Claudia y sus allegados inmediatos. El correo electrónico de todos ellos se leía en tiempo real y en el caso de Rina y Claudia montaron direcciones electrónicas espejo para recibir los mensajes antes que ellas y poder editar y alimentar las bandejas de las dos mujeres. A través de Facebook habían localizado el correo electrónico de Leon y por extensión el de varios miembros de la familia de Milena; un traductor en España trabajaba ya en ellos y estaba alerta en caso de que la chica transmitiera algún mensaje en su idioma.

Al final habló Patricia. Hizo un perfil de la banda de Bonso y de su protector, Marcelo Galván. Era un hombre vinculado a la vieja clase política y segundo en el mando del Instituto de Migración. No obstante, incluso este funcionario parecía un mero operador. Formaba parte de una poderosa red de trata de personas para distintos fines: explotación sexual, mano de obra centroamericana para plantaciones agrícolas, trasiego de migrantes asiáticos de paso hacia Estados Unidos. La red tenía el respaldo de empresarios de distintos giros bien relacionados con gobernadores y políticos a los que financiaban en periodos electorales y con quienes compartían los beneficios derivados del tráfico humano. Patricia no descartaba que el propio Bonso tuviera trato directo con algunos de estos políticos después de ofrecerles compañía femenina durante los últimos meses.

La investigadora informó que había obtenido el domicilio de una casa de mujeres propiedad del rumano y la tenía bajo vigilancia, aunque dudaba que fuera la única.

Jaime hizo notas esporádicas a lo largo de la exposición de sus colaboradores. Al final pidió alguna precisión de datos —el domicilio del funcionario de Migración, los nombres de los miembros de la familia de Milena— y estableció los pasos que debían seguir en cada uno de los frentes de investigación. Pidió a Patricia y al equipo de *hackers* que durante las siguientes dos horas se concentraran en el directivo de la oficina de Migración: hábitos, familia, cuentas bancarias, propiedades, amistades y enemistades, vicios y costumbres. «Lo que tengan, lo quiero para las once de la noche.»

Despidió al equipo y se quedó a solas con Vidal.

—Las próximas horas son decisivas. Tenemos que encontrar a Milena antes de que lo haga Bonso, de lo contrario no volveremos a verla nunca, ya sea porque la maten o la envíen a otro país. La vida de Emiliano también depende de ello; él seguirá vivo en tanto Bonso continúe con las manos vacías.

—No es necesario que me lo digas, Jaime; incluso un principiante como yo se da cuenta de eso —dijo Vidal ofendido.

186

—Lo digo para que no vaciles si la pelota cae en tu cancha. Siempre existe la posibilidad de que Milena recurra a Luis y a Rina. Son los únicos en los que parece tener confianza.

—Quizá tengas razón —respondió el joven en tono pensativo.

—Y si la tengo, ¿eres consciente de que eso coloca a tus amigos en peligro mortal? Ya viste lo que sucedió en casa de Rina. La vida de ellos podría estar en tus manos.

—¿A qué te refieres?

—Tienes que estar pegado a los dos para ser el primero en enterarte si Milena llega a contactarlos; eso nos permitirá rescatarla de inmediato, de lo contrario ellos van a intentar esconderla con la altísima probabilidad de que terminen por convertirse en víctimas de Bonso. *Capisci?*

—¿Qué hago?

—Ya tienes en tu celular la señal del GPS de los teléfonos de Luis y Rina. Súmate a ellos con algún pretexto y no te les separes. Recuerda que es por el bien de ambos.

Minutos más tarde un coche de la empresa, chofer incluido, lo conducía por la avenida Insurgentes. No pudo localizar la señal del teléfono de Rina, aunque un puntito rojo en movimiento evidenciaba lo que con certeza era un desplazamiento de Luis varios kilómetros por delante de él.

Vidal se sentía mucho mejor ahora. Le parecía que formaba parte de algo poderoso, capaz de provocar diferencias en la vida de los demás, en particular en la de sus amigos. Luis y Rina se creían invulnerables, ignorantes del peligro que corrían; él los rescataría y los pondría a salvo, pese a la ofensa recibida la noche anterior. Respondería de manera generosa y desinteresada al trato egoísta del que había sido víctima.

La escena de una Rina agradecida y suplicante que ahora evocaba quedó interrumpida cuando se percató de que el puntito rojo no se había movido durante los últimos minutos: estaba fijo en algún lugar de la colonia Juárez. Hacia allá se dirigió.

27

Tomás y Claudia
Miércoles 12 de noviembre, 9.50 p. m.

Tomás volvía una y otra vez sobre sus pasos como si caminara en una celda. Claudia lo acompañaba con la mirada, deseando hacer lo mismo aunque estaba demasiado fatigada para siquiera intentarlo. Le parecía que las últimas veinticuatro horas comprimían días completos, eras geológicas. Tenía a su lado el expediente laboral de Emiliano, que Recursos Humanos le había hecho llegar horas antes; eso la llevó a consultar la página de Facebook de su editor de Opinión y ahora se encontraba abrumada por lo que allí veía. Tenía la misma edad que él, y por los gustos y aficiones que advertía pensó que bien podría ser su amigo personal. La posibilidad de que su muerte recayera de alguna forma sobre sus hombros le resultó insoportable.

—No te vayas, no me quiero quedar sola —le había pedido a Tomás cuando Amelia y Jaime partieron a sus respectivas investigaciones.

Tomás llamó a Guerra, el subdirector, y le dijo que se hiciera cargo de la edición. Nadie en el periódico además de ellos estaba enterado del secuestro de Emiliano, ni siquiera su familia. Ahora no sabían cómo matar la ansiedad hasta las once de la noche, cuando volvería a reunirse el grupo, una hora antes del plazo fijado por Bonso para ejecutar a su prisionero.

Una y otra vez Tomás revisó las opciones disponibles con la reiteración del que repasa mentalmente el contenido de su equipaje y los pendientes que se dejan atrás mientras espera la llegada del taxi antes de iniciar una larga travesía. Y el resultado era el mismo que el del viajero: la sensación de que olvidaba algo, sin poder precisar el motivo de su desazón.

Claudia se levantó del sofá para prepararse la tercera taza de *espresso* de la noche. Días antes había instalado una máquina con café en cápsulas junto al escritorio de su padre para evitarse la necesidad de solicitar a una secretaria un servicio que ella consideraba personal, o por lo menos esa fue la interpretación de Tomás.

Sintió lástima por ella. Hacía apenas una semana, a juzgar por lo que había visto, su mayor problema era encontrar el modo de reconciliarse con su marido o quizá poner fin a un matrimonio sin hijos ni esperanza, y que no parecía haber causado mayor impacto en su vida que los pocos años compartidos. Contempló con cariño su espalda, un poco menos erguida de lo habitual; los pantalones negros entallados y una blusa del mismo color acentuaban la cabellera roja, rizada y descompuesta. Una oleada de ternura le hizo recorrer los tres metros que los separaban. La abrazó por detrás, colocó las manos sobre sus bíceps y la barbilla en su hombro. Susurró en su oído.

—Ánimo, lo estás haciendo muy bien.

Ella no respondió, ni hubiera podido hacerlo; algo parecido a una pelota de *ping-pong* se instaló en su garganta y los ojos se le humedecieron con la rapidez con que se derrite un trozo de hielo en la mano.

Ambos quedaron inmóviles un instante y luego ella hizo algo que, reflexionado más tarde, él consideraría extraño e inesperado. Encajó el trasero en el regazo de Tomás; el cóncavo de él estrechó el convexo de ella mientras entrelazaba su cintura con los brazos. El periodista giró la cabeza y reposó la mejilla en uno de sus omóplatos. Mantuvieron la posición hasta que ella sintió la erección de Tomás e hizo un ligero movimiento para acomodar el pene en la hendidura de las nalgas. Él apretó el abrazo.

No se tocaron botones ni se manipularon cremalleras. Las manos no acariciaron flancos ni mesaron cabellos; no hubo quejidos que aceleraran las respiraciones. Ella solo quería evitar desmoronarse y agradecía la sensación de alivio que le transmitía el abrazo de contención de Tomás. Él, en cambio, tenía todas las células y neuronas concentradas en la punta hinchada y comprimida de su miembro, y pese a que ella seguía aumentando la presión contra su vientre, la intuición le hacía saber que no era un arrebato sexual lo que estaban experimentando. Había en todo ello algo íntimo, sin duda, aunque no tenía idea de qué era exactamente lo que estaban haciendo.

El sonido de su teléfono interrumpió el abrazo. Él se separó y llevó el auricular a su oído, ella enderezó la figura y le agregó crema en polvo a su café.

—Era Jaime, dice que ya tienen la información que necesitábamos. Viene para acá y quiere adelantar la reunión lo más pronto posible. Llamaré a Amelia para ver si ya se entrevistó con su amiga.

Tomás y Claudia pasaron los siguientes cuarenta minutos intercambiando reflexiones respecto a la marcha del periódico, dedicados ambos a auscultar las pantallas de sus computadoras: ella en una máquina enorme que reposaba sobre su mesa, él en una tableta de la que ahora nunca se separaba. A las 10.35 inició la reunión.

Jaime y Amelia transmitieron a los demás sus respectivos hallazgos; Amelia de manera íntegra; Jaime, solo parcial. El director de Lemlock les dijo que habían podido rastrear la llamada que Bonso hizo desde el teléfono de Emiliano; al parecer se había originado en la vía pública, posiblemente desde alguna camioneta sin ventanas o con los vidrios polarizados. Desde entonces el celular había estado apagado o con la batería extraída; en todo caso era ilocalizable.

Tras repasar toda la información disponible, los cuatro coincidieron en que lo más urgente era apelar al funcionario de Migración, único contacto conocido de Bonso. Amelia expresó dudas de que el rumano ejecutara a Emiliano en el plazo anunciado, porque ya habría asumido que tampoco ellos tenían a Milena después del enfrentamiento a balazos en el que ninguno de los dos bandos había salido victorioso. En la lógica del proxeneta, juzgó Amelia, Emiliano aún sería útil para un trueque por la croata en caso de que Claudia y sus amigos la encontraran primero.

Aunque la tesis de Amelia les pareció razonable, los demás consideraron que no podían jugarse la vida del subdirector de Opinión del diario a partir de una especulación. Concluyeron que debían hablar antes de la medianoche con Marcelo Galván, el protector de Bonso.

—Necesitamos algo para negociar, y si es posible, amedrentar a Galván. De otro modo negará toda relación con Bonso. Mi equipo está buscando cadáveres en su clóset; a las once tendrán un reporte. Espero que encontremos algo. A partir de eso, puedo lanzarme directamente a su casa o a donde se encuentre.

—Yo también quisiera ir. Debe saber que *El Mundo* está dispuesto a usar cualquier trapo sucio para crucificarlo públicamente —dijo Tomás.

Jaime reprimió un gesto de contrariedad. Habría preferido abordar a Galván ayudado por un par de matones intimidantes, pero entendía que él solo era un invitado por el momento.

—¿Dónde estará Milena? —dijo Claudia casi para sí.

—O más bien: ¿quién es ella? ¿Qué hizo para ser perseguida con este encono? —concluyó Amelia, quien seguía rumiando las palabras de madame Duclau: «la pinche puta ilustrada».

Ellos IV

Yo voy de putas porque amo a mi mujer; gracias a eso hemos cumplido ocho años felizmente casados. Y no vayan a creer que voy a buscar afuera lo que no encuentro en casa. No señor. Tengo la fortuna de estar casado con una dama de muy buen ver y nada remilgada a la hora de cumplir los deberes conyugales. Es más, la mayoría de las suripantas con las que me acuesto saldrían perdiendo en un mano a mano con mi Anita. Pero qué le vamos a hacer, incluso al que come filete todos los días se le antojan unos tacos callejeros de vez en cuando.

El que diga que prefiere la monogamia miente o de plano no le funcionan bien los tanates. Un hombre sano monógamo no es más que un animal frustrado aunque se niegue a reconocerlo. Más de un amigo ha destrozado a su familia porque terminó dizque enamorado de la secretaria, cuando en realidad solo le urgía encularse. Es mejor atender a tiempo las necesidades de la verga que andar involucrando el corazón a lo pendejo.

Yo en cambio, feliz. Gracias a mis escapadas siempre le he sido fiel a mi esposa; nada de romances y amantes. Lo mío es una cogida depurativa y desintoxicante cada tres o cuatro semanas con alguna de las profesionales que escojo en el bar. A veces una güera elegante, otras una morena exótica y hasta una mulata me ha tocado. En la variedad está el gusto, como dice el anuncio. Y luego de mi sesión relajante soy el más amoroso con mi mujer.

Y además, seamos sinceros. ¿A quién no se le antoja alguna co-

chinada de vez en cuando? ¿Cómo le vas a pedir a la madre de tus hijos que te lama el culo? Y no es que a mí me guste, pero ustedes me entienden.

En resumidas cuentas; sin las putas yo ya le habría puesto el cuerno a mi esposa. Lo único malo es que hace rato que con ella ya no cojo más que con los calcetines puestos. Bueno, eso fue hace medio año. Ahora ni eso. Total, no importa, para eso están las pirujas. Y no creo que a mi mujer le importe mucho que ya no tengamos sexo. Digo, ellas son diferentes, ¿no?

J. G. Director de Patrimonio,
Bolsa Mexicana de Valores

28

Milena, Luis y Rina
Miércoles 12 de noviembre, 11.15 p. m.

Las imágenes de la guerra en Ucrania transmitidas un rato antes por la televisión aún no salían de su cabeza. Si lo que comenzaba a sospechar se confirmaba, las implicaciones eran terribles. Los que buscaban la libreta negra sabrían que la información allí encerrada también residía en su cerebro; tendrían que deshacerse de ella misma. La reflexión terminó de abatirla. La única salida era poner fin a todo.

¿Debería hacer un guiño a la cámara antes de lanzarse a las vías del metro? ¿Y si el sistema de video de la estación no funcionaba? ¿Y si la libreta de apuntes que dejaría en el andén la robaba alguien antes de que la confiscaran las autoridades? ¿Y si sus notas nunca llegaban a un periódico? Quizá nadie detectara la información sobre la mafia rusa escondida dentro de la libreta pero confiaba en que al menos pudieran ver la luz las historias de *Ellos.* Recordó los nombres de los personajes que firmaban sus relatos: todos eran figuras de la vida pública en España y en México, y todos habían pasado por su cama y escupido sus despreciables justificaciones para usar a una mujer y salir con la conciencia tranquila.

En las últimas horas, sentada en la cafetería, había revisado y traducido los dos últimos relatos. Originalmente escritos en su idioma materno, desde que llegó a México comenzó a redactarlos en español. Ahora solo faltaba hacer una nota introductoria para concluir su obra. Sus historias no solo serían una suerte de represalia contra los hombres que habían abusado de ella, un desquite final desde ultratumba: aspiraba también a que pudieran resarcir en algo el dolor y las humillaciones padecidas por su familia. Solo esperaba que la filmación de su trágico final se convirtiera en un fenómeno viral en las redes e impulsara el interés por sus escritos.

Eso la llevó a pensar que tendría que hacer algo más que tirarse a las vías para hacer de la escena filmada un espectáculo impactante; quizá debería quitarse la ropa con toda parsimonia sobre el andén antes de inmolarse. Desechó la idea porque la exhibición de su cuerpo introducía un ingrediente sexual que traicionaba el espíritu de sus apuntes. Sería más conveniente hacer algunos gestos categóricos frente a la cámara con el cuaderno en la mano y depositarlo con cuidado en el andén antes de lanzarse al paso del tren: la especulación que provocarían sus extraños ademanes y el misterioso objeto abandonado a la vista de todos atraerían la atención hacia el video y a la larga hacia sus relatos.

Miró la taza de chocolate caliente que tenía ante sí y pensó que extrañaría muy pocas cosas de la vida. Por el momento el único vínculo que aún tenía con los seres humanos era la mesera con cara de fatiga que cubría el turno de noche, una mujer de cuerpo informe en el que pechos, estómago y cintura formaban una figura redonda y sin fisuras, como un buzón de correos o un barril de petróleo. Alguien que no corría el riesgo de ser víctima de la explotación sexual, pensó Milena con ironía. Seguro que ella misma habría tenido más posibilidades de ser feliz con un cuerpo como ese, ¿o no? Pensó en la existencia que habría llevado como campesina en las colinas de su tierra, probablemente golpeada y abusada por un marido enorme y sucio. Volvió a mirar a la mujer de cara redonda y morena y la inundó una oleada de cariño.

Hacía mucho que había abandonado la idea de regresar a

Croacia. Esa vida estaba extinta; para los habitantes de su pueblo siempre sería la puta que fue usada por miles de hombres. No conocía otro oficio que el de prostituta y carecía de la energía para inventarse otro. Con tristeza se dio cuenta de que tampoco la extrañaría nadie. Para su familia había dejado de existir tiempo atrás, para Vila-Rojas, ella era un pasado embarazoso, y para el resto de los que la conocieron nunca fue más que una mercancía o un pedazo de carne para ser usado. Alka había desaparecido hacía mucho, y todos se las arreglarían perfectamente sin Milena. Más aún, ella misma se las arreglaría perfectamente sin necesidad de Milena. Ella y el resto del universo.

—¡Qué susto nos diste, Milena!

Rina y Luis irrumpieron en la cafetería, alborozados y transpirando energía; su expresión era de auténtica felicidad. Sin poder contenerse, la mexicana la abrazó con torpeza antes de sentarse a la mesa.

Milena no supo cómo conciliar sus reflexiones mortuorias con tal manifestación de afecto y alegría.

—¿Cómo me habéis encontrado?

—El celular que te di por la tarde, antes de despedirnos, ¿recuerdas? Te dije que nos llamaras si tenías cualquier problema o inquietud.

Confundida, Milena rebuscó en su bolsa y extrajo un Samsung del que se había olvidado tan pronto como lo recibió de manos de Luis. Lo tomó con desconfianza, como si de sus dedos pendiera una rata muerta.

—No te preocupes, es reciclado —dijo él, y aunque ella no entendió exactamente lo que eso implicaba, supuso que lo hacía inofensivo.

La croata miró a los dos jóvenes y se preguntó de qué manera encajaban en la historia que se contaba a sí misma minutos antes. Rina la miraba con expresión extática, con el alivio de quien ha recuperado a una hermana. Le conmovió la pasión de los jóvenes; no obstante, el recuerdo de la libreta que tenía enfrente la convenció de la pertinencia de sus planes.

—Por favor, olvidaos de mí; corréis peligro en mi compañía. ¿Ya sabéis lo que ha pasado en tu casa, Rina?

—Vi un correo de Vidal hace rato, me dijo de los muertos y que tú habías desaparecido.

—Oíd, tampoco podemos estar juntos. Me localizarán por medio de vosotros.

—Imposible —dijo Luis—, solo tengo activo el celular alterno y únicamente lo he usado con Vidal. Es ilocalizable.

—Dejadme seguir mi camino. Yo estoy rota, no sirvo para nada más; vosotros acabáis de empezar, tenéis toda la vida por delante.

—¿Cómo puedes decir eso? ¡Tenemos la misma edad! Además, me tienes que enseñar a bailar flamenco, ¿recuerdas? —En realidad, la croata era tres años mayor que la mexicana, pero esta ya había decidido que si podían pasar por primas, también podían tomarlas por hermanas gemelas.

Milena sumió la mirada en la libreta que tenía enfrente; volvió a ver a la mujer que se afanaba sobre las mesas y que hasta unos momentos antes consideraba su último vínculo con los seres humanos. El desánimo y la fatiga hicieron presa de su cuerpo ante la perspectiva de seguir huyendo como un animal aterrorizado en espera del irrevocable final. Una vez más le pareció que poner fin a su propia vida sería lo más sensato; un último acto de dignidad.

—Hazlo por mí, Milena; no me dejes sola —dijo Rina tomándole una mano.

La frase la dejó perpleja. Salvo Rosendo Franco, que ahora estaba muerto, nadie la había tratado así en muchos meses; la sensación le resultó tan extraña como inquietante. ¿Sería posible que esa mujer que apenas conocía necesitara algo de ella? Quizá en el fondo no fueran tan distintas. Rina, según le contó apresuradamente, había perdido a toda su familia y aun así tenía la vida por delante; ella poseía familia pero se sentía al final del camino.

—Uno no puede quedarse en un lugar al que no pertenece —dijo por fin para sí misma.

—Será momentáneo, solo mientras se arregla la situación —intervino Luis—; luego podrás ir a tu tierra o a donde tú prefieras. El dinero no es problema —añadió intentando anticiparse a los titubeos de su nueva amiga.

Milena sopesó las palabras de Luis. ¿Cómo decirle que en realidad no pertenecía a lugar alguno? «El hogar es ese lugar al que vas cuando no tienes a donde ir», había leído alguna vez, solo que ella no tenía un lugar adonde ir cuando no había a donde ir.

—Pues no podemos quedarnos aquí, estamos demasiado expuestos. Encontré un sitio seguro para quedarnos algunos días; allá seguimos conversando —dijo Luis y se puso en pie, Rina lo secundó y tomó la bolsa de Milena. Más por inercia que por convencimiento, la croata también se incorporó, miró a la mesera por última vez y salió de la cafetería.

29

Jaime y Tomás
Miércoles 12 de noviembre, 11.40 p. m.

Durante el trayecto a casa de Marcelo Galván Espíndola, Jaime recibió la ficha técnica preparada por su equipo sobre el empleado de Migración. Galván era el funcionario del INM con más antigüedad en el puesto y había servido como director de área durante la gestión de cuatro comisionados; seguramente era el referente de los equipos que entraban y salían con los vaivenes políticos que caracterizaron a los agitados años de la alternancia. En más de un sentido representaba el poder tras el trono en esa oficina: no era de extrañar que se hubiera convertido en pieza clave de las redes de tráfico de personas.

El resto de la ficha revelaba que Galván había aprovechado cabalmente su estratégico puesto. Poseía una docena de propiedades, algunas en el extranjero, la mayoría a nombre de su esposa, incluido un extenso rancho ganadero en el norte del país. Lemlock detectó varias cuentas bancarias a su nombre y al de sus hijos mayores de edad, aunque aún no tenía el monto de saldos e inversiones.

—No es mucho para poderlo incriminar o asustar, ¿no crees? —dijo Tomás.

—Es suficiente si lo sabemos manejar. Déjamelo a mí.

Jaime llamó a Galván desde afuera de su casa —«Lo mejor es abrumarlo y no darle mucho tiempo para pensar», le había dicho a Tomás—. Bastó que el exdirector de los servicios de inteligencia mexicanos mencionara que se trataba de un asunto delicado que lo involucraba y que convenía tratar confidencialmente, para que el funcionario abriera las puertas de su casa intrigado. Los llevó a la biblioteca de una suntuosa residencia; esculturas clásicas y cuadros de pintura colonial, al parecer auténticos, escoltaron su paso por los pasillos. En efecto, Galván debía de sentirse muy protegido para no tener reparo en hacer tal ostentación de su riqueza; la posesión de obras de arte patrimonial era en sí misma un delito.

—Licenciado Lemus, doctor Arizmendi, ¿qué les ofrezco de tomar?

En realidad, Jaime no actuaba como licenciado ni Tomás era doctor, pero en la política mexicana los títulos universitarios eran tan imprescindibles como los blasones aristocráticos en la corte victoriana. Los dos ignoraron la invitación.

—Marcelo, lamento decirte que uno de tus protegidos está a punto de asesinar a un subdirector de *El Mundo*; tenemos grabada la amenaza. El tipo obviamente está fuera de sus cabales; si lo ejecuta, desatará un escándalo en la prensa nacional e internacional, por decir lo menos.

—Un escándalo, sin duda —respondió el funcionario con cautela.

—Un escándalo que barrería con todos aquellos que lo han ayudado. Después de eso, a Bonso y a su protector solo les quedará huir del país o terminar en prisión.

—Tranquilos, jóvenes. La vida siempre ofrece alternativas, sobre todo a un funcionario público de trayectoria intachable, como su servidor —dijo el anfitrión sin que su voz acusara impacto alguno tras las palabras de Jaime.

Tomás tuvo que reconocer el aplomo de Galván. A juzgar por sus reacciones les esperaba una larga conversación. La impaciencia comenzó a devorarlo; le parecía que los minutos que los separaban de la medianoche se les iban entre las manos. Intervino casi sin proponérselo:

—Dejémonos de ceremonias. Sabemos que tú proteges a Bonso: si mi editor aparece muerto, lo menos que te espera es la cárcel —dijo el periodista, su mano sobre la bata que cubría la muñeca del anfitrión.

—¿Y por qué la violencia, don Tomás? No sé de qué me está usted hablando —respondió Galván molesto.

La mirada que dirigió a la mano que oprimía su muñeca era de una indignación ofendida, auténtica y profunda. Tomás titubeó durante un instante y soltó su presa. El hombre se miró con atención la muñeca y cerró y abrió el puño en repetidas ocasiones, como alguien que recupera el movimiento de la mano tras haber sido esposado.

—Lo importante aquí es que todos nos podemos ayudar. Vinimos a tu casa como amigos —dijo Jaime tratando de retomar el control; inicialmente había asumido que apelar a los intereses de Galván sería más práctico que amenazarlo—. Si el tal Bonso cumple su amenaza, los lobos se lanzarán contra todo lo que se mueva, con razón o sin ella. Ya ves que en estos asuntos mucha gente sale perjudicada sin deberla ni temerla.

—Mucha gente —asintió el anfitrión.

—Incluso los que no lo conocían, y con mayor motivo aquellos que habiendo intervenido por razones del servicio público puedan ser relacionados con él por los intrigosos que nunca faltan; como en este caso, en el que por tratarse de un rumano, todos los funcionarios involucrados con visas y permisos podrían verse afectados aun cuando solo hubieran cumplido con su deber.

—¿Un rumano? —respondió Galván con la expresión perpleja de quien de pronto es interrogado acerca de alguna fórmula euclidiana.

—Un rumano dedicado a la explotación sexual: le dicen Bonso y tú lo proteges. Ya déjate de pendejadas —dijo Tomás.

Jaime suspiró con resignación y entendió que tendría que cambiar de estrategia. La impaciencia de Tomás boicotearía cualquier posibilidad de arreglar el asunto por las buenas.

—Mira, Galván, la cosa está así: o alguien le para las manos a Bonso en las próximas horas o muchos asuntos se van a derrumbar. *El Mundo* está en posesión de documentos de tus cuentas en Canadá y en Indonesia, el hotelito en que lavas dinero en Costa Rica y los seis departamentos en una torre de Miami a nombre de toda tu familia; mañana mismo la información puede estar circulando entre la opinión pública. Tu carrera estará destruida.

Galván palideció aunque mantuvo el tipo. Caviló durante algunos instantes, la vista clavada ahora en los flecos del tapete persa; luego levantó el rostro y emitió su veredicto con voz grave y decidida, sin entusiasmo alguno.

—Solo es dinero. El que se mete con Bonso, en este asunto, se muere.

—¿Es la vida lo que te preocupa? Haberlo dicho antes —dijo Jaime y oprimió algunas teclas de su teléfono.

Galván y Tomás lo miraron inquisitivamente sin entender su gesto, pero tras unos segundos Jaime cruzó el pasillo por el que habían llegado, se acercó a la entrada y abrió la puerta.

—Pasa —dijo, y un hombre inmenso, casi tan gordo como alto, de atuendo oscuro, entró a la residencia.

Le llamaban Tony Soprano por su asombroso parecido con el personaje de la serie de televisión, aunque el mexicano ganaba en tamaño y peso. La mole oscura modificó la atmósfera de la estancia, como si un hoyo negro hubiera sustituido el oxígeno por un aire maligno y turbio. Tomás miró a Jaime con perplejidad, Galván con terror; esta versión de Tony Soprano solía inspirar esa reacción entre la gente.

A una señal de su jefe, el gordo caminó hacia el centro de la biblioteca, las maderas del piso crujiendo bajo su peso, y depositó sobre la superficie del escritorio una lona gris enrollada. Al desenvolverla quedaron a la vista sus instrumentos.

Antes de que Tomás pudiera poner en palabras la consternación que ya exhibía su semblante, Jaime lo tomó del brazo y lo llevó a la puerta.

—Será mejor que nos esperes afuera —dijo a su amigo, y

dirigiéndose a Galván agregó en tono de disculpa—: Este periodista es de los remilgosos.

Tomás salió a la calle, encendió uno de sus puritos y caminó por la banqueta a la vista de su chofer, quien se mantenía al volante del coche que los había traído. Dos hombres lo miraban desde una camioneta negra a veinte metros de distancia; prefirió pensar que se trataba de colaboradores de su amigo.

Una parte de él deseó que el gordo lastimara al funcionario vil y corrupto que se encontraba adentro y le arrancara a cualquier precio un salvoconducto para Emiliano. No obstante, otra parte se sublevaba en contra de lo que estaba a punto de suceder y lo impulsaba a regresar a la casa y suspender la violenta sesión que imaginaba. Optó por fumar su puro.

Diez minutos más tarde salió Jaime. El gordo permaneció adentro.

—Vámonos, aquí ya no hay nada que hacer. Vente en mi coche —dijo y llamó a la camioneta que, en efecto, ocupaban los suyos.

—¿Qué? ¿Lo mataron? —dijo Tomás apenas tomó asiento.

—No seas melodramático; solo había que asustarlo. Aunque tampoco resultó fácil hacerlo hablar, hubo que presionarlo un poco. Dice que en este asunto él no puede hacer nada acerca de Bonso, que el tema de la croata es tabú y escapa a su liga. Al final confesó que el protector de esa red es Víctor Salgado.

—¿Salgado? ¿El que fue director de prisiones federales?

—No tienes idea, ¿verdad? —dijo Jaime con una sonrisa irónica y sin esperar respuesta comenzó a hablarle de Salgado.

Originario de Michoacán, ingresó en el Ejército en la adolescencia y había alcanzado el grado de coronel cuando fue requerido por la Presidencia para hacerse cargo del sistema penitenciario; se mantuvo once años en esa posición y gracias a ella se convirtió en el regente de las principales bandas que pisaron la prisión durante ese periodo. Cuando renunció al puesto ya era el principal enlace entre los mandos corruptos de la policía y el Ejército y el crimen organizado.

—Es el tipo al que contratan los empresarios de una región cuando se han hartado de los secuestros, el consultor al que llama un gobernador cuando todo lo demás ha fallado —dijo Jaime, y Tomás creyó advertir un tono respetuoso en sus palabras—. Es capaz de pacificar una plaza por el simple acto de venderla al mejor postor entre los cárteles y luego voltear todos los recursos criminales y policiales en contra del perdedor. Es el portal de acceso a la zona más sombría de México, el interlocutor que mantiene un pie en cada lado de los dos universos. Él sabe qué generales están en la nómina de los cárteles, en gran medida porque él los ha puesto allí.

—O sea, un Jaime del lado oscuro.

—Galván desconoce por qué razón persigue Salgado a la croata, pero está convencido de que Bonso solo sigue sus instrucciones —agregó Jaime como si no hubiera escuchado el comentario de su amigo—. Me suplicó que no lo involucrara en el tema porque le costaría la vida; de cualquier forma, lo obligué a llamar al rumano. Y en efecto, cuando a instancias mías le aconsejó a Bonso que no ejecutara al periodista porque todos saldrían perjudicados, lo mandó a la mierda.

—Entonces todo está perdido.

—No todo —respondió Jaime con una sonrisa—. Gracias a esa llamada ahora ya sé dónde está Bonso y, sobre todo, sabemos quién es su jefe.

—¿Y eso de qué nos sirve? Casi es medianoche, cuando lleguemos allí todo habrá terminado para Emiliano.

—No, no es así. Emiliano seguirá vivo mientras Milena no esté en poder de Bonso; tu editor sigue siendo una mercancía de cambio en caso de que nosotros encontremos a la chica. Eso me da el tiempo necesario para preparar algún operativo.

Tomás respiró con cierto alivio y se mantuvo callado durante algunos instantes. Luego hizo la pregunta que le escocía la lengua desde hacía un rato:

—¿Cómo quedó Galván?

—¿Dónde te dejamos, Tomás?

30

Milena
Diciembre de 2011

Juzgó que el inusual frío de la mañana marbellí era un signo promisorio para su fuga. Aunque la atmósfera estuviera preñada de una humedad marina inexistente en su pueblo, la frescura matutina le hacía recordar los gélidos vientos que se colaban entre las tumbas del camposanto que solía sortear de camino a la escuela. La desdicha adolescente, inédita y singular que creía sentir en esos recorridos le provocaba ahora una ternura nostálgica.

Milena se dijo que no podía permitirse evocaciones melancólicas. Tenía 2 200 euros en la bolsa, fruto de propinas no comunicadas, y la buena voluntad de alguien dispuesto a trasladarla a Madrid. Allí pensaba dirigirse a la embajada croata y acreditar su identidad de alguna forma, a pesar de que carecía de pasaporte. Luego llamaría a su familia para ponerla a salvo de cualquier represalia.

Amaury Vives estaba de visita en Marbella con varios compañeros en un viaje postergado de celebración de fin de curso. Formaba parte de un grupo de media docena de jóvenes graduados de la mejor escuela de negocios de España, que habían decidido regalarse dos semanas de fiesta antes de insertarse en la vida profesional que los esperaba. Sin ser millonarios, pertenecían a sectores acomodados para los cuales el índice de desempleo era solo un contexto incómodo, como para otros el mal clima o la derrota del equipo favorito de futbol, pero no una calamidad insuperable. Varios de ellos se integrarían a los negocios familiares al término de sus vacaciones salvajes, como ellos mismos habían descrito su escapada a la Costa del Sol. El plan incluía la contratación del mejor sexoservicio disponible: «Es lo más cerca que estaremos de follar a una *top model*», dijo uno de ellos.

El azar emparejó a Milena y Amaury la noche en que se conocieron. A sus veinticuatro años era apenas la segunda ocasión en que el joven se acostaba con una profesional, y evidenció una inevitable timidez en cuanto se quedaron solos. Se encontraron en uno de los dormitorios de la mansión que los jóvenes habían contratado para su corta estancia en la urbanización Nueva Andalucía. La excitación y la vaga incomodidad que le provocaba estar con una prostituta le ocasionaron una eyaculación casi inmediata, tras lo cual por fin pudo relajarse. Consciente de que sus amigos estarían un largo rato con sus respectivas parejas, pasó la siguiente hora conversando con Milena. Detrás de la bella rubia que tenía enfrente esperaba a una campesina semianalfabeta de Europa del Este; sin embargo, pronto se encontraron hablando en un español fluido de las novelas que habían leído. Eso despertó su interés por la trayectoria de Milena. Por su parte, ella advirtió en él cierta falta de malicia y un temperamento echado para delante. Al principio respondió a sus preguntas con vaguedades, pero las reacciones indignadas del chico respecto a su reclutamiento y a sus condiciones de vida la inclinaron a contar toda la verdad. Al final de la charla, Amaury le prometió que la ayudaría a fugarse y pasaron los últimos minutos maquinando una vía de escape.

Cuatro días más tarde estaban listos para intentarlo. Él dejó que sus compañeros regresaran a Madrid en la fecha originalmente programada y extendió la contratación de la casa por dos días más. En un primer momento quiso involucrar a sus amigos en los planes, pero Milena lo disuadió temiendo que alguno de ellos se arrepintiera, o peor aún, los delatara.

El plan de fuga era sencillo y sin embargo viable. Amaury alquiló un coche el día anterior y solicitó los servicios de Milena con la debida anticipación. Como se trataba de una sola chica y el domicilio ya había albergado con éxito la cita multitudinaria días antes, los proxenetas solo enviaron a un guardia, quien esperó sentado al volante de su vehículo. Tan pronto como la croata ingresó a la casa, los dos jóvenes se trasladaron al patio trasero, saltaron la cerca que comunicaba con una pequeña ladera y descendieron ciento cincuenta metros hasta alcanzar la calle donde Amaury había estacionado el Renault alquilado.

Pasarían dos horas antes de que el vigilante se diera cuenta de la ausencia de Milena. Amaury habría querido negociar una visita de mayor duración, pero ese solía ser el límite para una contratación individual salvo que se tratara de clientes ricos y de confianza. No obstante, los dos jóvenes asumieron que con eso les bastaría.

La primera hora Amaury condujo lo más rápido posible por la autopista A-7 en dirección a Málaga para luego tomar la vía a Córdoba, aunque poco después se desviaron con rumbo a Granada. Asumieron que sus captores vigilarían la ruta Sevilla-Madrid por ser la más rápida y obvia para trasladarse de Andalucía al resto de Europa; en lugar de ello optaron por un largo desvío que los llevó a Albacete pasando por Granada y Jaén. Durante la primera parte del trayecto, tras salir de Marbella, Milena experimentó la euforia de la fuga y el placer de observar el desacostumbrado paisaje rural. A pesar de que Amaury conducía con exceso de velocidad, contagiado por la alegría de la croata, ella insistió en llevar las ventanillas abajo, embriagada por la libertad tan fácilmente conseguida; un CD de U2 atronaba en los altavoces del coche y danzaba alegremente en su larga cabellera rubia.

El entusiasmo de ella se convirtió en angustia cuando se

consumieron las dos primeras horas. Se imaginó la escena afuera de la casa abandonada, los gestos de contrariedad de la figura simiesca, la inexorable llamada a Bonso y la búsqueda implacable que desatarían la banda y sus múltiples contactos en el bajo mundo y en la policía. Miró a Amaury con ternura y se preguntó si no había sido irresponsable de su parte poner en tal riesgo a un joven sano y de futuro prometedor. Él no parecía consciente del peligro que corría; quizá creía que simplemente estaba cumpliendo con su buena acción del día. Pero ella sabía que el intento de fuga podía costarles la vida: ahora mismo él podría estar fichado por algún delito inventado gracias a los contactos de la organización criminal con elementos corruptos de la Policía Nacional.

Amaury intentó tranquilizarla. Estaban en las inmediaciones de Granada, circunvalaría la ciudad, tomarían la autopista A-44 hacia Jaén y poco antes de llegar se desviarían a Albacete por caminos secundarios. Le aseguró que una hora más tarde serían indetectables. Ella se tranquilizó un poco aunque no quiso descender del vehículo para tomar algo o ir al baño hasta tres horas después, en Balazote, poco antes de llegar a Albacete. Él se rio con el nombre del poblado pero a ella no le hizo ninguna gracia y prefirió acelerar la partida tras un café apresurado en la gasolinera.

Las siguientes tres horas condujeron a menor velocidad para no llamar la atención. Llegaron a Madrid a las 4.30 de la mañana y, de nuevo, Milena creyó sentir en el frío madrileño, tan diferente al clima andaluz, una promisoria señal de la vida que le esperaba al regresar a su tierra.

Había pensado acudir a la embajada de su país a primera hora de la mañana. Amaury buscó la dirección en su celular y le dijo que no estaba muy lejos de la casa en la que habitaba, adjunta a la de sus padres. Milena no quiso oír hablar de eso; temía que por alguna razón sus captores hubieran dado con los datos de su amigo y lo estuvieran esperando en su domicilio. No le dijo a Amaury la razón de su negativa para no preocuparlo demasiado; tan solo pretextó que se sentiría más cómoda instalándose en una cafetería próxima a la calle de Claudio Coello, en las inmediaciones de la embajada. Él consideró un exceso matar las siguientes cuatro horas en una cafetería desierta, aunque entendió que después de su largo cautiverio el comportamiento de la mujer no era del todo racional: por simbólica que fuera, la cercanía de la embajada la hacía sentir más cerca de casa.

Las intuiciones de Milena no estaban equivocadas. Antes de que ellos llegaran a Jaén, tres horas después de su partida, Bonso ya tenía el nombre de la persona que originalmente había rentado la residencia en Marbella, uno de los amigos de Amaury, el que gozaba de mayor margen de crédito en su tarjeta. Esa misma noche lo llamaron por teléfono a Madrid con el pretexto de una fuga de agua de la que se quejaban los vecinos. Él explicó que solo Amaury estaba en la casa y les proporcionó su nombre completo y su número de celular.

Bonso desplegó toda su red de contactos para vigilar estaciones de trenes y aeropuertos, hoteles y sitios públicos. En estos casos las distintas bandas dedicadas al tráfico de mujeres colaboraban en aras del beneficio común: a nadie convenía que alguien como Milena rompiera las reglas del sistema. A las siete de la mañana, cuando abrieron las primeras oficinas de alquiler de coches en el aeropuerto de Málaga, un empleado detectó en la base de datos digital la operación de Amaury y proporcionó los datos que buscaban a uno de los policías a sueldo de la banda: el domicilio del joven en Madrid y las características del vehículo alquilado. Poco antes de las ocho, dos individuos tomaban café en una camioneta azul, a treinta metros de la casa de la familia Vives.

Casi a la misma hora, en el baño del restaurante donde tomaron churros y chocolate, Milena se deshizo de las ropas ligeras que aún portaba y se puso el atuendo deportivo que Amaury había comprado la víspera siguiendo sus instrucciones. Ninguno de los dos anticipó el extraño contraste que harían

209

sus zapatos de altos tacones con el conjunto informal que ahora usaba. Ella le aseguró que no importaba; no pensaba caminar por las calles de Madrid durante las próximas horas.

A las nueve en punto Amaury detuvo el coche de alquiler frente al edificio marcado con el número 78 de la calle de Claudio Coello, un hermoso conjunto señorial de varios pisos. Milena miró con recelo los alrededores pero nadie parecía estar atento al Renault ni a sus ocupantes. Festivo, Amaury se burló de las aprensiones de su amiga y la invitó a cenar esa misma noche; ella negó con la cabeza, nerviosa por la prolongada despedida, y aseguró que lo llamaría más tarde. Salió del vehículo y los cinco metros de distancia que debió recorrer para abordar al guardia que custodiaba la entrada le parecieron interminables. Con alivio no exento de sorpresa, comprobó que ningún enviado de Bonso estaba allí para atajar su camino.

Durante horas había repasado en su mente la escena que tendría lugar antes de acceder a las oficinas. En un español deliberadamente rudimentario le explicó al guardia de la puerta de entrada que era una turista, que había extraviado el pasaporte y que necesitaba hablar con algún empleado de la embajada.

Cinco minutos más tarde estaba sentada frente a la secretaria del embajador de su país. Aunque la hicieron esperar más de media hora, ella ya no tenía prisa. Toda angustia la abandonó a la vista de los paisajes de su tierra que adornaban las paredes; asumió que legalmente ya pisaba suelo patrio y eso le bastaba. Un rato más tarde, un funcionario tuvo que tocarla en un hombro para sacarla de la modorra en que había caído. Las palabras que le dirigió fueron música para sus oídos: las primeras frases en su idioma que escuchaba en varios años. El hombre, que se presentó como asistente del embajador, la hizo pasar a una pequeña oficina. Ella tardó más de una hora en relatar su historia.

El funcionario la escuchó con atención, interrumpiendo la narración ocasionalmente para precisar una fecha o un de-

210

talle confuso; de vez en cuando tomaba alguna nota en una pequeña libreta que extraía y volvía a meter en su bolsillo. Al final le pidió que esperara un rato en su despacho mientras hacía algunas gestiones para procurarle un pasaporte provisional; establecer su identidad como ciudadana croata era el primer paso antes de ofrecerle asistencia consular. Pese a la insistencia de ella para hacer una llamada a su familia y alertarla del riesgo que corría, el hombre estableció claramente su orden de prioridades.

Cuarenta minutos más tarde regresó con un informe en la mano. No lo abrió. Le dijo que ya había hablado con la policía y se habían comunicado con la brigada especial contra el tráfico de personas: un vehículo pasaría por ella en quince minutos y la llevaría a la comisaría para tomarle declaración. Milena se asustó y suplicó que solamente le dieran facilidades para retornar a su país; no quería saber nada de autoridades españolas o de policías. Le urgía llamar a su familia para alertarla del peligro en que se encontraban, pero el hombre que la atendía le explicó que solo el embajador podía autorizar llamadas de larga distancia y se negó en redondo a proporcionar su teléfono personal para una llamada no oficial.

Su compatriota le hizo ver que viajar a Zagreb por su cuenta no resolvía nada: si lo que ella decía era cierto, se trataba de mafias europeas que operaban en varios países. Volvería a ser capturada o quizá los asesinaran a ella y su familia en represalia por haber escapado. La única solución era que colaborara con la policía para que esta desmembrara a la banda del tal Bonso. Además, le explicó que a las cinco de la tarde la embajada cerraba y ella tendría que abandonar el edificio; mejor salir ahora que tendría protección policial. Por último, le aseguró que más tarde un empleado de la embajada la alcanzaría en la comisaría para entregarle un sobre con algo de dinero y los datos de la reserva en un hotel albergue. Era la disposición vigente para los connacionales que se quedaban sin pasaporte ni recursos por extravío o por haber sido víctimas de un asalto.

A las 12.15 el hombre le informó que el coche de los detectives esperaba afuera. Él mismo la acompañó hasta el vehículo, le dijo que trataría de visitarla un par de horas más tarde y le dio un abrazo de despedida. Resignada, Milena se introdujo en el auto donde la esperaban tres individuos. Con el coche en movimiento, observó a su acompañante en el asiento trasero y un escalofrío recorrió su cuerpo: aunque no poseía una muy clara idea de la apariencia que debería ofrecer un detective español, eran muy pocas las posibilidades de que el hombre que tenía a su lado lo fuera. Un tirón en la nuca para obligarla a bajar la cabeza confirmó sus sospechas.

Despertó cuatro horas más tarde en un paraje solitario de una carretera rural. Uno de los sujetos le bajaba los pantalones deportivos y forcejeaba para penetrarla desde atrás; ella intentó resistirse pero estaba demasiado sedada para coordinar sus movimientos. Prefirió sumirse en el letargo y apenas registró el hecho de que los hombres hicieron turnos alrededor de su cuerpo. Luego reemprendieron el viaje por la autopista. Durante las dos horas que les llevó llegar a Marbella no volvieron a drogarla. No era necesario: Milena se había derrumbado por completo. Como muñeca desmadejada, con la cabeza echada hacia atrás en el asiento, veía pasar las nubes preguntándose si sería la última vez que contemplaría el cielo azul del sur de España, quizá lo único que extrañaría de la vida que llevó en estas tierras.

Bonso la esperaba en la casa donde residían Milena y otras catorce chicas. Ella asumió que primero sufriría un largo interrogatorio durante el cual le extraerían los detalles de su evasión. Luego advirtió que no habría ningún preparativo: la llevaron directo a lo que parecía el montaje para la ceremonia de castigo. Supuso que el informe del funcionario de la embajada croata, que al parecer trabajaba para las redes de tráfico, hacía innecesario cualquier examen.

Acompañaban a Bonso tres esbirros y dos enormes perros sujetos con correas. Pese a la corta estatura del rumano, casi un enano, la escena era aterradora. Ella temió lo peor. La banda tenía canes entrenados para ofrecer espectáculos de zoofilia a esos turistas que el proxeneta solía llamar «traviesos»; por lo general, utilizaban en ellos a mujeres a las que los clientes ya no apreciaban. Pero también sabía que los perros podían servir como instrumento para aterrorizar a las chicas. O peor aún, quizá los habían traído para despedazarla. Los tratantes no se andaban con sutilezas; para ellos no había nada peor que una denuncia ante las autoridades internacionales de parte de las chicas fugadas, pues ellas conocían todo acerca de sus métodos y sus clientes. Los mafiosos preferirían perder la inversión que representaba un activo como Milena que pasar por blandos a los ojos del resto de las mujeres y afrontar el riesgo de otro intento de evasión. Asumió que no solo le esperaba la muerte sino una larga sesión de vejaciones y tortura.

La presencia de una de las mujeres dedicadas al sexo con animales confirmó todos sus temores. Supuso que estaba allí para preparar a las bestias: un rottweiler y un pastor alemán. Los largos plásticos extendidos en el piso de la gran sala comedor no dejaban duda de que el último acto terminaría en carnicería. La excitación que advertía en los guardaespaldas, acostumbrados a todos los excesos, permitía adivinar que anticipaban una sesión especialmente brutal.

Una indicación de Bonso puso en movimiento a uno de los hombres, quien se acercó a Milena y comenzó a quitarle la ropa. Durante unos instantes ella intentó resistirse, pero luego pensó que cuanto antes terminara todo, mejor. Desnuda y tiritando, más por los nervios que por la temperatura, esperó la aproximación de los perros. Ahora que el castigo estaba a punto de iniciarse, los animales atrajeron de forma inexorable la atención de las chicas, que se había mantenido enfocada en el piso o en las paredes. Bonso consiguió lo que se había propuesto: la mirada de todas ellas era de terror.

El sonido categórico de unos golpes contra la puerta de entrada congeló la escena. Uno de los guardias se asomó por la mirilla y comunicó a su jefe la presencia de Torsi, un hombre clave entre los empresarios y los funcionarios del Ayuntamiento de Marbella, y uno de los principales contratantes de prostitutas de élite en la ciudad. Bonso hizo un gesto afirmativo y la puerta se abrió para permitir el ingreso de tres hombres: Torsi, un asistente negro de dos metros de altura y Vila-Rojas. Todos se sorprendieron por la presencia de este último. No era una persona a la que le gustara frecuentar las alcantarillas de la vida del puerto y cuidaba mucho su imagen pública y privada. Vila-Rojas era lo más cercano a un aristócrata local, un miembro del *jet set* cuya compañía procuraban tanto empresarios como políticos.

El recién llegado vio a Milena desnuda en el centro de la sala, a los perros y los plásticos y dirigió una mirada irritada en dirección a Bonso.

—¿Qué está pasando aquí?

—Nada, simplemente una charla de reprimenda a una de las mozas para que obedezca las reglas de la casa. ¿No es cierto, querida? —respondió Bonso dirigiéndose a la croata.

Esta cerró los ojos unos instantes en señal de asentimiento.

—¿Un lugar donde podamos hablar? —inquirió Vila-Rojas.

Bonso señaló la puerta de su oficina y echó a andar en dirección a ella. Vila-Rojas lo siguió tras hacer un gesto para impedir el paso de sus acompañantes. Veinte minutos más tarde, los dos hombres salieron del cuarto y los visitantes abandonaron la casa sin mediar palabra. Al retirarse, Vila-Rojas apenas echó un vistazo a Milena, quien se había cubierto con una sábana y ocupaba un lugar entre sus compañeras. Perros, esbirros y prostitutas seguían en la misma posición en que los habían dejado.

Antes de dispersar al grupo, Bonso lanzó una última advertencia:

—Todas a vuestros cuartos; ya sabéis lo que recibirá la que rompa cualquier regla. Y tú —dijo a Milena con odio y algo de frustración—, habrías preferido el castigo a lo que te espera.

Luego regresó a su oficina y abrió el falso panel de aire acondicionado empotrado en la pared, extrajo la cámara de video y se aseguró de que la conversación con Vila-Rojas hubiera quedado convenientemente grabada, como solía hacer con toda sesión que tenía lugar en su oficina. Tomó el sobre con el dinero que Vila-Rojas había dejado sobre su escritorio y lo guardó en la caja fuerte.

31

Claudia y Tomás
Jueves 13 de noviembre, 8.35 a. m.

Bebía el agua de una manera obscena, casi animal. Meses antes Claudia había cambiado los vasos transparentes de la cocina por otros más gruesos, de vidrio soplado, para no ver la boca abierta y distendida de su marido, quien solía abrirla como si estuvieran a punto de extirparle las amígdalas. Pero incluso ahora que la opacidad del recipiente impedía ver la forma en que apuraba un jugo de naranja, ella encontraba indecente ese modo de introducirse el vaso como si tuviera los labios quemados.

¿Cuándo se deja de querer a una persona? ¿En qué momento los pequeños detalles que antes parecían curiosos e inspiraban ternura se convierten en manías irritantes? ¿Desde cuándo comenzó a parecerle imperdonable el ridículo ritual que seguía su marido antes de dormirse? ¿Cuánto hacía que los largos silencios que se instalaban entre ellos dejaron de ser burbujas de complicidad y se transformaron en pausas hostiles?

Ya no existía entre ellos ninguna de las cosas vivas que mantienen unidos a un hombre y una mujer; sabía que tarde o temprano tendría que afrontar el fracaso de su matrimonio, aunque estaba claro que no sería ahora: demasiados frentes abiertos después de la muerte de su padre y de las nuevas responsabilidades asumidas en el periódico. Por lo pronto solo quería que su esposo se fuera al trabajo. Tomás llegaría en cualquier momento para comunicarle el resultado de su incursión la noche anterior a la casa de Galván, y ella ni siquiera le había comentado a su marido que uno de los subdirectores de *El Mundo* había sido secuestrado.

Alejandro mencionó algunos planes para el fin de semana; ella prefirió ignorarlo con el pretexto de revisar el ejemplar de *El Mundo* que tenía sobre la mesa. Cualquier comentario de su parte retrasaría su partida. No obstante, él no parecía tener prisa. Recortaba minuciosamente las orillas de una rebanada de pan de molde, una manía que ella encontraba más propia de un adolescente que de un ejecutivo profesional o, para el caso, de un marido capaz de inspirar respeto y admiración. Finalmente sucedió lo que no deseaba. El mayordomo anunció la llegada de Tomás. Alejandro se incorporó para recibirlo pero Claudia atajó su movimiento.

—No te levantes, lo recibo en la terraza; hay algunos temas delicados que tenemos que conversar. Y no me esperes por la noche, seguramente llegaré muy tarde.

Tomás la saludó con afecto casi fraternal, absolutamente ajeno a las fantasías que Claudia había experimentado esa misma mañana mientras se bañaba. Tomaron asiento alrededor de una mesa de gruesas maderas en el balcón, desde el cual se extendían las copas de los árboles del bosque de Chapultepec.

El periodista le informó de la existencia de Víctor Salgado y a grandes rasgos la puso al día respecto del poderoso adversario que tenían enfrente y de su larga trayectoria.

—Una razón más para encontrar a Milena es averiguar qué pitos toca el tal Salgado en el asunto. Parece un pez demasiado gordo para interesarse personalmente en una prostituta extranjera, a no ser que él también estuviera enamorado de ella.

—No lo creo. Nunca la habría dejado irse con tu padre.

—Supongo que el secuestro de Emiliano fue cosa suya, pero me cuesta trabajo creer que esté dispuesto a jugársela en nuestra contra por este asunto, enfrentarse a todo lo que podemos poner en movimiento —dijo ella, y luego de una pausa agregó—: Aunque tampoco sé muy bien qué podemos poner en movimiento. Por cierto, ¿cuándo quedamos en comer con el presidente?

—El lunes. No sé si en los cuatro días que faltan lo de Emiliano ya estará resuelto en un sentido u otro.

Ambos callaron cuando consideraron las implicaciones de lo que acababa de decir Tomás. Por la mente de Claudia pasó la imagen de una mujer desconsolada, cubierta la cabeza con un manto negro, víctima de la represión pinochetista; fue la única imagen que su mente pudo producir de una viuda chilena.

—Me pregunto si mi padre llegó a saber que se enfrentaba a Salgado. Los correos que intercambió con Milena no lo mencionan, solo hablan de las amenazas que ella recibe aunque él se muestra confiado en su propio poder para neutralizarlas.

—Lo cierto es que incluso Salgado se detuvo ante don Rosendo, eso debe de significar algo. Si nosotros le mostramos a ese cabrón que el poder que tu padre tenía sigue incólume, seguro que podremos negociar en mejores condiciones.

Claudia asintió distraída; le gustaba la forma en que Tomás mezclaba palabras como *incólume* y *cabrón*. Le parecía una forma de hablar vital, clara y contundente sin dejar de ser precisa. Los jóvenes usaban de manera indiscriminada el *güey* y el *cabrón*, lo mismo para un insulto que para un elogio, y habían terminado por quitar fuerza a las palabras; sin embargo, Tomás las esgrimía con la puntería de un artillero. Años atrás le había atraído el vocabulario culto e impecable de su marido, esterilizado de cualquier palabra altisonante, pero pronto advirtió que se alimentaba de una gran cantidad de anglicismos, muletillas extraídas de libros de divulgación económica, frases de vendedor sofisticado. Ahora le resultaba insoportable cada vez que respondía con un categórico «es correcto» aunque solo le preguntara si se iba a llevar el Mercedes Benz; le irritaba escucharlo hablar de «costo de oportunidad» al debatir opciones de fin de semana entre Valle de Bravo o Acapulco.

—Jaime dice que puede conseguir a un intermediario eficaz para abordar a Salgado —continuó Tomás.

—¿Y confías en él? ¿En Jaime? ¿Nos pasará algún tipo de factura más tarde?

Tomás recordó que era la segunda ocasión en que Claudia se lo preguntaba.

—Ante lo que tenemos enfrente creo que habrá que recurrir a todos los recursos de los que podamos echar mano, luego vemos los costos, ¿no crees?

No obstante, el propio Tomás se quedó pensando en la pregunta. Recurrir a Jaime le provocaba la desazón que se experimenta al sostener una discusión acalorada con alguien que corta verduras con un cuchillo en la barra de la cocina: nada que temer, o todo.

—Y a propósito, Jaime ya debe de estar llegando al periódico; quedamos en vernos a las diez para decidir el curso que vamos a seguir. Amelia también se dará una vuelta aunque solo estará un rato, tiene una reunión de presupuesto más tarde. ¿Nos vamos? ¿Estás lista?

—Es correcto —dijo ella, y festejó su propia burla.

Claudia tomó conciencia del tono confiado con que Tomás hablaba de la agenda de Amelia, como si esa mañana hubieran compartido los planes para el día. No supo si la nube negra que cruzó por su mente obedecía a los celos o simplemente a un asomo de envidia por la pareja poderosa y brillante que hacían ambos, algo que estaba a años luz de la famélica relación que ella y su marido arrastraban desde hacía tiempo.

Y sin embargo, sentados en el asiento trasero del coche de Tomás camino al diario, seguidos por su propio automóvil y el de sus escoltas, Claudia volvió a sentir que constituían una entidad; la soltura con que usaban el «nosotros», el modo en que ella tocaba brevemente el muslo de él para enfatizar un comentario o la mano de él sobre el hueso de su cadera cuando lo saludaba por primera vez en el día. ¿Preludio de lo que estaba por suceder o meros gestos de camaradería?

—Señorita Claudia, ¡qué gusto de verla! Lamento lo de don Rosendo, que Dios lo tenga en su seno, no había tenido oportunidad de darle el pésame. Por favor, retransmítalo a su señora madre —dijo Silvano Fortunato tan pronto subieron al coche.

—Gracias, así lo haré; a mí también me da gusto verlo —contestó ella y adelantó el brazo para tocar el hombro del chofer de Tomás. Durante algunos años Fortunato estuvo asignado al domicilio particular de Franco y en su adolescencia la llevó a incontables clases de ballet.

—No sé por qué la parca siempre se lleva primero a los mejores; allí tiene, señito, a tanto alacrán, víbora y cucaracha que vive de la jodienda del prójimo y ni gripa les da a esos mendigos. En cambio, Pedro Infante, Manolete y Kennedy se nos fueron antes; no hay justicia. Por eso casi siempre soy ateo, Dios me perdone —dijo el chofer y se persignó rápidamente.

—¿Cómo que casi siempre, don Silvano? O se es ateo o se es creyente. ¿O qué, de lunes a sábado no cree en Dios y el domingo va a misa? —lo retó divertido Tomás, aliviado de poder distraerse hablando de algo que no fuera la crisis de las últimas horas.

—Seguramente a usted, que es muy leído y todo un caballero, le resulta fácil escoger entre melón y sandía, pero los de a pie no llegamos a la fruta; ni el melón ni la sandía aparecen por ningún lado. Más que nada, uno nomás agarra lo que viene y como viene; y si lo que viene tiene cara celestial, *pos* entonces a rezar para agradecer, y si tiene picos y cola, a mandar a Dios al infierno.

—A ver, ¿cómo que a los de a pie nunca les toca escoger? Eso es moralmente muy cómodo, ¿no le parece?

—Más que nada, los malaventurados están demasiado ocupados en conseguir la chuleta como para andar deshojando la margarita; mas sin en cambio, lo que sí estaría jodidamente mal es no conseguir la chuleta. Desniéguelo, patrón, desniéguelo.

—Creo que eso es más bien cínico. Digo, con todo respeto, don Silvano.

—Para completar el mes fui cadenero por las noches un tiempito; de esos que trabajan afuera de los antros. La orden que me dieron fue tajante: «No dejes entrar a nadie que se parezca a ti», así que solo les daba chance a güeritos y de nariz afilada con cara de comercial de la tele. No me pareció muy correcto ni muy digno para mi persona, pero eso permitió que mi hijo estudiara la prepa. O sea, ni melón ni sandía, puro camote, y ni hablar: a tragar camote. Yo sigo la filosofía del buen soldado: si hay comida enfrente, come; si hay una cama, duerme; y si pasas enfrente de un baño, aprovecha para mear, porque nunca sabes si vas a encontrar otro. Y disculpe mi franchute, señorita.

—Se está haciendo el duro, si usted es un buenazo, todos en el periódico lo quieren —dijo ella.

—Bueno, es que hay tiempo para rezar y tiempo para mandar a Dios al carajo, y yo he tenido de las dos. ¡Si le platicara!

—Y tiempo para trabajar —dijo Tomás, quien advirtió con alivio que la cercanía del diario impedía otra andanada de filosofía al volante.

32

Milena, Rina y Luis
Jueves 13 de noviembre, 10.30 a. m.

Oyó el trino de los pájaros antes de sentir los dardos del sol sobre sus pálidos párpados y se preguntó si eso era la muerte. Luego recordó que la noche anterior Rina y Luis habían frustrado su intención de tirarse a las vías del metro y la trasladaron en un coche a las afueras de la ciudad, a lo que parecía una cabaña en la montaña. Un intenso olor a tocino le confirmó que estaba viva; también que estaba hambrienta.

Rina y Luis preparaban el desayuno entre burlas mutuas por su torpeza en materia culinaria. Comieron huevos parcialmente fritos y pan tostado quemado que a Milena le pareció un manjar, aunque tuvo que dejar a un lado una tira de tocino incomible. Una vez más, la relación entre sus dos amigos era un bálsamo que se extendía hasta ella y le provocaba sensaciones de pertenencia que hacía mucho tiempo que no experimentaba.

Luis explicó que se encontraban en una casa de campo en las montañas entre Toluca y la Ciudad de México. Pertenecía a un amigo de su padre que rara vez la utilizaba. La noche anterior le había llamado para pedírsela junto con los datos del vigilante que vivía al lado, Hernán. Aquí podían quedarse todo el tiempo que desearan y aseguró que nadie daría con ellos. Milena sabía que eso no era cierto: tarde o temprano

Bonso la localizaría y ahora sí acabaría con ella. Una vez más, pensó que eso sería lo mejor; al menos en México no habría perros involucrados.

De nuevo, el optimismo de Luis intentó contradecir sus temores.

—Si queremos resolver el problema de fondo, tenemos que encontrar la forma de destruir a Bonso —afirmó—. Puede lograrse.

—Imposible, ese tiene muchas vidas. Además, nosotros tres no podríamos provocarle más que risa —objetó Milena, quien pese a las escasas posibilidades que podía atribuirle a Luis, no pudo evitar estremecerse ante las consecuencias.

—Es que no vamos a ser nosotros tres: lo tendrán que hacer otros que sean más poderosos y salvajes que el propio Bonso y para eso necesito meterme a la red. Tendré que bajar a la carretera a un lugar donde haya conexión, porque aquí estamos aislados.

—Y de paso te traes algo de despensa —dijo Rina—. Si vamos a sobrevivir, no será gracias a nuestra cocina. Espero que tú tengas más habilidades, nunca he comido un platillo croata —agregó dirigiéndose a Milena.

La europea trató de recordar alguno de los guisos de su madre; no tenía mucho aprecio por su propia destreza, pero se dijo que cualquier cosa sería mejor que la impericia flagrante de sus dos amigos. Describió algunos de los ingredientes que necesitaba y descubrió un inesperado asomo de entusiasmo al imaginarse cocinando una vieja receta; súbitamente sintió que la vida le buscaba rendijas para colarse.

Luis se instaló en un restaurante especializado en cabrito asado de La Marquesa, apostado sobre la carretera apenas a dos kilómetros de la cabaña. La velocidad de la conexión inalámbrica era precaria pero juzgó que eso bastaba para navegar a condición de no bajar archivos pesados. Activó el *software* que le permitía operar bajo el disfraz de distintas IP direccionadas a Estados Unidos y Canadá, e ingresó en la Darknet para familiarizarse con los sitios más duros de las redes de tratantes de mujeres. Le llevó varias horas bosquejar un mapa de los portales que podrían servir a sus propósitos.

Para la mayoría de las personas la web es un universo abierto y prístino; ignoran que bajo su superficie se oculta una dimensión paralela inmensa y oscura cuyos portales impiden rastrear al usuario. Allí reside el mercado de información de tráfico de drogas, personas, armas o pornografía dura; sitios donde se puede contratar un sicario o un *hacker* para una operación ilegal. Fue en este universo donde Luis se sumergió durante las siguientes horas.

Tras la partida del joven, las dos chicas dedicaron buena parte de la mañana a desperezarse en la terraza. Don Hernán y su esposa tenían impecable el sitio y la casa no requería mayor limpieza o mantenimiento; el ambiente era frío aunque soleado. Ambas se burlaron de la palidez de sus piernas: más torneadas y largas las de Milena, las de Rina provistas de músculos de corredora.

La charla de la mexicana tenía la cualidad de hacerla sentir bien. Pasaba de comentarios acerca de su determinación de dejar de fumar cuando cumpliera treinta años, a su interés por vivir en una cabaña en la playa sin más posesión que tres trajes de baño. Explicó por qué le parecía que los pequeños defectos del cuerpo de Luis lo hacían insoportablemente atractivo y argumentó la necesidad de despenalizar el consumo de marihuana. Parecía una charla frívola pero no lo era. Milena notaba que los temas abordados por Rina habían sido objeto previo de largas reflexiones: analizaba con honestidad los pros y contras de cada una de sus premisas con un lenguaje educado y a veces exquisito. O quizá era que hablaba como solo había visto que lo hacían en los libros; el español que había escuchado hasta ahora era el de los proxenetas, clientes y prostitutas: colorido, chato y básico.

Milena aprovechó las circunstancias para indagar algo más sobre Luis y Rina. Se sorprendió cuando la mexicana le informó que acababan de conocerse.

—¿Cómo? Parece que lleváis mucho tiempo juntos. ¿Pensáis casaros?

—¿Casarnos? Nadie se casa a los veintitrés —rio ella—. Él vive en Barcelona, está en México nomás de paso.

Milena se arrepintió de su pregunta; se sintió provinciana, rústica. Se dijo que sabía mucho de sexo o de novelas, pero muy poco de todo lo demás. Por su parte, Rina se arrepintió de la frivolidad con la que había hablado del joven.

—Luis me encanta y nos llevamos muy bien, pero ni siquiera sé si somos novios o algo así. ¿Y para qué le pongo nombre a la relación si tiene boleto de avión para irse la próxima semana? Lo último que me interesa en este momento es engancharme con algo, apenas me estoy recuperando —dijo al final, más para sí misma que para su acompañante.

Milena agradeció la confidencia y no tanto por la información recibida como por la intimidad compartida. Le hacía recordar los diálogos adolescentes con sus amigas de la infancia cuando las conversaciones se hacían a cielo abierto y la vida parecía una pradera multicolor. Estaba acostumbrada a las confidencias entre mujeres en las casas de encierro por las que había pasado; constituían la ocupación principal durante las horas de asueto en la atmósfera ominosa de un encierro forzado. Pero siempre le pareció que había algo falso en esos diálogos: quimeras y planes imposibles, revelaciones cínicas y despiadadas de mujeres que fingen ignorar, aunque lo sepan, que la vida ya las ha derrotado.

Las revelaciones de Rina, en cambio, hablaban de un mundo real en el que las personas tomaban trenes o aviones, se inscribían en un curso y luego lo abandonaban, acudían a un restaurante y se demoraban para decidirse entre dos platos o se atormentaban por la incertidumbre de un amor no correspondido. Le habría gustado corresponder a la confianza de su amiga con alguna intimidad sabrosa nunca antes revelada pero todos los secretos que le vinieron a la mente le parecieron oscuros, ruines o despiadados.

Le gustaba estar con Rina por la manera desenfadada que tenía para tomarse la vida en serio. No obstante, lo mejor de su nueva amiga no eran las palabras sino el brillo de su mirada y la viva gesticulación de sus brazos-aspas y sus manos-guantes. Le resultaba imposible mantenerse impávida frente a la marea de entusiasmo que despedía el cuerpo de la mexicana. Por unos instantes se atrevió a pensar que podía redimir su pasado, inventarse un futuro. Luego recordó a Vila-Rojas y el cosquilleo de su bajo vientre le indicó lo contrario. Decidió darse un baño cuando el borde de la «B» tatuada en su trasero comenzó a latir insistentemente.

Ellos V

A mí las putas me dan envidia, la verdad; recibir dinero por follar es todo un chollo, ¿no? Lo que pasa es que todos son una banda de hipócritas y resentidos. La gente está obsesionada por conseguir dinero y sexo, basta ver los anuncios para darse cuenta de que son los dos motores que usa la publicidad. ¿Dónde está lo malo de juntar las dos cosas? Lo mejor de ambos mundos, ¿no?

Si de joven yo hubiera tenido el físico de Richard Gere o de Robert Redford —antes de las arrugas—, no habría dudado en dedicarme a vender sexo. Claro que hay que hacer algunos sacrificios; las clientas no serían precisamente Julia Roberts, supongo. Sin embargo, una hora de sudar con una tía gordita y conseguir lo que un obrero en un mes no estaría nada mal. Además, orgasmo es orgasmo; o como dice mi ahijado, «para un buen soldado, cualquier hoyo es trinchera».

Pero no tengo el físico de Brad Pitt y mi dentadura podría estar en mejor estado, así es que nunca podré cobrar por el derecho a usar mi cuerpo. Más bien tengo que pagar y parece que cada vez más: esto de la halitosis como que ha empeorado últimamente.

Ahora solo Rosario acepta mi dinero. Dice que gracias a la moquera de la sinusitis puede atenderme sin que le afecte mi problema. Aunque me estoy desviando.

Lo que quería decir es que yo estaría saltando de alegría si pudiera vivir del sexo como lo hacen ellas. Son unas ingratas, no aprecian el privilegio que les dio la vida.

Ahora mismo se lo digo a Rosario y mientras me visto, hace como que no oye. Solo me ve, se rasca el pubis, se suena la nariz, recoge el dinero y sale de la habitación. Privilegiada y encima desagradecida.

B. N. Obispo de Estepona,
España

33

Vidal y Luis
Jueves 13 de noviembre, 11 a. m.

La pantalla mostraba un glóbulo rojo desplazándose amenazadoramente en dirección a un punto azul. Primero sorprendido y luego alarmado, Vidal advirtió que la mota iluminada que representaba a Luis en el croquis que desplegaba la pantalla de su teléfono acudía a toda prisa a la ubicación exacta donde él se encontraba. No pudo evitar que a su mente acudieran imágenes cinematográficas de virus mortales precipitándose contra una célula sana para luego devorarla; contempló hipnotizado la aproximación de su amigo y se preguntó cómo diablos sabría que él acechaba al trío desde la noche anterior.

Los había seguido a distancia prudente, siempre acompañado de coche y chofer de Lemlock, hasta las afueras de la Ciudad de México. Cuando se convenció de que sus amigos se habían detenido en algún lugar cercano a la carretera para pasar el resto de la noche, él y su acompañante reservaron dos cuartos en uno de los hoteles para camioneros en las inmediaciones de La Marquesa. Pasó una mala noche de sueño interrumpido por el deseo intermitente de verificar la ubicación de Luis en el GPS de su teléfono, pero nada sucedió en las siguientes diez horas hasta ahora, cuando repentinamente el punto rojo se puso en movimiento en línea recta hacia donde él se encontraba. El chofer, instalado en la habitación vecina, aún no daba luces de haber despertado. Tendría que encarar por sí solo lo que se le venía encima.

Vidal se preparó para explicar a su amigo la razón de que se hallara en la cafetería macilenta de un hotel de carretera a menos de dos kilómetros de donde ellos habían pernoctado; repasó pretextos circunstanciales y azarosos, pero le parecieron inverosímiles. Concluyó con pesar que tendría que decirle la verdad y buscó el mejor ángulo para enfocarla. «Es para cuidarlos de ustedes mismos», se oyó decir en la conversación que sostendrían; no obstante, tampoco eso le sonó convincente. La fuerza que emanaba de Luis y la inseguridad que solía sentir Vidal en su presencia hacían absurdo tal planteamiento. Esa argumentación solo tenía sentido si hacía referencia a los enormes recursos de Lemlock y la manera en que podían emplearse a favor de Milena, pero sabía que para Luis cualquier mención de Jaime constituía un sacrilegio.

Para alivio de Vidal, el punto rojo se detuvo a unos milímetros del pequeño punto azul que representaba su propia ubicación. Juzgó que su amigo se encontraría a menos de cien metros y en efecto, cuando se asomó al exterior creyó reconocer el vehículo de Rina al doblar la esquina en busca de la protección del estacionamiento trasero de uno de los restaurantes alineados sobre la carretera. Unos segundos más tarde lo vio entrar al local con mejor aspecto de la zona. Ninguna de las dos chicas lo acompañaba.

La tensión que experimentó por lo que había creído una inminente confrontación dio paso a otro tipo de preocupaciones. Por ahora se había librado, pero entendió que muy pronto tendría que enfrentarse a él; en cualquier momento Luis podía notar su cercanía en el GPS de la misma forma que él lo había hecho.

Y por lo demás, no tenía ni idea de hasta dónde podría continuar la persecución. La noche anterior llamó a Olga, su madre, y justificó su ausencia aduciendo que pasaría la noche en casa de unos amigos; lo hacía con frecuencia cuando una fiesta prometía terminar en la madrugada. Y sin embargo, su madre parecía contar con un polígrafo interno para detectar las inflexiones de voz que lo delataban. Vidal y su padre solían decir que un interrogador de la Gestapo habría sido menos suspicaz que su madre cuando detectaba una fisura en las explicaciones de algún miembro de la familia. El día anterior no había sido la excepción; Olga se despidió de su hijo haciéndole prometer que la llamaría en cuanto regresara a casa.

Vidal se preguntó si su tío no estaría exagerando al depositar tanta confianza en él. Unas horas antes pensaba que estaba haciendo lo correcto para subsanar las imprudencias de Luis y Rina: todo indicaba que ella había perdido la cabeza momentáneamente y Vidal confiaba en que recuperaría el sentido común tan pronto percibiera el sacrificio que él hacía al dejar de lado sus propios sentimientos para ayudarlos.

Amanecer en ese lugar extraño y en condiciones tan singulares le provocó sentirse protagonista de una película de misterio. No obstante, la sorpresiva aproximación de Luis desmoronó su endeble certidumbre. Ahora le quemaba el impulso de acudir a su amigo y confesarle la verdad, advertirle de las intenciones de Jaime, volver a construir la complicidad que hasta entonces había caracterizado su relación. Bastaría caminar unos cuantos pasos, afrontar la cara sorprendida de Luis y asegurarse de obtener su perdón. Se imaginó a los cuatro huyendo en alocado recorrido por moteles y carreteras rurales, haciendo del coche de Rina su segunda casa. Pensó incluso que si ella y Luis persistían en mantenerse como pareja, inevitablemente él y Milena terminarían juntos de alguna manera, aunque fuera porque no podían permitirse reservar tantas habitaciones en cada hotel que visitaran en su huida; quizá entonces la propia Rina recapacitaría al darse cuenta de que estaba perdiendo a su amor en los brazos de la hermosa croata. Vidal se convenció de que sincerarse con Luis era el camino adecuado.

La breve sonrisa que se había instalado en su rostro quedó congelada al percibir la vibración del teléfono. Era Jaime. Vidal le explicó dónde se encontraba, la ubicación de Luis, la certeza de que Milena estaba en las proximidades y solicitó instrucciones. Cuando colgó, un sabor acre le impidió paladear los elogios recibidos por su exitosa persecución.

Por su parte, a cien metros de distancia, Luis siguió trabajando durante horas hasta encontrar algunos sitios relacionados con Bonso. Detectó media docena atribuibles a la organización del rumano, aunque solo estuvo seguro de dos de ellos. Navegó en sitios similares buscando algún rival de peso con el que pudiera contrastarlo, pero decidió que la conexión inalámbrica a la que tenía acceso en el restaurante era de muy baja intensidad. Para entonces había entablado conversación con el avispado joven que le llevó un sándwich y tres tazas de café. Luis ofreció comprarle su celular por trescientos dólares; era un aparato que valía la mitad pero solo lo consiguió cuando ofreció quinientos, y eso a condición de cumplir la exigencia del mesero de borrar antes todos sus archivos y contactos. A pesar de que el teléfono carecía de GPS, era al menos una línea segura para comunicarse con el resto del mundo. A partir de ese instante apagó su propio aparato.

Luego fue a un pequeño aunque surtido supermercado ubicado a un costado, compró minutos adicionales para el teléfono, adquirió los comestibles solicitados por Rina y Milena y volvió a subir al coche. En lugar de regresar de inmediato a la cabaña, decidió deshacerse del vehículo de Rina: condujo en dirección a Toluca durante veinte minutos hasta llegar al estacionamiento de un enorme *outlet* a las afueras de la ciudad, estacionó y se dirigió a pie a una parada de taxis. Juzgó que el vehículo de su novia no correría peligro durante dos o tres días estacionado en el extenso centro comercial. El coche de alquiler lo llevó de regreso a La Marquesa, al filo de la carretera; a partir de allí prefirió caminar los dos kilómetros que lo separaban de la cabaña para no delatar su ubicación. Estaba satisfecho por los logros del día; algo había avanzado en sus pesquisas con relación a Bonso y había borrado todo rastro que permitiera a sus perseguidores conocer su paradero. Se equivocaba.

34

Jaime, Claudia, Tomás y Amelia
Jueves 13 de noviembre, 11 a. m.

Después de hablar con Vidal y conocer la probable ubicación de Milena y los otros dos chicos en la zona de La Marquesa, Jaime no esperaba nada de la junta que sostenía con sus amigos en *El Mundo*; no en materia de información, en todo caso. Pero tampoco quería desaprovechar la creciente influencia que había adquirido sobre Claudia y Tomás. La reunión debía afianzar su posición como asesor y hombre clave en los temas de seguridad del diario.

Una parte de su mente se hallaba inmersa en la preparación del operativo para arrancar a Milena de las manos de Luis y ponerla a buen recaudo. Por lo pronto era lo único que podría hacer, porque Bonso seguía ilocalizable: el número de teléfono que había marcado Galván para hablar con el rumano había sido desactivado, todo indicaba que el sujeto era más astuto de lo que suponían. Nunca lo encontrarían por esa vía, aunque Jaime confiaba en que Patricia ubicara pronto todas las casas de prostitución de la banda. Tarde o temprano el capo tendría que llamar o asomarse por alguna de ellas.

Con todo, estaba impaciente. Víctor Salgado tenía también amplios recursos a su disposición. Tras la matanza en el exterior de la casa de Rina, sus rivales ya habrían detectado la cercanía entre la mexicana y la croata y estarían buscando su coche por todas partes: con toda probabilidad el sistema habría captado el paso del vehículo por las casetas de la autopista a Toluca y solo era cuestión de tiempo que Salgado y los suyos recibieran la información. Bastaba con que alguno de los jefes de policía a su servicio solicitara una búsqueda del coche para que se generara en automático el parte correspondiente.

Amelia pareció intuir sus pensamientos:

—No encuentro a Rina por ningún lado. Ayer había quedado en trabajar en mi oficina, pero no aparece; hoy envié a mi chofer a su casa desde temprano, y allí no hay nadie. Pudo haberse asustado por el tiroteo y refugiarse con algún pariente. Tampoco responde en el número de teléfono que le dejó a mi secretaria. Es probable que ande con Milena, ¿no creen? ¿Alguien sabe de Vidal? Quizá él pueda decirnos algo.

Tomás quedó sorprendido una vez más por la mente práctica y ejecutiva de Amelia. Él había buscado a Vidal para aconsejarle que ofreciera consuelo a Rina después de lo sucedido en su casa; no obstante, no respondió al teléfono. Su madre le comentó que pasaría la noche fuera con algunos amigos. Tomás asumió que estaría con Rina y Luis y olvidó el asunto. Nunca se le ocurrió la posibilidad, absolutamente lógica ahora que lo comentaba Amelia, de que los cuatro estuvieran juntos; él supuso que Milena había huido espantada para esconderse en solitario en algún sitio, pero podría no ser así.

—Concentrémonos mejor en la negociación con Víctor Salgado. Es incluso más importante que encontrar a Milena. Recordemos que al recuperar a la croata comienza de nuevo la cuenta regresiva para Emiliano. Lo más urgente es neutralizar esa amenaza —dijo Jaime.

—¿Y qué propones? —preguntó Claudia.

—Ya tengo a un intermediario idóneo, tratará de obtener una cita para esta misma noche. Cuando mi contacto se enteró de que la reunión sería con la dueña de *El Mundo*, dio por sentado que a Salgado le interesaría. Eres *the new kid in town* —dijo dirigiéndose a ella.

—Perfecto. Avísanos de la hora y el lugar. Tomás y yo estaremos allí —respondió la pelirroja con toda la contundencia de la que fue capaz, aunque cruzó una mirada con Tomás en busca de apoyo.

—¿Necesitaremos algún tipo de protección para la cita? —inquirió este.

—En absoluto, Salgado no se esconde ni tiene orden de detención alguna. Lo más probable es que nos veamos en el reservado de algún restaurante. Lo peor que puede pasar es que se declare ignorante del asunto o rechace cualquier tipo de negociación.

—Eso significa que debemos trabajar en otras opciones, por si acaso —intervino Amelia—. Por un lado, un operativo para rescatar a Emiliano, si fuera necesario. Insisto en la conveniencia de acudir a un mando policial de confianza en caso de que las negociaciones fracasen. Por otra parte, encontrar una salida definitiva para proteger a Milena. Cuando dirigí la red nacional de protección para mujeres golpeadas logramos sacar del país a varias víctimas cuyos agresores eran hombres de poder. Salieron con pasaportes bajo nombres falsos, con el apoyo de autoridades suecas y australianas; nunca pudieron ser rastreadas.

A su pesar, Claudia quedó impresionada con el tono y los modos asertivos de Amelia. Había algo que le impedía congeniar con la líder del PRD y sabía que no era la política; en sus reuniones evitaba mirarla directamente a los ojos y cuando hablaba prefería concentrarse en el dorso de una de las manos de la pareja de Tomás, que a sus cuarenta y tres años exhibía una prematura peca de envejecimiento.

—No adelantemos vísperas, resultarán elucubraciones gratuitas si todo se resuelve en la charla con Salgado. Juntémonos al final de la noche y entonces evaluamos —dijo Jaime, tras lo cual se incorporó y tomó el abrigo para despedirse.

Un minuto más tarde la reunión se disolvió. Jaime salió disparado a su oficina teléfono en mano, y Amelia y Tomás se retiraron al despacho de este último.

—Llámame ingrata, pero negociar con Salgado en los términos que propone Jaime me deja muy intranquila.

Tomás recordó la cámara de video que dominaba su oficina y estuvo a punto de responder a su pareja con la letra de una canción cuando recordó que ese era un chiste privado entre Claudia y él. En su lugar alzó una ceja y dirigió la mirada hacia la cámara.

—Ya quita eso —dijo Amelia exasperada—. ¿Tienes compromiso para comer?

—Hice cita con la esposa de Emiliano. Me llamó muy temprano cuando despertó y se percató de que su marido nunca llegó a casa; por lo general, él se mete en cama a las dos de la madrugada, cuando ella ya está dormida, así que no notó su ausencia hasta hoy por la mañana. No sé qué carajos voy a decirle.

—La verdad. Más allá de todas nuestras especulaciones para liberarlo, no puedes jugar con el derecho que tiene su familia a enterarse de la situación en que se encuentra.

Tomás asintió con gesto abrumado. Enternecida, Amelia tomó su cara con ambas manos y le dio un largo beso de despedida. Tomás lo agradeció aunque no pudo dejar de preguntarse si Claudia tendría un monitor con las imágenes de su oficina.

35

Milena
Enero de 2012

Durante las semanas posteriores a su fracasado intento de fuga, la mente y el alma de Milena decidieron habitar en las novelas clásicas rusas: Ana Karenina y Raskólnikov se convirtieron en personajes muchos más vivos que Bonso o los hombres sin rostro que por las noches se afanaban sobre su cuerpo. Comía sin paladear y escuchaba sin oír, obedecía los mandatos de sus captores y cumplía mecánica y eficazmente con las rutinas de la casa, pero en su ánimo se había instalado la absoluta certeza de que solo la muerte la liberaría de la esclavitud de que era víctima. No obstante, una vez más, Vila-Rojas le cambió la vida.

—Me costaste una fortuna; ahora eres mía, preciosa —le dijo el andaluz tan pronto se encontraron a solas, semanas después de la escena de los perros.

—Yo no soy de nadie.

—Admiro tu temple, aunque tú y yo sabemos que no es así. Sin embargo, puedo darte tu libertad.

Milena observó con atención el rostro de Vila-Rojas, tratando de advertir algún rastro de burla en su tono o en sus gestos. Pero la mirada de él era neutra, categórica, como quien da una cosa por obvia. Se encontraban en la salita de una amplia *suite* del hotel Bellamar, una de las propiedades del empresario; bebían whisky en las rocas, seguían con la ropa puesta y, como siempre, él no parecía interesado en su cuerpo sino en su charla.

—¿Y qué tendría que hacer yo para ganarla? —preguntó ella con desconfianza.

—Trabajar para mí durante un par de años. Si lo haces a mi entera satisfacción, te doy una buena suma y rehaces tu vida donde tú quieras.

—¿Por eso interviniste cuando Bonso iba a castigarme?

—Así es.

—¿Por qué yo?

—Tienes la rara cualidad de captar cosas que otros no ven; me lo demostraste la noche de la fiesta en el yate, cuando te conocí. Y tu profesión te coloca en una posición privilegiada en los lugares donde se dicen cosas, algo que podría serme muy útil.

—¿Quieres que sea tu informante?

—Mucho más que eso. No solo me interesan tus ojos y tus oídos: es tu acceso a los cuerpos lo que justifica la fortuna que pagué por ti.

—No entiendo.

—No es necesario que entiendas nada por lo pronto, pero debes saber que a partir de ahora tu suerte está ligada a la mía. —Por primera vez desde que iniciara la conversación, Vila-Rojas imprimió calidez a sus palabras.

Milena consideró por unos momentos las implicaciones de lo que escuchaba y asumió que podría tratarse de una buena noticia. Hasta ese instante, su suerte había estado ligada a la de los proxenetas que la explotaban y el balance era terrible.

—Por desgracia, nuestra fortuna está en riesgo por la existencia de dos o tres individuos —añadió Vila-Rojas enigmático.

—¿En riesgo? ¿Qué quieres decir?

—Que mientras esos individuos sigan vivos, corro un altísimo riesgo y por extensión tú también, a no ser que me ayudes a resolver esa situación. —De nuevo su tono era meloso.

—¿Y yo qué tengo que ver con eso? Además, no veo cómo podría ayudarte.

—A ti te sería muy fácil eliminar los obstáculos, hacerlos desaparecer del mapa —dijo él como si hablaran de algún trámite trivial, ligeramente incómodo.

—¿Quieres que me convierta en un sicario? —dijo ella incrédula.

Vila-Rojas no respondió. Rellenó su vaso, esta vez con agua, y se instaló de nuevo en el sofá del que se había levantado.

—¿Y qué te hace pensar que yo voy a hacer algo así? —insistió Milena.

—Porque no tienes otra opción en la vida, todas tus alternativas se han esfumado. Mírate: hoy no quedaría ni rastro de ti en el aparato digestivo de los perros de Bonso de no haber sido por mi intervención. Y, ojo, ese es un desenlace que solo está postergado. A mí me parecería un desperdicio considerando tus facultades, pero qué se le va a hacer; entiendo que ese negocio tiene sus propias reglas.

—No creo tener lo que se necesita para hacer lo que propones —insistió ella angustiada.

No entendía cómo la conversación había llegado a un punto en que se hablaba de asesinar a alguien, pero sobre todo la sumía en la tristeza percatarse de que él hablaba de ella como si no le importara. Prefirió creer que no era más que una forma de negociar. Se resistía a creer que Agustín careciera de sentimientos hacia ella, aun cuando su facha de hombre rudo le impidiera reconocerlos.

—Lo tienes, créeme. No eres la única que sabe tasar a la gente.

—¿Y los riesgos? Yo sería la primera implicada si matara a alguno de tus enemigos; eso pondría la mirada en ti, ¿no?

—Eso déjamelo a mí. No te descubrirán, y además nadie, salvo Bonso, está enterado de que trabajas bajo mis órdenes. Y ese también me debe la vida, ¿sabes?

Milena se sobresaltó con la imagen que surgió en su mente: un cliente al que aborrecía, desangrándose en la cama con la garganta abierta. Su turbación tuvo menos que ver con la violencia de la escena que con la sensación de bienestar que le produjo. No le era un cuadro del todo detestable. Se dijo que, después de todo, ella podía reservarse el derecho a ejecutar solo a basuras humanas: recordó a una docena de hombres particularmente crueles que dejarían un mundo mejor tras una muerte prematura. Quizá no sería un mal trabajo, y con suerte Vila-Rojas cumplía su parte y la dejaba libre a los dos años.

—¿Qué tengo que hacer? —preguntó diciéndose a sí misma que claudicaba más por fatiga que por convencimiento.

Tampoco se atrevió a confesarse que la posibilidad de hacerse útil a Vila-Rojas, ser cómplices en algo tan delicado, quizá permitiría que la peculiar relación de confidentes que hasta ahora les había caracterizado evolucionara a algo más entrañable e íntimo, más acorde a los sentimientos que el hombre despertaba en ella. Como si él intuyera sus pensamientos, se acercó a Milena, le acarició el pómulo con el dorso de la mano y la besó suavemente en la mejilla opuesta.

—No tendrás que hacer nada. Basta con que te mantengas en buena condición física. Y despreocúpate, tampoco habrá que golpear a nadie; nuestros métodos serán sutiles. Me interesan más tus facultades para evaluar personas y situaciones que tus habilidades atléticas. Ahora me perteneces, pero seguirás trabajando en el local de Bonso. He dado instrucciones para que tu clientela se restrinja a hombres de negocios acaudalados y a funcionarios públicos. Me aseguraré de que estés en fiestas y reuniones claves de la élite de Marbella.

—¿Eso es todo? ¿Seguiré haciendo lo mismo que antes? ¿Y quién me va a explicar qué hacer cuando llegue el momento?

—Una vez a la semana tendrás cita con mister Schrader, un alemán retirado e inofensivo a quien nadie relaciona conmigo; tomaréis un trago en el bar y subiréis a una habitación que comunica con esta. Él ignora todo lo concerniente a nuestro arreglo; esperará del otro lado mientras tú y yo charlamos. En esas sesiones me dirás a quién has visto, de qué cosas te has enterado y, si es el caso, te daré instrucciones para que actúes. Mientras tanto, lee con atención esos dos libros.

Milena siguió la trayectoria que indicaba el brazo de Vila-Rojas hasta la mesita de noche al lado de la cama, se sentó en el lecho y revisó dos volúmenes de pastas duras: un tratado de toxicología y un manual de enfermedades contagiosas. Ambos estaban ajados y en sus páginas abundaban subrayados, signos y flechas.

Sopesó los libros y pensó que sus días de lectura no habían terminado con *Guerra y paz*. También cayó en la cuenta de que era la primera vez que tenía un propósito en la vida. El pequeño desquite en contra de sus clientes que había encontrado en la escritura de sus *Historias del cromosoma XY* estaba a punto de expandirse a una escala exponencial.

36

Milena, Rina y Luis
Jueves 13 de noviembre, 2.15 p. m.

Desde el sofá en el que se había instalado, en el centro de la cabaña, Rina examinaba el cuerpo de Milena mientras la croata miraba por la ventana. Se preguntó si tendría nostalgia de su tierra a la vista de los tupidos bosques.

—¿Se parece al paisaje de Yastabarco?

—¿Yastabarco? —rio Milena—. Mi pueblo se llama Jastrebarsko.

—Eso, justo. ¿Se parece?

Milena regresó la vista a la ventana y tras una larga pausa negó con la cabeza.

—No. Ni siquiera sé si quedan bosques a su alrededor. Las colinas estaban taladas ya cuando yo era niña. Dicen que por la guerra, para evitar ataques embozados, pero mi abuelo decía que los de la madera Fabrizio se habían hecho millonarios con ese pretexto.

—¿Y es bonito Yastebarco? ¿Lo extrañas?

—No extraño nada. Si te pones a recordar, ya nunca regresas y un día amaneces colgada de una sábana. —Lo dijo sin asomo de dramatismo, como un oficinista que habla de sus rutinas de lunes a viernes, pero a Rina le provocó un estremecimiento—. Yo solo agradezco que ya no tengo encima los cuerpos de hombres sudorosos. —Dicho esto, Milena giró de nuevo y se ensimismó en la vista de la tupida pared verde del follaje.

Rina siguió contemplándola y por primera vez cobró conciencia de lo que significaría tener sexo con sujetos de toda especie; se imaginó gordos nauseabundos, hombres con pelos duros en las fosas nasales resoplando sobre sus labios, sudores putrefactos. Solo de pensar que el pene de alguno de ellos se internara en su cuerpo le provocaba un asco intolerable. Conmovida, se puso en pie y se acercó a Milena, al otro extremo de la habitación. Se detuvo junto a ella y le acarició el pelo con la punta de los dedos. Tomó un mechón con suavidad y lo frotó, como si evaluara la consistencia de una tela fina; los ennegrecidos cabellos estaban maltratados por los tintes baratos. Rina se preguntó cuál sería el verdadero tono rubio de aquella cabellera y contuvo el repentino impulso de echarse a llorar.

—Voy a salir a correr un rato, ¿no te importa? Si llega Luis, no comiencen a cocinar, ¿eh? Quiero aprender tu receta croata —dijo con fingida naturalidad.

En realidad, no pensaba correr gran cosa. Aunque vestía jeans y unos zapatos cómodos, no era lo más apropiado para trepar senderos en la montaña; sin embargo, tenía urgencia de respirar aire libre y de alejarse de Milena al menos por un rato. Las desgracias de su nueva amiga le abrían las cicatrices mal obturadas de su propia tragedia. Le había llevado meses neutralizar la punzada que le cortaba la respiración cada vez que pensaba en el asesinato de su familia, y hoy sentía regresar la sensación de pánico. Ella, al igual que Milena, había sido víctima del azar de forma gratuita e incomprensible; flores aplastadas al paso de los Panzer de los violentos tiempos que vivían.

Caminó a paso veloz por la ruta polvorienta por la que habían llegado la noche anterior. El sombrero de paja que había encontrado en la cabaña y sus anchos lentes oscuros apenas podían contener el brillante sol de mediodía que caía a plomo sobre el camino. Poco antes de llegar a una curva oyó el motor de un vehículo. Una sonrisa cruzó su rostro ante la inminente llegada de Luis; se detuvo para esperar la aparición del frente de su coche verde limón. En su lugar surgió una camioneta gris, seguida de otra blanca; ambas frenaron a su lado.

—¿Milena? —dijo un hombre de traje negro desde el asiento del copiloto.

Ella asintió levemente con la cabeza, paralizada por la confusión.

—Acompáñanos, venimos de parte de Claudia —agregó el sujeto mientras otro descendía del asiento trasero y abría la puerta solícito, como si fuera el ujier de un hotel de lujo. Ella se mantuvo inmóvil. No parecían pistoleros de baja monta; por el contrario, los trajes impecables, las maneras educadas y expeditas y los auriculares en los oídos evocaban un tipo de profesionalismo imposible de atribuir a una banda de proxenetas. Pero esa observación apenas le hizo mella: Rina estaba privada de toda otra sensación que no fuera el pánico. La imagen de su familia desangrada en el salón de su casa regresó con absoluta nitidez del arcón en que la había sepultado durante más de un año.

Sin pronunciar palabra, mareada por el calor y la insistencia del hombre que presionaba su brazo, se acomodó en el asiento fresco que se le ofrecía. Quiso decir algo, pero las palabras se le anudaron en la garganta. Los vehículos maniobraron para dar la vuelta y emprendieron la retirada.

Antes de embocar la carretera observaron a un joven que caminaba cuesta arriba, cargando media docena de bolsas de plástico y lo que parecía una mochila al hombro. El sujeto que ocupaba el asiento del copiloto hizo una seña a su compañero y este tomó por la nuca a Rina, obligándola a apoyar la frente sobre las rodillas. Al confirmar que el joven del camino era Luis, el hombre se comunicó con Patricia, coordinadora del operativo, y pidió instrucciones. Las camionetas no interrumpieron la marcha aunque aminoraron la velocidad. Volvieron a acelerar cuando se les dijo que solo interesaba la extranjera y no la pareja de chicos. Al llegar a la carretera, emprendieron a toda velocidad el regreso a México. En el trayecto uno de los hombres intentó en varias ocasiones hacer conversación con la joven, pero no pudo arrancar una sola palabra de su boca. Rina había comenzado a tomar conciencia de la confusión en que habían incurrido su captores; supuso que los lentes y el sombrero habían contribuido a ello y optó por dejárselos puestos; decidió dejar correr el equívoco otro rato. Quizá eso permitiría que Luis y Milena se pusieran a salvo mientras tanto.

Por su parte, Luis había mirado con desazón el paso de las camionetas; el polvo del camino y los vidrios polarizados de las ventanas traseras le impidieron captar detalles de los ocupantes, aunque alcanzó a percibir un auricular en la oreja del conductor. Temiendo lo peor, aceleró el paso en dirección a la cabaña. A partir de ese punto solo existían cuatro propiedades camino arriba, lo cual dejaba pocas posibilidades de que la presencia de los vehículos tuviera otra explicación que aquella que comenzaba a angustiarlo. Anduvo deprisa los siguientes cien metros y, al divisar el refugio, dejó las bolsas en el camino y corrió renqueando el resto de la distancia.

Entró a la cabaña llamando a gritos a Rina. Con egoísmo de enamorado, esperaba al menos que los captores de Milena se hubieran desentendido de la mexicana. Para su sorpresa, la croata lo recibió con una cerveza en la mano, única bebida que había encontrado en el refrigerador.

—¿Dónde está Rina? —dijo él impaciente y confundido.

—Salió a correr un rato. ¿No os habéis encontrado? Cogió el camino por el que llegamos.

—Madre mía —dijo él derrumbándose en uno de los sillones de la sala.

—¿Qué pasa?

—¿Vinieron hasta acá una camioneta blanca y otra negra?

—No ha venido nadie desde que te fuiste, solo la señora

del que cuida preguntó hace rato que si queríamos tortillas. ¿Qué pasa? —insistió Milena.

Luis la puso al tanto de lo que había visto en el camino y le compartió sus temores. Milena se lamentó:

—Es mi culpa. Debisteis dejarme anoche: hoy ya estaría resuelto y todos tranquilos. Ahora la vida de Rina está en peligro; Bonso será muy cruel cuando se dé cuenta del error.

—Ninguna lágrima asomó al rostro de Milena, pero la voz grave y el tono sombrío y desesperanzado provocaron escalofríos en Luis.

—No creo que la haya capturado Bonso, aunque tampoco me dan confianza los que se la llevaron. Regresarán pronto, en cuanto se den cuenta de la confusión. Tenemos que salir de aquí: toma una mochila, yo iré por las bolsas de la comida y algunas botellas de agua —dijo él mientras se hacía con unos binoculares que reposaban sobre la chimenea.

—Entonces quedémonos aquí: cuando vengan se hace el intercambio y Rina estará a salvo.

—Esa no es una opción —respondió él tras pensárselo algunos instantes—. No sabemos quiénes son; en el peor de los casos te llevan a ti, y a nosotros nos eliminan para no dejar testigos. Vamos, muévete rápido y llévate un abrigo o una manta, lo que encuentres. Te explico sobre la marcha.

Antes de partir garabateó un número de teléfono y un par de líneas en un papel y lo dejó en la mesa para que los captores de Rina lo encontraran. Minutos más tarde se internaban en el bosque, siguiendo un sendero apenas sugerido. Luis conminó a Milena a pisar los pedruscos del camino y evitar el polvo que pudiera dejar huellas reveladoras de su paso. A cuatrocientos metros dio con un desnivel pronunciado sembrado de rocas y supuso que podrían dejar el sendero sin revelar el punto de salida. Aterrizaron en un peñasco desde el que continuaron descendiendo hasta una pequeña hondonada; poco después volvieron a ascender al bosque por la ladera opuesta a la que habían llegado. Media hora más tarde descansaban en un claro del follaje hasta donde se colaban los últimos rayos de sol del día.

Le habría gustado activar el GPS de su aparato para ubicar su posición y detectar algún poblado cercano, pero prefirió mantenerlo apagado; dedujo que esa era la vía por la cual los hombres de las camionetas los habían localizado. Encendió el celular que había comprado con los dólares de Milena al mesero de La Marquesa y confirmó que no tenía mensajes en el buzón de parte de los sujetos de la camioneta. Al parecer aún no habían vuelto a la cabaña. Inmediatamente después apagó el teléfono.

Observó a Milena, quien se había mantenido silenciosa a lo largo de la marcha. La chica examinaba unos hongos silvestres doblada sobre sí misma sin flexionar las rodillas; sus largas piernas en vertical y el tronco abatido sugerían un árbol partido por la mitad. Las personas tenían distintas formas de recoger algo del suelo, pensó él y se preguntó cómo lo haría Rina. Había tantas cosas que ignoraba de ella, aunque hasta esa mañana no le corría prisa descubrirlas. No tenía claro si seguirían frecuentándose una vez que él partiera a Europa o si, por el contrario, la relación se diluiría después de un intercambio de correos menguantes. Prefirió pensar en otra cosa.

—¿Son comestibles? ¿Sabes algo de hongos? En la mochila traigo bastante comida.

—No los estoy revisando por hambre —dijo ella y soltó decepcionada un trozo de seta silvestre.

Milena tomó una botella de agua que Luis le ofreció y se sentó a su lado.

—¿Crees que tardarán mucho en contactarnos?

—Espero que lo hagan antes de que caiga la noche. En estos bosques la temperatura puede bajar a cero grados, demasiado frío para la ropa que traemos.

—Y cuando nos llamen los de la camioneta, ¿qué piensas hacer?

—No sé: hablar con ellos, averiguar quiénes son y negociar

la liberación de Rina. Pero no podíamos quedarnos atados de manos allá en la cabaña; el que quiera azul celeste, que le cueste —dijo él y se rio por el gesto de confusión que la frase dejó en Milena. Su manejo de los mexicanismos era sorprendentemente desigual: la mujer podía proferir una sarta de insultos dignos del Tepito profundo, y acto seguido quedarse en ascuas al escuchar un dicho popular.

—Lo importante es salvar a Rina, incluso si tenemos que hacer un trueque. Prométeme que lo harás: yo ya estoy perdida, mucho más de lo que te imaginas.

Luis estuvo a punto de protestar e insistir en lo absurdo de su fatalismo, pero se contuvo. Ambos tenían prácticamente la misma edad y él aún asumía que todo en la vida estaba por venir. Sin embargo, en las palabras de Milena había mucho más que resignación. Era cierto que en su mirada habitaba algo muerto; tenía una manera de quedarse inmóvil que se parecía demasiado a la claudicación. Su pasividad no era la de un cuerpo quieto durante una fase de transición sino la de algo que no espera nada, que no va a ningún lado, que ya ha dejado de estar.

—¿Qué sucedió en España, Milena? ¿Por qué te persiguen con esa ojeriza?

Ella lo miró con desánimo, llenó los pulmones como quien está a punto de sumergirse en el agua y se puso a hablar.

—Preferiría que nunca lo hubieras sabido —dijo mientras rasgaba el polvo con una pequeña vara—. Todo comenzó cuando me introduje en el grupo de los Flamingos.

37

Jaime, Vidal y Rina
Jueves 13 de noviembre, 6.15 p. m.

—Llévenla a la sala de juntas, voy para allá —dijo Jaime cuando Patricia le informó que la camioneta que transportaba a Milena había llegado al estacionamiento de las oficinas de Lemlock.

Consideró que corría un considerable riesgo al comprometer a su firma en una confrontación directa con las mafias de la prostitución. Si la reunión de esa noche con Salgado terminaba mal, él mismo y su empresa se convertirían en objeto de represalias por retener a la croata. Pero era un precio asumido; las posibilidades de una negociación exitosa con el exdirector de prisiones dependían de la información que pudiera arrojar la entrevista que en unos minutos habría de tener con la prostituta.

Cuando entró a la sala de juntas, le bastó ver la cara de Patricia para entender que algo andaba mal. Un vistazo a la chica confirmó sus temores: esa no era Milena. Despojada de lentes y sombrero no había posibilidad de equivocarse. Un mechón de pelo curiosamente alzado como una oreja de animal alerta acentuaba la apariencia de suricata en la que Amelia había reparado. Rina le devolvió una mirada escurridiza; con todo, tuvo arrestos para enfrentarlo.

—Si me hubieran dicho quiénes eran ustedes, no habría pasado esto —dijo ella a guisa de disculpa.

Jaime ignoró el comentario, interrogó con la mirada a Patricia y esta le explicó lo que había sucedido en el camino y el origen de la confusión. Luis y Milena debían de estar aún en la cabaña. Él lanzó una mirada al reloj en la pared; no alcanzarían a ir por la croata a tiempo para interrogarla antes de la reunión con Salgado, la congestión de la carretera a esas horas de la tarde lo haría imposible. Eso, sin considerar las complicaciones adicionales que Luis podría ocasionarles. Decidió no invertir más tiempo en los chicos y concentrarse en la espinosa reunión que le esperaba.

—Rina, hay cosas de Milena que no conoces. Luis y tú están en peligro cada minuto que pasan con ella. Sus captores están empeñados en recuperarla aunque dejen un reguero de cadáveres en el camino, y ahora mismo la vida de un subdirector de *El Mundo* pende de un hilo. Mi intención era resguardar a Milena y separarla de ustedes para dejarlos a salvo.

—Tan sencillo como haberlo dicho, ¿no?

Jaime volvió a ignorar su comentario.

—¿Puedes llamar a Luis? Ahora mismo sale una camioneta a recogerlos.

—Acabamos de intentarlo —dijo Patricia—. Al parecer, tiene apagado su teléfono o no recibe señal. De cualquier modo ya envié un convoy de regreso a la cabaña, llevan un mensaje escrito de Rina para Luis. Espero que eso lo convenza.

—Bien. Sigan llamando al celular y busca a Vidal para que acompañe a Rina; que descanse en mi privado —le dijo Jaime a Patricia, y dirigiéndose a la joven agregó—: Es mejor que te quedes esta noche. Hoy no conviene que salgas, esos cabrones podrían incurrir en la misma confusión que nosotros.

Minutos más tarde llegó Vidal, quien había regresado a las oficinas de Lemlock asumiendo que su misión había terminado ahora que tenían a Milena. Se puso feliz al enterarse de la confusión, y más aún cuando su amiga se fundió en un abrazo al verlo.

—Soy una imbécil, pero ¿cómo podía saberlo?

—No te reproches nada, hiciste lo que creías que era mejor —dijo él lamentando la brevedad del abrazo—. Y despreocúpate, Lemlock se encargará de todo: yo estoy aquí para protegerte.

Ella lo miró con extrañeza.

—No estoy preocupada por mí, sino por Milena y Luis. Los matones estarán buscándolos ahora —dijo angustiada.

—A eso me refiero. ¡Los recursos de Lemlock son enormes! —aseguró él con orgullo.

Aun así, el argumento le resultó poco convincente a Rina, quien hurgaba su oreja con un dedo.

Vidal no supo qué otra cosa decir por temor a empeorar el estado de ánimo de su amiga. ¿Qué habría dicho Jaime en una situación como esa? ¿Cómo hacerla sentir segura bajo su ala? Se imaginó una versión madura y asertiva de sí mismo, y a Rina bebiendo las palabras de sus labios, rendida ante sus gestos firmes y llenos de aplomo. Pero en lugar de eso solo pudo proferir una invitación a tomar algo, e incluso eso lo pronunció en un tono de súplica del que se arrepintió al instante. Ella no pareció escucharlo, cambió de mano y se frotó la otra oreja.

Sin embargo, dos horas más tarde, después de comer algo en el privado que usaba Jaime cuando dormía en la oficina, Rina parecía más relajada. Durante los últimos veinte minutos, sentados ambos en un amplio sofá, Vidal la puso al tanto de las series de televisión que más le gustaban a ella. El relato pareció adormecerla y terminó recostando la cabeza en el hombro de su amigo; él respiró agradecido. Todo volvía a la normalidad ahora que Luis había desaparecido del panorama.

38

Claudia, Jaime y Tomás
Jueves 13 de noviembre, 8.20 p. m.

Supo que lo detestaría desde el momento en que lo vio: Víctor Salgado le recordaba a su padre, pero sin los lazos de sangre que hacen soportables los defectos. Claudia lo saludó con una breve inclinación de cabeza para evitar todo contacto físico y se sentó en el extremo opuesto de la mesa redonda de un saloncito privado del restaurante San Angelín, donde el hombre los esperaba. Jaime estuvo a punto de estirar la mano para saludarlo pero detuvo el impulso, hizo lo mismo que Claudia y se sentó a su lado, en silencio. Tomás la flanqueó por el otro costado.

Salgado era un hombre alto, más gordo que robusto, y todo en él exudaba autosuficiencia. Bebía whisky de un vaso con hielos que hacía sonar con un pulso rítmico; a Claudia le pareció que había algo obsceno en el movimiento, como un simulacro de masturbación. Él le dirigió una mirada que intentaba ser socarrona, lo cual la llevó a pensar que la obscenidad del gesto era deliberada. El hombre se colocó un grueso habano en la boca y dos segundos más tarde un ayudante procedente de la terraza le ofreció fuego, cerillo en mano. Su cuerpo ocupaba el salón como si le perteneciera todo cuanto en él había, incluyendo las vidas de los presentes.

—Nadie necesita de presentaciones, don Víctor, con lo cual

podemos ir al grano —alcanzó a decir Jaime antes de ser interrumpido por una señal del anfitrión; un mesero entró a tomar la orden de los recién llegados.

—En efecto, no necesitamos presentaciones —dijo Salgado cuando se retiró el mesero—, pero primero quiero extenderle mi pésame, doña Claudia: antes de que usted naciera, yo era amigo de Rosendo. La vida nos separó con los años y sin embargo siempre le guardé cariño, aunque él no lo supiera.

La revelación tomó a Claudia por sorpresa. Salgado debía de rondar los setenta años, poco menos que la edad de su padre, lo cual hacía verosímil una relación entre ellos. No obstante, no le hizo gracia el vínculo de amistad con un excarcelero de tan negra reputación. Algo en sus maneras procedía de un tiempo pasado, de fotografías en blanco y negro, bigotes gruesos y pantalones anchos. De ese tiempo pasado que no había sido mejor.

—Eso facilitará las cosas, supongo —dijo Jaime, deseoso de llevar la conversación a buen término—. Si me permite, coronel, hablaré con total transparencia. Un proxeneta tiene en su poder a un subdirector de *El Mundo* con el propósito de recuperar a una mujer que trabajaba para él, pues por alguna razón está convencido de que nosotros la retenemos. Como usted seguramente sabe, esta mujer llegó a ser muy apreciada por su amigo don Rosendo, que en paz descanse. Ella ha desaparecido y nosotros tememos por la vida de nuestro colaborador. Cualquier desenlace trágico en la situación del señor Emiliano Reyna no solo sería un inmenso escándalo sino también un incidente gratuito e innecesario.

—Nos parece que Bonso ni siquiera mide las consecuencias de lo que está haciendo —intervino Tomás—. Para no ir más lejos, el próximo lunes Claudia y yo comeremos con el presidente en Los Pinos; se podrá usted imaginar la que se armaría si mencionamos en esa mesa el tema de un secuestro, ya no digamos la ejecución de un directivo del diario. El Estado mexicano se volcaría a resolverlo.

Salgado miró a Tomás como si apenas se percatara de su presencia; volvió a remover el vaso con hielos y Claudia pensó que esta vez el movimiento tenía poco que ver con erotismo y todo con prepotencia. El hombre chasqueó la lengua y con una sonrisa condescendiente explicó:

—Todos formamos parte de la cadena alimentaria. El problema es que algunos no conocen o no quieren ver el eslabón al que pertenecen. Hace tiempo que los presidentes de este país, y de muchos otros, dejaron de estar en la cima y ellos lo saben. Otros no: Rosendo Franco nunca lo supo y hasta sus últimos días siguió creyendo que todavía era amo del universo.

—Pues si no lo era, resultaba una muy buena imitación porque siempre hacía lo que se le antojaba —dijo Tomás.

—Vivió tiempo extra gracias a que yo intervine. De otro modo habría hecho mutis, por así decirlo, en el momento en que se robó a la croata.

—Me cuesta creer que una prostituta tenga tal importancia —intervino Jaime.

—Es un asunto de biología que me trasciende a mí, a ustedes o a Bonso. Déjenme regresar a la cadena alimentaria. La verdadera cúspide tiene que ver con el manejo del dinero. ¿Qué tienen en común un presidente, el dueño de un consorcio internacional o la cabeza de un cártel de las drogas? Los tres requieren de vías financieras para colocar sus fortunas, legales e ilegales. Los verdaderos amos del universo no son los jefes de Estado y ni siquiera los empresarios de la lista de *Forbes*: son los operadores de los grandes fondos de inversión y los *brokers* que se mueven en las fronteras elásticas de la legalidad. Son ellos los que ocasionan que Perú aumente su PIB porque un mineral adquiere una cotización récord o que Grecia pueda respirar otros seis meses a cambio de entregar a los mercados financieros alguna isla o una empresa paraestatal.

Se había hecho un silencio absoluto en la mesa. Sin darse cuenta, los tres amigos asumieron el papel de auditorio pasivo y la voz del hombre adquirió tonos pontificios.

—El Chapo Guzmán era el capo más poderoso en América Latina; también el hombre más buscado por la DEA o por la Interpol. En realidad, vivía a salto de mata, hasta que al final resultó cazado. Pero no era un director ejecutivo que trabajara de nueve a seis dirigiendo la enorme logística comercial y financiera que requiere una operación internacional como es la producción y la distribución de drogas. Los que en verdad detentan el poder son los circuitos que manejan los miles de millones de dólares del cártel de Sinaloa por medio de cientos de cuentas e inversiones regadas por el mundo. Un presidente «honrado» —Salgado entrecomilló con los dedos la última palabra— terminará su periodo con quince o veinte millones de dólares más en su haber; uno menos quisquilloso lo hará con doscientos o cuatrocientos. Sea menor o mayor, es una cifra que no puede estar vinculada a familiares ni asignada a un conocido. Hace mucho que cayó en desuso el recurso de un amigo prestanombres: la lealtad es una virtud muy poco fiable. Un millonario de los de *Forbes* evade al fisco fortunas a lo largo de su vida. Más allá de inversiones inmobiliarias, en algún punto requiere de los profesionales para el lavado de su dinero.

—¿Y qué tiene que ver todo esto con Milena? —dijo Claudia, para quien la perorata comenzaba a ser fastidiosa.

—Pues resulta que Milena se convirtió en la niña de los ojos de uno de estos amos del universo. Ignoro los detalles o las circunstancias, pero en algún momento la enviaron a México para quitarla de en medio por alguna falta imperdonable. Con todo, alguien en las alturas le tiene cariño o mucho odio, porque la instrucción es muy precisa: mantenerla con vida, nunca perderla de vista y conservarla en el negocio de la prostitución.

—Eso habría sucedido hace casi un año, a juzgar por la fecha de su ingreso a México. Demasiado tiempo para mantener vigente el capricho de un financiero español o un mafioso ruso, ¿no le parece? —dijo Jaime.

—Más aún si para cumplirlo a usted podría costarle todo lo que ha logrado en la vida —terció Tomás.

—Pues no parece un capricho: no pasa un mes sin que estas personas pidan informes acerca de Milena. —Y casi para sí mismo, agregó—: Y en las últimas semanas mucho más que eso.

—¿Mucho más que eso? ¿A qué se refiere?

—Nada, solo quiero decir que hay gente importante muy interesada en Milena. Gente a la que no se le puede decir que no. Son los mismos que llevan el dinero sucio de banqueros y políticos; el puente que asegura el futuro y el patrimonio de una parte de la élite mexicana. Son nombres desconocidos para el público, y no obstante ningún político desdeñaría una petición de su parte. En cierta manera, el verdadero poder tras el trono. Así que no, no voy a perder todo lo que he hecho en la vida. El presidente escuchará su queja, llamará al procurador, moverán cielo y tierra y sí, en el peor de los casos Bonso podría pasarla mal. Pero liberar a Milena, nunca. Terminará en Argentina o en Costa Rica con un arreglo similar al que tiene en México.

—Me cuesta trabajo creer que un corredor de bolsa clandestino podría influir en el ánimo presidencial o pesar más que usted, don Víctor, con toda su experiencia en el control de los aparatos de seguridad —dijo Jaime apelando al halago.

—Si tuviera veinte años menos, estaría reciclándome para manejar esos circuitos financieros en lugar de estar en la operación física. Nosotros somos prescindibles, ellos no. No se trata de corredores de bolsa clandestinos; son *brokers* absolutamente legítimos que gestionan miles de millones de dólares. Los círculos financieros los necesitan porque ofrecen a los fondos de inversión tasas más altas que las del mercado; reinvierten en bonos el dinero lavado, especulan con monedas en las franjas inciertas a las que una correduría no tiene acceso por restricciones formales. Y sin embargo, todos recurren a ellos. No tienen caras visibles, aunque si se lo proponen, pueden modificar la calificación de México en Standard & Poor's o equivalentes. El presidente puede o no tener su fortuna en manos de ellos, pero nunca desoirá una recomendación de esa magnitud de parte de su propio secretario de Hacienda, ¿no les parece?

—Sin embargo, tampoco será indiferente a la crítica internacional que se desate por el asesinato de un subdirector del principal periódico del país —dijo Claudia.

Salgado examinó a la atractiva pelirroja: quince años antes la habría cortejado, y treinta años atrás de plano se la habría robado. Se preguntó si alguno de los dos que la flanqueaban se estaría acostando con ella. Prefirió no distraerse.

—En eso tiene usted razón, guapa, en estos tiempos toda sangre cuesta. Ahora que están enterados, no tiene ningún sentido retener a su subdirector; seguramente será liberado en las próximas horas. Pero no se engañen: la croata tendrá que regresar o se seguirán apilando cadáveres hasta que suceda. Los que siguen van sobre su conciencia.

Jaime pensó que Salgado era prepotente pero no imbécil: al liberar a Emiliano estaba quitándoles cualquier posibilidad de recurrir al presidente durante la comida a la que Claudia y Tomás habían hecho referencia. Ni ellos, con toda su fingida ingenuidad, se atreverían a pedir la intervención del Estado en favor de una prostituta extranjera.

—Y dígame una cosa, don Víctor, ¿nunca le ha dado curiosidad conocer a Milena, enterarse de su secreto? —comentó Jaime en tono confidencial.

—Conozco a Milena; bíblicamente, digamos —respondió haciendo una reverencia a modo de disculpa dirigida a Claudia—. Muy hermosa, aunque algo contenida. No entiendo las pasiones que inspira. Pero de su secreto, nada. Y les aconsejo que sigan mi ejemplo: sería el beso de la muerte para ella y para quien se ponga a husmear. La consigna recibida es mantenerla con vida. No obstante, ese mandato cesa en el momento en que ella hable de su pasado en España.

Al salir de la reunión, Claudia comentó que el hombre le había parecido un jactancioso insoportable. Jaime consideró que detrás de la autosuficiencia había un individuo temeroso de los cambios y de la posibilidad de quedar obsoleto. Tomás simplemente consignó que Salgado era un peligroso hijo de puta. Los tres coincidieron en que antes de continuar protegiendo a Milena, tenían que enterarse del verdadero pasado de la mujer.

39

Milena y Luis

Jueves 13 de noviembre, 8.45 p. m.

Un largo silencio se instaló entre ellos cuando Milena terminó el relato de la vida que había llevado en Marbella; para entonces los envolvía una oscuridad absoluta y un frío feroz. El hecho de no ver la cara de Luis y el efecto hipnótico de los sonidos intermitentes del bosque motivaron en ella una narración monocorde y descarnada, desprovista de inflexiones emotivas; como si hablara de un pasado remoto y de circunstancias experimentadas por alguien que no era ella. Con todo, los sucesos descritos dejaron a Luis aturdido. Un par de veces, en algún pasaje escabroso, la descripción había sido vaga y pese a ello pudo asomarse a los abismos a los que había descendido Milena.

Se preguntó qué habría sido de él si durante una década a partir de los dieciséis años hubiera sido obligado a cometer actos abominables. Entendía que Milena era una víctima, pero también dudaba de que la chica pudiera regresar algún día de la zona oscura en la que se había sumergido.

Por el contrario, ella se sentía ahora liberada: por vez primera se había permitido compartir con alguien los terribles crímenes cometidos y que había arrastrado a solas durante tanto tiempo. Deshacerse de esa carga estimuló en ella una laxitud agradecida. Le parecía que Luis era capaz de ver los fondos de su alma sin repudiarla por ello.

—Tengo mucho frío —dijo y, antes de esperar respuesta, se recostó encima de él y descansó la cabeza en su pecho.

Él le pasó un brazo por la espalda y se removió sobre el tronco en que se apoyaba; ella interpretó su movimiento como una invitación al abrazo y lo estrechó por la cintura. Segundos más tarde, Milena bajó la mano por el vientre hasta tocar la entrepierna de Luis. Con satisfacción constató el bulto creciente que presionaba sus jeans. Sin embargo, él tomó su muñeca y la llevó a su pecho.

—Descansemos —dijo.

El gesto de rechazo generó en ella confusión, luego humillación y al final una terrible sensación de culpa. Provocar excitación y dar placer era la forma que tenía para agradecer algo, para intimar con una persona del sexo opuesto; era la única vía que conocía para relacionarse con los hombres. Había sido aleccionada para considerar su belleza como el atributo que la definía y fue eso lo que quiso ofrecer a su protector y confidente. No obstante, el recuerdo de Rina le produjo oleadas de recriminación y vergüenza.

En realidad, la reacción de Luis había tenido muy poco que ver con pruritos asociados a la fidelidad y mucho con el relato que acababa de escuchar. Las escenas de sexo y muerte que Milena había descrito hacían poco apetecible la idea de un trance erótico. Le resultaba inevitable relacionar la mano que avanzó sobre su pene con las imágenes que habían tomado cuerpo en su mente al influjo de la narración de la croata.

Prefirió romper el incómodo silencio que se había instalado entre ellos recurriendo al teléfono que extrajo de su chamarra. Lo encendió y escuchó el mensaje. Memorizó el número telefónico que le fue transmitido, lo marcó y oyó la voz de un hombre.

—Hola, Luis, estamos en la cabaña. Tenemos un mensaje escrito de parte de Rina.

—¿Y dónde está ella?

—En la Ciudad de México, en un lugar seguro; podemos llevarlos a ustedes dos con ella. Estás con Milena, ¿cierto?

—¿Y ustedes quiénes son? ¿Qué quieren?

—Venimos de parte de Claudia. Es urgente protegerlos a todos.

—Díganle a Rina que me llame a este teléfono exactamente a las 9.15 de la noche. Ni un minuto más ni un minuto menos porque lo tendré apagado.

Luis cortó la llamada y comentó con Milena la conversación. Se incorporaron y por distintos motivos decidieron ignorar lo que había sucedido antes; prefirieron guardar silencio, cada uno sumido en sus preocupaciones. Ocho minutos más tarde él volvió a encender el teléfono y casi inmediatamente oyó la voz de Rina.

—Estoy bien, me acompaña Vidal. Me trajeron a las oficinas de Jaime, dicen que por seguridad; me confundieron con Milena —dijo ella con voz entrecortada, reprimiendo un acceso de llanto.

—Pero ¿estás retenida?

—No, para nada, ya llamé por teléfono a casa de mi tío. Por la mañana pasaré para recoger ropa limpia. ¿Y tú? ¿Vendrás?

—No estoy seguro; aunque estés fuera de peligro, preferiría pensarlo. Le tengo menos confianza a Jaime que a un dentista de dientes podridos —dijo él tratando de hacerla reír e intentando él mismo desembarazarse de la presión que lo atenazaba. Pero luego su tono de voz se tornó sombrío—: La forma en que te llevaron me da muy mala espina, prácticamente fue un secuestro. Lo mejor sería hablar con Amelia; pídele que se comunique a este teléfono a las once de la noche.

—Haz lo que tengas que hacer, pero cuídate mucho. Le diré a Amelia que te llame.

—Me despido antes de que rastreen nuestra ubicación. Nos estaremos moviendo en las próximas horas.

—¿No quieres hablar con Vidal?

Luis titubeó por un momento.

—No, ya tardamos demasiado. Un beso. Cuídate para mí.

—Tú también cuídate para mí.

Los hombres en la cabaña pidieron instrucciones a Patricia. Ella les informó que no habían podido localizar la llamada. Sin embargo, les ordenó permanecer en la finca por si acaso Amelia lograba convencerlos de regresar con ellos en el enlace telefónico que se haría más tarde.

Por seguridad y por el frío que los atería, Luis y Milena decidieron ponerse en movimiento. Él calculaba que la carretera libre, paralela a la de peaje por la que habían llegado tanto ellos como sus perseguidores, estaba a solo dos o tres kilómetros de donde se encontraban. Quería llegar a las inmediaciones del camino para asegurarse de contar con señal en el teléfono y una vía de escape hacia la ciudad. Incluso si los hombres de la cabaña no constituían un riesgo, como decían, no podía descartar la amenaza de las redes de traficantes empeñadas en la persecución de Milena.

Tras un par de horas, Luis se percató de que desde el incidente del abrazo su compañera no había abierto la boca; caminaba tres metros por delante de él y al llegar a la punta de una colina se detuvo para esperarlo. Recortada contra la luna, apenas creciente, advirtió la ondulante figura de la croata y Luis sintió una punzada de deseo: el delgado suéter y los ajustados jeans proyectaban pechos y nalgas contra la luna; le hizo pensar en una versión erótica del teatro negro de Praga. Apagó el amago de arrepentimiento que brotaba de su entrepierna y lo sustituyó por una creciente conmiseración por su amiga. Milena sería siempre un objeto sexual: para las mujeres algo amenazante que evocaba sábanas sucias y abortos indeseados; para los hombres, una urgencia hormonal.

Luis la alcanzó en la pequeña cima, le pasó un brazo por los hombros y la arrastró cuesta abajo.

—Ya no estás sola, Lika. No permitiré que te hagan daño.

Milena agradeció el gesto y se dejó conducir; no obstante, se dijo que su amigo tenía trastocada su apreciación del peligro que corrían. El verdadero riesgo era que ella le hiciera daño, aunque fuera de modo involuntario. En tanto siguiera en su compañía, su amigo estaría condenado a muerte si las mafias los atrapaban; preferirían eliminar toda posibilidad de filtración de los secretos que ella guardaba. Una vez más se dijo que todo se resolvería con su propia muerte. Y sin embargo, algo en los riesgos en que él incurría y los afanes que desplegaba para ayudarla la conmovía en lo más hondo; suscitaba en ella el deseo vago de no defraudarlo. Experimentaba el impulso de abrirse totalmente con él, mostrarle todos los contenidos de su libreta y, sobre todo, compartir sus dudas. ¿Era la crisis de Ucrania la que había activado el acoso en contra de ella por los datos que poseía sobre la mafia rusa? ¿O se trataba tan solo de la impaciencia de Bonso por recuperarla ante la presión de las redes de la prostitución? ¿O buscaban quizá destruir los secretos que tenía de los poderosos clientes que habían pasado por su lecho? Sin embargo, no le mostró nada; la venció el miedo instintivo y la costumbre arraigada de encerrarse en sí misma, algo que se había convertido ya en una segunda naturaleza.

Más por curiosidad y agradecimiento que esperanzada, le planteó una duda que la inquietaba desde la mañana.

—¿Algo dijiste de encontrar una forma de neutralizar a Bonso? ¿Es lo que hacías hoy en la computadora?

Agradecido por la posibilidad de pensar en otra cosa que no fueran sus perseguidores, ahora fue Luis quien se sumió en un largo relato de sus habilidades cibernéticas, de las hazañas conseguidas, de su pertenencia a una élite mundial de *hackers*, de sus entradas y salidas de bases de datos a priori inexpugnables, de su capacidad para enterarse del santo y seña de cualquier individuo y, de ser necesario, convertir su existencia en un infierno.

—¿Es lo que pensabas hacer con Bonso? ¿Convertir su existencia en un infierno? —preguntó ella.

—Algo mucho peor.

40

Milena

2012

El grupo denominado los Flamingos estaba integrado por hombres que se tomaban muy en serio la satisfacción de sus placeres. Y no se trataba de placeres comunes. Llevaban más de diez años reuniéndose una vez al mes y la definición de lo que era diversión había evolucionado considerablemente desde los primeros días.

Comenzaron a frecuentarse a fines de los años noventa, cuando Vila-Rojas, exitoso abogado granadino afincado en Marbella, encontró a tres excompañeros dedicados a asuntos emparentados con el suyo: el lavado de dinero en la Costa del Sol. Uno de ellos, Javi Rosado, había sido su condiscípulo en la universidad en Sevilla; otro, Jesús Nadal, un colega del trabajo de sus días en Londres, cuando hacía encomiendas para el departamento jurídico de Barclays; y el tercero, Andrés Preciado, a quien conoció durante su paso por Wall Street. En los siguientes meses sumó a otros dos y al paso de los años se convirtieron en una docena. Todos tenían en común que eran españoles, ninguno de Marbella pero todos del sur, incluido un hotelero canario. Cuando comenzaron a reunirse, sus edades fluctuaban entre los treinta y cinco y los cincuenta años.

Ninguno de ellos participó en el primer *boom* turístico de los setenta y los ochenta, más parecido a la fiebre del oro del

Viejo Oeste que a la generación de un polo de desarrollo. Llegaron más tarde, a principios de los años noventa, durante el periodo en que Jesús Gil y Gil tenía a Marbella en un puño y la corrupción institucionalizada era un imán para el dinero de la mafia. Sucedió en el puerto turístico lo que antes en Cancún, Punta del Este o Miami: fueron elegidos primero como lugar de residencia por capos de distintos giros criminales gracias a un común denominador, eran lugares de placer con autoridades laxas. Tiempo después, los nuevos residentes rusos, árabes y europeos aprovecharon las posibilidades de inversión que ofrecía el crecimiento explosivo bajo arreglos discrecionales.

Cuando el fenómeno del lavado financiero adquirió dimensiones industriales a mediados de los noventa, personas como Vila-Rojas y sus amigos se hicieron imprescindibles: abogados, financieros con experiencia internacional, excontadores de transnacionales. Hacían el trabajo que los rudimentarios empresarios crecidos en torno al pintoresco alcalde marbellí no podían realizar. La primera generación estaba integrada por constructores y especuladores inmobiliarios de viejo cuño, capaces de multiplicar cincuenta veces el valor de una hectárea gracias a sus argucias para influir en la obra pública y en la recalificación de terrenos. No obstante, carecían de los contactos internacionales o de las habilidades para manejar el trasiego financiero de los flujos millonarios de origen clandestino que comenzaron a llegar a la costa española. Vila-Rojas y otros como él resultaron los gestores ideales para mediar entre los empresarios tradicionales y los operadores de los capitales ilegítimos de varios continentes.

Los Flamingos creció como una reunión de amigos; sin embargo, al pasar el tiempo comenzaron a verse a sí mismos como los auténticos titiriteros de la vida del puerto. Apenas se veían más allá de la reunión mensual y no solían trabajar unos con otros, aunque ocasionalmente alguna operación los hiciera coincidir. Aun así, esas sesiones generaban entre ellos una complicidad inmediata; les parecía que solo en el interior de ese círculo podían sincerarse y mostrarse tal como eran: los verdaderos amos de la ciudad. Se obligaban a sí mismos a mantener un perfil bajo frente a la ruidosa corte de Jesús Gil y los que le sucedieron, caracterizados por los desplantes típicos de nuevo rico. Solo en esas reuniones, al verse entre los suyos, confesaban su desprecio por la rusticidad de la élite local y se entregaban a placeres y exuberancias en las que no incurrían el resto del mes.

En un principio se reunían en un salón del hotel Fuerte el último viernes de cada mes. El mote los Flamingos lo aportó el jefe del restaurante del hotel cuando percibió la frecuencia con que los apellidos Rojas y Rosado aparecían en la reserva que el grupo hacía del salón privado. Enterado del apodo que se le había asignado al grupo entre el personal del hotel, uno de los miembros celebró la ocurrencia y recordó que así se llamaba uno de los hoteles de Las Vegas en el que se refugiaba el legendario Rat Pack formado por Frank Sinatra, Sammy Davis y Dean Martin, entre otros. Casi sin proponérselo, el resto de los integrantes pronto comenzó a llamarse a sí mismo los Flamingos.

Las sesiones solían arrancar con el almuerzo al mediodía y se despedían con la luz del sol sabatino, pero tras la muerte de una prostituta por intoxicación decidieron trasladar los encuentros a recintos privados. A partir de ese día las tertulias las organizaba un anfitrión, que se iba turnando. Fue eso lo que disparó la escala de sus excesos: unos y otros competían por hacer de «su fiesta» la más espectacular y memorable. Villas de descanso transformadas en escenarios de la Roma antigua para la ocasión; yates propios o fletados que padecían el abordaje de amazonas piratas con voraces apetitos sexuales; comilonas exóticas; festivales de videos perversos y clandestinos.

Cuando Agustín Vila-Rojas informó a Milena de la existencia de los Flamingos, ella omitió decirle que esas fiestas no le eran desconocidas. Por lo menos en media docena de ocasiones Bonso había sido el responsable de aportar el elenco femenino; ella misma había participado tiempo atrás en una orgía organizada por un tal Rosas que, ahora entendía, formaba parte de la cofradía de la que hablaba Vila-Rojas. Pero ni ella recordaba al granadino ni este a la prostituta.

Agustín le explicó que la fiesta del yate en la cual se habían conocido un año antes era la primera que celebraban tras una prolongada suspensión, después de que las autoridades dieran un golpe contra el lavado de dinero y desmantelaran buena parte de las redes que lo operaban. Dos miembros del grupo original habían caído y otros tantos temían por su libertad. Otro de sus colegas había desaparecido; Agustín no sabía si se había fugado o fue asesinado por el propio crimen organizado, interesado en borrar su rastro.

La Operación Ballena Blanca, como se conoció al combate contra el lavado en la Costa del Sol, terminó incautándose de doscientos cincuenta millones de euros y aprehendiendo a medio centenar de gestores, funcionarios y empresarios a lo largo de esos años. Muy poco para eliminar el fenómeno; suficiente para hacerlo más sofisticado. En cierta manera benefició a Vila-Rojas porque las detenciones hicieron las veces de una purga; la reputación de los supervivientes atrajo más y mejores negocios. A él le salvó una mezcla de buena suerte y mesura. Invariablemente había sido más cauto que ambicioso; los expedientes de las investigaciones ni siquiera mencionaron su nombre.

Pese a todo, él y los miembros sobrevivientes de los Flamingos sabían que la época de oro de la impunidad absoluta había terminado. Todos redoblaron candados y murallas en las transferencias y en la colocación de capitales, rechazaron toda operación que no fuera de clientes de absoluta confianza y prefirieron concentrarse en pocos casos pero de enorme magnitud a los cuales pudieran dedicar toda su atención. El riesgo de ir a la cárcel no guardaba proporción con las cantidades sino con el desaseo.

Con todo, las nuevas precauciones no neutralizaban los potenciales errores del pasado y eso le hacía perder el sueño a Vila-Rojas. Limpió su agenda y revisó cada uno de los expedientes; al final, en su lista persistía el nombre de seis sujetos con quienes había tenido relación en el pasado y cuyo testimonio podía significarle años de prisión. Tres de ellos pertenecían a los Flamingos. «Ahí es donde tú entras, cariño», le dijo a Milena.

41

Tomás y Amelia
Viernes 14 de noviembre, 1.10 a. m.

Ninguno de los dos se decidía a ir a la cama. Tomás había llegado a casa de Amelia media hora antes, comentó con ella el resultado de la reunión sostenida con Víctor Salgado, y bebieron el trago que en palabras de Tomás servía para «bajar alerones». Cuando él apuró el segundo tequila, ella pensó que nunca lo había visto beber con tanta regularidad y se preguntó cuántas copas llevaría en el día. También era cierto que nunca en su vida Tomás asumió una responsabilidad como la que ahora cargaba sobre sus espaldas. De cualquier forma, decidió ella, su debilidad por la bebida era preocupante; si persistían tales niveles de consumo, tendría que hablar con él.

«¿En eso nos hemos convertido ahora, una pareja que se vigila achaques y excesos? ¿De veras quiero ser la cancerbera de la fiesta de mi amante?» La perspectiva la deprimió y le hizo rellenar su copa de vino hasta el tope.

Después de un trago, ella reprodujo la conversación telefónica que dos horas antes había sostenido con Luis, quien se encontraba en algún lugar del bosque. Le explicó la manera rocambolesca en que Jaime se hizo con Rina en lugar de Milena, y la fuga de Luis con la croata por el monte de La Marquesa; reprobaron juntos los métodos policiales de Lemlock y la pasión por la intriga que profesaba su amigo. Amelia expresó su admiración por Luis y la cruzada que había emprendido para defender a Milena sin importarle el riesgo. Tomás pensó que si las cosas se descomponían, la cruzada tenía poco de admirable y mucho de reprobable: con enemigos como Salgado y Bonso, algunas personas podían salir dañadas por la temeridad del arrojado joven.

El celular de Tomás interrumpió las preocupaciones de ambos. La pantalla le advirtió que se trataba de Isabel, la esposa de Emiliano, y supuso que llamaba para recriminarle la comida cancelada. Había preferido mantener a la familia de su subdirector de Opinión ignorante del secuestro y confiar en que las negociaciones con Salgado arrojarían un resultado positivo. Temía que un escándalo prematuro de parte de la mujer o el aviso a las autoridades echara por tierra lo que pudieran resolver con el jefe de Bonso. No obstante, lo que ahora le comunicó Isabel lo dejó eufórico: su marido acababa de entrar en casa y se había metido a la tina; parecía indemne aunque estaba exhausto. Solo quería que lo dejaran descansar y prometía llamar a su director por la mañana.

Tomás colgó y abrazó a Amelia. La intensidad con que se aferró a su cuello la llevó a creer que su amante se desmoronaría y, en efecto, su cuerpo experimentó un par de sacudidas antes de separarse. Supuso que vería lágrimas en sus ojos, pero lo que encontró fue una enorme sonrisa instalada en su rostro: solo entonces cayó en la cuenta de la devastación que habría provocado el asesinato de Emiliano en el ánimo del periodista. Su pareja tenía la extraña cualidad de hacerse cargo de los males de otros, de tomar como algo personal el dolor ajeno, aun cuando no siempre se hiciera responsable de las consecuencias de sus propios actos. Con alarmante facilidad podía herir por descuido a quienes lo rodeaban, y no obstante era capaz de ir al coche por una manta para un pordiosero aterido. Era una de las razones por las que quería a ese hombre, se dijo Amelia.

Tomás se sirvió una copa más de tequila y brindó por Emiliano. Ella dejó que el alcohol y el desahogo lo relajaran, antes de compartir la pregunta que la atosigaba:

—¿Y qué pasará con Milena?

Tomás la miró con extrañeza, como si ella hubiera pedido al ladrón que les acababa de quitar la cartera un billete para el taxi, o exigiera que el último refresco en el desierto fuera *light*.

—No tengo idea de lo que pasará con Milena, y créeme que a estas alturas ya no es mi problema. —Tomás sabía que aún faltaba recuperar la libreta negra que Rosendo Franco había mencionado, pero no tenía ganas de arruinar el alivio que le producía la llamada telefónica recién recibida. Tampoco quería darle más aires a las inclinaciones de Amelia, a quien juzgaba adicta a las causas perdidas.

—Entiendo que lo principal ya se consiguió y me alegro infinitamente por Emiliano; sin embargo, la chica también es una víctima de las circunstancias, no podemos entregarla a esos buitres.

—Ya no estoy tan seguro de que sea una víctima. Hace mucho tiempo que Milena pertenece a las redes del crimen organizado, ve tú a saber los cadáveres que tiene en su pasado. En todo caso, no estoy dispuesto a que cualquiera de los nuestros arriesgue la vida en un asunto que no nos incumbe.

Amelia no podía dar crédito a lo que escuchaba. Encontraría lógicas esas palabras en boca de Jaime, invariablemente calculador, pero no de Tomás, siempre dispuesto a echarse en las espaldas los problemas ajenos, así fuera de forma simbólica.

—Milena no escogió ser eso en lo que se convirtió, Tomás. Tenía la edad de tu hija cuando fue esclavizada.

Él acusó la comparación, le pareció un golpe bajo. Con todo, la imagen de Jimena en un burdel no alcanzó a penetrar en su cerebro; la indignación por el argumento desleal prevaleció en su ánimo.

—No jodas, Amelia, ¿no puedes dejarme disfrutar lo que significa el regreso de Emiliano a su casa? Justo en este momento están prostituyendo a niñas de la edad de Jimena en Tailandia, en Madrid, o aquí en la Ciudad de México. ¿Eso significa que tendríamos que salir ahora mismo a rescatarlas?

—Lamento la comparación con Jimena, fue de mal gusto y te ofrezco una disculpa, pero Milena es un ser humano que la vida puso en nuestras manos. Es imposible que uno se meta a resolver los males del mundo, aunque sí está obligado a hacer algo con aquellos que te pone enfrente. No podemos quedarnos cruzados de brazos frente a una infamia que se comete ante nuestros ojos.

—¿Ante nuestros ojos? Tú ni siquiera llegaste a conocer a la dichosa croata y yo apenas la vi una vez. Además, desconocemos su pasado y todo indica que hizo algo más grave que escapar de sus captores.

—No sabemos qué hizo. Es obvio que no es más que una superviviente y que sus actos habrían sido obligados por las circunstancias.

—Bonso o su esbirro el Turco podrían decir lo mismo, ¿no crees? También ellos son producto de su circunstancia. Habría que ver la infancia que tuvo el rumano, seguro fue víctima de actos salvajes e infamias abominables. ¿Eso significa que estos hijos de puta tendrían que ser rescatados?

Amelia notó que Tomás tenía dificultades para pronunciar las erres y que el efecto del alcohol endurecía sus palabras. También entendía que el momento no era el más oportuno, tras el alivio que representaba la liberación de Emiliano. Y no obstante, estaba enganchada emocionalmente; había hecho propia la batalla que Luis y Rina estaban dando para salvar la vida de Milena. Eso la llevó a cerrar el diálogo con una frase que habría preferido evitar.

—Tú haz lo que te parezca, yo no me voy a quedar indiferente mientras la asesinan.

Tomás notó que por vez primera la conversación respecto de la estrategia que iban a seguir había pasado de la primera persona del plural al singular; volvió a acusar el golpe.

273

—Lo que a mí me parece es que necesito descansar, y está claro que aquí no voy a conseguirlo.

Dicho lo cual intentó levantarse, pero el mareo lo tumbó en el sofá.

—Además, debo avisarle a Claudia lo de la liberación de Emiliano, para que duerma tranquila.

Tomás extrajo el celular de su bolsillo y marcó a la dueña del diario. Cuando la conversación entre ellos dio inicio, Amelia prefirió ir a la cocina a beber un vaso de agua. Al regresar a la sala encontró a Tomás dormido en el sofá, lo arropó con una colcha y se fue a la cama. Horas más tarde sintió la llegada de su cuerpo frío y su estrecho abrazo en busca de calor.

42

Jaime y Vidal
Viernes 14 de noviembre, 8.10 a. m.

—Con el regreso de Emiliano Reyna, toda la atención se concentra en Milena. Quiero que los equipos de trabajo se dividan en cuatro líneas de investigación. Una para recuperar lo relacionado con su pasado en Marbella, allí encontraremos la clave de todo este enredo. Otra para construir una radiografía de la banda de Bonso: burdeles, sitios de Internet, clientes célebres o influyentes, número de prostitutas, negocios paralelos, etcétera. Una más para dimensionar el poder de Víctor Salgado; me interesa en particular detectar a los políticos que le son afines y, por otro lado, los vínculos con los operadores del dinero: el viejo habló de ellos de modo casi reverencial. Y finalmente, quiero un equipo dedicado a rastrear la ubicación de Milena y de Luis.

Quince personas, algunas de pie, escuchaban a Jaime en la sala de juntas de Lemlock. Varios exhibían los estragos de la falta de sueño; la mitad de ellos había pernoctado en las oficinas, pero todos seguían con avidez las palabras de su jefe. Pertenecían a esa porción de los seres humanos que convierten un misterio por desvelar en una pasión: en la sala de juntas sobraba el tipo de adrenalina que lleva a remontar tundras heladas o a exiliarse en un laboratorio científico. Cuando Jaime les informó que los permisos y descansos de ese fin de semana estaban suspendidos hasta nuevo aviso, nadie parpadeó, impacientes como estaban por iniciar sus respectivas asignaciones.

—Patricia será la coordinadora de enlace de los cuatro equipos, quiero un responsable en cada uno de ellos y un reporte cada seis horas. Mañana hacemos otra reunión general a las nueve.

Cuando el grupo se dispersó, Jaime retuvo a Patricia y a Vidal.

—¿Qué piensas hacer con Milena cuando la encontremos? —dijo ella al quedarse solos; era el único miembro de la empresa capaz de conversar abiertamente los temas con Jaime. Seis meses antes la había convertido en socia minoritaria de Lemlock.

—Depende de lo que descubramos de su periodo en Marbella. Milena podría ser una carta valiosísima de negociación o, por el contrario, una papa demasiado caliente de la que convenga deslindarnos de inmediato. Todo indica que la presión de España se intensificó en las últimas semanas, algo tendría que haberla disparado. Todavía nos encontramos demasiado a ciegas.

—Y si damos con ella, eso no quiere decir que vayamos a entregarla a Bonso, ¿no es cierto? —dijo Vidal.

—Haremos lo que sea más conveniente para todos: hay que abordar las cosas con la razón entrenada y no con el corazón desbocado. Y no podemos descartar que, llegado el caso, entregar a Milena sea lo único que permita salvar a Luis o incluso a Claudia; espero que estés consciente de ello. En fin, no lo sabremos hasta que sepamos quién es el protector de la croata y por qué fue exiliada, solo así podremos hacer una evaluación de cada una de las opciones y sus riesgos.

Jaime dio algunas instrucciones adicionales a Patricia, tras lo cual esta salió de la habitación.

—Déjame decirte algo más sobre Milena. Digamos que es tu lección número tres: la desgracia no hace a las personas mejores, mucho menos cuando se trata de una desgracia extrema. Toda víctima es peligrosa, la tragedia las convierte en seres humanos desesperados.

La explicación le pareció a Vidal contundente e inapelable. Y sin embargo, no podía dejar de imaginar a Milena a sus dieciséis años, asustada y violada por sus captores. Ante esa visión las fisuras terminaban por cuartear los argumentos de Jaime. En lugar de decirlo, simplemente asintió con la cabeza.

—Yyo, ¿qué debo hacer? ¿Me integro a alguno de los equipos? —preguntó Vidal.

—Tu tarea consiste en no despegarte de Rina, tarde o temprano Luis habrá de comunicarse con ella y tú tienes que estar ahí para enterarte. Él ya desconectó su teléfono, así que por esa vía no hay modo de ubicarlo, pero tu amiga puede ser la clave para encontrar a Milena. Además, creo que tú y Rina tienen mucho de que hablar.

—Sí, he tratado de indagar sus motivaciones vitales, tal como me dijiste. Creo que está desorientada y no tiene referentes; busca algo que le dé sentido a su vida aunque no sepa por dónde comenzar. Tiene muchos miedos, me parece.

—Muy bien, estás en la dirección correcta: nadie se enamora de forma fulminante a no ser que esté acosado por una necesidad apremiante. No es la persona, en este caso tu amigo, sino el deseo de protección y la búsqueda de un propósito inmediato lo que la atrajo a Luis. Para ella, él representa seguridad y certidumbre.

La reflexión de su tutor dejó a Vidal sumido en el silencio. ¿Cómo podría él ofrecerle a Rina seguridad y certidumbre? Jaime pareció adivinarlo.

—En el fondo tú tienes más posibilidades que Luis de darle a Rina lo que está buscando. Para tu amigo siempre serán más importantes los retos y los proyectos que las personas. No es tu caso; te puedo asegurar que si tú hubieras estado en la situación de Luis en la cabaña, no habrías huido con Milena, tu prioridad habría sido reunirte con Rina cuanto antes e intentar protegerla. ¿Cierto?

—Obviamente. Solo pensar que Bonso se la hubiera llevado me produce náuseas.

—La clave es encontrar cómo convencer a Rina de que tú eres su verdadero compañero.

Una vez más, Vidal se quedó sin palabras. En la comparación mental que realizaba no salía muy bien parado frente a su amigo, y supuso que Rina pensaría lo mismo.

—Entonces ¿debo descubrir cuáles son las verdaderas necesidades de Rina? ¿Es eso? ¿En eso consiste hacer feliz a alguien?

—No: hay una diferencia entre necesidades y deseos. Hay mujeres que se casan para conjurar necesidades; no obstante, la mayoría se enamora persiguiendo sus deseos. Podría asegurarte que Rina es de estas últimas. Descubre cuáles son, aun cuando ella no los conozca. Cuando lo logres, será tuya.

A Vidal le pareció una meta abrumadora, inconquistable. De nuevo Jaime vino al rescate.

—Trata de entusiasmarla con el proyecto que le espera al lado de Amelia; puede convertirse en pieza clave de la líder de la izquierda en este país. No es poca cosa, y a tu tía le encantará colocarla bajo su ala y la dejará crecer. Esa es una ruta mucho más atractiva que andar de saltimbanqui detrás de Luis y sus proyectos. Allá sería una sombra; acá, una protagonista.

—Y fui yo quien le abrió esa puerta —dijo Vidal dejándose inundar por el entusiasmo.

—Así es, y ella sabrá aquilatarlo. Tienes que ponerla en esa sintonía con paciencia y delicadeza. No critiques lo que tiene con Luis, que además puede haber concluido la próxima semana; basta que lleves la conversación a la importante contribución que ella puede hacer entre los asesores de Amelia.

—Rina se quedará en casa de su tío estos días y ellos me ven como parte de la familia. Salvo para dormir, podré estar con ella todo el tiempo. Me la llevaré a un café librería para que compre los textos que necesita para su asesoría con Amelia. —La actitud de Vidal ahora era exultante; Jaime pensó que

278

a pesar de que su sobrino ya tenía dos rayitas en el entrecejo camino a la edad adulta, aún seguía siendo un adolescente.

—Oye, pero no olvides tu principal tarea: encontrar a Luis tan pronto se reporte con ustedes. Llévate un carro de la empresa y también esto —dijo Jaime y extrajo un fajo de billetes de su cartera—, no dejes que ella pague nada.

Cuando Vidal regresó con Rina, se sentía acorazado por la confianza que dan las llaves de un poderoso automóvil en la mano y varios miles de pesos en el bolsillo. Y más importante aún, tenía un plan para recuperar a su amada.

Ella estaba en la recepción de la empresa esperando su regreso, lista para marcharse.

—Tengo un hambre de caballo, ¿me llevas a desayunar?

—Encantado. ¿Has comido tortas de tamal? Carbohidrato sobre carbohidrato, no volverás a tener hambre en dos días.

—Órale. En el camino llamo a Amelia, la dejé colgada con el análisis del presupuesto. Si ella quiere, luego me lanzo para su oficina.

Rina no dijo más pero todo el camino mantuvo el teléfono en la mano, con la mirada de ida y vuelta a la pantalla en busca de alguna llamada entrante, a pesar de haber calibrado al máximo el volumen del aparato. Ni ella ni Vidal repararon en el vehículo que los seguía a cierta distancia.

Ellos VI

Yo a mis putas las trato muy bien. Las tengo como reinas; me dan placer, y yo las cubro de dinero. Bueno, no son fortunas, pero ya quisiera mi mujer ponerse los vestidos que le he visto a la Romilia.

Como todo en la vida, la prostitución no es buena ni mala en sí misma. Conozco hombres y mujeres que se dedican al servicio doméstico y los tratan peor que a una puta. Juanita, la muchacha ecuatoriana que sirve en la casa de Juan Pedro, el de las ferreterías, es esclava de sus patrones; cada semana mi mujer me describe una nueva infamia. Hasta el hijo adolescente y espinilludo se la anda tirando a escondidas y no me extrañaría que el padre también; la van a dejar embarazada y terminará despedida y preñada. Más le habría valido ser puta, al menos estaría cobrando.

Yo sé que hay burdeles de espanto y que algunas mujeres sufren las de Caín. Pero no porque hubiera explotación en las minas se dejó de sacar mineral, ¿no? Abolieron la esclavitud de los negros aunque no por eso suprimieron las plantaciones de algodón, ¿verdad?

Ahora que lo pienso, se trata simplemente de un asunto de regulación; o sea, como en las plantaciones. Si se introducen condiciones de trabajo aceptables, una supervisión sanitaria y se elimina a los chulos indeseables que las explotan, podría ser un negocio hecho y derecho, y todos felices.

Como si fuera dentista, Romilia podría tener su «consultorio» para recibir a los clientes, horas de consulta y tarifas preestablecidas. Y así como escoges doctor cuando estás enfermo, pues así eliges a la profesional del sexo que más te acomode.

Desde luego que alguien tendría que supervisarlas, cuidarlas, protegerlas, entenderse con los inspectores. Ahora que lo pienso, podría ponerle a Romilia su negocio: le cobro una comisión profesional y le descuento la inversión a plazos. Tendría que asegurarme una jornada completa, porque mi capullito de alhelí es un poco dispersa. Bastarían cuatro clientes al día, seis jornadas a la semana, para recuperar en dieciocho meses la inversión y los gastos de operación. Y si consigo reclutar a otras amigas de Romilia, las economías de escala permitirían un margen mayor de operación.

Lo anterior significaría que la unidad de servicio ideal estaría integrada por ocho profesionales, seis en cada turno y dos para suplir los descansos y las reparaciones.

Tendría una partida generosa para marketing (comisiones entre hosteleros y camareros del barrio, anuncios en la red y en diarios locales) y un presupuesto para el reclutamiento de nuevas candidatas, pues la tasa de rotación es muy alta. El asunto del reclutamiento es muy especializado, lo cual significa recurrir al outsourcing. Lo más conveniente es un inventario versátil para responder a los distintos nichos del mercado: mulatas, europeas del norte, africanas, latinoamericanas y algunas españolas (quizá podría enganchar a la ecuatoriana para los clientes de bajo ingreso).

Luego de unos apuntes en mi Excel, llego a los siguientes números:

Ingresos
6 trabajadoras sexuales activas por jornada
24 servicios mínimos por día
150 euros promedio por servicio
3.600 euros por jornada
108.000 euros mensuales operando al 100 %
54.000 euros mensuales operando al 50 %

Gastos de Personal
Salario mensual base: 1.000 euros
Comisiones por servicio: 10 %

Salario mensual acumulado por empleada: 2.440 con 4 servicios por jornada; 1.720 con 2 servicios por jornada

Nómina y comisiones estimadas al mes: 19.550 a 13.760

Gastos fijos

Renta: 4.000

Guardias (2): 3.000

Utensilios y material de operación: 1.200

Reclutamiento de operadoras: 2.000

Pago a inspectores y permisos: 5.000

Servicios médicos y sanitarios: 1.500

Contabilidad: 1.200

Marketing: 5.000

Otros gastos de operación: 1.500

Imprevistos: 2.000

Costos totales: 45.950 (al 100% de la capacidad instalada); 39.760 (al 50%).

Esto arroja un margen de operación entre 62.048 y 14.240 euros mensuales. Es decir, un EBITDA de 57% a 26% (dependiendo del número de servicios). Antes de seis meses habría recuperado con amplio margen la inversión inicial. Podría, incluso, ser generoso con mis empleadas y ofrecerles incentivos laborales: bono a la trabajadora de la semana; premio a la operadora con mejores índices de satisfacción del cliente.

Un negocio redondo. Lo único malo es que, aunque tendría sexo gratis, nunca me ha gustado acostarme con gente de la oficina. Seguiría necesitando de Romilia.

O. A. Director financiero de Ferrocarriles
de Alta Velocidad

43

Luis y Milena
Viernes 14 de noviembre, 8.45 a. m.

Luis y Milena no lograron entrar en calor en toda la noche, tampoco volvieron a abrazarse y apenas cruzaron palabra. Les llevó tres horas llegar a la carretera y otras tantas alcanzar los primeros caseríos en la búsqueda de un taxi; su marcha era lenta porque Luis prefería desplazarse a cierta distancia del camino, lejos del paso de los vehículos, pues sabía que tarde o temprano sus perseguidores podrían usar la misma ruta para regresar a la Ciudad de México.

Al despuntar la mañana detuvieron su marcha y ávidos de calor descansaron sobre unas piedras de cara a los primeros rayos de sol. Aún tenían comida pero hacía rato que habían agotado la provisión de agua; la sed les hizo ponerse de nuevo en movimiento. En el primer tendejón que encontraron compraron botellas de agua y preguntaron por un sitio de taxis: la dependienta les recomendó tomar un autobús y les indicó dónde podían encontrarlo. Caminaron algunas manzanas apenas insinuadas en lo que parecía un asentamiento irregular que no hacía nada por ocultar su miseria. Era uno más de los poblados edificados a golpe de invasiones ilegales en las pendientes que bajaban de la sierra, ajenos a la mano de Dios o de los políticos, carentes de los servicios más básicos.

Milena se sorprendió de la ferocidad de la pobreza; pese

al frío, la mitad de las ventanas eran meros huecos entre paredes improvisadas de cartón y ladrillo. Las calles eran estrías cubiertas de polvo y no tenían más trazo que la disposición arbitraria de las casas mal alineadas recostadas sobre la ladera, como hileras de fichas de dominó recién desmoronadas. Una anciana y el que parecía su nieto subían por la empinada calle cargando cubos de agua que ponían a prueba el engarce a los hombros de sus escuálidos brazos. Milena recordó un documental acerca de la vida en las aldeas africanas aisladas, escenas que podría situar en las zonas indígenas pero no en las inmediaciones de México, una ciudad con edificios y avenidas portentosas que no había visto ni en Zagreb ni en Marbella.

Media hora más tarde rodaban apretados dentro de un autobús de transporte urbano entre familias llenas de hijos que bajaban a la ciudad. Milena se alegró por los niños que pasarían el día en la escuela o en algún parque alejados de las miserias de su caserío al menos por un día; Luis prefirió no comentar que algunos de esos niños en realidad pasarían la jornada en algún cruce de la metrópoli, vendiendo alguna chuchería o pidiendo limosna bajo la supervisión de sus padres.

La estatura y el tono de la piel de ambos contrastaban con los del resto de los pasajeros, y algunos de ellos los miraban con curiosidad. Luis prefirió creer que podían pasar por excursionistas; de pie y apretujados en el pasillo del camión, él sostenía la mochila con la laptop entre su cuerpo y el de ella, como una joven pareja que acuna entre los brazos a su preciado bebé. Y en cierta forma lo era: en el aparato residía la clave para encontrar una salida al dilema de Milena, o al menos eso es lo que Luis creía. En cambio a ella le gustó que el resto de los pasajeros los tomara por un par de enamorados sin mayor preocupación que los baches del camino que les hacían saltar cada pocos metros.

Dos horas más tarde, cerca de la enorme estación del metro Tasqueña, él se registró en un hotel de cuatrocientos pesos, el tipo de lugar donde nadie hace preguntas ni pide identificaciones. Pagó en efectivo por tres noches. No tenían apremios económicos gracias a los casi nueve mil dólares que aún quedaban en la bolsa de Milena; la búsqueda de anonimato operaba a favor de su bolsillo, pues les obligaría a alimentarse en fondas y restaurantes baratos. Luis quería salir de inmediato a un café-Internet para iniciar su ofensiva en contra de Bonso, pero la noche en vela y la larga caminata les cobraron factura. Hicieron turnos para bañarse en una regadera que exudaba vestigios del paso de otros cuerpos y se metieron a dormir en la cama: él completamente vestido, pretextando el frío que reinaba en la habitación, ella con una camiseta larga que extrajo de su mochila. Durmieron toda la mañana espalda con espalda.

A las dos de la tarde Luis despertó y observó el rostro relajado y la respiración profunda de su acompañante, dormida boca arriba. La palidez de su cutis perfecto, la ausencia de maquillaje y la sábana hasta el cuello le hicieron pensar en un cadáver amortajado a punto de levitar en alguna película de terror de bajo presupuesto. Había algo virginal en la imagen que observaba; una figura vestal en el momento previo al sacrificio. Le costó trabajo hacer coincidir la pureza del rostro de Milena con los crímenes que había escuchado la noche anterior.

Decidió salir del cuarto sin molestar a su acompañante. Se revisó los bolsillos en busca de un trozo de papel para dejar una nota; al no encontrarlo, acudió a la libreta cuya esquina sobresalía de la bolsa de Milena, abandonada en una silla. Se disponía a cortar una hoja del cuaderno cuando la oyó:

—¿Qué estás haciendo? —El tono era hostil, desconfiado.

Espantado, Luis dio un salto como si, en efecto, un cadáver le hubiera dirigido la palabra. En lugar de responder, terminó el movimiento interrumpido y rasgó una hoja del cuaderno, se la mostró a Milena y devolvió la libreta a la bolsa.

—Te iba a dejar una nota; me voy a buscar un sitio público con Internet. Ahora que estás despierta, aprovechemos el papel: escríbeme algunos de los nombres que mencionaste ayer. ¿Rosado? ¿Vila-Rojas? ¿Recuerdas a otros de esos Flamingos?

La mirada punitiva que ella le había dirigido se desvaneció de inmediato al advertir la naturalidad de Luis, su ausencia absoluta de malicia; pese a todo, se levantó de la cama y caminó a la silla para revisar la libreta. Toda impresión virginal que Luis aún guardara de su compañera se desvaneció a la vista de su cuerpo, pese a la camiseta larga que lo cubría. Prefirió desviar la mirada a su propia mochila y revisó uno de los bolsillos interiores para extraer una pluma.

Mientras Milena escribía, Luis aprovechó para lavarse la cara. Luego revisó las anotaciones de la croata, hizo algunas preguntas y se dirigió a la puerta.

—Regreso como a las seis de la tarde. Sería mejor que no salieras del cuarto. Todavía hay fruta en las bolsas; cuando vuelva te invito a cenar, ¿te parece? Ahora aviso a la administración para que no pasen a limpiar la habitación.

—¿Y tú crees que alguna vez lo hacen? —dijo ella con una risa fresca mientras sus ojos recorrían el lugar. Ahora estaba contenta, la escena evocaba una vaga imagen doméstica: el marido partiendo de casa para un día más de trabajo. Milena lo alcanzó en la puerta y le plantó un beso en la mejilla—. Aquí te espero, cuando vuelvas nos vamos a cenar y me informas de tus avances. Oye, ¿me traes algunos periódicos? Y si encontraras algún libro, todavía mejor. No quiero quedarme encerrada durante días solo con esa televisión —dijo mirando el aparato que reposaba sobre una repisa—, si es que funciona —agregó con una sonrisa.

Luis pasó brevemente por la recepción, salió a la calle y se dijo que tenía que hablar con Rina lo antes posible.

44

Tomás
Viernes 14 de noviembre, 11 a. m.

Desayunaron como si no hubiera mañana: mango cortado en cubos, jugo de mandarina, huevos en salsa verde y café con pan dulce. Tomás solía despertarse tarde y hacía del desayuno su principal comida del día, o por lo menos la que emprendía con más apetito. Amelia prefería iniciar la jornada con algo más frugal y solo le acompañaba en su festín durante los almuerzos sabatinos largos y relajados en los que ambos leían y comentaban la prensa del día. Pese a que apenas era viernes decidió quedarse con él otro rato y retrasar sus compromisos de la oficina, en atención al distanciamiento que habían tenido la noche anterior a propósito de Milena.

Por la mañana no volvieron a tocar el tema. La liberación de Emiliano aún flotaba en el ánimo de Tomás, pese al asomo de resaca por los excesos etílicos de la víspera. Compararon las portadas de los diarios, juzgaron que el presidente Prida necesitaba hacer cambios en su gabinete tras dos años de desgaste y comentaron que Jaime se parecía cada vez más a su famoso padre. Amelia agradeció las rutinas de complicidad relajada que enhebraron durante un rato: la habían dejado inquieta el mal sueño y una pesadilla que involucraba a Claudia. Sin embargo, todas sus preocupaciones se disiparon cuando barajaron los pros y contras de algunos ministros y sus posibles recambios.

El desayuno terminó de manera abrupta. Isabel llamó a Tomás para decirle que Emiliano no se encontraba bien, y él prometió pasar por su casa de inmediato. Amelia conversó brevemente por teléfono con Rina, quien deseaba reanudar su análisis de la ley del presupuesto, y quedaron en verse una hora más tarde en su oficina. La pareja se despidió con un beso e hizo planes para encontrarse esa misma noche; ella lo vio partir y una vaga e indefinible sensación volvió a enturbiar su ánimo.

Tomás nunca había estado en casa de Emiliano ni conocía a su esposa en persona. Le sorprendió la mansión colonial a la que llegó, en una calle de adoquines y grandes abedules de Coyoacán. Isabel era una chilena atípica, morena y de pelo ensortijado, más fácil de imaginar en una playa del Caribe que en la sierra andina; no carecía de encanto aunque consideró que en esa pareja Emiliano era el miembro atractivo. El hijo de cuatro años que lo recibió tenía la cara del padre y el pelo de la madre, una mezcla que Tomás encontró afortunada.

El subdirector de Opinión estaba en la terraza de un patio interior rectangular, mirando abstraído el goteo rítmico de una cantarina fuente de piedra. Sobre la mesa había un ejemplar de *El Mundo* aún sin abrir. Pese a la piyama limpia que llevaba puesta, la barba de dos días y el rostro demacrado mostraban los estragos de la experiencia que acababa de sufrir.

—Son unos animales, Tomás —dijo a manera de recibimiento.

—Ya estás a salvo, Emiliano. Fue una pesadilla; ya pasó todo.

—Me mantuvieron esposado todo el tiempo en una camioneta; no me liberaban ni para dormir. Lo peor es que ni siquiera se tomaban la molestia de explicarme de qué se trataba.

—¿Te golpearon?

—Dos veces, creo, cuando reclamé con insistencia y cuando pedí auxilio al oír voces de transeúntes en la calle. En las dos ocasiones, un tipo al que llamaban el Turco entró a la camioneta y me cosió a patadas hasta que sus compañeros lo obligaron a detenerse. Creo que si no lo hacen, me habría matado a golpes.

Tomás examinó a su colega en busca de moretones y, aunque la piyama ocultaba su cuerpo, advirtió un profundo cardenal alrededor de la muñeca; supuso que el torso extrañamente inclinado y el codo pegado al costado obedecía a alguna lesión en las costillas.

—Lo siento mucho, Emiliano, tendrían que revisarte. Deja que mi chofer te lleve al hospital, podrías tener algún hueso roto.

—Ahora me llevará Isabel. Antes quería preguntarte la razón de mi secuestro: necesito saber si estoy en peligro, si mi familia está segura. Al jefe, un chaparro asqueroso, solo lo vi al principio, cuando te llamó desde mi teléfono, pero escuché algo de una Milena. ¿Qué tiene que ver eso conmigo?

—Nada —le respondió Tomás y le describió a grandes trazos la historia de la croata—. Como ves, no tienes nada que temer. No es contigo el tema; tómense algunos días, váyanse de viaje y olvida esta pesadilla. Al regresar te parecerá un mero incidente, una anécdota impactante para compartir en las charlas de sobremesa.

—¿Una mera pesadilla, dices? ¿Una anécdota para la sobremesa? —Emiliano miró a Tomás con resentimiento. Se incorporó de la silla y se bajó el pantalón de la piyama: en la nalga derecha tenía el tatuaje fresco de una enorme «B»—. Me violaron antes de marcarme y me advirtieron que ya era propiedad de ellos. —Luego, entre estallidos de rabia y sollozos sofocados, el editor explicó durante un largo rato las humillaciones padecidas.

Cuarenta minutos más tarde un Tomás profundamente avergonzado llegó al domicilio de Claudia. Durante todo el camino se preguntó cómo carajos iba a hacer para cumplir la promesa que Emiliano le había arrancado: matar al Turco.

Decidió que por lo pronto debía advertir a Claudia y al resto de los Azules que se encontraban metidos en una guerra con códigos distintos a los que conocían. Lo que le habían hecho a Emiliano no tenía lógica; le parecía una violencia tan gratuita como salvaje. Habría que tomar medidas de protección y apelar a otros argumentos para negociar o luchar si fuera necesario. Con pesar asumió que, otra vez, se hallaban en un terreno mucho más familiar para Jaime que para cualquiera de ellos.

Claudia lo recibió radiante. Después de pasar la noche en vela el día anterior, la liberación de Emiliano había hecho que la dueña del diario durmiera largo y profundo.

—Bueno, una crisis menos —dijo ella una vez que se instalaron en su estudio, provistos ambos de una taza de café. Esta vez el marido no se encontraba en el departamento—. Ahora tendríamos que preparar lo de la comida del lunes con el presidente. Supongo que deberíamos llevar una agenda aunque sea para abordarla informalmente en la conversación, ¿no?

—Supongo que sí. Las agresiones a los periodistas no han cesado y la situación económica de los diarios es lamentable; en otros países se están considerando exenciones fiscales para aliviar la crisis de las empresas dedicadas a la información. Podríamos introducir esos temas en la plática —respondió Tomás poco convencido. Le extrañó que Claudia no hablara de Milena, quien se le había convertido en una obsesión desde la muerte de su padre.

Por unos instantes consideró la conveniencia de guardar silencio sobre el tormento al que Emiliano había sido sometido y seguir la línea de conversación elegida por Claudia; si en efecto se olvidaban de Milena, era posible que no volvieran a saber del asunto y podrían continuar con la tarea de por sí azarosa de hacerse cargo del periódico. Con suerte, el tema de la inquietante libreta negra no habría sido sino una exageración senil de Rosendo Franco.

Pero no podía contar con ello; en el fondo Tomás sabía que se estaba engañando. La violencia contra Emiliano había sido gratuita y brutal, un mensaje en el mejor de los casos, un preludio de lo que les esperaba en el peor de ellos. La violación y el tatuaje fueron infligidos después de la reunión que sostuvieron con Víctor Salgado: eso significaba que el abuso contra el subdirector del diario era una advertencia. Nunca se perdonaría que por descuido o negligencia otro de los suyos, quizá la misma Claudia, sufriera alguna agresión adicional.

—Regálame una cerveza —dijo él y procedió a relatarle lo que había conversado esa misma mañana con Emiliano, incluida la reflexión que lo angustiaba desde hacía rato—. No me dejó salir hasta que me hizo prometerle que el Turco moriría, algo que no pienso cumplir —concluyó quitándole importancia a sus palabras, como si dijera una obviedad.

—¿Y por qué no? —dijo ella—. Un delincuente de mierda no puede hacerle eso a un subdirector de *El Mundo* y quedar impune. Me da lo mismo si muere durante el arresto, o inmediatamente después, en la cárcel, una vez que sea aprehendido. Se lo debemos a Emiliano, se lo debemos a la institución.

Tomás clavó la vista en Claudia como si la viera por primera vez. La actitud implacable que ahora mostraba era más propia de Rosendo Franco que de una heredera graduada en arte, con estudios en Italia sobre el Renacimiento. Por lo visto había aprendido más de la cultura siciliana que de la florentina.

—Entiendo lo que dices y te garantizo que ese hijo de puta pagará por lo que hizo; pero de eso a asesinarlo, no sé —respondió en tono vacilante.

—Si no quieres involucrarte, no lo hagas, lo entenderé. Yo me las arreglo por mi cuenta. Y ni crean que vamos a entregarles a Milena; si querían guerra, ya la tienen.

Tomás no se atrevió a recordarle que tampoco ellos tenían a Milena. El pelo rojo y la cara encendida eran la imagen misma de la indignación. Él juzgó que no era el momento de intentar argumentos disuasorios.

—¿Quieres hablar de esto con el presidente?

—No creo. Si lo hacemos, ¿luego cómo le explico que se nos murió el Turco?

Tomás no pudo evitar una carcajada.

—Pues saliste más cabrona que bonita, jefa, si me permites la expresión. ¿Estás segura de que Rosendo no te estuvo preparando a escondidas?

—No se trata de mí, Tomás. La verdad no soy nada belicosa: aquí me tienes, arrastrando un matrimonio fracasado solo por no enfrentar los inevitables pleitos. Pero *El Mundo* es otra cosa. Crecí en una casa donde es casi una religión: el diario se defiende matando o muriendo, los golpes no se quedan sin contestar. Así de simple.

—De acuerdo —dijo Tomás en tono solemne, arrepentido un poco de haberse reído de la súbita transformación de Claudia en una versión del Padrino—. Por lo pronto habrá que tomar medidas para reforzar la seguridad. Hoy mismo hablo con Jaime para pedirle una estrategia al respecto, justamente eso es lo que hace su empresa.

—¿Y tú crees que también nos puede ayudar con el otro asuntito? Lo del Turco. ¿Es de confianza?

—De confianza es. Que esté dispuesto a ayudarnos es otro tema, aunque puedo planteárselo.

Ella se levantó de la silla y se acercó a la de él; le mesó los cabellos por unos instantes.

—Gracias, Tomás. Ayúdame si puedes, y no me juzgues; no quiero que esto llegue a separarnos.

A él le conmovieron sus palabras y levantó el brazo para rodearla por la cintura; ella se retiró antes de que él terminara el gesto, dio media vuelta y le ofreció un tequila.

—Ya es mediodía, ¿no?

45

Milena
Junio de 2012

Su primer asesinato fue tan aséptico que le pareció inofensivo, anticlimático. Los Flamingos habían reanudado las sesiones apenas unos meses antes, aunque ahora lo hacían de manera más discreta que en años anteriores: una comida larga en alguna finca de descanso alquilada para la ocasión, la llegada de mujeres al caer la noche y una tertulia hasta el amanecer, interrumpida por el retiro ocasional de alguno de los invitados a las habitaciones en compañía de una o varias prostitutas.

Vila-Rojas aleccionó a Milena para que pudiera acercarse con éxito a Cristóbal Puyol durante la siguiente reunión. Le decían el Catalán pese a ser originario de Córdoba. Tenía toda la pinta de gitano, y no solo por la tez morena y el cabello lacio y graso: sus camisas floridas y la cadena de oro al cuello lo convertían en una figura disonante entre el resto de sus colegas, casi todos ellos versiones de un Julio Iglesias joven. Y a pesar de su apariencia era el fiscalista más buscado por los empresarios locales interesados en disminuir sus contribuciones al tesoro público. Puyol poseía un instinto natural para encontrar recovecos en los códigos fiscales y explotar al máximo sus debilidades; operaba en ese espacio gris de la contabilidad que bordea lo ilegal, aunque apenas lo suficiente para, en el peor de los casos, salvar a sus clientes mediante una adecuada mezcla de litigios laberínticos y tráfico de influencias.

En los últimos años Vila-Rojas había adoptado la costumbre de consultar con él las operaciones delicadas. Por lo general, en tales asesorías no se mencionaban montos, membretes de empresas o nombres de personas; se exponía el problema o la duda y se pagaba una gratificación.

Sin embargo, en alguna ocasión debió mostrarle todos los documentos y contratos que validaban la creación de una fundación filantrópica destinada en realidad a devolver a la mafia ucraniana dinero lavado en la industria turística. Vila-Rojas quería asegurarse de la legitimidad de la fachada de una sociedad recién creada que canalizaba recursos a supuestas causas humanitarias en varios países de África del Norte. El dinero se entregaba a instituciones filantrópicas locales de Marruecos, Argelia y Sahara Occidental, aunque solo una mínima parte de ese flujo se destinaba a construir pozos de agua o viviendas rurales: la mayor tajada regresaba a Europa por la vía de la compra ficticia de cereales procedentes de Rusia. Constituía un círculo financiero virtuoso: los empresarios de Marbella deducían impuestos gracias a sus donaciones y la mafia ucraniana recuperaba el dinero que suministraba a los hoteleros por concepto de cargos por alojamiento inexistentes, a precios inflados.

No obstante, después de la Operación Ballena Blanca y la detención de varios de sus colegas, Vila-Rojas se sentía menos seguro de que la fundación pasara inadvertida a los inspectores del tesoro español. Por lo pronto, había disminuido el monto de las donaciones y aumentado la construcción de obras sociales en el Sahara, pero le atormentaba el eslabón suelto que significaba Cristóbal Puyol. En caso de que el Catalán cayera, tenía la suficiente información para negociar con las autoridades un trato favorable a cambio de entregar su cabeza. Su desaparición no era urgente, pero el abogado no descansaría hasta haber eliminado esa fuente de preocupación.

La noche de la fiesta designada para el operativo, Milena no tuvo problema para emparejarse con Puyol cuando las mujeres fueron convocadas al caer la noche a una amplia finca en las colinas limítrofes de Marbella; el hombre tenía predilección por las rubias y ella se aseguró de ser la primera en situarse a su lado. La croata notó con satisfacción que él ya estaba ebrio y supuso que la tarea sería mucho más sencilla de lo que había anticipado. Sin embargo, Puyol no parecía dispuesto a facilitársela: llamó a otra rubia, una búlgara que se hacía llamar Alexa, y la instaló a su diestra. Así pasaron un par de horas en el amplio salón del lugar en compañía del resto de los invitados, mientras improvisaban entre ellas un concurso de *strippers*. Puyol era el payaso del grupo; en algún momento él mismo subió a la mesa de centro para rivalizar con las profesionales en un remedo de *striptease* que todos festejaron.

El Catalán nunca se separó de sus dos rubias. Convencido de que Alexa no iba a moverse de su sitio, Vila-Rojas se acercó a ella y con el pretexto de admirar su entallado vestido, la tomó de la cintura y se la llevó a bailar a un costado. La estratagema sirvió de poco: Puyol llamó a otra rubia para ocupar el lugar vacío. Reemplazos no faltaban; ellas eran quince, ellos siete.

Poco antes de las dos de la mañana Puyol se puso en pie con dificultad, el cerebro obnubilado, no así los deseos, vivos y urgentes. Llamó a Alexa, a quien Vila-Rojas había abandonado un rato antes, y en compañía de Milena se dirigieron a una de las habitaciones.

La primera media hora la croata ni siquiera tuvo posibilidades de acercarse a su víctima. El Catalán se quitó la ropa, se instaló en un sillón del cuarto y les pidió que hicieran el amor entre ellas. Por lo general, era una tarea que agradecían: algunas de ellas eran lesbianas, y las que no lo eran encontraban agradable, para variar, un rato de caricias sin rudezas ni penetraciones; lo convertían casi en una sesión de masajes recíprocos. Después de un rato Milena comenzó a cansarse, no así Alexa, que se había excitado al concentrarse en el sexo de la croata. Ella optó por fingir el inicio de un orgasmo para provocar la participación de Puyol; conocía los resortes que mueven a los voyeristas.

—Ven ya, mi rey —le dijo a Puyol—. Prefiero acabar en tu polla dura que en esta lengua floja.

Puyol no contestó, pero la invitación pareció animarlo; tomó su miembro y lo agitó sin quitar la vista del trasero levantado de Alexa, quien mantenía la cara sumergida entre las piernas de Milena. Al final eso favoreció las intenciones de la croata. Él se incorporó con el pene enhiesto, subió a la cama y de rodillas penetró a la búlgara por detrás: Milena se incorporó de inmediato, salió de la cama, tomó algo entre las ropas tiradas en el suelo y se colocó detrás del hombre. Mientras este embestía a Alexa, la otra acariciaba los testículos y el ano del cordobés, quien agradeció la caricia. Luego introdujo el dedo; primero con suavidad y luego con mayor firmeza cuando él aceleró el ritmo de las embestidas. Poco antes de que el hombre eyaculara, ella sustituyó el dedo por el supositorio que traía en la mano, lo introdujo y lo empujó con el índice lo más profundo que pudo. Mantuvo la posición hasta que él se derrumbó sobre el cuerpo de Alexa y se quedó en reposo. Al parecer, Puyol no advirtió la introducción de un objeto extraño o no le importó; en todo caso, se desplomó y se quedó dormido.

Vila-Rojas le había asegurado que el adminículo no provocaría una muerte repentina ni nada que se le pareciera: solo le advirtió que se desinfectara las manos lo antes posible, cosa que ella hizo de inmediato. Recogió su bolsa y aún desnuda fue al baño, donde se lavó profusamente con alcohol.

En los siguientes días estuvo atenta a la revisión de los ejemplares de *Sur*, un diario local que junto al *Marca* los guardias llevaban a la casa para enterarse de las noticias deportivas y policiales, pero nunca vio nada relacionado con Cristóbal Puyol; poco a poco dejó de seguir la prensa hasta que lo olvidó por completo. Pero cuatro meses más tarde una de sus compañeras comentó que el Catalán, uno de los clientes, se había suicidado de un balazo. Ese mismo día y el siguiente ella revisó las notas periodísticas que se publicaron acerca del suceso. «Marbella en luto por el fallecimiento de un contable respetado y querido en la comunidad por su reputación intachable», decía uno de los obituarios que cayeron en sus manos.

Según la información que Milena pudo recoger y que más tarde le confirmaría con muy pocas ganas y menos detalles el propio Vila-Rojas, encontraron el cadáver de Puyol desnudo en el despacho de su casa un lunes por la mañana. Su familia —esposa y dos hijas— había pasado el fin de semana en Sevilla con el propósito de adquirir el ajuar de novia de una de ellas. Sobre el escritorio, al lado del cuerpo, las autoridades encontraron dos exámenes de laboratorio con el mismo resultado: Puyol estaba infectado de VIH y del virus de la hepatitis C. Pese a ser potencialmente mortales, los doctores consultados por la prensa aseguraban que ambas enfermedades eran tratables. Las notas concluían que el grado de embriaguez detectado en la autopsia probablemente había ocasionado el estado de ánimo que condujo al finado a tomar tan trágica salida.

La siguiente ocasión que vio a Vila-Rojas en la *suite* del hotel Bellamar, después del suicidio de Puyol, fue la primera vez que hicieron el amor. Ella asumió que se trataba de una especie de premio; fue también la primera vez que ella alcanzó el orgasmo. La sorprendió la intensidad de la reacción de él; no se le conocía pareja y hasta donde había podido averiguar entre sus colegas, el abogado nunca se acostaba con las profesionales; solo muy de tanto en tanto, en alguna reunión de los Flamingos, aceptaba recibir alguna felación al final de la velada. Más importante aún, le pareció que por vez primera el hombre la había acariciado con cariño dejándose llevar por lo que en verdad sentía por ella.

Con el tiempo entendió que su intervención no provocó la muerte del Catalán, aunque sí la infección que constituyó la coartada perfecta para que alguien fabricara su suicidio sin despertar sospechas: lo único que necesitaba Vila-Rojas era el informe médico que hiciera verosímil que su víctima se pegara un tiro en la sien.

Durante los siguientes meses siguió viendo a Vila-Rojas cada dos o tres semanas, ocasiones en que ella le informaba acerca de los clientes visitados y las conversaciones escuchadas. No volvieron a hacer el amor hasta que se presentó el siguiente caso, sin embargo en algunas ocasiones la sesión informativa derivaba en largas conversaciones que se alargaban más allá de la medianoche en las que se hablaba de todo y de nada y dejaban en Milena la vaga sensación de una complicidad que trascendía el interés práctico que había motivado el inicio de la relación. Con el propósito de halagarlo, ella profundizó y amplió la misión que había recibido y comenzó a interrogar sutilmente a otras compañeras sobre los clientes que recibían, y ella misma tomó mayores riesgos para recabar de los suyos datos que pudieran ser de utilidad; revisaba bolsillos y carteras cuando era posible e incluso le pidió a Vila-Rojas que le mostrara el modo de escudriñar contactos y mensajes de los teléfonos abandonados momentáneamente por sus parroquianos. Encantado por su iniciativa, su tutor le regaló un celular y le enseñó a tomar fotografías de documentos por si llegara a darse la oportunidad. Sin embargo lo usó poco; le daba miedo que el Turco se lo incautara, pues en la casa donde habitaba estaba prohibido tenerlos.

46

Amelia y Rina
Viernes 14 de noviembre, 1.30 p. m.

—Estoy embarazada, Vidal —dijo Rina, y él sintió que su corazón se detenía y no solo por la indigestión provocada por el atracón de tortas de tamal al que se entregaron en un puesto de la colonia Juárez.

Al anunciar su estado, ella se descubrió el vientre, efectivamente inflado y llamativo entre los dos grandes huesos de su cadera; solo entonces él entendió la broma y sonrió tardíamente.

—Creo que necesito un Alka-Seltzer para abortar —añadió ella sobándose el abdomen.

—En la librería de El Péndulo te tomas un té de manzanilla para bajar eso —dijo él, y al instante lamentó su pobre respuesta.

Siempre se le ocurrían observaciones ingeniosas un minuto más tarde, nunca cuando las necesitaba, como un jugador que pasa la noche reproduciendo mil maneras de anotar el penal fallado. Se preguntó cómo habría respondido Luis a la broma de Rina. Juzgó que era una ocasión desperdiciada, sobre todo porque la mayor parte de la mañana su amiga se había mostrado taciturna, seguramente preocupada por Luis. Pese a que él había intentado animarla con la importante tarea que le esperaba en la oficina de Amelia, Rina estaba distraída y clavaba la vista en la pantalla de su aparato cada pocos segundos.

Al final ordenaron café en la librería de la avenida Álvaro Obregón, y mientras se los traían ella revisó la sección de textos de economía; no encontró nada que le sirviera. Él compró, para regalárselo, *Operación Dulce*, de Ian McEwan, una historia de amor con final feliz y llena de altibajos que había leído meses antes por recomendación de Tomás.

A ella le provocó una vaga irritación el presente: ahora tendría que leerlo porque él le preguntaría cada tantos días si le había gustado. Vidal era encantador, pero sus atenciones la abrumaban; reaccionaba con tal intensidad a todo lo que ella decía o hacía que terminaba por hacerla sentir incómoda. Extrañaba a Luis, cuya autoestima difícilmente podía ser lastimada.

Como si lo hubiera invocado, el teléfono de Rina vibró en su mano y mostró un número desconocido en la pantalla.

—Hola, bonita, estoy en un teléfono público, tengo que ser muy breve.

—¿Estás bien? —dijo ella mientras salía con prisa a la calle, temiendo que la señal del celular fluctuara dentro del edificio.

—Perfectamente. ¿Tú? ¿Saliste ya de Lemlock? ¿Estás libre?

—Sí, todo normal, Vidal me ha acompañado. Ya hablé con Amelia y me iré todo el día a trabajar en su oficina. Estoy preocupada por ti... —dijo en tono apenas audible al notar que Vidal se había instalado a su lado.

—Y yo por ti, pero no te angusties. Estaré ilocalizable trabajando en lo que te comenté antes de salir de la cabaña. Tampoco temas por nuestra amiga. Todo va a salir bien, ya verás.

—Prométeme que no correrás riesgos de más.

—Te lo prometo. Te llamo mañana. Y aléjate de Lemlock, nada bueno puede salir de allí. Mejor pégate a Amelia.

—*Done*. Intercambio de promesas. ¿Quieres hablar con Vidal?

—Ahora no. Besos.

Ella quiso decir algo más, pero él ya había colgado.

Vidal quedó un tanto decepcionado al no poder hablar por teléfono con su amigo, aunque con un alivio entremezclado. Sabía que Lemlock estaba registrando esa llamada y que durante su conversación habrían evaluado su capacidad para extraer información útil de parte de Luis; no quería decepcionar a su tío, pero tampoco traicionar a su amigo. Una y otra vez, Vidal tenía que convencerse a sí mismo de que el doble juego tenía como objetivo recuperar a Milena y proteger al propio Luis de los riesgos absurdos en que estaba incurriendo.

Los siguientes minutos expuso a Rina su tesis aunque con muy poco éxito.

—Por el contrario —dijo ella—, quizá la única salida es la que él propone: manipular información en la red para darle un golpe decisivo a la banda de Bonso.

—¿Cómo? ¿Eso es lo que trama? ¿Y cómo lo piensa hacer?

Ella iba a explicárselo pero decidió callar. Quizá ya había hablado de más: tenía absoluta confianza en Vidal, solo que era demasiado buena persona. Sería incapaz de traicionarla a ella o a Luis, o de provocar algo que los perjudicara; sin embargo, Jaime podía sonsacarle información sin que él mismo se diera cuenta. Rina apreciaba a Lemus, pero tenía que respetar los sentimientos de Luis; si él no quería compartir sus planes, ella tampoco lo haría.

—Ni puta idea. Oye, se nos están enfriando los cafés, con la cara que traemos van a creer que nos fuimos sin pagar —dijo ella y lo arrastró de regreso a la mesa de la que se habían levantado.

Cuando llegaron a las oficinas del PRD, Amelia ya los estaba esperando.

—¡Rina! Cuántas cosas han pasado desde que nos vimos —dijo Amelia y la estrechó con un gusto que la sorprendió a ella misma.

Había encargado sándwiches, café y refrescos que ambos

rechazaron de manera categórica; Rina volvió a tocarse el vientre y comentó que acababa de abortar. Su anfitriona no entendió la frase y asumió que se trataba de un chiste entre ellos o así prefirió creerlo.

Sin más preámbulos, Amelia les informó que Emiliano había sido liberado y que ya no había nada que temer al respecto. Rina lo celebró efusivamente y Vidal trató de mostrar el mismo entusiasmo, aunque él ya lo sabía por Jaime desde temprano por la mañana. No había querido compartirlo con Rina para que no le atribuyera demasiada cercanía con su tío; no era conveniente que ella se enterara de que él asistía a las reuniones de planificación de Lemlock.

La noticia de que el subdirector de *El Mundo* estaba fuera de peligro gracias a una negociación tranquilizó a Rina; lo interpretó como una señal de que la banda a la que se enfrentaban no tenía la vena salvaje de los sicarios del crimen organizado que habían aniquilado a su familia el año anterior. Vidal aprovechó el dato para argumentar a favor de Jaime y su capacidad de gestión frente a los delincuentes; insistió en que esa seguía siendo la mejor alternativa para negociar un futuro aceptable para Milena.

Ella decidió concentrarse durante las siguientes horas en el estudio del proyecto de presupuesto desplegado sobre la mesa de la sala de juntas de Amelia. Vidal aprovechó la pausa para ir a la casa de los tíos de Rina y solicitar a Violeta, su prima, una muda de ropa, pero no se atrevió a mencionar la parte de la encomienda que involucraba unas toallas femeninas. Prefirió ruborizarse en la farmacia pidiendo un paquete de Kotex. Admiró el tono impasible de Rina cuando lo solicitó, como si le hablara de una pasta de dientes. Él no conocía los códigos de las chicas de su edad, era un tema del que nunca se hablaba en casa; para su madre se trataba de un asunto que rozaba los límites del decoro. De regreso a la oficina, Vidal se dedicó un rato a armar una *playlist* de canciones en Spotify para compartir con Rina, una lista que ella encontró perfecta para trabajar.

—Vidal, yo voy a seguir aquí toda la tarde. Si quieres, nos vemos por la noche en casa de mi tío. Seguro tendrás algo que hacer mientras, ¿no?

—Mi quehacer en este momento eres tú. Mientras Milena y Luis anden huidos pueden necesitarnos; es mejor mantenernos juntos. Además, estoy avanzando en la compu un diseño súper de *software* en el que estábamos trabajando Luis y yo. O sea, por mí no te preocupes.

Rina se le quedó mirando y pensó que quizá había sido ingrata con él durante los últimos días; se aproximó a la otra punta de la larga mesa de juntas, lo abrazó fraternalmente y le dio un beso en la mejilla.

—Eres un encanto.

Él intentó incorporarse y casi se cayó de bruces. Cuando se puso en pie, ella ya caminaba de regreso al otro extremo de la mesa.

La turbación de Vidal obedecía en parte al entusiasmo que le ocasionaba su contacto físico, en particular cuando era iniciativa de ella; también a su prisa por bloquear la pantalla y evitar que Rina advirtiera el correo electrónico que redactaba para Jaime. En su informe explicaba que Luis manipularía algo en la red con el propósito de perjudicar a la banda de Bonso.

Poco a poco se tranquilizó; al parecer Rina no había visto nada. No obstante, la escena le hizo sentirse una vez más un traidor, sobre todo ahora que ella comenzaba otra vez a aceptarlo como algo más que un amigo y el beso espontáneo en la mejilla se lo confirmaba.

A media tarde Amelia volvió al salón de juntas y las dos mujeres intercambiaron puntos de vista respecto a los documentos del presupuesto; Vidal aprovechó para salir a los pasillos y hacer una llamada discreta a Lemlock.

—¿Tú qué opinas de Jaime? —preguntó Rina cuando se percató de la ausencia de Vidal.

Amelia la miró con atención, tratando de descifrar el sentido de su pregunta. La joven podía ser cándida a ratos; sin embargo, los comentarios técnicos que acababa de formular y las trampas que había detectado en las cifras revelaban que no tenía nada de ingenua.

—¿En qué sentido? ¿Como amigo, asesor, padrino de boda? O como decía mi abuela cuando deshojaba una margarita: ¿para esposa, para novia o para pura vacilada?

—¡Qué horror! Como padrino de boda, creo que preferiría no casarme —protestó Rina con una carcajada—. No, te lo pregunto en nombre de Milena en cierta forma. Se muestra muy interesado en rescatarla y protegerla; Vidal le tiene toda la confianza pero Luis ninguna, más bien todo lo contrario.

—Pues los dos tienen razón. En ciertas coyunturas no te puedes permitir rechazar la ayuda de Jaime. En otras ocasiones sí, es mejor pensárselo: su intervención siempre viene acompañada de una factura que tarde o temprano va a cobrar.

—Y cuando te apoya, ¿quiere ayudarte o quiere utilizarte?

—En el fondo esa es una pregunta que podría hacerse respecto a todo el mundo, ¿no crees?

Amelia se sorprendió de sus propias palabras: era una frase más cercana al cinismo de Jaime que a la joven idealista que alguna vez fue. Se preguntó si su paso por la política profesional había amargado su visión de la vida; en todo caso, la mirada ansiosa de Rina merecía más que aquel descarnado comentario. Decidió matizarlo.

—Incluso en el apoyo de un familiar hay un acuerdo tácito de reciprocidad. Quizá «utilizarte» no es la palabra que mejor describe lo que alguien espera al hacerte un favor, pero siempre existe una motivación personal; hay una necesidad dentro de todo samaritano que se desvía del camino para ayudar a otro.

Rina no quedó convencida; se dijo que la bondad no debía necesitar explicaciones. Ella misma no sabría decir por qué deseaba ayudar a Milena, ni tenía ganas de inventarse una justificación. Sin embargo, en algo tenía razón Amelia: difícilmente podría atribuir a un impulso bondadoso los servicios que Jaime ofrecía. Al final asintió.

—Es algo que tendré que resolver sola, ¿no?

—¿Lo de Jaime? Así es, aunque creo que en esto también tendrían algo que decir Milena y Luis. No te eches sola esa responsabilidad.

Ella iba a responder algo, pero el regreso de Vidal la interrumpió.

47

Jaime
Sábado 15 de noviembre, 10.30 a. m.

El sábado arrancó de modo inesperado para Jaime. En lugar de encabezar la reunión de puesta al día a la que había citado a su equipo a las nueve de la mañana, se encontraba desayunando con Tomás frente al parque México. Lejos de sentirse contrariado, la propuesta de su amigo resultó muy favorable para sus intereses.

—No digo que lo vayamos a realizar, pero si quisiéramos cumplir el deseo de Emiliano y de Claudia, ¿crees que puede hacerse? —dijo Tomás tras explicarle sus conversaciones del día anterior y la promesa que había hecho de tomar represalias por los abusos cometidos contra el subdirector de *El Mundo*.

—A ver, ¿me estás pidiendo que me encargue del asesinato del Turco? —respondió Jaime sin poder evitar una sonrisa.

—Es tan solo un escenario hipotético —respondió Tomás con los ojos clavados en el mantel.

—Por supuesto que puede hacerse —dijo Jaime y contuvo el impulso de hacer un comentario irónico acerca de la elasticidad de las buenas conciencias—. El problema no es ese.

—¿Y cuál es?

—Para los códigos de Bonso y los que están arriba de él, las represalias son exponenciales. A un dedo roto se responde con la mutilación de un brazo; una ejecución desencadena media docena de degollados. La muerte de un esbirro apreciado se castiga con el asesinato de la familia del rival. Lo que quiero decir es que eliminar al Turco es factible, pero hay que estar dispuesto a pagar la guerra que vendrá después de eso.

Tomás guardó silencio. Hasta ahora la promesa realizada había provocado en él un dilema de índole moral. Estuvo a punto de comentarlo la noche anterior con Amelia, aunque conocía de antemano la respuesta indignada que recibiría de su compañera, así que se tragó sus palabras y digirió el insomnio como pudo. Ahora advertía que los matices éticos eran secundarios comparados con las consecuencias de orden práctico: cumplir su promesa desataría una violencia de alcances insospechados.

—No vale la pena —dijo casi para sí mismo.

—Espera, eso no quiere decir que no pueda hacerse; habría que encontrar la forma de que el incidente sea atribuido a otros. Es más complicado y lleva su tiempo, pero es factible.

—Déjame hablar nuevamente con Claudia antes de hacer nada. Luego te aviso.

—De acuerdo. Mientras, preparamos un protocolo de seguridad para las instalaciones del periódico. Ahora que lo he visitado me doy cuenta de que tiene hoyos por todos lados.

—A mí me preocupan Rina, Vidal y Luis, porque Bonso y los hijos de puta que lo acompañan ya saben que la croata se quedó en casa de Rina. También Claudia está muy expuesta.

—La seguridad que trae Claudia no es mala, es la que tenía su padre, aunque puedo revisar sus procedimientos. De Rina y Vidal ya me estoy encargando, aun cuando ellos no lo sepan. Con Luis no hay manera, va por su cuenta y riesgo. El que me preocupa eres tú, la pieza más vulnerable en todo este entuerto. El chofer que tienes sirve para un carajo, por no hablar de su verborrea interminable.

Tomás se preguntó cómo diablos sabría Jaime de la verborrea de don Silvano y dejó pasar el comentario. Por otra parte, su amigo tenía razón: él mismo era en estos momentos la víctima más propicia para una represalia. Sin embargo, se le hacía cuesta arriba rodearse de un aparato de seguridad a esas alturas de la vida. Significaría perder libertades y, sobre todo, asumir uno de los símbolos de ese statu quo que siempre despreció. Por lo pronto trataría de convencer a su hija Jimena de que saliera de la ciudad, tendría que hablar con su exmujer.

Se despidieron como tantas otras veces, con la sensación de que ambos se prodigaban un mutuo e indefinible desprecio mezclado con una fascinación algo enfermiza y nunca confesada.

Dos horas después, Jaime estaba furioso: un informe tras otro de los presentados por los cuatro equipos habían arrojado muy poca información relevante acerca de Milena tras veinticuatro horas de intensa investigación. Poseían un buen perfil de la banda de Bonso, el emplazamiento de varias de sus casas, los portales a través de los cuales operaba y los intermediarios que utilizaba para producir y distribuir pornografía. Era una información valiosa para un operativo de asalto llegado el caso, pero carecía de algún dato puntual sobre la ubicación del rumano, quien al parecer había abandonado sus rutinas y no frecuentaba los sitios de costumbre.

Existía un pequeño avance respecto a Víctor Salgado. Era muy cercano al coordinador de los senadores priistas y tenía vínculos estrechos con tres gobernadores a los que posiblemente les había procurado sus jefes de seguridad pública: Tamaulipas, Michoacán y Colima, territorios infestados por los cárteles de la droga. En cambio, tenían muy poca información acerca de los circuitos financieros y el lavado de dinero con el que estaba relacionado el exdirector de prisiones.

La ubicación de Milena seguía siendo un misterio. Luis había hecho un buen trabajo para esfumarse en algún lugar de la Ciudad de México, solo esperaba que también para Salgado y los suyos los dos jóvenes fueran ilocalizables. Jaime tenía la ventaja de poder monitorizar el cordón umbilical que representaban Vidal y Rina para los dos que andaban fugados.

No obstante el avance era nulo en aquello que más le importaba. El expediente de Interpol conseguido por vías informales relativo a Bonso daba cuenta de innumerables incidentes menores con los tribunales españoles, aunque nada relacionado con Milena o Alka Mortiz. Tenía el mejor equipo de *hackers* en el país, salvo que no sabían qué o a quién más buscar en los archivos europeos. Los motivos por los cuales la croata era tan importante para el crimen organizado seguían siendo inescrutables.

A las 12.40 Patricia entró en el despacho y le hizo el día a su jefe.

—Gracias a Vidal desatoramos el tema —dijo al irrumpir en su oficina.

Jaime no entendió hasta que recordó la estrategia de Luis para contraatacar a Bonso, de la que Vidal les había informado el día anterior. El propio Lemus había pedido una quinta línea de investigación: la intervención de las sesiones de trabajo de Luis. A pesar de todos los candados que este utilizaba, Vidal les proporcionó el método que su amigo seguía para borrar sus huellas y alguna de las cuentas de correo alternas que utilizaba para recibir mensajes. En alguna ocasión Vidal había encontrado el registro que Luis tenía para acceder al círculo interno de Anonymous, la temible organización internacional de *hackers* y activistas cibernéticos. Si bien no era un miembro activo, había colaborado con ellos en diversas operaciones punitivas en el pasado.

Con estos elementos, el equipo de Lemlock dirigido por Mauricio Romo pudo encontrar algunos fragmentos del paso de Luis por la red en las últimas horas. Advirtieron que había posteado una solicitud en la bandeja interna de Anonymous para investigar a un tal Agustín Vila-Rojas, a quien acusaba de utilizar la red para lavar cuantiosas cantidades de dinero de la mafia ucraniana en España. Por lo general, a la organización internacional de *hackers* le interesaba todo lo concerniente al uso criminal de la red, aunque por el momento Luis solo pedía documentar el caso. Gracias a las contraseñas aportadas por Vidal, detectaron que uno de los alias a los que recurría se había empleado para entrar en varios sitios de la Darknet vinculados al tráfico de personas.

Los operadores de Lemlock exploraron durante un rato algunos de los sitios que Luis había visitado y no les sorprendió que se tratara de portales utilizados para las actividades de Bonso y sus secuaces.

Jaime celebró los hallazgos y dio nuevas instrucciones a su equipo de *hackers*: pidió que los mejores operadores se concentraran en la búsqueda de todo lo relacionado con Agustín Vila-Rojas y la mafia ucraniana en España. De lo poco que Víctor Salgado había dicho, quedaba claro que el pasado de Milena se relacionaba con alguien poderoso vinculado al lavado de dinero; asumió que Luis había obtenido el nombre de Vila-Rojas directamente de boca de la prostituta. Todo indicaba que se encontraban en la pista correcta. Unos cuantos movimientos de teclado lo confirmaron: se trataba de un ilustre abogado financiero de Marbella.

Lemus examinó con detenimiento al sujeto que le mostraba la pantalla. Le gustó: un rival a su altura. El misterio de Milena por fin tenía rostro.

48

Luis y Milena
Domingo 16 de noviembre, 2 p. m.

La memoria de Milena era algo asombroso, pensaba Luis mientras la veía transcribir información detallada de sus clientes: rasgos físicos, el uso de alguna frase pintoresca, la disposición del cuarto, la canción que se escuchaba aquella tarde dos años antes. Luis le había pedido que hiciera un esfuerzo para recordar todo lo que pudiera con relación a los Flamingos. Al regresar ese sábado por la noche, ella le entregó un manojo de páginas arrancadas de su libreta; después de revisarlas él se dio cuenta de que muy poco de todo ello le servía para facilitar el rastreo del crimen organizado en la Costa del Sol. Se consoló pensando que al menos había servido para mantenerla ocupada durante sus largas horas de encierro.

Con todo, al examinar el manuscrito captó aquí y allá nombres de personas y de empresas y decidió subrayar algunos datos prometedores. Al rato dejó de hacerlo; quedó sumergido en la lectura y comenzó a ver con los ojos de Milena el trasiego de cuerpos, la vida nocturna y sus efímeras felicidades, la especie humana recortada en el instante exclusivo de dar satisfacción a sus placeres. No había adjetivos ni descalificaciones, pero tampoco concesiones: solo una descripción poderosa a partir de algún detalle significativo, de una frase reveladora. En conjunto, una imagen singular y descarnada de la trata de mujeres.

Luis advirtió que las observaciones de Milena constituían a su manera una mirada fresca y desde dentro a un mundo sórdido al que a ratos parecía no pertenecer, como si el relato fuera autoría del cenicero depositado sobre la mesa, que ve pasar a hombres y mujeres en diversas circunstancias y condiciones, algunas de ellas absurdas o incomprensibles. El joven asumió que Milena había sobrevivido desconectándose de esa vida, quizá por eso le costaba ubicarla en un burdel o en un bar. Durante la larga conversación sostenida la noche anterior antes de dormirse, Milena habló de su pueblo como si hubiera salido ayer; le describió el olor de los crisantemos que flanqueaban las tumbas del cementerio, la tela rugosa del uniforme de la escuela, la canasta de basquetbol que nunca utilizaban. Pero tampoco podía situarla como la adolescente pueblerina que esas descripciones evocaban. Durante diez años Milena había vivido en la burbuja de sus lecturas, su vocabulario era extenso y literario, podía trasladarse con más facilidad que él a un paisaje siberiano o entender en todos sus matices las distintas versiones de los celos.

Sin embargo, en otros momentos de la conversación mostraba que lejos de su aparente distanciamiento emocional, a la mujer la devoraba un profundo rencor en contra de los responsables de su tragedia. Una parte de ella quería escapar para olvidar su pasado; otra parte estaba decidida a cobrar venganza.

La mañana de ese domingo fueron a un mercado popular a comprar fruta y algo de ropa para él; desayunaron en un puesto con una mesa larga y comunal. Milena nunca había estado en uno y la explosión de colores y olores le pareció fascinante. Una y otra vez preguntó el nombre de frutas y verduras desconocidas, algunas de las cuales sorprendían al propio Luis. En alguna novela ella había leído acerca de la chirimoya y el camote y se maravilló al contemplarlos por vez primera.

Luego caminaron dos manzanas para adquirir los periódicos. A él le pareció curioso el interés creciente que ella había adquirido por la prensa en los últimos días, como si estuviera en busca de algo. Al principio creyó que tenía que ver con Amelia, a quien Milena había visto en uno de los diarios que le trajo el primer día. Se trataba de una entrevista en la que la líder del PRD había exigido una ley mucho más severa en contra de la trata de personas. La croata había comentado con admiración los argumentos de Amelia.

Pero al pasar los días se dio cuenta de que el interés de Milena por las noticias trascendía el ámbito local. Ahora le solicitaba periódicos internacionales que no siempre podía conseguir en los barrios populares por los que él se desplazaba. En alguna ocasión le pidió que buscara en Google lo que estaba pasando en Ucrania y ella leyó directamente de la pantalla durante un rato. Un interés tan puntual terminó provocando su curiosidad:

—¿Y qué tiene que ver Croacia con Ucrania? ¿Tienes parientes allá? —le había preguntado la noche anterior.

—Ninguno. Lo que pasa es que la mafia ucraniana de Marbella es muy poderosa y está dividida en dos grupos que conocí muy bien —había respondido ella, aunque Luis advirtió un ligero titubeo en la voz.

—¿Y lo que está pasando en Ucrania les afecta?

—Mucho. Uno de los dos grupos era muy cercano al presidente prorruso que salió huyendo del país en febrero. El otro no. Supongo que la manera en que termine todo esto modificará las cosas en Marbella, al menos entre esa mafia.

Luis recordó vagamente las noticias que había leído a principios de año de los lujos faraónicos con los que había vivido el presidente anterior, al parecer un títere de Putin. Evocó las imágenes difundidas en la televisión de la gente del pueblo recorriendo los salones palaciegos y los lagos artificiales tras la partida precipitada del mandatario refugiado ahora en Moscú.

Entendió que Milena aún se guardaba algo sobre su vida anterior, pero no quería presionarla. Menos ahora, que parecía haber renacido apenas cuarenta y ocho horas después de querer lanzarse a las vías del metro.

Luis sabía que corrían un riesgo innecesario exhibiéndose juntos en el mercado o caminando por la calle en busca de un puesto de periódicos, pero Milena estaba contenta y más tranquila con la vida sencilla y casi hogareña en la que se habían instalado. Al darse cuenta de que él mismo lo disfrutaba, no pudo impedir el asomo de una incómoda turbación.

Habían dormido de nuevo espalda con espalda, aunque esta vez él se quitó la ropa y se quedó en calzoncillos y camiseta. A diferencia de la primera noche, en la segunda no concilió el sueño con facilidad. Le costaba relajarse con el cuerpo de Milena a centímetros de distancia. Cuando despertó, ella tenía un brazo sobre su torso y su respiración le cosquilleaba en el cuello.

Sin embargo, debía reconocer que tras el incidente en el bosque ella había evitado cualquier gesto que pudiera interpretarse como un intento de seducción: entraba al baño totalmente vestida, se aseaba y volvía a vestirse antes de salir.

Durante la mañana, mientras ella se bañaba y él trataba de concentrarse en otra cosa que no fuera el sonido del agua y la imagen de su cuerpo enjabonado, pensó en Rina y en el único baño que habían disfrutado juntos; no resultó una buena idea, porque eso aumentó su excitación. Luego se dejó inundar por la cálida certeza que le producía pensar en Rina. Recordaba, sobre todo, la sensación que le invadía de estar en el lugar correcto cuando se encontraba a su lado. No obstante, no había mucho material para alimentar sus recuerdos. Luis cayó en la cuenta de que había pasado más horas con Milena que con su enamorada. Se dijo que la situación no debería prolongarse, por muchos motivos.

Cuando por fin se instaló en una cafetería esa misma tarde, la larga sesión en la computadora le permitió dejar atrás cualquier devaneo emocional. Se concentró en sus pesquisas con tal intensidad que tardó en percatarse del sonido de la alarma que señalaba los noventa minutos transcurridos en el uso de la misma conexión inalámbrica, en un establecimiento de Gloria

Jean's Coffees. Había diseñado un circuito de doce lugares que ofrecían Internet público entre los que se desplazaba cada hora y media: era una medida de seguridad adicional que se sumaba a todos los *firewalls* y candados que lo protegían. Ninguna precaución sobraba, considerando el carácter explosivo de algunos de los portales en los que llevaba desde el viernes indagando.

Gracias a la información que le había pasado Milena acerca de las operaciones de Vila-Rojas, Luis tenía una enorme cantidad de hilos de los que tirar. Quizá ni el propio abogado era consciente de los datos que la croata había logrado acumular desde que se lo topó en su camino. Los clientes solían ser chismosos y presuntuosos durante las conversaciones poscoitales, y los empresarios y funcionarios de Marbella no eran la excepción, particularmente cuando creían haber construido una relación personal con una prostituta. Milena había asistido a infinidad de fiestas en las que los hombres de poder se relacionaban entre sí como si estuvieran solos, a pesar de estar flanqueados por profesionales; las mujeres de la noche eran objetos que pasaban inadvertidos cuando ellos hablaban de negocios o presumían de sus hazañas. La satisfacción expresada por un negocio redondo, una cita exitosa, la apertura de un nuevo proyecto eran datos sueltos que ella había atesorado cuando pudo relacionarlos con algún miembro de los Flamingos. Con el tiempo había terminado por detectar una buena porción de las empresas, socios y operaciones con las cuales Vila-Rojas estaba vinculado.

La información que Luis acumuló en pocas horas era cuantiosa, aun cuando mucha de ella resultaba inútil. No obstante, pudo darse cuenta de que las operaciones más abultadas y los temas más delicados tarde o temprano se relacionaban con Rusia o Ucrania. Al parecer, Vila-Rojas participaba en las dos puntas del fenómeno: en el momento de entrada de los capitales sucios y en el instante de salida de los capitales limpios. Con frecuencia ambas se relacionaban con asuntos vinculados a ciudadanos de las repúblicas exsoviéticas.

Luis abrigaba la esperanza de que algunos miembros influyentes de Anonymous se interesaran en la cuestión, pese a que no dejaba de ser una posibilidad peregrina; había tantas actividades criminales en el ciberespacio que la organización apenas investigaba una ínfima parte del universo de la Darknet. Tenía más confianza en el correo por vía clandestina que había enviado a Mala, una madrileña legendaria entre los *hackers* europeos, a quien había conocido en persona diez meses antes durante su larga estancia en Barcelona. Mala era su alias profesional, aunque todo el mundo la conocía como la Mole. Hacía honor a sus dos apodos.

Un año antes un amigo común los puso en contacto cuando Mala buscaba a un *hacker* mexicano de confianza para vengarse de una cadena hotelera de la Riviera Maya que la había estafado durante sus vacaciones. Luis le facilitó el acceso al registro público de la propiedad de Quintana Roo y a los archivos digitales de la oficina de Desarrollo Urbano local; gracias a ello, Mala pudo difundir en las redes sociales las violaciones a las normas ecológicas y el daño que los empresarios ibéricos habían ocasionado durante la construcción del hotel. Las autoridades se vieron obligadas a cerrar durante dos semanas los búngalos edificados sobre una zona de manglares.

Ahora Luis le cobraría el favor: ella y sus amigos podrían avanzar más rápido en la exploración de las redes de lavado de dinero de Agustín Vila-Rojas, o por lo menos eso esperaba. Todavía no tenía muy claro qué iba a hacer con la información una vez que la consiguiera. Para su sorpresa, Milena se había negado tajantemente a que las investigaciones que él hiciera afectaran a Vila-Rojas o a sus negocios. Él no supo si su actitud obedecía al temor o a una forma de aprecio por su mentor, pero cada vez tenía más claro que la libertad definitiva de Milena pasaba a la fuerza por el abogado granadino.

Las solicitudes enviadas a Anonymous y a Mala le permitieron hacer a un lado el frente español y concentrarse en Bonso y sus aliados; en este caso sí tenía una idea muy clara de lo que quería hacer. Posteó distintos avisos destinados a envenenar la relación de Bonso con bandas rivales: rumores de una epidemia de VIH en las mujeres del principal proveedor de los *table dance* de lujo, acusaciones de desfalco y engaño en contra de Gardel, un poderoso argentino introductor de latinoamericanas en el mercado mexicano; colocó los avisos simulando direcciones IP vinculadas a Bonso y luego borró superficialmente el rastro. Juzgó que cualquier *hacker* sería capaz de recorrer el camino de regreso hasta el propio rumano. Y sabía que el crimen organizado los tenía: una porción cada vez mayor de las operaciones clandestinas se hacían a través de Internet. Confiaba estar implantando la semilla de una represalia en contra del rumano de parte de sus competidores.

Por último, dedicó algunas horas a la asignatura más temeraria. Utilizó las mismas IP para entrar a una dirección de la Darknet donde se ofrecían servicios de sicarios anónimos y prometió una suma tentadora de bitcoins, la moneda del mercado digital, a cambio de la cabeza de Gardel. El sistema era sencillo e impecable: el *broker* retenía los bitcoins ofrecidos y los liberaba a aquel que ofreciera pruebas sustantivas de haber cumplido el cometido. Por esta vía era imposible detectar al emisor, al emisario y al destinatario final de la operación. Confiaba en que Gardel se enterara de la amenaza y la atribuyera a Bonso gracias a los mensajes que previamente él había hecho circular en las redes.

Luis miró a su alrededor, acosado por la repentina sensación de saberse en falta: dos mujeres conversaban en la mesa de al lado acerca de la norma del uso del sombrero, y con una de ellas había cruzado la vista en un par de ocasiones; un joven a dos metros de distancia no había quitado la atención de su tableta en la última media hora y el empleado de la cafetería, fiel a su oficio, ignoraba a todos los presentes. Sin embargo, no podía librarse de la impresión de que la atmósfera del salón había cambiado y que aquellos que lo rodeaban no podían seguir indiferentes ante lo que estaba a punto de poner en marcha. Titubeó algunos instantes antes de oprimir la tecla de envío, pensó en Jaime y la sorpresa que se llevaría cuando se enterara de su ingeniosa estratagema para eliminar a Bonso. Volvió a pensar en Jaime, reflexionó durante algunos instantes y decidió que él no quería ser un asesino; su dedo se desvió de la tecla *Enter* y en su lugar oprimió *Delete* repetidas veces.

49

Tomás y Claudia
Lunes 17 de noviembre, 3 p. m.

Encontraron al presidente de muy buen humor: el día anterior la OCDE y el Banco de México habían fijado un pronóstico de 2.4 por ciento de crecimiento del PIB para el año que cerraba, modesto aún pero dos veces superior al del periodo previo. Los expertos sabían que la mayor parte de esa mejoría era resultado de un entorno internacional favorable, aunque eso no impediría que el gobierno se apropiara del mérito atribuyéndolo a la bondad de las reformas implantadas. Podía no ser exacto pero en el fondo era justo: cuando la economía nacional se desplomaba por el impacto de una crisis internacional, la culpa le era asignada al presidente. «Unas por otras», consideró Tomás.

—Claudia, agradezco la oportunidad que me ofrece tu visita para reiterarte mi pésame. Una gran pérdida para el país —dijo Alfonso Prida al caminar hacia ellos con los brazos abiertos.

Estrechó a la hija de Franco como si fuera un familiar cuya ausencia se ha extrañado. El presidente era un hombre apuesto y de aspecto juvenil pese a sus cincuenta años recién cumplidos; el tipo de hombre al que le resulta más fácil cortejar a las mujeres que construir complicidades con los varones.

—Debes de estar abrumada con las nuevas responsabilidades, pero se te ve muy bien —agregó el anfitrión en tono apreciativo tras los saludos de rigor, de camino a una sala con vistas a los extensos jardines.

—Gracias. La verdad, Tomás se ha echado a las espaldas buena parte de la responsabilidad.

—Pues en efecto es una enorme responsabilidad. *El Mundo* es una institución clave de la vida nacional —asintió el mandatario.

Tomás no supo si en el comentario presidencial se colaba un tono irónico o entrañaba algún escepticismo acerca de su capacidad para asumir el reto. Supuso que su nombramiento no había sido una buena noticia para Los Pinos; los priistas habrían preferido a un director más asequible, a un periodista más cercano a los círculos institucionales.

Después de un tequila durante el cual conversaron frivolidades, pasaron a una mesa dispuesta para tres personas. Prida disculpó la ausencia de la primera dama por encontrarse de viaje, y más tarde Tomás consideraría que eso favoreció el éxito de la reunión. Había creído que Claudia se mostraría nerviosa y tensa por su falta de experiencia, y resultó todo lo contrario: una vez que se dio por enterada de la coquetería innata del presidente, convirtió la conversación en un estira y afloja más propio de un cortejo de bar que de una confrontación entre el primero y el cuarto poder.

—Aquí en corto, dígame, presidente, ¿de veras lo que le gusta beber es tequila o es un gesto patriótico por aquello de la denominación de origen? —dijo cuando él hizo alusión por segunda vez a la belleza de su invitada.

Y en efecto, lucía espectacular: un vestido negro entallado, cabellera pelirroja suelta, collar y aretes de perlas verdes a juego con los ojos.

—La verdad, lo mío es el mezcal, solo que pensé que ustedes eran demasiado finitos —respondió él con una carcajada para quitar cualquier rastro de hostilidad a sus palabras.

—A la hora de la cruda a mí me duele igual, será porque no tengo dispensas constitucionales —continuó retándolo ella.

—Eso ya es de *nacencia* —dijo él—. Mi hígado nació con la banda presidencial puesta.

Mediada la comida, Prida hizo un amigable reclamo al hecho de que *El Mundo* hubiera sido el único diario que no mostraba en primera plana la noticia de la bonanza económica. Tomás prefirió omitir su opinión de que 2.4 por ciento de crecimiento estaba lejos de reflejar una bonanza, e intentó explicarle que en condiciones normales lo habría publicado de manera destacada, pero no en el día en que los directivos visitarían al mandatario: un titular de ocho dedicado al gobierno, fuera positivo o negativo, era un detalle de mal gusto. En el primer caso, si fuera positivo, parecería un acto de adulación; en el segundo, de descortesía.

Prida les confesó que su oficina de comunicación se había encolerizado por el aparente desdén del periódico e incluso lo interpretaron como el inicio de un viraje radical en la línea editorial, aunque aceptó las razones que ahora aducía Tomás.

—¿Ven por qué hace falta mantener estas reuniones con frecuencia? Además del placer de beber con la *publisher* más guapa del continente, permite clarificar los malos entendidos.

—No solo eso, también permite poner sobre la mesa algunos de los temas que nos preocupan —dijo Tomás, tras lo cual dedicaron un buen rato a comentar las agresiones a los periodistas y la crisis financiera de los diarios.

Prida hizo alguna anotación en su libreta y prometió que en los siguientes días un funcionario los llamaría para buscar una estrategia respecto a los dos asuntos.

Durante el café —ninguno aceptó postre—, Claudia habló del preocupante asunto del tráfico de personas y en particular de la trata de mujeres procedentes del extranjero, que se realizaba con la complicidad o la negligencia del Instituto Nacional de Migración.

—La ineficiencia del INM es un tema viejo, y en efecto se ha acentuado por el auge de las redes internacionales. Sin embargo, hoy renunció Marcelo Galván. Representaba a la vieja guardia en el Instituto; eso dará posibilidades de hacer una limpia radical —dijo Prida, y tras una breve pausa añadió—: Se va a Houston por una repentina emergencia de salud, al parecer fue víctima de un accidente.

Tomás y Claudia evitaron mirarse a los ojos. El periodista se preguntó si el comentario del presidente había sido casual o los estaba tanteando. Claudia elogió la vajilla poblana y la decoración del acogedor comedor. Ninguno de los tres volvió a tocar el tema.

En el coche, de regreso al periódico, Tomás y Claudia se felicitaron por el éxito de la reunión. Ambos acusaban el impacto de los tequilas bebidos y tuvieron que aceptar que, en efecto, el hígado presidencial era heroico.

—Una cosa tengo que reconocerle —dijo Tomás poniendo una mano sobre el muslo de ella—, el cabrón tiene buen gusto: se la pasó chuleándote toda la comida. La verdad, ibas vestida para matar. Hoy estás especialmente guapa.

Claudia volvió el rostro hacia él, su nariz casi rozándolo, y preguntó en un murmullo apenas audible:

—¿De veras lo crees, corazón?

Tomás no respondió, solo acercó los labios a los de ella. No llegaron a tocarse. El chofer de Claudia los interrumpió:

—Un mensaje de su secretaria. Dice que es muy urgente, don Tomás —afirmó el conductor mirando su celular.

Ambos cayeron en cuenta de que no habían encendido los teléfonos apagados durante la comida. Tomás activó el suyo y, antes de iluminarse por completo, alcanzó a ver el mensaje en la pantalla:

«Un sicario asesinó a Emiliano hace cinco minutos de dos disparos a la cabeza».

50

Milena
Febrero de 2013

A diferencia del primero, el segundo asesinato en el que participó no tuvo nada de sutil. Javi Rosado era en todo distinto al Catalán, su anterior víctima: un hombre bajo, prematuramente calvo, invariablemente vestido de corbata pese a los inclementes calores de la costa. En suma, la imagen viva de lo que era: un contador pulcro, discreto y meticuloso. Era, además, el único miembro honesto entre los Flamingos, salvo por el hecho de que se dedicaba al lavado de dinero. Pero a diferencia de todos sus colegas, Rosado no hacía negocios laterales con el dinero de sus clientes, ni tomaba comisiones adicionales o cargaba cuantiosas facturas por gastos de operación. Llevaba una vida laboriosa y discreta, austera incluso. Era un soltero empedernido aunque tenía una pasión sofocada, literalmente sofocada: gustaba del orgasmo por asfixia.

Por su discreción y honestidad, fue el único miembro de los Flamingos con quien Vila-Rojas hizo negocios. En realidad, nunca compartieron despacho, pero se convocaron uno al otro en innumerables ocasiones sabiendo que se complementaban: Vila-Rojas se especializaba en finanzas internacionales y sus aspectos jurídicos; Rosado, en los asientos contables del día a día. La imagen de escribano que proyectaba el contador terminó inspirando confianza en los círculos mafiosos.

Sin embargo, el acoso de las autoridades convirtió a Javi Rosado en un cabo suelto de enorme peligro para Vila-Rojas. Este sabía que la desaparición de su amigo implicaría riesgos adicionales porque era el único de sus colegas claramente vinculado a sus negocios; una muerte violenta atraería una nube de investigadores sobre sus asuntos y su persona. Por otra parte, varios de sus clientes no aprobarían la eliminación de un operador tan útil y eficiente como el contador Rosado.

Por fortuna, Vila-Rojas conocía su secreto y decidió aprovecharlo. En alguna ocasión, dos años antes, en medio de una de las fiesta del grupo, una de las prostitutas pidió auxilio a gritos desde una de las habitaciones. Eran las cuatro de la madrugada, Vila-Rojas se hallaba solo y a media luz, bebiendo un último whisky antes de marcharse a casa. Al acudir al dormitorio vio a Rosado desplomado y boca arriba en la cama con un fular alrededor del cuello y una de las puntas amarradas a la cabecera del lecho. El rostro del contador había adquirido un rojo imposible y las venas de la frente y la calva parecían a punto de reventar: Vila-Rojas aflojó el nudo que le oprimía la garganta, le vació en la cabeza y en el torso el contenido de la hielera y vio a Rosado regresar de ultratumba entre arcadas animales. Acto seguido, extrajo de su propia cartera dos mil euros que entregó a la mujer y le advirtió que pagaría con la vida cualquier infidencia. Vila-Rojas cerró la puerta y esperó a que su amigo se recuperara. Veinte minutos después, en medio de su catarsis, Rosado se sinceró con su salvador y explicó que la asfixia era la única vía que tenía para lograr un orgasmo, aunque rara vez recurría a ella por los riesgos que entrañaba. Juró que nunca más lo haría, y a su vez Vila-Rojas le aseguró que nadie se enteraría de su mortal afición, pero eso había sido antes de que Rosado se convirtiera en un peligro. A principios de 2013 el abogado juzgó que había llegado el momento de proporcionar a su colega uno de sus peligrosos orgasmos.

Dos semanas antes de la siguiente fiesta de los Flamingos,

lo invitó a comer con el pretexto de hacerle una consulta técnica. Ya no acometían negocios juntos por precaución, aunque seguían intercambiando consejos en sus respectivas áreas. Al final, tras pedir un digestivo, Vila-Rojas le hizo una confidencia: después de enterarse de la debilidad de su amigo, la curiosidad lo había llevado a practicarlo algunas veces, eso sí, tomando todas las precauciones. En el proceso encontró a una profesional experta en una técnica segura de asfixia para precipitar el paroxismo sin poner en riesgo a su cliente. Le aseguró que ya lo había hecho en media docena de ocasiones con increíbles resultados; la mujer se llamaba Milena y la llevaría a la próxima fiesta como un regalo a su viejo amigo.

En un principio, Vila-Rojas había pensado hacer un trato con su pupila a cambio de su libertad: convencer a la croata de aceptar un cargo por homicidio involuntario, que aceptara una condena de cinco a seis años, de los cuales solo cumpliría tres, y después de eso permitirle un retiro prematuro con una buena suma de dinero bajo el brazo. Ya había localizado a la prostituta con la que Rosado tuvo el incidente de asfixia dos años antes; ella podría confirmar en tribunales la peligrosa afición del contador.

Pero eso implicaría perder a Milena para la última de las asignaciones, la más peligrosa. Decidió que el acuerdo originalmente concebido para su cómplice también podía ser atractivo para alguna otra de las mujeres de la casa y no se equivocó. Milena evaluó durante algunos días al resto de sus colegas y eligió a Velvet, una húngara desesperanzada en quien había advertido tendencias suicidas. Milena pensó que la oferta era, en el fondo, un modo de salvarle la vida; Velvet aceptó con la condición de no participar personalmente en la ejecución de la víctima.

Milena pasó las siguientes dos semanas practicando durante las pocas horas en que se quedaba sola. Vila-Rojas le facilitó un cinturón con una hebilla similar a las utilizadas en los asientos de los aviones, aunque este era más delgado. Dos argollas en los extremos permitían anudar a la hebilla cuerdas adicionales que podían atarse en algún punto fijo; bastaba con tensar cualquiera de ellas para que el cinturón se cerrara de forma inexorable sobre su presa.

La muerte del Catalán, cuatro meses antes, no había provocado en Milena mayores secuelas, nada que le impidiera conciliar el sueño en la madrugada. Además de ser un delincuente, el tipo tenía fama de maltratador entre las mujeres de la noche, y su intervención se había limitado al suministro de un simple supositorio. Eso fue al menos lo que se dijo a sí misma, con absoluto éxito para la tranquilidad de su espíritu. No obstante, desde el principio le resultó obvio que lo de Rosado sería diferente. En esta ocasión ella provocaría su muerte de la misma manera en que su abuela provocaba la de los pollos al degollarlos y su padre la de las ovejas al abrirles el cuello, algo que de niña nunca pudo contemplar sin horrorizarse. Durante su última sesión con Vila-Rojas, este advirtió sus titubeos y le insistió en la naturaleza criminal de las actividades de Rosado, la ausencia de esposa e hijos, la vida solitaria y miserable que llevaba. El mundo podía pasar perfectamente sin un operador más de los infames mafiosos que controlaban la prostitución y el crimen organizado en Marbella. Milena pensó que lo mismo podría aplicarse a su tutor, pero prefirió concentrarse en la lógica de sus argumentos.

La noche señalada para la ejecución, los acontecimientos se desarrollaron tal como Vila-Rojas había anticipado, al menos al principio. La casa anfitriona, una villa de descanso propiedad del empresario Jesús Nadal a las afueras de la ciudad, ofrecía condiciones inmejorables para sus planes; el granadino la conocía porque había sido sede de otras fiestas en el pasado. Las habitaciones principales en la segunda planta tenían una puerta trasera que comunicaba a un balcón común, lo cual permitía desplazarse entre una y otra sin que el resto de los invitados lo observaran. Instruyó a Milena respecto al dormitorio que debía elegir y le aseguró que él estaría en la habitación contigua.

Hasta las once de la noche no hubo contratiempos. Pero la súbita llegada de varios hombres de seguridad intranquilizó a los asistentes. Los sujetos inspeccionaron brevemente el lugar y luego se retiraron para dar paso a Yasha Boyko, el ucraniano cabeza de la mafia rusa en Marbella. El hombre saludó con una inclinación de la cabeza a Vila-Rojas, y a los demás con un ademán tranquilizador; un guardia a su servicio se mantuvo a un costado de la puerta principal. La atmósfera de la fiesta se congeló en ese instante.

—Sigan con la fiesta, mis amigos. Solo quise pasar a saludar y a tomarme un trago con ustedes. Soy su anfitrión, ¿saben? Compré esta finca hace dos meses, así que siéntanse como en su casa.

Algunos de los asistentes acribillaron con la mirada a Jesús Nadal, responsable de la fiesta, quien bajó la vista avergonzado. Más de un integrante de los Flamingos habría deseado retirarse de inmediato, pues nadie quería que lo relacionaran públicamente con Yasha, por más que en privado todos desearan hacer negocios con él. Pero tampoco querían desairar al poderoso capo. Provocar su enemistad era aún más peligroso que atraer la atención de los fiscales del Ministerio de Economía. Sin previo acuerdo, cada uno de los presentes decidió permanecer en la fiesta aunque nadie se acercó al ucraniano.

Al parecer, a este le tenía sin cuidado el vacío creado a su alrededor. Sabedor de las reuniones de los Flamingos y del poder que tenía el grupo de operadores jurídicos y financieros, había querido dar un golpe de autoridad presentándose en una de sus reuniones privadas y mostrar que también este era su territorio.

Yasha abordó a uno de los meseros, tomó un vaso con whisky y examinó a los asistentes. Advirtió a Milena de pie al lado de un enorme ventanal, un tanto apartada del resto, y caminó en su dirección.

—Eres la única que no está vestida como furcia. También

la más bella —dijo a modo de saludo. Sin embargo no parecía haber lascivia en el comentario; por el contrario, su tono era respetuoso, admirativo.

Milena quedó paralizada y se preguntó si la presencia del mafioso significaba que tendría que abortar la misión que le había encomendado Vila-Rojas. Sintió cómo su espalda se liberaba súbitamente de un enorme peso. El alivio y las muchas horas acumuladas en fiestas como aquella la hicieron responder en automático.

—Y tú el único que no está temblando en la habitación. Les has puesto los pelos de punta.

Yasha rio de buena gana. «Una puta inteligente», pensó, aunque no fue eso lo que dijo:

—Menos a ti. No tienes un cabello fuera de lugar —comentó en tono apreciativo mientras tocaba suavemente las puntas de su larga cabellera rubia.

—Tú tampoco —dijo ella mirando su cabeza calva.

Los dos rieron a carcajadas.

Tampoco ahora que había hecho contacto físico Yasha producía la sensación de encontrarse en algo que se asemejara al cortejo. Parecía más bien cumplir el papel que se esperaba de él. Ella lo observó con mayor cuidado y al examinar su cuerpo alto, pero muy delgado y desgarbado, entendió que tampoco le sería fácil representar el papel de capo de la mafia. Al menos no entre sus paisanos, por lo general robustos, enormes y rubicundos. La anatomía de Yasha no proyectaba un poder tangible, una fuerza física capaz de intimidar. Los argumentos de ese hombre estaban en otro sitio, supuso Milena y eso le inspiró una sensación de simpatía.

Desde otra esquina del salón, Vila-Rojas intuyó el intercambio entre ellos y le atacó un súbito impulso de celos. Observó a Yasha, embebido en la conversación con Milena, y a esta en un vestido de satén largo y entallado, y le pareció una diosa bella e inalcanzable.

Continuaron charlando otro rato, aislados del resto aunque

siempre vigilados de reojo por todos los asistentes, hasta que Yasha juzgó que el propósito de su presencia estaba cumplido.

—Búscame si alguno de estos te mete en problemas, cariño —dijo al despedirse.

—Es más fácil que sea a ti a quien uno de estos meta en problemas, corazón —respondió ella con una sonrisa.

Él se dio la media vuelta, aún riendo, y se dirigió a la puerta de salida. No se despidió de nadie.

Pasó un rato antes de que la reunión retomara el ambiente festivo y relajado que Yasha había interrumpido. Pero el alcohol y la compañía de las mujeres volvieron a relajar a los Flamingos. Milena buscó con la mirada en repetidas ocasiones a Vila-Rojas para recibir instrucciones en un sentido u otro. Al parecer, este asumió que no había razón para cambiar sus planes, porque en algún momento cuando ella lo observaba, se apretó la garganta en un remedo de asfixia con el pretexto de acomodarse el cuello de la camisa.

Al arrancar la velada Vila-Rojas había atraído la atención de Rosado hacia Milena, y en algún momento el contador se acercó a la croata para solicitar su compañía más tarde. Pasó las siguientes horas alejado de ella. Milena lo prefirió así; cuanto menos lo conociera, más fácil sería su misión. Y sin embargo, no pudo evitar que sus ojos buscaran continuamente a su víctima y registraran los modos tímidos y huidizos que caracterizaban su comportamiento en la fiesta: se instaló en la esquina de un sofá de tres plazas, con un cojín encima de las piernas que parecía utilizar como escudo ante una imaginaria agresión, y participaba poco o nada en las conversaciones a su alrededor. Si una mujer tomaba asiento a su lado, colocaba una mano sobre su muslo y apenas le dirigía la palabra. Si alguien le ofrecía un trago, tomaba el vaso, le daba un par de sorbos y terminaba por abandonarlo en la mesa de al lado.

Milena juzgó que el contador era un observador, como ella. Eso le provocó un ramalazo de arrepentimiento, aunque luego juzgó que esa cualidad lo convertía en un peligro por partida doble para Vila-Rojas; pese a su apariencia vulnerable y anodina, era probable que ese hombre conociera más secretos que todos sus colegas juntos. También advirtió, con preocupación, que su fragilidad podía esconder un cuerpo fibroso y duro. Cuando por fin se quitó el saco, ella observó que a pesar de su constitución delgada y su baja estatura, poseía espaldas firmes. En algún momento lo vio mover el cuello lentamente en círculos, como si esperara escuchar el ruido de los huesos; un movimiento que había observado en algunos clientes asiduos al gimnasio. El hecho de que no se embriagara tampoco era una buena noticia para el plan que habían maquinado.

Para su fortuna, el contador fue el primero que decidió pasar a la zona de dormitorios; eso les permitió elegir la habitación y evitó que alguno de los invitados solicitara a Velvet, pese a que la húngara se había mantenido lo más apartada posible de la concurrencia.

Rosado fue hasta donde se encontraba Milena y le solicitó de nuevo «el honor de su compañía».

—Tengo entendido que eres capaz de dejar a un hombre sin aliento —dejó caer en busca de un gesto en el rostro de ella.

Milena le sonrió cómplice y le informó que en ese caso necesitaría de la ayuda de Velvet, lo cual provocó en él un asomo de desconfianza. Ella le aseguró que la húngara sería una mera espectadora e intervendría solo en caso de una situación extrema. Le explicó que en el arrebato de la pasión, los protagonistas en ocasiones perdían noción de los límites, no así una asistente entrenada. El hombre examinó a Velvet y el aspecto apocado e inofensivo de la joven terminó por convencerlo.

Cuando el trío se dirigía a la escalera, Vila-Rojas gritó desde el otro lado del salón: «Velvet, exprime al contador, quinientos euros si le quitas lo mustio», y logró que un par de invitados los siguieran con la vista. Cinco minutos más tarde el propio Vila-Rojas subió al segundo piso a tropezones, producto de un supuesto estado de ebriedad.

Cuando Javi Rosado se quitó la ropa, Milena dejó atrás cualquier titubeo: la parsimonia con que se despojó de pantalones y camisa, absolutamente ajeno a la presencia de ellas, para pasar luego un par de minutos plegando las piezas sobre la silla para evitar cualquier arruga, le hizo perder a ella toda conmiseración. El hecho de que se desnudara por completo pero se dejara puestos zapatos y calcetines completaba un comportamiento que había visto en los clientes más brutales e insensibles. Se consoló con la idea de que lo que estaba a punto de cometer sería una forma de compensación por las innumerables afrentas recibidas de hombres como ese.

Lo que él dijo a continuación le mostró que no se equivocaba. Sin mayor miramiento, le ordenó que se arrodillara para hacerle una felación. Milena respondió que debía preparar el escenario antes de prepararlo a él. Ató las dos extensiones del cinturón a los extremos al pie de la cama y lo depositó en el centro del lecho; una vez que el hombre se lo pusiera al cuello, bastaría con que se inclinara hacia delante para provocar la tensión que oprimiría su garganta. No obstante, el mecanismo era igualmente eficaz para liberarlo: solo requería soltar la hebilla que tendría a un lado de la nuez de Adán.

El contador examinó el artificio, lo cerró y lo abrió en repetidas ocasiones y quedó satisfecho. Milena le advirtió que utilizarían exclusivamente la posición de misionero para que también ella estuviera en condiciones de aflojar la hebilla si fuera necesario.

Hechos los preparativos, él reiteró su deseo de sexo oral, lo cual resultó mucho más arduo de lo que ella había supuesto. Después de diez minutos sin lograr una erección, Milena le pidió que subiera a la cama y se colocara el cinturón en el cuello, tras lo cual reanudó la felación; solo entonces consiguió la excitación que buscaban.

Velvet había contemplado toda la operación desde una esquina del amplio cuarto, pegada a la puerta que comunicaba con el balcón. Cuando finalmente el hombre penetró a

Milena, la húngara salió de la habitación a hurtadillas, recorrió unos cuantos metros del balcón trasero y tocó en la puerta de vidrio de la habitación de al lado; Vila-Rojas le indicó que entrara, se bebiera un par de vasos de ginebra y esperara. Él fue a la habitación contigua y observó, silencioso, las embestidas estentóreas del hombre inclinado sobre Milena. Pese a que constituía un riesgo creciente porque Rosado podía darse la vuelta y advertir su presencia, Vila-Rojas no intervino. En un principio le había prometido a la croata que actuaría de inmediato, pero ahora él se dijo que le debía a su amigo de la Universidad de Sevilla el goce prometido.

Milena miró a Vila-Rojas de pie a la espalda de Rosado y se impacientó por su pasividad. A medida que el cinturón se cerraba en torno a la garganta del contador, su cuerpo se cernía sobre el de Milena y su cara comenzaba a rozar la de ella. Cuando mostró los primeros síntomas de asfixia, Milena entró en pánico. Los ruidos que producía su garganta no se parecían a nada que ella hubiera oído antes, sonidos agónicos que evocaban vísceras y entrañas descompuestas, ojos inyectados en sangre, venas convertidas en duros cables tendidos en un rostro que mudaba del rojo encendido al tinto mortecino. Un hilo de baba cayó sobre su mejilla. Sin pensar en lo que hacía, Milena empezó a debatirse para salir de abajo del hombre sin conseguirlo.

Desesperada, llevó la mano a la hebilla para liberar al monstruo en que se había convertido Rosado, aunque este, en el último de sus estertores, ya doblaba el brazo para hacer lo mismo. Vila-Rojas se anticipó a ambos: se dejó caer sobre el contador con todo su peso en un abrazo que podía haber pasado por amoroso en otras circunstancias. Los rostros de Milena y de Vila-Rojas quedaron enfrentados a dos centímetros de distancia: el de ella aterrorizado, el de él excitado, eufórico. Emparedado entre ambos cuerpos, Rosado libró una última y fiera lucha por su vida, pero los dos cómplices contuvieron una sacudida tras otra hasta que cesaron por completo. Solo entonces Milena notó contra su muslo la erección de Vila-Rojas, a pesar de que se encontraba completamente vestido.

Poco a poco comenzaron a deshacer la figura que hacían los tres cuerpos desmadejados. Vila-Rojas ayudó a Milena a salir de la cama; le pidió que recogiera sus cosas, fuera al cuarto vecino y llamara a Velvet. Cuando la húngara llegó, el abogado se aseguró de que su aliento apestara a alcohol, la ayudó a desnudarse y la colocó en el sitio en que instantes antes se encontraba Milena. Le ordenó que no abandonara la posición en que la había colocado y que esperara unos minutos antes de gritar.

Vila-Rojas se reunió con Milena en el cuarto vecino, se despojó de la ropa y se metió en la cama con ella. Esperarían a que fueran otros quienes acudieran a los gritos de Velvet; solo entonces saldrían, semidesnudos, a sumarse al resto de invitados y a dejarse sorprender por el espectáculo que ofrecerían el contador y la húngara. Vila-Rojas penetró a Milena en cuanto sus cuerpos entraron en contacto. Tres minutos más tarde, ella alcanzó el segundo orgasmo de su vida; él se derramó dentro de ella justo después. El contacto había sido breve pero intenso. En el instante inmediatamente posterior al espasmo final, él tomó el rostro de ella en sus manos, clavó la vista en sus ojos y la miró como no lo había hecho antes. Por un segundo Milena creyó atisbar en las pupilas de Vila-Rojas al adolescente desolado y temeroso que, como ella, desde los dieciséis años se daba tropezones con la vida. Le pareció que él estaba a punto de decirle algo cuando oyeron el grito de Velvet, que sacudió las habitaciones de la casa.

La húngara fue condenada a tres años de cárcel por homicidio involuntario, aunque solo pasó en prisión once meses. Siguiendo instrucciones superiores, Bonso contrató a uno de los mejores bufets de abogados del puerto y a nadie en Marbella extrañó que el rumano quisiera proteger su inversión. Vila-Rojas cumplió su promesa y otorgó a Velvet una generosa compensación; no volvieron a saber de ella.

La noche misma del crimen, el abogado se apropió del juego de llaves que encontró en los bolsillos del contador y en las primeras horas de la mañana, tan pronto la policía los dejó en libertad, entró a la casa de la víctima y revisó a fondo su despacho. No halló documentos comprometedores; era probable que el contador también se hubiera preparado contra alguna incursión sorpresiva de parte de las autoridades. Pese a todo, Vila-Rojas se dijo que lo peligroso de Rosado no residía en archivo alguno sino en su cerebro, y ese ya no constituía un riesgo.

Milena tuvo pesadillas durante meses con figuras demoníacas que aplastaban su cuerpo y le cortaban la respiración. Los monstruos a veces tenían la cara descompuesta de Rosado, en otras ocasiones el rostro burlón de Vila-Rojas. Despertaba de estas pesadillas tensa y sudorosa, y de tanto en tanto, extrañamente excitada.

51

Los Azules

Lunes 17 de noviembre, 7.30 p. m.

Tomás y Claudia despidieron al jefe de la Policía del Distrito Federal y regresaron a la sala de juntas donde se encontraban Amelia y Jaime. Minutos antes ella había recibido una llamada del procurador federal, quien de parte del presidente Prida aseguró a la dueña de *El Mundo* que el gobierno de la República no descansaría hasta encontrar a los culpables de la muerte de su subdirector de Opinión.

Los cuatro tenían mucho que decir, pero ninguno tenía ganas de comenzar a hablar. Claudia estaba profundamente abatida; Tomás, abrumado; Jaime, encolerizado; y Amelia, confundida. Cuando recibieron la llamada al salir de la comida en Los Pinos, Tomás y Claudia decidieron trasladarse a casa de Emiliano y acompañar a la viuda en los primeros instantes tras la tragedia. Al llegar a la casona de Coyoacán encontraron a Jaime, quien gracias a la proximidad de sus oficinas había llegado primero. Lemus ya había hablado con el responsable de la brigada policial para asegurar un trato comedido hacia la viuda y un manejo profesional de la escena del crimen; como exdirector del Cisen, el organismo de inteligencia del gobierno mexicano, era una figura respetada y temida entre los cuerpos de seguridad pública.

Sin embargo, Claudia quedó destruida después de dar consuelo a Isabel, la esposa de Emiliano. La escena no había sido grata. Apenas vio a Tomás, la viuda comenzó a insultarlo y quiso golpearlo.

—Dijiste que no tenía nada que ver con nosotros, que estábamos fuera de peligro, hijo de puta —le dijo antes de asestarle un puñetazo en la cara.

Cuando por fin la contuvieron, explicó que un hombre había llamado a la puerta, supuestamente de parte de Tomás, con un sobre para entregar en mano a su marido. Antes de acudir a la llamada, el subdirector sonrió a su mujer y le dijo que con toda seguridad se trataba de alguna compensación económica para que hicieran el viaje de descanso con mayor holgura. Al presentarse en la puerta recibió dos balazos en la cabeza sin mediar palabra.

Dos horas más tarde, ya en las instalaciones del periódico, Claudia aún no se reponía; Tomás tampoco. No podían entender en qué se habían equivocado, qué podrían haber hecho diferente para salvar la vida de Emiliano. Una y otra vez repasaban los acontecimientos de los últimos días y no encontraban lógica alguna en el comportamiento errático de los criminales. ¿Para qué soltarlo si pensaban matarlo dos días después? ¿Qué les hizo cambiar de decisión?

—La renuncia de Marcelo Galván al Instituto Nacional de Migración —dijo Jaime como si hablara para sí mismo—. Es su venganza.

—¿Pues qué le hiciste para que su represalia fuera un asesinato? —dijo Amelia con un gesto de repulsión.

—Nada grave, aunque el hecho de que Galván expusiera a Víctor Salgado como patrón de Bonso significó una condena de muerte para el de Migración; por eso huyó a Estados Unidos. Tardarán en encontrarlo, pero tarde o temprano lo harán.

—¿Y eso qué tiene que ver con nosotros? —protestó Claudia.

—Nosotros lo expusimos. En realidad, no se trata de un berrinche; con la salida de Galván pierden una pieza irreemplazable en el Instituto de Migración, al menos por el momento —respondió Jaime.

—Sí, Migración es la oficina clave en los circuitos del tráfico de personas. Nos están haciendo pagar por su pérdida —agregó Amelia.

—Y supongo que de paso nos mandan el mensaje de que no se detendrán ante nada para recuperar a Milena —remató Tomás.

—Pues está del carajo, porque yo no puedo garantizar la vida de seiscientos empleados de *El Mundo*.

—Tienes razón, Claudia, la posición es indefendible; somos absolutamente vulnerables —asintió Tomás.

—¿Y ellos no son vulnerables? El procurador podría amenazar a Salgado ¿no?, detener a Bonso. No podemos ceder al chantaje y tampoco dejar que nos sigan matando gente. Hay que exigirle a Prida; *El Mundo* tendría que hacer una campaña para exhibir a Salgado —dijo Claudia.

Los tres la miraron con respeto. Era una guerrera; lejos de refugiarse en la autoconmiseración, estaba dispuesta a partirse la cara contra todo lo que viniera, aun cuando se sabía ignorante de los terrenos que pisaba.

—Si Salgado tiene razón y hay intereses poderosos detrás de Milena, el presidente solo te dará largas. La Procuraduría hasta podría encontrar algún chivo expiatorio o, en el mejor de los casos, entregar el cadáver del asesino material de Emiliano, nunca del que dio la orden —dijo Jaime.

—La investigación corresponde a la policía de la capital, aunque para el caso da lo mismo. Es probable que el gobierno federal tome el control por tratarse de una agresión en contra de la prensa —añadió Amelia.

—Y por otro lado, no hay prueba alguna que exhiba a Salgado: no hay mucho que ventilar en la prensa más allá de sus pecados del pasado —añadió Tomás.

—Pues estamos jodidos —concluyó Claudia.

Los cuatro hicieron de nuevo una pausa, cada uno de ellos concentrado en sus preocupaciones. El enojo y la frustración habían espesado la atmósfera de la sala.

—Y además les tengo una noticia: rastreando a Luis para ver si localizábamos el paradero de Milena, nos topamos con lo que ha estado haciendo en la red. A pesar de que se cuida mucho de borrar sus pasos, detectamos que está poniendo a las mafias de la trata de mujeres en contra de Bonso —dijo Jaime.

—¿Y esa es una buena o una mala noticia? —inquirió Claudia.

—Es irresponsable y de consecuencias impredecibles; dependerá de la habilidad de Luis para hacer un *bluff* verosímil y de la tensión previa que exista entre Bonso y sus rivales.

—En una de esas acaban con Bonso sin que puedan achacarnos su desaparición, ¿no? —se animó ella.

—Y en otra de esas, descubren el *bluff* y su venganza es mucho más cruenta que asesinar a un subdirector: seguramente le achacarían al periódico el acoso cibernético, pues asumirían que este niño trabaja para nosotros —respondió Jaime irritado aún con Luis.

—E incluso si desaparece Bonso, aún está Salgado, y en realidad ese es el que mueve los hilos —dijo Amelia.

—¿Y qué? ¿Nadie puede deshacerse de Salgado? —explotó Claudia.

Jaime la observó de nuevo y se dijo que cada día le gustaba más la dueña de *El Mundo*. A diferencia de sus otros dos amigos, siempre inclinados a maquillar su conciencia, esta no tenía empacho en expresar sus deseos.

—Ninguna persona es invulnerable en este país —dijo Amelia—, pero no se va a resolver el problema asesinando a todos los que nos amenacen. Por lo que ustedes me contaron, el propio Salgado dijo que quitar un eslabón de la cadena solo nos obliga a ir por el siguiente, más arriba.

—Y yo ya sé quién es el siguiente eslabón de esa cadena —dijo Jaime para sorpresa de todos. Habría preferido mantener para sí la información, fiel a su costumbre de ir un paso delante de sus interlocutores; no obstante, le resultaba insoportable la sensación de impotencia que reinaba en el ambiente. De alguna forma le hacía sentirse responsable.

Jaime les puso al tanto de la existencia de Agustín Vila-Rojas y algunos detalles de sus actividades. No era mucho lo que él mismo sabía, aunque estaba convencido de que el abogado español era la fuente original de las instrucciones recibidas por Salgado.

—¿Hay forma de acceder a él, presionar, negociar? El embajador de México en España es amigo de mi familia —recordó Claudia.

—Todo indica que se trata de uno de los principales operadores financieros de las mafias rusas en Europa, lo cual no es poca cosa. Son organizaciones que hacen de los cárteles mexicanos niños de kínder. Vila-Rojas es uno de los engranajes entre la superficie y la vida subterránea por la que transita parte de los flujos financieros de estos grupos; no es un hombre que pueda ser presionado con facilidad.

Todos lo escuchaban con atención, tratando de asimilar los distintos ángulos del análisis que hacía Lemus. Sin proponérselo, Amelia experimentó un punto de admiración. Como si lo intuyera, Tomás lo interrumpió:

—Sé que los gringos han fortalecido su unidad de investigación de lavado de dinero en los últimos años, con eso de los escándalos en Wall Street. ¿Tus contactos de la DEA no podrían ayudarte? Sería muy útil saber si el español está siendo investigado, si tiene alguna cola que pueda pisársele.

—Ya hice una pesquisa al respecto y podría recibir pronto alguna información, aunque no espero mucho. En lo referente a investigar el lavado de dinero, los gringos son muy hipócritas: saben que allí está la respuesta para desarticular el tráfico de drogas y armas, solo que no quieren afectar el flujo de capitales que hace de Estados Unidos el banco de todo el mundo. Su economía está declinando en todos los frentes en comparación con China, salvo en el mercado de capitales. Los inversores de todos los países, incluidos los chinos, siguen acudiendo a Wall Street; las autoridades saben que en el momento en que endurezcan la vigilancia, el dinero emigrará a otras latitudes. Así que supongo que sí tienen algo sobre Vila-Rojas, pero muy probablemente no querrán compartirlo. —Él sabía que en el mercado de la información a la que tenía acceso todo era susceptible de ser compartido a cambio de más información, aunque no estaba seguro de querer pagar el precio.

Claudia guardó silencio durante la explicación de Jaime, aparentemente distraída; la presencia de Amelia la cohibía para expresar lo que la atormentaba. De todas formas, decidió hacerlo:

—Aquí el tema de fondo es que asesinaron a uno de los nuestros. *El Mundo* no puede quedarse sin respuesta. ¿Qué vamos a hacer para contestar ese golpe?

Los tres trataron de medir el alcance de esas palabras.

—En efecto, necesitamos armar ya un plan de acción para las próximas horas —dijo Tomás sin querer comprometerse—. Lo primero es decidir la puesta en página que haremos en el propio diario; todos los ojos estarán puestos en la edición de mañana, incluidos los de nuestros enemigos. Es importante expresarnos ya, porque varios corresponsales extranjeros y la televisión me están buscando para obtener un posicionamiento de la institución. Nuestro planteamiento puede ser de aflicción e indignación exclusivamente, o podemos hacerlo mucho más belicoso y apuntar el misil en alguna dirección.

—Les sugiero aprovechar la solidaridad de la opinión pública y la cobertura mediática para emprender un ataque en toda la línea a las mafias de la trata de mujeres y, si fuera posible, a las redes que lavan el dinero del crimen organizado. Por lo menos así se lo pensarán dos veces antes de dar otro golpe —propuso Amelia.

—¿Y cómo vas a vincular lo de Emiliano con esas mafias? No puedes difundir que se trata de una represalia por lo de Milena —objetó Jaime.

—No se necesita. Podemos decir que *El Mundo* estaba preparando una investigación a fondo de este tema y que habíamos recibido presiones de la mafia para obligarnos a suspenderla. Sin acusarlos directamente a ellos, podríamos decir que habíamos preparado un perfil de Bonso y de Salgado como personajes representativos de estas redes —respondió Tomás.

—No está mal, pero eso sería la guerra abierta. ¿Creen poder soportar las represalias? —advirtió Jaime.

—Hazlo —dijo Claudia dirigiéndose a Tomás.

—Además, eso hará más difícil que el gobierno de Prida le saque la vuelta. Con los ojos de la prensa internacional puestos en México, no se puede permitir un segundo ataque contra un medio tan importante como *El Mundo* —apoyó Amelia.

—Eso espero —dijo Jaime dubitativo. No era de su agrado una solución a campo abierto: quedaban a merced de las reacciones del rival y estas eran impredecibles. Además, se trataba de un terreno en el que no lo necesitaban—. Mientras, seguiré investigando al tal Vila-Rojas, eso podría darnos la solución definitiva —dijo y se levantó para retirarse.

Invadido por la impaciencia, Tomás también se incorporó y anunció que convocaría una reunión con el equipo editorial para trabajar a marchas forzadas una cobertura de la noticia con el enfoque allí acordado.

Repentinamente y sin proponérselo, Amelia y Claudia se encontraron a solas por vez primera. Intercambiaron miradas de circunstancia: Claudia con una sonrisa tímida; Amelia, con un gesto que pretendía transmitir solidaridad. Ninguna de las dos se atrevió a hablar de lo que en verdad pasaba por sus cabezas. Amelia habría querido decir que estaba al tanto de los escarceos que existían entre Tomás y ella, añadir que ella misma no era propietaria de nadie y que Tomás ya era mayorcito para decidir lo que quisiera, pero no lo dijo. En otro tiempo lo habría hecho. Eso le hubiera permitido salvar alguna dignidad; cualquier cosa antes que pasar por la típica cornuda, la última en enterarse de la infidelidad de su pareja. Decidió no decir nada porque entendió que en realidad era un tema que solo incumbía a Tomás y a ella, y no un combate entre mujeres. Si él la iba a abandonar o a serle infiel, la razón no residía en Claudia sino en el propio Tomás; o peor aún, en ella misma.

A Claudia le habría gustado decir que el periodista y ella se habían convertido en una pareja profesional y construido una confianza mutua, que se tenían cariño y nada más. Habría tomado la mano de Amelia en gesto de complicidad femenina y le habría pedido que no fuera a confundir la camaradería entre ellos con algo equívoco; eso le habría hecho sentirse generosa y terriblemente bien consigo misma. En otro tiempo lo hubiera dicho, no ahora; ya había decidido que no sería deshonesta. La vida que llevaba hasta hace un par de semanas estaba hecha añicos y en la tarea de armar los pedazos Tomás era su único adhesivo. No sería ella quien cerrara las posibilidades que esa nueva vida pudiera depararle.

Las dos mujeres se pusieron de pie en silencio, se dieron un beso en la mejilla y se separaron. Amelia caminó un par de metros y luego regresó sobre sus pasos; decidió manifestar lo que hacía rato debió haber dicho.

—Sé que te crees con derechos sobre la mentada libreta negra y que has exigido que nadie la abra antes que tú. También quieres ser la primera y única que hable con Milena. Quiero entender que lo haces por respeto a tu padre, pero ya han muerto varias personas y todo indica que tiene que ver con la búsqueda de esa mujer pero también del cuaderno, de otra manera no andarían rompiendo paredes por todos lados. Así que dejémonos de miramientos; hay que encontrarla y revisar qué contiene la libreta, y es justamente lo que me propongo hacer. Yo no trabajo para ti ni estoy aquí para obedecer tus reglas.

Claudia se quedó de una pieza, impactada por la intervención tan frontal de Amelia. Tras una pausa logró reponerse.

—No son reglas ni órdenes, Amelia. Y lamento que lo tomes así. Era simplemente un gesto de cortesía de parte de Tomás y de Jaime para conmigo. Hagamos lo que tengamos que hacer para evitar que este asunto provoque más muertes. Yo no soy tu enemiga.

«No, pero sí mi rival», habría querido responder Amelia.

—Hagámoslo así entonces. Si llego a enterarme del contenido de la libreta, tú serás la primera persona a quien llame para compartirlo.

—Te lo agradeceré infinitamente.

Las mujeres volvieron a separarse, aunque esta vez sin un beso de por medio.

Ellos VII

No hay mujer más agradecida que una puta redimida. Lo sé porque me casé con una: Augusta había sido tan maltratada por la vida que bastó acercarme con un cariño sincero para que terminara por adorarme.

Al principio ella no me creía, a pesar de llevarle flores a cada cita y escribirle poemas sugerentes, de esos muy apasionados. Hasta me negué a seguir haciéndole el amor en un burdel: me bastaba con recostarme sobre su pecho y pedirle que me acariciara el pelo. Y es que, la verdad, no es el sexo lo que me atrae de las prostitutas sino el romance. ¿Qué gracia hay en enamorar a una mujer en una oficina o en un café? Ninguna; todas ellas andan a la caza de un marido, de su príncipe azul o, sencillamente, de un hombre que las mantenga.

El trato con una prostituta es más honesto. Una transacción que no aspira a otra cosa que a la satisfacción de una necesidad puntual: placer a cambio de dinero. El desafío es encontrar el verdadero amor ahí donde se vende.

Entendí los peros de Augusta desde el principio. Algunos tipos acuden a ellas para arreglar un corazón roto, tíos sin huevos que terminan enamorados de la puta que les ofrece palabras de consuelo, paletos maltratados por amores imposibles, dolientes de rechazos pasados que confunden una caricia con una entrega apasionada. Todas las profesionales han pasado por eso, y no les gusta; saben que detrás de esos ramos de flores y de los ojos de cordero que las miran con devo-

344

ción, hay un cabrón jodido que tarde o temprano les echará en cara su pasado o las abandonará cuando encuentre a una mujer «pura».

Sin embargo, vencí todas las resistencias de Augusta tras un año de cortejo y pude convencerla de que mi amor era del bueno. Pagué su deuda con don Fulgencio, el dueño del prostíbulo, y nos casamos un 29 de diciembre, en el aniversario de la muerte de mi madre, que fue una santa.

Desde entonces ella se consagró a mi persona. Aprendió a cocinar como me gusta, cambió su manera de vestir, esperaba mi regreso como un perro fiel en la puerta de la casa: nunca un esposo fue objeto de la devoción que Augusta me prodigó.

Pero algo se quebró. Comencé a preguntarme si detrás de esa entrega no había un esfuerzo desesperado para ahogar la nostalgia por la vida pasada. En sus silencios creí adivinar el tarareo en voz baja de la música de aquellos tugurios. ¿Cómo pudo hacerme eso, después de todo lo que hice por ella? A mí, un hombre decente que afrontó el repudio social para sacarla del fango.

Como podrán imaginarse, tuve que dejar de hacerle el amor; no quería que me comparase con los miles de clientes que habían pasado entre sus piernas. Y cuando una vez me dijo que le gustaría que la invitara a bailar alguna noche de fin de semana, entendí que la mierda era más fuerte que el amor. La próxima semana tengo cita donde don Fulgencio.

J. I. Dueño de Constructora Sierra Morena,
la segunda más importante de Andalucía

52

Rina, Vidal, Luis y Milena
Lunes 17 de noviembre, 8.20 p. m.

Luis canturreaba *Love me two times,* de The Doors, camino al hotel que él y Milena habían comenzado a ver como un hogar provisional. Llevaba bajo el brazo una baguete y en la mano una bolsa con queso y vino para la cena, la mochila con la laptop a la espalda. Pero más importante aún, llevaba el informe de su amiga Mala desde España. Lo poco que había alcanzado a leer tras un rápido vistazo era más que prometedor. La *hacker* había podido romper algunos de los sellos de Vila-Rojas y enterarse de algunos de los avatares que utilizaba para conectarse con interlocutores que se comunicaban en ruso. Quizá Milena fuera capaz de entender algunas de las transacciones de las que allí se hablaba. A juzgar por las pocas cifras inteligibles, los volúmenes de operación del abogado eran impresionantes. Esa misma tarde había enviado el informe de Mala a la organización de Anonymous. Tenían mucha más experiencia con las prácticas y los sistemas que utilizan las mafias rusas en la web legal y la ilegal.

Pero ahora solo pensaba en la velada que le esperaba. Como otras noches, comerían instalados en el ancho alféizar de una ventana con vista a un panorama que en otras condiciones habría sido deprimente: una calle anodina flanqueada por edificios viejos de paredes leprosas. Y no obstante, en esas noches frías en semioscuridad, compartieron recuerdos, sueños y frustraciones como solo se hace con un interlocutor con quien se coincide en circunstancias extraordinarias e irrepetibles.

Le parecía que en los dos últimos días Milena se había transformado en otra persona. Transitaba de alguna historia de su pueblo a una anécdota de la casa de Bonso como si ninguna de ellas le perteneciera; como un pasajero de tren que describe un paisaje del camino o una escena contemplada en el andén de la estación tras el vidrio de su ventana. En ocasiones, cuando ella hacía alusión a la trama de alguna novela leída o citaba el dilema de algún personaje ficticio, Luis tenía la sensación de que había más de ella en esos pasajes que en los años transcurridos en Marbella o incluso en Jastrebarsko.

La noche anterior habían hecho el amor por vez primera. Se acostaron sin tocarse, uno al lado del otro como los días anteriores, aunque después de las largas confesiones en la ventana, algo parecía haber cambiado. Tendidos boca arriba, ambos escucharon la respiración del otro en la oscuridad y adivinaron, más que sintieron, el calor y el peso del cuerpo ajeno sobre el precario colchón que compartían. La atmósfera de creciente intimidad que la pareja había construido a lo largo de los últimos días y la excitación acumulada en Luis dejaron atrás toda contención. Antes de darse cuenta, ya había hecho el movimiento: giró su cuerpo y colocó una mano sobre el vientre de ella. Sintió el súbito envaramiento de Milena en la oscuridad, como un animal que oye un ruido en lontananza y espera inmóvil el siguiente sonido.

—Solo estamos de paso, Milena. Vivamos este tiempo prestado.

—Rina...

—Rina sigue entre nosotros, y en cierta forma también ella y yo estamos de paso.

Ella calló unos instantes, luego se dio media vuelta y lo besó. Se perdieron en un abrazo largo y se entretuvieron con los recorridos meticulosos de las manos de ella, decidida a memorizar la anatomía de él. Había incluso algo virginal en el modo en que ella exploraba al otro, como si por vez primera le importara saber de qué estaba hecho el cuerpo de un hombre.

En algún momento, al tocar los pechos duros, Luis tomó conciencia de que estaban haciendo el amor sin un condón a la vista; aunque al penetrarla hizo a un lado toda consideración que no fuera el extravío incondicional y salvaje.

A lo largo del día siguiente lo visitaron una y otra vez los recuerdos del cuerpo de la mujer que saltó desnuda de la cama por la mañana. El abrazo de la noche anterior había sido todo piel, calor y humedades; sin embargo, a la luz del día el vientre plano y alargado, las piernas infinitas de muslos resaltados, los hoyuelos de sus nalgas o la elegancia innata de sus movimientos hacían de la croata un espectáculo difícil de olvidar. Exudaba sexualidad pero también equilibrio estético.

Luis se dijo que hoy harían con luz y sin prisas eso que habían hecho la noche anterior de manera casi anónima y a ratos con torpeza. Si la intimidad física con Milena iba a ser una experiencia singular, sin segundos capítulos, al menos deseaba poder recordarlos a plenitud. Como ver un Van Gogh en el museo: uno sabe que perfectamente puede vivir sin ello y, no obstante, al contemplarlo, la certeza de que es algo irrepetible espolea la necesidad de atesorar el recuerdo.

La excitación que Luis sentía ante la inminente velada desapareció de forma repentina a la vista del titular de un diario vespertino que vio a su paso: «Ejecutan a subdirector de *El Mundo*». Compró un ejemplar y leyó que Emiliano Reyna había sido asesinado de dos balazos en el rostro en el momento de abrir la puerta de su casa. Se preguntó si la inesperada represalia tendría que ver con el acoso digital al que estaba sometiendo a Bonso o con las pesquisas realizadas a los asuntos de Vila-Rojas; en cualquier caso, la noticia implicaba que todos ellos se encontraban en un peligro mucho mayor al que había anticipado. Y no solo de parte de la mafia: si Claudia y los Azules por temor o por precaución decidían abandonar la batalla, eso significaría que entregarían a Milena en cuanto pusieran la mano sobre ella. Una razón adicional para mantenerse a resguardo.

Decidió llamar a Rina, a pesar de que se hallaba a menos de seis manzanas del hotel donde se escondían. Habría preferido alejarse mucho más para hablar con ella desde un teléfono público, pero le ganó la urgencia.

—Bonita, acabo de enterarme de la muerte del periodista. ¿Tú estás bien? —preguntó él con voz apremiante.

—Apenas voy a salir de la oficina de Amelia; Vidal ya está aquí y me insiste que no vaya a dormir a casa de mi tío, que me quede en las oficinas de Lemlock, como el primer día. ¿Tú qué piensas?

—Ya sabes lo que pienso de Lemlock, aunque esta vez creo que sí, que sería lo mejor. Es solo una precaución, supongo que allí estarás segura. En todo caso, me preocupan los trayectos.

—Parece que a Jaime también, porque a Vidal le colgaron un par de guardaespaldas; así que estaré bien. ¿Y tú, cómo estás? ¿Y ella? ¿No se siente apachurrada?

Luis no pudo evitar tragar saliva antes de responder.

—Encerrada mientras yo trabajo todo el día. Ella está bien.

—Dile que no crea que se me olvida lo de sus recetas croatas, un día nos reiremos de todo esto mientras nos enseña a cocinarlas, ¿okey?

—Sí, mantente segura y no te expongas, espero que esto termine pronto. Besos.

Las siguientes manzanas las caminó sumergido en el cálido influjo de la voz de Rina y el recuerdo de la intimidad y la confianza que desde el primer instante se había instalado entre ellos. Se dijo que allí había algo sólido y nada podía cambiarlo; el pensamiento lo tranquilizó.

Antes de entrar al cuarto se detuvo a reflexionar unos segundos. Temía que Milena se deprimiera al enterarse de la ejecución de Emiliano; lo tomaría como una muerte más a su cuenta, una razón más para desaparecer o, peor aún, para quitarse la vida. Pese a ello, decidió que se lo diría: no podía tratar a su compañera de fuga como a una menor de edad, ni tenía ganas de ocultar información, como hacía Jaime, para jugar con la vida de los demás.

Milena también tenía una agenda para esa noche. Sabiendo que cada velada podía ser la última, deseaba que la de hoy fuera singular. Ya le había contado a Luis los terribles crímenes que había cometido; ahora quería compartir con él la esperanza que tenía depositada en sus *Historias del cromosoma XY*. Era el único proyecto que alguna vez construyó para el futuro, el único rastro que daría cuenta de su paso por el mundo una vez ella desapareciera. A Claudia y a Rina les había informado de la existencia de estos relatos, no obstante, se refirió a ellos casi como un divertimento sin importancia. Temía que pudieran considerarla una ingenua o una ignorante, pero con Luis no deseaba guardar secreto alguno.

Quería desvelarle el verdadero propósito de esos apuntes: aportar un testimonio que desnudara a los clientes de la prostitución. Sin las razones de los hombres para comprar sexo, ella aún se llamaría Alka y no Milena. Había visto cómo innumerables compañeras eran trituradas por la maquinaria implacable de los proxenetas. Dar a conocer sus *Historias del cromosoma XY* le otorgaba un sentido a la terrible jugarreta que le había hecho la vida, y por qué no, anidaba en ella el deseo de causar daño a sus verdugos. Al describir las ocupaciones y las iniciales de los nombres de algunos de sus clientes más célebres, lograría exhibir la podredumbre de esos que se ostentaban como pilares de la comunidad. Habría preferido incluir sin tapujos nombres completos, pero temía que eso disminuyera la posibilidad de que sus textos fueran publicados.

Cuando por fin se reunieron en la habitación, Milena advirtió la actitud reservada y contenida de Luis y temió lo peor.

Atribuyó el cambio de humor de su compañero a una modificación de sus sentimientos hacia ella. Se dijo que quizá obedecía a un ataque de arrepentimiento tras lo sucedido entre ellos la noche anterior, pero él disipó sus dudas de inmediato al informarle de la ejecución de Emiliano Reyna.

Contra lo que Luis había esperado, Milena no pareció sorprendida ni abatida por la noticia: sabía perfectamente de lo que eran capaces sus perseguidores, así que su violencia salvaje y desproporcionada no la tomó por sorpresa. La convivencia con Luis y sus largas conversaciones la habían convencido de que ella no era responsable de las muertes que su fuga ocasionara. Emiliano y los que cayeran además de él habrían sido víctimas de la misma fuerza del destino que había trastocado su existencia.

En todo caso, la ejecución del periodista confirmaba lo que ya sabía: que no existían más salidas, que vivía sus últimas jornadas y que trataría de que fueran lo más intensas posible. Aceptó sin reservas los argumentos de Luis de mantenerse escondidos a toda costa, le pidió que descorchara la botella de vino, tomó su libreta de apuntes, lo invitó a sentarse en el hueco de la ventana y comenzó a leer. Esa noche, Milena experimentó el primer orgasmo de su vida sin que un hombre tuviera que morir.

A doce kilómetros de distancia, Rina y Vidal también se disponían a pasar la velada aunque con muy poco romanticismo y absolutamente nada de sexo. A ella le escocía demasiado el peligro en el que Luis se encontraba como para seguir con atención los esfuerzos que hacía Vidal para distraerla.

—La conversación en los bares ya no es «¿Estudias o trabajas?», ahora es «¿Apple o Android?», «¿Facebook o Twitter?», «¿Spotify o Blind?».

—En Nueva York era *cat people or dog people* —dijo ella para no defraudarlo—, y creo que yo nunca pasé por el «¿Estudias o trabajas?». Ya hay tantos *ninis* que la pregunta es de mal gusto.

—¿Y tú, eres de gatos o de perros?

—Yo soy alguien que se muere de sueño —dijo ella aburrida de la conversación, y se quitó la chamarra que Vidal le había ofrecido una hora antes al salir de la oficina de Amelia. Sin embargo, al ver el rostro solícito del chico se arrepintió de su brusquedad—. Mil gracias, tengo un suéter en la maleta que trajiste de casa de mis tíos —le dijo al devolverle la prenda—. Mil gracias por todo, Vidal —repitió con un beso de buenas noches en la mejilla.

—No tienes que agradecer nada, Rina, sabes que soy tu mejor amigo.

—Lo sé.

«Imbécil —se dijo un minuto más tarde cuando se quedó solo, aún con el rastro ardiente del beso recibido en la mejilla—. No quieres ser su mejor amigo, quieres ser su pareja, el hombre de su vida», pensó Vidal, y fantaseó por algunos instantes con lo que habría pasado si hubiera convertido su beso en un abrazo apasionado.

—Vidal, ¿puedes venir a mi oficina? —dijo la voz de Jaime en el altavoz del celular que tenía en el bolsillo de la camisa.

Con un sobresalto, se preguntó qué otros trucos tendría el aparato que su tío le había dado meses antes.

—Ya encontramos a Luis —le anunció Jaime tan pronto como Vidal puso un pie en su oficina.

53

Jaime
Lunes 17 de noviembre, 11 p. m.

La última llamada que hizo a Rina, tres horas antes, fue la clave para triangular la posición de Luis; presumiblemente Milena se encontraba con él.

Habían corrido en el sistema de geolocalización las distintas llamadas que él realizó para hablar con Rina los últimos días desde teléfonos públicos y encontraron un patrón consistente con las líneas del metro: todas se habían efectuado en las inmediaciones de alguna estación del tren subterráneo. El *software*, un programa utilizado para optimizar entregas domiciliarias de cualquier producto en la red urbana, identificó la estación del metro Tasqueña como el más probable epicentro de los recorridos; asumieron, en consecuencia, que el escondrijo de la pareja estaría en el vórtice de ese epicentro.

Las llamadas anteriores las había efectuado desde las cabinas que rodean a distintas estaciones del metro, y alguna vez a la entrada de una de ellas; sin embargo, en la última se utilizó un teléfono público a cinco cuadras de Tasqueña. El equipo de Lemlock interpretó ese comportamiento como una confirmación de que Luis se desplazaba a las estaciones del metro con el exclusivo propósito de realizar las llamadas, pero en esta ocasión no había recurrido al transporte público para buscar un teléfono distante de su madriguera.

Cuando Jaime leyó la transcripción del diálogo que Luis sostuvo con Rina en la llamada de esa misma noche, encontró la razón del descuido: el joven se había enterado del asesinato de Emiliano y buscó a su novia de forma precipitada, sin recurrir a la precaución de alejarse del lugar donde se refugiaban.

Dos horas antes Patricia había partido con otros seis detectives que portaban falsas identidades policiales y retratos de Luis y de Milena, esta última con el pelo editado en negro. A partir del último teléfono público utilizado, los agentes se dispersaron por la zona para interrogar a los comerciantes, en especial en pequeños restaurantes y fondas. La propia Patricia y su compañero se reservaron la consulta de los ocho hoteles que existían dentro de la zona de búsqueda.

Jaime dudó antes de poner a Vidal al tanto de su hallazgo, sobre todo porque él mismo todavía no había decidido qué estrategia tomar con respecto a Milena. Al final se impuso en él el deseo de acelerar la instrucción de su pupilo.

Había comenzado a explicarle a Vidal el procedimiento seguido para localizar a Luis cuando Jaime recibió la llamada de Patricia: los fugados se encontraban en la habitación 312 del hotel Michoacán, un establecimiento que se ostentaba como de tres estrellas, la última probablemente obtenida gracias a una generosa propina al organismo responsable de calificar las instalaciones turísticas. El responsable de turno los identificó sin vacilación pues habían llegado tres o cuatro días antes. Al parecer, Milena salía pocas veces de la habitación, aunque el joven que la acompañaba iba y venía a lo largo del día.

Patricia informó a su jefe que había reservado dos habitaciones: la 311, vecina a la de la pareja, y otra en la planta baja; en la primera apostaría de manera sigilosa a dos agentes, y el resto ocuparía el cuarto cercano a la calle. Dos detectives de Lemlock harían guardia en un coche a quince metros de la entrada del hotel. Era un operativo de vigilancia, en espera de las instrucciones de Jaime.

—La extracción de la mujer no presentaría ningún problema —dijo Ezequiel Carrasco, responsable de operaciones tácticas de Lemlock—, solo hay que asegurar que el muchacho no se haga daño tratando de impedirlo o que ella intente algo desesperado.

—En tal caso, sería mejor hacerlo por la mañana en cuanto Luis salga de la habitación: dos agentes lo interceptan en los pasillos y otros dos van por Milena de inmediato con una llave del cuarto; ella pensará que su amigo regresa por algo que olvidó —añadió Esteban Porter, exfuncionario de Interpol.

—¿Y qué tal si aprovechamos la presencia de Luis y Milena para cazar a Bonso o al Turco? Ya fracasaron en el primer intento, cuando enviaron a tres policías a casa de Rina; ahora podemos suponer que acudirá alguno de los dos, si no ambos, para supervisar la operación —propuso Jaime.

—¿Utilizar a Luis de carnada? —protestó Vidal.

—No te preocupes —respondió Jaime—, los llevaríamos a los dos a un lugar seguro.

—El problema no es ese, la bronca es la carnicería que podría desencadenarse. Si la primera vez acudieron con tres agentes, no quiero imaginarme con cuántos llegarán en la siguiente ocasión —dijo Porter.

—No me diga que ya se desacostumbró a los balazos, mi estimado —se burló el excomandante Carrasco.

—No es un asunto de huevos sino de estrategia.

—Quizá tengas razón —intervino Jaime—. Ahora que sabemos que Víctor Salgado está detrás, podemos dar por descontado que volverán a utilizar policías, incluso podrían pertenecer a alguna de las corporaciones especializadas. Lemlock tendría que dar muchas explicaciones para justificar un tiroteo de esas proporciones en contra de agentes de la «ley» —concluyó entrecomillando con los dedos la última palabra.

—Aunque no es mala idea aprovechar la presencia de Milena para obligar a Bonso a salir del hoyo en que se ha metido: podemos tumbarlo allí mismo con un francotirador, o en el peor de los casos, si no acude él, rastrearlos de regreso para descubrir su madriguera —propuso Porter.

—Buen punto. Aun cuando ninguno de los jefes aparezca en el lugar, con el nuevo escáner peinamos la zona y el aparatito detecta todos los números telefónicos encendidos, aunque no se estén usando. Tarde o temprano los agentes enviados tendrán que reportarse con Bonso para pedir instrucciones, y entonces tendremos por fin el número que ahora utiliza —terció Mauricio Romo, coordinador de *hackers*.

—No será necesario, creo que alguno de ellos estará allí: solo Bonso y el Turco pueden identificar a Milena. Ya deben de saber de Rina y su parecido con la croata, y no querrán correr el riesgo de cometer una equivocación. Son profesionales —dijo Porter sin esconder su desdén por la confusión entre las dos mujeres durante el operativo de La Marquesa a cargo de Patricia; desde hacía meses el responsable de las operaciones internacionales estaba molesto por la preeminencia que la mujer había adquirido en la estructura de Lemlock.

—Bien —dijo finalmente Jaime—, filtremos la información de que Milena se encuentra en el hotel Michoacán, que no sospechen que se trata de una celada. Puede ser por la red o por conducto de algunos de los policías que trabajan para ellos. Ofrézcanme opciones —dijo y señaló a Mauricio Romo.

—¿Quieres optar por el francotirador, o solo el equipo de rastreo para seguirlos cuando dejen el hotel? —insistió Carrasco.

—Prefiero rastrearlos, interceptar sus comunicaciones y golpearlos cuando sepamos dónde están las cabezas; no tiene caso una guerra en la banqueta del hotel. De cualquier forma, lo del francotirador no es un mal plan B —dijo Jaime pensando en la eliminación del Turco que Claudia exigía—. Pongamos un hombre de confianza en una azotea con una línea abierta, para poder decidirlo en el último momento. Yo me encargo de eso, ustedes preparen todo lo necesario para filtrar la información del hotel y para el rastreo posterior.

Cuando los asistentes abandonaron la sala de juntas, Jaime retuvo a su sobrino:

—No te preocupes, Vidal. El operativo va a funcionar. Una vez que interceptemos sus llamadas, serán patos frente a nuestras escopetas.

—Qué extraño que uses ese ejemplo: yo más bien estaba pensando que Milena y Luis eran los patos frente a las escopetas. No me gusta nada. ¿Por qué no los rescatamos, los ponemos fuera del alcance de estos cabrones y luego enfrentamos a Bonso?

—Porque de este modo podemos ubicarlos y escoger nosotros la hora y el lugar para eliminarlos. Tus amigos no correrán ningún peligro, los cambiaremos de habitación a otro piso, pero sí necesitamos de su colaboración: no pueden salir del hotel, sería imposible protegerlos en la calle.

—Luis nunca va a aceptar que lo conviertas en carnada.

—Lo hará si tú se lo explicas.

54

Milena
Agosto de 2013

El tercer asesinato de Milena fue el más cruento. Habían transcurrido tantos meses sin que Vila-Rojas mencionara el asunto que ella asumió que el abogado había abandonado su plan de ejecuciones. A menudo no era requerida para la cita semanal con el alemán que servía de tapadera para sus reuniones, y en muchas ocasiones, a pesar de haber sido llamada, encontró la *suite* vacía. Pese a ello, Vila-Rojas seguía apreciando la perspicacia de la croata y su capacidad de observación y celebraba de manera entusiasta las notas y las imágenes que ella había incorporado a sus informes. Las sesiones espaciadas que ahora sostenían se habían convertido en largos maratones de análisis de los miembros de la red empresarial y política de Marbella. El propio abogado comenzó a compartir con Milena información y apreciaciones sobre sus colegas con la intención de facilitar sus labores de investigación. La atmósfera de confianza y complicidad que se fue tejiendo entre ambos creció en ella hasta convertirse en una suerte de intimidad amorosa, pese a la ausencia de contacto físico.

Un día Vila-Rojas comenzó a hablarle de Boris, el sobrino de Yasha Boyko. Boris era hijo de Alexander Kattel, uno de los primeros jefes de la mafia rusa que hicieron de la Costa del Sol un lugar de residencia a fines de los ochenta. El chico llegó a España en la adolescencia y prácticamente había crecido en la costa ibérica; tenía todos los defectos de nuevo rico que caracterizaban a su padre y ninguna de sus virtudes. Violento, descontrolado y derrochador, aunque de mente lerda e incapaz de generar lealtad entre sus hombres. Era odiado y temido, nunca respetado.

Alexander había muerto dos años antes en un *jacuzzi* en circunstancias poco claras y el esposo de su hermana había heredado el liderazgo del grupo. Yasha Boyko resultó ser un líder mucho más cerebral que su cuñado. Además de mantener un pie en las actividades criminales vinculadas casi todas ellas a los intereses rusos y a los hermanos de Alexander que residían en Kiev, Yasha, con una mirada mucho más occidental, desplazó una parte de las operaciones del grupo a negocios legales o cuasilegales gracias a sus relaciones con empresarios en varios países del Mediterráneo. Vila-Rojas era su consejero cercano y su operador financiero.

Yasha no representaba ningún riesgo para el granadino, pese a la información que tenía acerca de sus actividades; el abogado sabía que incluso en caso de ser detenido, el capo nunca lo denunciaría. Era lo último que haría un mafioso encarcelado; la complicidad de su asesor financiero era lo que les aseguraba mantener su riqueza —o una parte de ella— durante y después de su encarcelamiento. Pero no podía decir lo mismo de Boris.

El joven rabiaba ante la marginación en que lo mantenía su tío y al parecer este se había cansado de las tropelías y escándalos del sobrino. A Boris le resultaba cada vez más difícil sostener su tren de vida y la corte que lo rodeaba, pese a los ingresos que obtenía de su pariente y la droga que comercializaba entre sus amigos. En los últimos meses había buscado en dos ocasiones a Vila-Rojas para pedirle dinero, sabedor de que él operaba las finanzas del grupo, y en ambas el abogado respondió con un sobre en efectivo y se abstuvo de comentárselo a Yasha. No obstante, era consciente de que Boris era una bomba de tiempo; en sus peticiones de dinero había una amenaza velada y, por lo demás, la indisciplina lo convertía en un flanco vulnerable frente a la policía. En caso de ser detenido podría denunciarlo por mera estupidez o como parte de una negociación para salvar el pellejo.

Había muchas razones para eliminar a Boris, aunque no era fácil. Los hermanos de Alexander en Ucrania recelaban de Yasha, azuzados por los comentarios despectivos de Boris y de su madre Olena, viuda del jefe anterior. Y pese a que los exabruptos del joven incomodaban a todos sus parientes, estos nunca aceptarían que lo mandara a la tumba alguien que no fuera de su sangre, como era el caso de Yasha.

Vila-Rojas decidió hacerle el favor a su jefe —y a sí mismo—, aun cuando sabía que el propio Yasha se vería obligado a ejecutarlo si llegaba a enterarse. Opciones para deshacerse de Boris no faltaban, el problema residía en hacerlo sin morir en el intento.

Durante tres meses el abogado preparó a Milena para hacerla apetecible a ojos de Boris: pelo corto casi a rapa, *piercing* en el párpado, vestimenta de cuero, gusto por el rock pesado y afición a las motocicletas potentes. El joven ucraniano estaba obsesionado con los Ángeles del Infierno y había hecho todo lo posible por convertirse en un personaje de *Mad Max*: conducía una Harley-Davidson a escape abierto, calzaba botas altas y chaleco de piel incluso en verano, cubrió pecho y brazos de tatuajes neonazis y se hizo asiduo a los pequeños círculos de cultura *biker* que existían en la Costa del Sol.

Milena se transformó en una versión erotizada de las ensoñaciones de Boris. Algunas de las prendas las aportó el propio Vila-Rojas y se las hizo probar enfrente de él, como un marido obsequioso, en la *suite* que ocasionalmente compartían. En esas exhibiciones privadas, Milena creyó advertir una mirada de orgullo y a veces de excitación en el hombre sentado que la observaba desfilar ante sus ojos.

Enfundada en vestimentas de cuero negro que se untaban

a su silueta como una segunda piel y con tacones de altura inverosímil, muy pronto llamó la atención en los bares de mala muerte que frecuentaba el ruso; por instrucciones de Vila-Rojas —y un acuerdo previo con Bonso, supuso Milena— solía acompañarla el Turco, aunque siempre a cierta distancia, como si se tratara de un guardia a su servicio. Dominar la enorme motocicleta que le proporcionó Vila-Rojas fue lo más difícil del entrenamiento de Milena, sin embargo, tras un mes de practicar todas las tardes comenzó a encontrarle el gusto. Al final, incluso el Turco tuvo que aceptar que se había convertido en una conductora temeraria de la Street Fighter recibida, una moto *custom* roja de colección. Y cuando ella finalmente logró dominar a la bestia metálica, él le obsequió un chaleco de cuero.

—Te lo ganaste, Cuadritos —le dijo cuando se lo entregó, y se dio media vuelta antes de que ella pudiera agradecérselo. Fiel seguidor de todo deporte que transmitía la televisión, el Turco le había impuesto el apodo en atención a la cuadrícula blanca y roja que portaba la selección croata.

Vila-Rojas creía que a su pupila le resultaría difícil asumir el rol de *femme fatale* que le había asignado, pero tan pronto entendió lo que se esperaba de ella, Milena se convirtió en una amazona del asfalto de apariencia poderosa, maligna y terriblemente atractiva; bastó revestir su temperamento poco expresivo con una mirada despectiva y dotarla de algunas respuestas crudas y cínicas, para convertirla en una reina del *underground*. El ruso la detectó de inmediato en el pequeño mundo de los bares de rock metálico del puerto; en pocas semanas quedó absolutamente prendado de ella.

Milena ni siquiera tuvo que cambiar su historia. Le bastó con decir que un jeque enamorado le entregó una pequeña fortuna con la cual ella pagó su libertad a Bonso, pero en lugar de buscarse otra vida, optó por modificarla ligeramente: hacía las veces de *madame* a cargo de las putas en la casa del rumano. Liberada de toda responsabilidad hacia los clientes, podía dedicar algunas noches libres a su pasión nunca antes cultivada, la cultura *biker*. Boris asumió que había encontrado a su alma gemela. Poco a poco se aficionó a la compañía de Milena y compartió con ella su verdadero sueño: deshacerse de su tío Yasha para convertirse en el auténtico sucesor de su padre, el gran Alexander Kattel, líder de la mafia rusa en Marbella. Una y otra vez presumió ante la croata de la estrategia que seguiría para conseguirlo, los detalles de sus aliados y enemigos, los puntos débiles del odiado Yasha.

Fue tan absoluta la rendición de Boris a los encantos de Milena que el propio Vila-Rojas quedó sorprendido del fulminante éxito de la primera etapa de su plan. La información adicional e inesperada que la croata le suministró sobre el complot que preparaban Boris y su madre, aliados con una parte de la parentela en Kiev, para destronar a Yasha constituía oro molido para el granadino. Le otorgaba un enorme recurso para negociar o para hacerse útil frente al capo de la mafia a condición de hacerlo en la coyuntura adecuada.

No obstante, sabía que la siguiente fase de su plan sería mucho más complicada: introducirlo al hábito de la heroína. Volvieron a equivocarse, tres meses más tarde Boris se había hecho adicto. Milena también, aunque con mucha menor intensidad. Con el pretexto de que tenía una fuente de suministro segura, era ella quien aportaba la droga que consumía la pareja. Ello le permitió administrarse a sí misma placebos sin que él se percatara, pero en varias ocasiones se vio obligada a inyectarse directamente el narcótico.

Vila-Rojas había decidido que Boris Kattel moriría por sobredosis, convenientemente inducida por Milena. Pero antes de que eso sucediera, tenía que correrse el rumor entre amigos y familiares de la nueva afición del ruso por las jeringas y las drogas pesadas. En su debido momento, el cadáver exhibiría rastros de pinchazos reiterados, clara señal del abuso sistemático.

Ni Milena ni Vila-Rojas pudieron anticipar que el éxito de

su plan terminaría convirtiéndose en su principal obstáculo. Boris se enamoró de la croata con tal intensidad que insistió en presentársela a su imperiosa madre. Sin previo aviso, una noche él cortó temprano la sesión en el Onepercent, el bar donde solían encontrarse, y le pidió que lo acompañara a otro sitio. Ella vaciló porque esa noche no la acompañaba el Turco, pero supuso que Boris la llevaría a conocer un nuevo antro. Milena lo siguió en su moto hacia las colinas, alejándose de Puerto Banús; cuando ella entendió que habían entrado en una zona residencial fue demasiado tarde. La enorme finca, con cúpulas bizantinas más propias de un mausoleo que de una residencia, le despejó cualquier duda sobre el lugar donde se hallaba.

«Si no es aficionada a cantar ópera, qué desperdicio de caja torácica», se dijo Milena —recordando una frase de su abuelo— al ver por primera vez a Olena, la viuda de Kattel. Y en efecto, el vozarrón que la mujer utilizó para saludarla no la defraudó.

—¿Así es que tú eres la furcia que me ha quitado a mi hijo? —dijo en un español espantoso una vez que intercambiaron presentaciones—. Ya no me visita desde que se mete en esos hoyos asquerosos de malvivientes y drogadictos. ¿Allí te encontró?

Milena no quería enemistarse con la mujer, pero tampoco deseaba disminuir a su personaje ante los ojos de Boris. Bastaba observarlos unos minutos para darse cuenta de que la sumisión del hijo a la voluntad de la madre era absoluta. Ella lo acariciaba como si fuera un crío de meses; le pellizcaba las mejillas, le acomodaba el cuello de la camisa e incluso le sopesó los genitales con orgullo cuando le preguntó a Milena si andaba con él por el buen sexo o por la cartera.

Lo peor fue el examen concienzudo de que fue objeto de parte de la matrona; por alguna razón se sintió en falta con el *piercing* en el párpado y el maquillaje exagerado. Olena Kattel le recordaba a las temidas tías ricas que su madre y ella visitaban de tanto en tanto en Zagreb y que solían reprenderla con dureza por alguna mancha en el vestido o una trenza fuera de lugar.

Quizá fue el recuerdo de las formidables tías o quizá la personalidad abrumadora de la madre de Boris, lo cierto es que Milena perdió todo el aplomo que hasta entonces había mostrado frente al ucraniano: le costaba sostener la mirada y en un par de ocasiones sus respuestas fueron balbuceos a media voz.

En definitiva, no pasó el examen de la señora Kattel. Pero no porque la considerara una mala influencia para su hijo, sino porque detectó que había algo falso en ella; la mujer se percató de que la *femme fatale* era una fachada de otra cosa, aun cuando no pudiera descifrar en qué consistía. En cierta manera el examen fue recíproco; Milena advirtió que detrás de la mujer vociferante y expansiva había una mente alerta y calculadora. Asumió que detrás de los intentos de Boris por hacerse con el poder en realidad era su madre quien movía los hilos y, en caso de éxito, se convertiría en la verdadera líder de la mafia local, aun cuando necesitara al hijo como coartada. Cuando compartió esta apreciación con Vila-Rojas, quedó sorprendido; era una mujer que el abogado encontraba limitada y de mal gusto, aunque admitía que constituía una fuerza de la naturaleza. A partir de este informe comenzó a verla con otros ojos y a averiguar todo lo que pudiera sobre ella y sus actividades.

Tras la visita a su casa, Boris dejó de ver a Milena. Vila-Rojas temió que la joven fuera investigada por órdenes de Olena y le pidió que mantuviera la fachada de su personaje incluso en la casa de Bonso, que siguiera conduciendo la moto y frecuentara el Onepercent. Boris apareció dos semanas más tarde y reanudó la relación con la croata como si nada hubiera sucedido, aunque en algún momento bromeó con ella respecto al veredicto de su madre. La ausencia temporal simplemente intensificó el deseo de Boris por Milena. Ahora insistía en que pasaran todo el tiempo juntos y la joven terminó quedándose la mayor parte de las noches en el lujoso departamento a unas pocas calles de su poderosa madre. A partir de ese momento el Turco dejó de acompañarla y solo se aparecía de tanto en tanto cuando la pareja pasaba por el Onepercent.

En una ocasión recibieron la visita de rusos que claramente contrastaban con sus paisanos residentes en Marbella. Su atuendo, acento y gestos hacían pensar que se trataba de funcionarios moscovitas más que de miembros de la mafia. Eso alertó a Milena. Cuando Boris pidió a los guardias que abandonaran el departamento y a Milena que se metiera en la habitación para permitirle hablar con sus visitas, ella se desplazó al balcón con el pretexto de fumar un cigarrillo. Desde allí podía escuchar un poco mejor la conversación. Ni Boris ni los dos sujetos tomaron alguna otra precaución porque ella, siguiendo instrucciones de Vila-Rojas, siempre había ocultado que dominaba el ruso. Un ardid que había sido útil en incontables fiestas y ahora se mostraba de un valor incalculable. Alcanzaba a oír solo a Boris y a uno de los hombres porque el otro sujeto hablaba muy bajo. Entendió que había una operación en marcha por parte del Kremlin para que la comunidad rusa de Marbella sirviera a sus propósitos en operaciones internacionales. Boris insistía una y otra vez que él y su madre, con la ayuda de sus tíos de Kiev, eran la mejor opción en la Costa del Sol. Aseguraba a los funcionarios que si bien también Yasha era ucraniano, no era un entusiasta de los rusos.

Las sesiones se repitieron durante algunas semanas en el departamento y en restaurantes. Un día escuchó nombres de enlaces, operadores y empresas pantalla que trató de memorizar. Otro día captó el nombre de los enlaces que desde Rusia y Ucrania estarían en contacto con los de Marbella. Ella intentaba memorizar los datos que escuchaba y por las noches los pasaba a los forros ocultos de su libreta.

A la postre resultó que no era necesario. En una de las últimas veladas que pasó con Boris, el ruso perdió el conocimiento después de una intensa sesión de alcohol y metanfetaminas y Milena aprovechó para tomar fotografías de los papeles que él había colocado en la caja fuerte. Días antes ella había encontrado la combinación dentro de la guitarra que él nunca tocaba pero siempre tenía a la vista. La impresionaron los números de las cuentas bancarias y las cifras asociadas a ellas, y algunos nombres de rusos que reconoció que si bien pertenecían a la comunidad de Marbella, nunca frecuentaban los puteros o se les relacionaba con la mafia. Ella terminó incorporando toda esa información con letra menuda a su libreta negra.

Los siguientes días vaciló sobre la conveniencia de entregarle la información a Vila-Rojas. Una parte de ella deseaba darle a su tutor los beneficios de un dato que seguramente Yasha apreciaría, pero algo en su interior la retenía. La actitud instrumental y cruda que a veces Vila-Rojas tenía hacia ella le provocaban ansiedad y desconfianza. Acosada por tales sensaciones, optó por seguir acumulando datos antes de tomar una decisión. El saber a Moscú involucrado le hacía pensar que se trataba de información trascendente, pero quería asegurarse de que no todo era una fanfarronada de Boris.

La indecisión no duró demasiado. Vila-Rojas resolvió acelerar el desenlace. Si Olena Kattel llegaba a enterarse de que el hijo se había hecho adicto a la heroína, podía sacarlo de Marbella o incluso mandar ejecutar a Milena para separar al joven de compañías indeseadas.

El mayor obstáculo para su plan residía en el hecho de que Boris se hacía acompañar por una corte de amigos. Milena sospechaba que al menos dos de ellos, un poco mayores que el resto, seguían órdenes del tío Yasha con el muy probable propósito de evitar que se metiera en problemas. Por lo general, los amantes se encerraban en el dormitorio del departamento de Boris cuando deseaban drogarse, pero sus guardias nunca estaban lejos. Milena no aceptó que la ejecución tuviera lugar en el edificio porque consideró que allí quedaría a merced de la vengativa madre. Prefería un lugar público en el que tras la sobredosis intervinieran autoridades policiales y los servicios médicos. Vila-Rojas aceptó su exigencia a regañadientes.

La afición de Boris por Black Zero, un grupo belga de *heavy metal* que a veces tocaba en el Onepercent, les brindó la oportunidad que esperaban. La croata convenció al ruso de que un pinchazo de heroína al inicio del concierto les daría una experiencia única e irrepetible, a condición de seguir la ingesta correcta de drogas: primero las nuevas metanfetaminas que habían llegado de Marruecos y luego la inyección de heroína. Le aseguró que ella se encargaría de llevar todo lo necesario.

El segundo sábado de enero, Milena llegó al antro con sentimientos encontrados. Si todo salía bien, asesinaría a Boris esa misma noche y recobraría su libertad de una vez por todas; Vila-Rojas le había asegurado que tan pronto pasara el escándalo, ella podría marcharse con cien mil euros en el bolsillo. Solo que Milena no estaba segura de poder ganárselos: la pastilla que haría ingerir al ucraniano lo sacaría de combate, pero ella tendría que administrarle la inyección letal. Y no es que se hubiera encariñado con el sujeto, todo lo contrario, le parecía cruel y despreciable, solo que aún no se hacía a la idea de asesinar a un hombre por propia mano.

Cuando llegó al bar acompañada del Turco, encontró a Boris instalado en la mesa de siempre, rodeado de sus amigos. La hora de espera antes de que el grupo saliera al escenario fue la más larga de su vida. Contra su norma, Milena bebió mucho más de lo acostumbrado; fue la única manera de controlar el temblor de las manos y la sensación de pánico que por segundos oscurecía sus pensamientos. Una y otra vez observaba, a su pesar, la gesticulación del ruso, las venas pulsantes del cuello, los matices exactos de su voz, su bebida preferida en la mano, todo aquello que acreditaba la explosión de vitalidad que recorría el cuerpo del chico y que ella iba a suprimir para siempre. Dentro de poco ese universo de órganos pulsantes, glóbulos febriles, circuitos neuronales y hormonas trepidantes no sería más que un bulto inerte, sin posibilidad de retorno. La idea le resultaba por momentos intolerable.

Vila-Rojas le había advertido que el coctel de drogas preparado sería infalible a condición de consumirlo en el debido orden: debía administrar la pastilla cuando arrancara la primera canción del grupo y, quince minutos más tarde, llevarlo al baño de mujeres para aplicarle la jeringa con la heroína. Ella tomaría lo mismo que él, aunque en dosis infinitamente menores, para que los exámenes médicos mostraran también una intoxicación, aun cuando la de ella fuera parcial. El abogado le entregó dos paquetes claramente diferenciados: «el kit de la muerte» y «el kit del sueño».

Cuando finalmente Black Zero comenzó a tocar sus atronadoras canciones, ella notaba el mareo de los cuatro martinis consumidos. Palpaba con nerviosismo y sin cesar los dos paquetes plásticos que llevaba en los bolsillos de su chamarra: en la derecha el kit de Boris, en la izquierda el suyo. No obstante, cuando llegó la hora de pasarle la pastilla al ruso, vaciló entre una y otra mano. Eso la convenció de no tomar su propia pastilla: tenía miedo de perder el control por la mezcla de alcohol y la metanfetamina, y equivocarse al momento de aplicar la inyección letal. Boris ingirió su pastilla, y poco más tarde ella percibió su mirada perdida y la voz ralentizada por una lengua indócil.

Diez minutos después Milena susurró al oído de Boris la invitación para que la acompañara al baño. Ella había temido ese instante, consciente de que todo se vendría abajo si el ruso olvidaba lo convenido, pero él se puso en pie de inmediato impulsado por su adicción.

Caminaron al baño del tugurio acompañados por los dos esbirros de Boris y por el Turco. Una rubia que fumaba frente al espejo se retiró apresurada en cuanto vio a Boris entrar a los sanitarios; era lo bastante conocido como para que nadie quisiera tener algo que ver con lo que el mafioso fuera a hacer a un baño de mujeres. Los guardaespaldas del ruso intentaron entrar pero el Turco lo impidió. Ella le había ofrecido una buena propina con el pretexto de cumplir una de las fantasías de Boris: hacer el amor en el baño de mujeres. Eso sí, sin espectadores. Imposible saber si el Turco le creyó, no obstante, aceptó cuidar la puerta a cambio de una cantidad que resultó el doble de lo que originalmente le ofreció. Los guardaespaldas escucharon los argumentos del argelino y accedieron a regañadientes a quedarse afuera, aunque antes se aseguraron de que no hubiera nadie más en los sanitarios.

El ruso llevaba prisa. Se introdujo en una de las cabinas, tapó el escusado, se sentó en él y se descubrió el brazo derecho. Ella lo siguió y dejó atrás todas sus dudas, el apremio de Boris la puso en movimiento: extrajo la jeringa de la chamarra y sin titubeo alguno preparó la inyección mientras él aplicaba el torniquete sobre su bíceps con una liga de goma. Acosado por la urgencia, él intentó arrebatarle la jeringa y ella lo impidió de un manotazo; temía que en la condición en que se encontraba se la aplicara de modo incorrecto. Más tarde Milena pensaría que si hubiera dejado a Boris inyectarse él mismo, técnicamente ella no sería su asesina, pero en ese momento solo quería terminar lo que había comenzado.

Aplicó la inyección y observó cómo la droga golpeaba desde dentro el cuerpo de Boris, como si un engendro extraterrestre pugnara por salir de su entraña. El hombre estiró el cuello en una posición inverosímil, tratando de ver algo que al parecer se encontraba en su coronilla; sus piernas se sacudieron y emitió un extraño y agudo grito, casi femenino, intenso y prolongado.

Al oír el aullido, los guardaespaldas hicieron a un lado al Turco violentamente y entraron al baño. Encontraron a Milena inclinada sobre el cuerpo de Boris, que aún exhibía en el brazo una jeringa clavada, como una espada en un toro agonizante. No lo pensaron dos veces, uno de ellos tomó por el cuello de la chamarra a la croata y la estrelló contra la pared; el otro desenfundó la pistola para volverse en contra del Turco.

Este había pensado en huir en el acto después de oír el grito, pero la curiosidad pudo más que su precaución; se asomó por la puerta entreabierta y le llevó un segundo percibir que, aunque no lo quisiera, ese pleito ya era suyo. Lo que siguió fue un mero automatismo. Cuando el segundo guardia giró su cuerpo para enfrentarlo, el Turco ya tenía la pistola en la mano, tumbó a su agresor de dos balazos rápidos en el pecho y sin pausa alguna descerrajó dos más en la espalda del otro esbirro.

El Turco asumió que media docena de amigos de Boris se precipitarían al baño y decidió hacerles frente en una última y desesperada batalla; esperaba deshacerse de alguno más antes de ser abatido; nunca le habían gustado los acompañantes del ruso. Pensó que Milena podía servirle de escudo humano, salvo que la chica estaba tumbada en el suelo y apenas se recuperaba del golpe recibido. Observó de reojo el cuerpo de Boris, entregado a sus últimos estertores, y luego se dio cuenta de que había transcurrido más de un minuto y nadie acudía al sitio del que habían salido los disparos. Le pareció increíble que un grupo de *heavy metal* hiciera más escándalo que una Beretta, pero festejó el resultado.

Tomó a Milena de la muñeca y la incorporó de un tirón. Un hilo de sangre salía de su cabeza y manchaba el cuero de su chamarra; habría querido lavarle la cara para no llamar la atención, pero luego recordó la oscuridad reinante en el antro y dejó de preocuparse. Salieron del baño y se dirigieron a la puerta de salida sin que los compañeros de Boris, sentados a una mesa frente al escenario, advirtieran cualquier otra cosa que los pechos tumbones de la vocalista del grupo.

Dejaron la motocicleta de Milena en el estacionamiento y utilizaron el coche del Turco. Tan pronto como se alejaron del bar y todavía conduciendo, este llamó a Bonso y le explicó lo sucedido.

El rumano veía un episodio de *Juego de tronos* acompañado de Mercedes, una marroquí de mirada dulce y actitudes complacientes. Se quejaba con ella, indignado, de la perversidad de Cersei Lannister, la reina incestuosa, cuando recibió la llamada que le cambió la vida. Bonso entendió desde el primer instante que lo que acababa de hacer el Turco constituía para ambos una sentencia de muerte: todos en Marbella sabían que Boris era un intocable, que su madre aún era poderosa y que la mafia rusa era implacable en asuntos de sangre. Todo el mundo sabía también que el Turco era su mano derecha.

Estrelló el teléfono contra la pared, se volvió hacia Mercedes y le propinó un golpe en la barbilla que la tumbó en el sofá en que se encontraban. Eso lo calmó lo suficiente para entender que cualquier solución, si la había, se hallaba muy por encima de sus posibilidades, lo cual lo llevó a concentrarse en Vila-Rojas. Cinco minutos más tarde le devolvió la llamada al Turco y le dio instrucciones.

55

Vidal, Milena y Luis
Martes 18 de noviembre, 8.20 a. m.

No sucedió como Jaime lo había planeado. Poco después de las ocho de la mañana Vidal llamó a la puerta de la habitación que ocupaban Milena y Luis en el hotel Michoacán; este último abrió con cautela después de que su amigo se identificara. A Vidal le sorprendió el aspecto del cuarto y de sus dos ocupantes. Pese a la cortina cerrada, las rendijas de luz extendían dorados dedos acusadores sobre la escena. La sábana con que Milena se cubría el pecho hacía suponer que había dormido desnuda al lado de su amigo, y este solo vestía el pantalón que al parecer se había enfundado para abrir la puerta. El desorden de la cama, las ropas de ambos acumuladas sin concierto sobre una silla y una botella de vino tumbada en la mesita de noche completaban un cuadro explícito, casi un cliché de una encerrona amorosa. Por momentos olvidó su delicada misión y se preguntó dónde quedaba Rina después de esto, ¿dónde quedaba él? La primera sensación fue de agravio y la segunda de indignación, y de inmediato ambas fueron desplazadas por un pensamiento más egoísta: Rina tendría que enterarse de lo que allí había sucedido.

Luis pareció adivinar sus pensamientos, porque por primera vez en la historia de su amistad, bajó los ojos antes de invitarlo a pasar.

Los tres intercambiaron novedades, tras lo cual Vidal explicó el plan de Jaime.

—Con un poco de suerte, hoy mismo podrían caer Bonso y el Turco. Ustedes solo tienen que mostrarse en el *lobby* para que la avanzada que ellos envíen confirme que aquí se encuentran: después de eso, todo habrá acabado y podrán hacer lo que quieran —dijo Vidal entusiasmado.

—Nada me gustaría más que ver a Bonso y al Turco abatidos. Pero las cosas son mucho más complicadas que eso —objetó ella.

—Es que no entiendes, todo el país está indignado por la muerte del editor de *El Mundo,* hasta el presidente quiere intervenir; ayer comieron con él Claudia y Tomás. Esto ya se acabó, Milena, hay fuerzas mucho más grandes que cualquier amenaza de la que estés escapando. Son fuerzas que te favorecen: aprovéchalas y deshazte de una vez y para siempre de cualquier cosa que tengan en contra tuya.

—Sois vosotros los que no entendéis nada. ¡Tú no entiendes! —insistió Milena y miró a Luis en busca de apoyo—. ¿Puedes salir un momento, Vidal? Necesito hablar a solas con Luis.

Vidal miró a uno y a otro, sumido en la confusión. Había creído que llevaba buenas noticias y que solo necesitaba vencer la natural resistencia que Luis opondría a colaborar con Lemlock. Las ventajas de la propuesta de la que era portador resultaban tan evidentes que asumió que la inteligencia práctica de su amigo se impondría a sus prejuicios.

—Luis, convéncela: si exterminamos a esta banda, luego podremos negociar con Vila-Rojas lo que sea necesario. Sí, sabemos de la existencia de Vila-Rojas —añadió ufano al observar la expresión de sorpresa de su amigo; luego salió de la habitación.

Cuando se quedaron a solas, Milena saltó de la cama y mientras se abotonaba una camisa comenzó a hablar:

—Hay algo que no te puedo decir. La muerte de Bonso en estas circunstancias provocaría la difusión de un video que haría caer a Vila-Rojas y muy probablemente a Yasha, líder de la mafia ucraniana en Marbella. Al final todo eso podría costarme la vida. No te puedo decir más porque no quiero ponerte en peligro; cuanto menos sepas, mejor para ti.

Luis reflexionó algunos instantes; lo que acababa de escuchar lo cambiaba todo.

—Bonso no debe caer en la trampa que Jaime le tiene preparada —concluyó el joven.

—Exacto, pero eso no lo va a entender tu amigo Vidal.

—Creo que a Vidal lo perdimos hace rato.

—¿Tú crees?

—No es mala persona, solo que es plastilina en manos de Jaime. Cuando dijo que ellos también estaban enterados de lo de Vila-Rojas asumió que yo lo sabía. Eso significa que interceptaron mis correos cifrados, y solo lo pudieron hacer porque él reveló alguna de mis contraseñas.

—¿Y cómo vamos a evitar que Bonso caiga en la trampa?

—No es difícil alertarlo; ya tengo los correos que utiliza su organización. El problema es que Lemlock también los tiene o está a punto de tenerlos, así que habrán de enterarse de que yo seré el *spoiler*. Si antes no me querían, ahora me verán como su enemigo.

—Ellos te querrán menos, y yo un poco más. Gracias, Luis —dijo ella mirándolo a los ojos; él no supo qué contestar.

56

Tomás y Claudia
Martes 18 de noviembre, 11 a. m.

Había despertado a las 5.20 de la mañana, como si el subconsciente fuera una terminal vinculada a la red. A esa hora *El Mundo* subía a su portal la edición impresa, mucho antes de que el repartidor dejara en su departamento el ejemplar correspondiente. El periodista se sabía de memoria la nota que leyó en la pantalla; él mismo la había escrito. No era el titular de ocho lo que atrajo su atención a pesar de lo llamativo que resultaba: «Subdirector de *El Mundo* asesinado por la mafia». Lo que buscó con impaciencia fue la nota subordinada: «Salgado, padrino de las redes de tráfico». La leyó, consciente de que a partir de ese momento no había vuelta atrás. Constituía un ultimátum, una declaración de guerra que no terminaría hasta que alguna de las dos partes sucumbiera.

La noche anterior dio instrucciones para que media docena de sus mejores reporteros de investigación se dedicaran a documentar las redes de tráfico de personas, en particular la trata de mujeres, y la protección que recibían de parte de las autoridades. Dos de ellos se centrarían exclusivamente en la trayectoria criminal de Víctor Salgado y sus allegados, con el propósito de publicar piezas adicionales durante los siguientes días. Tomás sabía que si lograban convertir al exfuncionario en paradigma de la corrupción y el tema prendía en las redes sociales, nadie se atrevería a protegerlo. Gobernadores, ministros y senadores que le debían favores e incluso el puesto sufrirían súbitos ataques de desmemoria; en política la lealtad se practica solo cuando la traición no ofrece dividendos. Tenían que hacer de Salgado una papa caliente, un apestado al que nadie quisiera ayudar a riesgo de pagar una alta factura política.

Tomás se dijo que tendría que consultar con Vidal el camino que debían seguir para convertir al exdirector de prisiones en un *trending topic* viral. La nota periodística no bastaba, no ahora, cuando solo consultaban los diarios e informativos las élites políticas y culturales. La acusación de *El Mundo* contra Salgado produciría el efecto de una bomba entre la clase política, de las que provocan que todos se pongan a buen recaudo para evitar las esquirlas. Sin embargo, Tomás necesitaba algo más que eso. El sistema tenía que abandonar al capo, incluso presionarlo y, por qué no, meterlo en prisión; motivos sobraban. Pero para que eso sucediera era necesario que la opinión pública cuestionara a la autoridad con tal intensidad que la inacción misma tuviera un costo político. Solo las redes sociales podían provocar un efecto de esa naturaleza: *memes* y *hashtags* capaces de hacer del excarcelero una figura tan popular como execrable.

La víspera llamó a varios corresponsales extranjeros para alertarlos del ataque contra el subdirector de *El Mundo*. Nunca mencionó a Milena; su versión se limitó a explicar las investigaciones que el diario realizaba respecto a Víctor Salgado y atribuyó a la trata de mujeres y el lavado de dinero la causa más probable de la agresión. Su amigo Peter Dell, corresponsal del *New York Times*, le aseguró que ese mismo día subiría una nota completa al portal del diario estadounidense.

Cuatro horas más tarde, ya en las oficinas de *El Mundo*, Tomás esperaba a Vidal para iniciar una reunión con los responsables de la edición online. Sabía que los técnicos del periódico eran buenos, aunque prefería tener al lado a alguien de su confianza antes de crucificar a Salgado en las redes sociales. Mientras su sobrino llegaba, pasó a la oficina de Claudia.

—¿Alguna reacción de Salgado? —dijo ella a modo de saludo.

—Ninguna. Pero como dirían los clásicos, *no news, good news*.

—A mí me habló Prida hace media hora; muy comedido, puso a nuestra disposición los recursos federales para encontrar a los responsables del crimen. Yo le dije que no había que buscar mucho, a Víctor Salgado lo conocen todos.

—¿Y qué te dijo?

—Se salió por la tangente. Me aseguró que ya había instruido al procurador para que no escatimara recursos en la investigación.

—Pues se va a acalambrar cuando vea la nota del *New York Times*; esas son las que les duelen.

—Ojalá que las autoridades hagan algo antes de que Salgado tome represalias. ¿Por dónde crees que vendrá?

—Imposible saberlo, aunque hemos reforzado la seguridad por todos lados. El director de la Policía del DF envió varias patrullas adicionales. ¿Tu madre salió de la ciudad, finalmente?

—Ahora está volando, la convencí de que se fuera unos días al departamento de Miami. ¿Y tú? ¿Tu hija?

—Voy a comer con ella, no quise explicárselo por teléfono. Quiero que salga de la ciudad, quizá a la casa de una amiga que visita con frecuencia en Cuernavaca. No es fácil de persuadir, es irreductible, ¿sabes? Ya la conocerás.

Claudia asintió sin que nada delatara la repentina tibieza que recorrió su pecho. «Ya la conocerás» podía ser el comentario neutro de un colega a otro que asume que tarde o temprano sus familiares entrarán en contacto, pero también el reconocimiento tácito de la intimidad que los aguardaba en el futuro inmediato. Una frase que preludiaba paraísos.

—No quiero que nada nos pase, Tomás; ni a nosotros ni a alguno de los nuestros. No ahora que hemos iniciado algo que puede ser tan importante para ti y para mí.

Ahora fue él quien no supo interpretar el comentario. ¿Se refería a *El Mundo* y al nuevo ciclo arrancado, o al vínculo personal que existía entre ambos? Decidió que cualquiera que fuera el sentido de su frase, Claudia tenía razón: sería una chingadera que la tragedia se cebara en su contra ahora que por fin su vida adquiría un propósito. En poco menos de un año pasó de ser un columnista marginal y escasamente leído a convertirse en la cabeza del proyecto periodístico más importante del país. Y en el terreno personal, los amoríos desesperanzados y efímeros en los que chapoteó durante tantos años se estrellaban ahora contra la perspectiva de una relación fundacional con alguna de las dos mujeres que habían llegado a su vida. Ni Amelia ni Claudia serían parejas de entrada por salida, como las que solía frecuentar en el pasado. Sabía que la ambigüedad no podría extenderse indefinidamente, ninguna de ellas era mujer de medio tiempo. De una u otra forma, pronto tendría que tomar una decisión.

Un repentino ataque de nostalgia anticipada recorrió su ánimo cuando imaginó la ausencia de alguna de las dos. El sentimiento de pérdida fue tan intenso cuando imaginó el fin de la intimidad absoluta de los fines de semana con Amelia como la tristeza de perder la experiencia gozosa de una vida al lado de Claudia.

Durante años aspiró al amor de Amelia y ahora que lo había conseguido asumía que no podía permitirse perderlo. Y sin embargo, había algo que lo descolocaba en la relación con su vieja amiga: tenía la impresión de que él no siempre estaba a su altura, de que tarde o temprano ella advertiría sus fracturas, como un impostor que se sabe condenado a verse descubierto a no ser que se retire a tiempo. Al lado de Amelia siempre se sentía exigido: para ser más inteligente y más vital, mejor persona de lo que era. Para su amante, el universo era imperfecto y nuestro paso por él entrañaba la responsabilidad de mejorarlo. Era una noción con la cual Tomás podía estar de acuerdo en teoría, aunque se sabía carente de la vitalidad o de la disposición para hacer los sacrificios correspondientes.

Claudia, en cambio, pertenecía a la especie de los que venían al mundo para disfrutarlo a condición de no dañarlo más de lo que ya estaba o no hacerlo a costa de la felicidad de quienes la rodeaban, una filosofía en la que Tomás militaba con más fervor que con la corriente mesiánica de Amelia.

Sumidos en sus pensamientos, los dos guardaron silencio, ignorantes del hecho de que cada uno de ellos era el motivo de la reflexión del otro. Vidal los interrumpió del modo en que Vidal lo hacía: con toques de los nudillos sordos y discretos en la férrea puerta de la oficina de Claudia.

—Me dijeron que podía pasar, que me estaban esperando.

Tomás recibió a su sobrino con una sonrisa de alivio. Lo condujo a la sala de juntas de su despacho, donde esperaban quienes dirigían el sitio digital de *El Mundo*, y les explicó la misión que tenían por delante: crucificar a Víctor Salgado en las redes sociales. Vidal escuchó al *community manager* del periódico hacer una larga disertación sobre Kohl's y nodos de esferas de influencia, trató de imaginarse qué haría Luis en su lugar y tomó la palabra. Resultó que lejos de Rina podía hacer una aceptable imitación del talento de su amigo; al terminar la junta todos lo miraban con respeto.

Para su desgracia, no había sido el caso con el propio Luis esa mañana, durante su visita al hotel. Cuando se despidieron, creyó advertir un atisbo de desprecio en su mirada.

57

Milena
Enero de 2014

Era una zona cercana al aeropuerto de Málaga por la que Milena nunca había transitado, y si lo hubiera hecho, tampoco podría haberla reconocido porque la noche era oscura y la iluminación de la calle casi inexistente. Finalmente el Turco detuvo el coche en una esquina flanqueada por almacenes que habían visto tiempos mejores, a juzgar por sus destartalados exteriores. Ella escuchó la queja de una cortina de hierro al ser alzada trabajosamente desde el interior de una de las bodegas; un hombre obeso tiraba de una cadena mientras forzaba la vista para confirmar la identidad del conductor del vehículo. El Turco metió dentro el coche y la cadena regresó la cortina a su posición original.

Se trataba de un almacén enorme y rectangular en el que cabría poco más de media cancha de futbol. Al principio Milena creyó que estaba vacío, pero al caminar hacia la escalera que conducía a la solitaria oficina del cobertizo, le pareció advertir en el fondo siluetas apenas intuidas en la precaria luz. El Turco ordenó al gordo que esperara junto a la cortina metálica para permitir el acceso del auto de Bonso, quien llegaría en cualquier momento.

—Ahora sí, Cuadritos, mientras esperamos al jefe, explícame en qué lío nos has metido.

A Milena le llamó la atención el tono neutro y calmo de las palabras de su acompañante. Sin reclamo ni rencor aparente; solo el de alguien que desea consumir el tiempo que tiene por delante. Se dijo que ese hombre acababa de asesinar a dos esbirros a sangre fría y entendió que su suerte dependería de lo que dijera a continuación.

Por unos instantes consideró la posibilidad de mantener la versión de la sobredosis involuntaria, pero juzgó que ni Bonso ni el Turco eran candidatos al engaño; podían ser muchas cosas menos ingenuos. Durante meses la habían visto tejer su telaraña en torno al ucraniano y ella podía suponer que la aprobación de Bonso a sus salidas nocturnas, custodiada por el Turco, formaba parte de un acuerdo con Vila-Rojas, así que omitió los asesinatos anteriores de los socios del granadino, pero no escatimó detalles del plan que había intentado ejecutar esa noche.

El Turco la escuchó sin que su gesto mostrara reacción alguna, con una expresión cansina que alguien podría tomar por desinterés. Las ojeras profundas y la cara alargada hacían pensar en un viejo San Bernardo que ya lo ha vivido todo. No obstante, lo conocía lo suficiente para saber que esa era la forma que él tenía de concentrarse. Y no podía ser de otro modo: la vida de ambos estaba en juego tras lo sucedido en el Onepercent.

—Supuse que andabais detrás de algo así, pero nunca pensé que lo hicierais tan mal. Es el problema de los *amateurs*, que se pasan de listos —dijo él con desprecio.

Milena asintió, sin muchas ganas de discutir; después de todo, juzgó ella, el hombre tenía razón. El cuerpo convulsionado de Boris acosó su memoria durante unos instantes, y volvió a sentir el ardor de la herida que se había hecho en la frente. En uno de sus oídos atronaba aún el clamor de una alarma inexistente, causado por los balazos en el estrecho baño de mujeres del antro.

—¿Y esos quiénes son? —preguntó Milena haciendo un

gesto en dirección a las figuras que se removían en el fondo de la bodega.

—Quieren ser europeos.

—¿Y qué son? ¿Africanos?

—¿Y a ti qué te importa? ¿Ahora eres Angelina Jolie?

Milena no contestó; en realidad, le interesaba muy poco. Solo quería dejar de pensar en las baldosas del baño y, sobre todo, olvidarse de la espuma verdosa que había visto salir de la boca de Boris mientras agonizaba. Recordó que en la chamarra aún tenía una jeringa, el «kit del sueño», y agradeció a los dioses la posibilidad de evadir con droga el difícil momento que afrontaba. Una oleada de alivio anticipado invadió su cuerpo: introdujo la mano en el bolsillo izquierdo y lo encontró vacío. Primero la golpeó la frustración, luego la confusión; como una autómata revisó el bolsillo derecho y encontró la jeringa que buscaba. Solo entonces cayó en la cuenta de que le había administrado a Boris la dosis equivocada. La implicación de todo aquello estalló en su cerebro con la fuerza de una granada.

—Agustín quiso matarme —dijo para sí con voz apenas audible.

—¿Cómo? —inquirió el Turco.

—Las dos dosis eran letales —respondió ella y abrió el puño para mostrar la jeringa en la palma de su mano.

Clavó una mirada hipnótica en el supuesto «kit del sueño» y la fuerza de la adicción se impuso en ella con una intensidad febril, a pesar de las consecuencias: fuera sueño o fuera muerte, lo que encerraba ese preciado líquido le resultaba indiferente a esas alturas.

La llegada del coche de Bonso la distrajo un instante, lo suficiente para que el Turco le arrebatara la bolsa de plástico de la mano y con una sonrisa burlona se la guardara en su propio bolsillo.

Si hubiera tenido las piernas más largas, el rumano habría subido los escalones de dos en dos, tal era su prisa; en lugar de eso, ascendió la escalera metálica con retumbantes y frenéticos pasos, como un soldadito de juguete de un anuncio de baterías de litio. Se tropezó en el último escalón y entró a la improvisada oficina con un movimiento que hizo a Milena pensar en piscinas y el estilo de mariposa.

No obstante, Bonso no era un hombre atormentado por el sentido del ridículo, lo cual era mucho decir considerando su parecido a Danny DeVito. El tropiezo solo incrementó su rabia. Milena asumió con resignación que ella sería la víctima del desahogo que ahora sobrevendría.

Sin embargo, una vez más el rumano la sorprendió: su instinto de supervivencia era mucho más poderoso que sus rabietas. Ahora solo era una mente práctica que deseaba salvar el pellejo. Podía ser proclive a los arrebatos, pero pertenecía a la especie de los que oprimen la pasta de dientes desde abajo. Se enjugó el rostro perlado de sudor, se sentó en la silla que le dejó el Turco y pidió todos los detalles acerca de la velada en el Onepercent.

Milena comenzó a describir los sucesos pero el Turco la interrumpió, y con razón; la necesidad de droga y el impacto de las emociones vividas la hacían balbucear de un modo deshilvanado. En su lugar, el Turco narró los hechos desde el momento en que entraron al antro hasta que llegaron al almacén donde se encontraban e incorporó la explicación que Milena le había proporcionado respecto a los planes de Vila-Rojas para eliminar a Boris.

—Abogado hijo de puta —estalló el rumano cuando terminó de escuchar el relato—. ¿Y tú? ¿Qué carajos hacías metiéndote donde no te llamaban?

—Cosas de la noche, jefe —respondió el Turco sosteniendo la mirada del otro.

Bonso se puso en pie para enfrentar, que no igualar, la altura de su subordinado; era la primera vez que Milena observaba cualquier cosa que no fuera un sometimiento total por parte del argelino. El rumano se paseó en medio círculo en torno al otro sin quitarle la mirada, los brazos en jarras, en una extraña coreografía de intimidación animal que le hizo recordar un documental de televisión.

Milena no dejó de admirar el temple envarado del cuasienano frente al espigado argelino que venía de despachar a dos matones sin despeinarse. Tampoco ahora se inmutó el Turco, tan solo siguió atento los movimientos de su jefe con la fría tranquilidad de una cobra al acecho. Bonso prefirió interpretar la inmovilidad del Turco como una forma de subordinación y finalmente regresó a su silla.

—Por suerte para ti, tengo nuestro salvoconducto encima —extrajo del bolsillo de su chamarra varios DVD envueltos en sus respectivos sobres y los alzó como trofeos—. Esperemos que Vila-Rojas sea mejor pactando treguas con los ucranianos que planeando asesinatos. Lo tenemos agarrado de las pelotas.

El Turco tomó los discos e intrigado miró a su jefe.

—Recuerda hace dos años a Vila-Rojas entrando a mi despacho, comprando a esta puta y dándome instrucciones para que trabajara bajo sus órdenes aunque se quedara en mi casa; lo tengo muy bien grabadito —añadió el rumano con una sonrisa, haciendo un gesto hacia los sobres que el Turco sostenía entre los dedos.

Milena recordó que Bonso se había abierto camino en el mundo de la pornografía dura filmando y distribuyendo videos clandestinos de zoofilia, pederastia y sadomasoquismo. Lo había abandonado después de una investigación oficial en contra de las películas *snuff*, pero su habilidad para manipular archivos de video seguía intacta.

—Pues si Vila-Rojas nos va a salvar a cambio de esto, tendrá que darse prisa, porque ahora mismo ya deben de andar buscándonos por toda Marbella.

—Está a punto de llegar. Ahora necesito que me prestes al gordo que me abrió la cortina para que distribuya estos discos: hay dos domicilios adonde debe llevarlos y los otros dos van por correo. Están dirigidos a viejos amigos de toda mi confianza que los harán circular si dejan de tener noticias mías. Eso nos protegerá del abogado de mierda este.

—Es rencoroso, sí —admitió el Turco.

—Bueno, ¿y contigo qué haremos? —dijo dirigiéndose a Milena, a quien prestaba atención por primera vez en la noche—. Ya decía yo que una puta que lee es mala cosa. Has vivido horas extra desde el día en que escapaste a Madrid, y mira cómo me lo pagas; nos jodiste a todos.

Milena asintió a su pesar. Bonso tenía razón.

—Mátala —ordenó al Turco—, mete el cuerpo en el maletero del coche y tíralo cuando salgamos de aquí. Pero primero manda los discos, no vaya a ser que ese hijoputa llegue antes de tiempo.

Tan pronto dijo esto, Bonso se desentendió de Milena a pesar de tenerla a tres metros de distancia; para él ya había dejado de existir. Ella misma se sorprendió por la resignación pasiva con que escuchó su sentencia de muerte. La había esperado y solo deseaba que fuera rápida y sin sufrimiento.

Se dijo que debía elegir con cuidado en qué pensar en sus últimos minutos de vida. Intentó recordar su infancia en Jastrebarsko, pero todo lo que le vino a la mente eran viñetas que pertenecían a una persona que ya no era ella. De igual forma rechazó las imágenes de los últimos años que se agolparon contra sus párpados cerrados: las casas de putas donde vivió o la escena mil veces repetida del encuentro con algún cliente. Concluyó que los instantes de los que verdaderamente quería despedirse eran los que había pasado frente a un libro abierto. Extrañaría a los personajes en los que se había refugiado para hacer llevadera la existencia; ahora los evocaba para hacer soportable el tránsito a la muerte. Se despidió de Ana Karenina, de la Maga, de todas las heroínas en cuya piel había habitado a lo largo de esos años. Todas estaban muertas y ahora se les uniría ella.

Los pasos del Turco sobre la escalera de metal resonaron en su cerebro como campanadas de una cuenta regresiva; catorce escalones que Milena acompasó con el ritmo de su respiración. Cuando el hombre entró a la oficina, ella hiperventilaba.

—No sé si eso es lo que nos conviene, jefe —dijo el Turco señalando con la cabeza a Milena.

—¿El qué? ¿Deshacernos de la puta?

—Sí. Vila-Rojas también quería matarla; se salvó porque no llegó a meterse la inyección, nunca se imaginaron que Boris se pondría a gritar como un loco. Está claro que el abogado ni siquiera pensó en una vía de escape para ella. Le convenía que la palmara por sobredosis porque si caía en manos de los rusos podrían hacerla hablar.

—¿Y? —respondió Bonso.

—Que si vamos a negociar con Vila-Rojas y él quería deshacerse de ella, mantenerla en nuestro poder nos da alguna ventaja, ¿no?

Bonso caviló algunos instantes y asintió.

—La puta que te parió, tienes razón. Además del video, ella es una prueba de que el asesino es Vila-Rojas. Y si todo falla y los rusos se nos vienen encima, seguramente querrán meterle mano a la asesina de Boris; en una de esas nos salva el pellejo. Es una carta desesperada pero uno nunca sabe.

Hablaban de Milena como si no estuviera presente; ella pensó que habrían tenido mayores miramientos si estuvieran discutiendo cómo deshacerse de un coche. Con todo, se preguntó si habría en el Turco algún interés por salvarla más allá de las razones que esgrimía. En el contexto de una casa de putas donde los apodos solían ser discriminatorios y ofensivos, el «Cuadritos» del argelino era casi una caricia frente a los «Pulga», «Pelos», «Prieta» o «Mastuerza». Durante los últimos tres meses en que la acompañó en su proceso de conversión en dama *biker* habían sostenido pocas conversaciones, y no obstante ella creyó adivinar el placer que le depararon al Turco los paseos en moto durante su periodo de instrucción. Recordó el chaleco que había recibido al final de sus prácticas, aunque en aquel momento no le había dado mayor importancia.

Milena regresó a la tierra de los vivos con la misma rapidez con que se había ido; una parte de ella lamentó despedirse de Ana Karenina y compañía. Ni siquiera estaba segura de que se tratara de una buena noticia: si caía en manos de los rusos, terminaría añorando a los perros de Bonso.

—Llévatela al fondo con los otros, no quiero que la vea Vila-Rojas. Luego vemos dónde la metemos —dijo Bonso mientras observaba un mensaje en la pantalla de su teléfono—. Ya llegó el cabrón.

Milena y el Turco bajaron deprisa la escalera metálica.

—Gracias —musitó ella cuando se quedaron solos.

—No te humedezcas, Cuadritos —contestó él seco y sin miramientos.

Pasó la siguiente hora en la penumbra, observando de tanto en tanto a los tres hombres que discutían en torno al escritorio de la oficina. El haz de luz concentrado en ellos, la elevación de la plataforma y la oscuridad reinante en el resto de la bodega sugerían un escenario de teatro.

Enfermos de incertidumbre, la veintena de árabes que la rodeaban seguían los movimientos de los tres actores iluminados, convencidos de que allí se discutía su futuro. Nunca una obra teatral fue observada con tal ansiedad. En un español precario, uno de ellos preguntó a Milena detalles de lo que ocurría arriba; fatigada, ella respondió con un «No-me-molestes» en serbio, para evitar cualquier conversación. De inmediato saltó otro de los árabes, con la cara súbitamente iluminada, y la conminó, también en serbio: «Por favor, llevamos una semana aquí sin saber nada».

«Maldita globalización», se dijo Milena. Habría preferido dejarse coger que ponerse a dar explicaciones. La noche le había pasado factura y se sentía como una muñeca mecánica con la cuerda agotada. Sin embargo, al recorrer el grupo con la mirada advirtió siluetas de mujeres y dos o tres infantes;

recordó la insoportable angustia de los primeros días tras su captura a los dieciséis años. Pasó la siguiente media hora tratando de tranquilizarlos, tras asegurarse de que no eran más que inmigrantes introducidos ilegalmente. Bonso los retenía hasta que sus familias enviaran el dinero correspondiente a los gastos sufragados, reales e inventados. Al final, Milena agradeció la distracción que significó hablar serbio de nuevo, aunque trabajosamente traducido al árabe, y olvidarse de Boris y de Vila-Rojas por un rato. Después de todo, era su futuro y no el de ellos el que se estaba discutiendo allá arriba.

58

Jaime
Miércoles 19 de noviembre, 1 p. m.

Era uno de esos días. El vino que abres está avinagrado; el semáforo no te deja pasar; la cobertura se cae cuando más la necesitas. Días en los que dos más dos no son cuatro y los patos le tiran a las escopetas. Con la suerte del novato que gana en su primera apuesta en los caballos, Claudia y Tomás habían vencido a Víctor Salgado; el aparato político dejó en la orfandad a uno de los suyos.

Dos horas antes Jaime había detectado que todo lo que olía a Salgado era escupido y defenestrado en las altas esferas del poder. Los operadores de *El Mundo* lograron hacer del excarcelero el villano del día en las redes sociales. La nota del *New York Times*, particularmente severa con la corrupción en México, fue la puntilla. La rueda de prensa que el procurador realizó al mediodía para presumir de la captura de un dirigente del cártel de los Zetas la aprovecharon los reporteros, convenientemente azuzados por los de *El Mundo*, para coser al funcionario a preguntas-puñaladas con relación a Salgado.

El equipo de Lemus interceptó las instrucciones remitidas desde la Procuraduría a los ministerios públicos y a los cuerpos policiales para atraer cualquier acusación contra Salgado y desempolvar toda investigación pendiente en cualquier rincón del sistema judicial mexicano. Aún no se había dictado una orden de detención, aunque ahora solo era cuestión de tiempo. La justicia mexicana podía ser precaria y porosa, pero cuando la activaba la voluntad política, resultaba la más expedita del mundo.

Jaime supuso que en algún momento de la mañana el presidente Prida había sopesado la correlación de fuerzas y optó por ceder a la presión de la opinión pública. Esto no significaba que se fueran a romper las delicadas relaciones entre la política y los mercados de lavado de dinero; tan solo obligaba a una negociación con los jefes de Salgado para sustituir al excarcelero por otro cuadro operativo. Al final, algo se daría a cambio de la cabeza del exfuncionario: los duros operadores financieros nunca salían perdiendo.

Jaime se dijo que era él quien había perdido. Tomás y Claudia se quedarían con la sensación de que su estrategia para deshacerse de Salgado había sido un éxito pese a que él la desaconsejara. Tomás no había rescatado a Milena ni nada que se le pareciera, sin embargo logró conjurar la amenaza inmediata que se cernía sobre ellos; en consecuencia, él perdía. La posibilidad de afianzar su influencia en el periódico *El Mundo*, lejos de consolidarse, se había debilitado. Claudia seguía mirándolo con desconfianza.

Tampoco había conseguido asestarle un golpe decisivo a Bonso, y mucho menos ofrecerle a la dueña del periódico la cabeza del Turco. Una vez más, Luis había frustrado sus planes cuando alertó a la banda de proxenetas, al parecer mediante algún correo electrónico. Asumiendo que el chico había seguido instrucciones de la croata, todo indicaba que la relación entre Bonso y Milena era mucho más compleja de la que suele existir entre un cazador y su víctima.

Eliminado Víctor Salgado la situación cambiaba, aun cuando no quedaba claro en qué sentido, se dijo Jaime, haciendo un esfuerzo por retomar la iniciativa en un caso que parecía escapársele de las manos. El viejo funcionario mexicano era el protector de Bonso y Milena en el país, y el responsable ante

España de asegurar las condiciones locales para que el rumano y la croata cumplieran el pacto que habían hecho en Marbella. Pero la desaparición de Salgado, quien a estas horas probablemente andaría huido, no modificaba el acuerdo original. La descripción que la empleada de la casa de Emiliano Reyna hizo del asesino que llamó a la puerta coincidía con los rasgos del Turco, según la ficha que la Interpol le había hecho llegar. Eso significaba que ni esta banda ni sus jefes en España cejarían en sus pretensiones de capturar a Milena. Ciertamente evitarían otro escándalo público después de lo sucedido con Salgado, aunque era evidente que el tema estaba muy lejos de haber sido resuelto. Pero eso Claudia y Tomás no lo sabían, o preferían ignorarlo.

Incapaz de avanzar en su especulación solitaria, convocó a una reunión de su equipo; compartió su análisis, solicitó información reciente y motivó una discusión acerca de los pasos que debían seguir.

—Hemos localizado tres casas de la banda y estamos escaneando todas las entradas y salidas de sus llamadas telefónicas, en cualquier momento tendremos la ubicación del celular que utiliza Bonso estos días —dijo Patricia, la primera en hablar tras el resumen de Jaime.

—Ubicar y rastrear a Bonso y al Turco es la prioridad, luego veríamos cómo los capturamos —insistió Jaime—. ¿Algo nuevo de España?

—Sí —respondió Esteban Porter—, mi contacto en la Interpol en Madrid pidió diez mil euros pero valieron la pena. Según él, la mitad de ese dinero lo destinó a un oficial de la policía de Marbella, quien le aseguró que justo antes de la desaparición de Milena y Bonso, hace casi un año, un tal Boris Kattel y sus dos guardaespaldas fueron asesinados en un tugurio del puerto: él por sobredosis, ellos a balazos. Era hijo del exjefe de la mafia ucraniana en el sur de España. Al parecer, tenía algunos meses saliendo con Milena, quien lo habría introducido al consumo de heroína.

—La pregunta sería entonces: ¿por qué sigue viva? —intervino el comandante Ezequiel Carrasco.

El grupo guardó silencio mientras valoraba la nueva información y, sobre todo, la última pregunta.

—¿Hay algo más sobre Vila-Rojas? —quiso saber Jaime.

—En la Interpol tienen muy poco. El tipo ha salido libre de la investigación permanente que se hace en contra de la corrupción y el lavado de dinero en Marbella. Han caído decenas de peces gordos, pero el expediente de Vila-Rojas está limpio pese a que nunca ha abandonado la lista de sospechosos.

—¿Y el *hackeo* de sus cuentas y correos?

—Tiene tecnología de punta, se necesitará un poco más de tiempo para penetrarlo —respondió Mauricio Romo—. De bulto se advierte que ha ido migrando de las operaciones locales a los circuitos internacionales. El grueso de sus transacciones las hace con Londres y Nueva York, muchas de ellas vía Gibraltar, una especie de islas Caimán del Mediterráneo. Casi todo lo que pudimos encontrar es dinero ya lavado que él circula entre sus operadores de confianza en fondos de inversión y en transacciones especulativas. El tipo pertenece a los consejos de administración de más de veinte industrias y empresas de servicios, todas ellas de gran escala. Por cierto, tres o cuatro de esas operan en México: una de las constructoras más grandes y un grupo pesado de hoteles españoles en la Riviera Maya. Debe de ser uno de los principales asesores financieros del crimen organizado en Europa, tal vez el más importante de España.

—Un sujeto demasiado destacado para ser tratante de putas —dijo el comandante.

—No, no creo que lo sea, pero es obvio que está relacionado con Milena, así lo muestran las búsquedas que ha hecho Luis, seguramente alertado por ella. La pregunta es: ¿de dónde viene la relación? —dijo Jaime.

—Habría que suponer que algo lo vincula con lo que le pasó al tal Boris y a Milena. Si ha llegado a manejar tanto dinero desde Marbella, es porque tiene tratos con la mafia rusa.

—Mucho más que tratos, yo diría que es su operador financiero —terció Porter.

—Pues ahí lo tienen: lo que hay de común entre Milena y Vila-Rojas es Boris. Los dos hombres se conocían y estaban involucrados en los negocios, y ella participó en su muerte —dijo Patricia.

—Lo cual nos regresa a la pregunta del comandante: ¿por qué están vivos Milena, Bonso y el Turco pese a haber participado en el asesinato de un alto cuadro de la mafia? —cuestionó Jaime ahora con el tono de un maestro que espera la respuesta obvia.

—Vila-Rojas los protege —dijo Patricia.

—¿Y los protege porque...?

—Porque está enamorado de Milena —dijo Mauricio Romo, el joven *hacker*.

—No seas ingenuo; no la tendría trabajando de puta en México. Repito la pregunta: ¿y los protege porque...?

—Porque está involucrado —completó Porter.

—Y porque los que andan huyendo tienen pruebas de ello —añadió Patricia.

—Solo eso explicaría el hecho de que Milena los prefiera vivos aun cuando hace todo lo posible por separarse de ellos. Ya no quiere que la prostituyan, pero sabe que si alguno de ellos muere, se esfuma cualquier cosa que impida la venganza de los rusos —concluyó Jaime con una sonrisa, contento al fin de haber dado con una respuesta para el misterio de Milena.

—Sabiendo lo que ahora sabemos, eso nos deja atados de manos —remató Patricia decepcionada.

Todos enmudecieron, asimilando la última de las conclusiones. Todos, menos Jaime.

—No necesariamente: podría ser la oportunidad de nuestras vidas —dijo tras una pausa, con una amplia sonrisa; luego dictó órdenes en rápida sucesión—: Localicen a Bonso y al Turco de una vez por todas y preparen un operativo para capturarlos vivos. Avísenme en cuanto los tengan; tú lo coordinas, comandante, no me falles. Ahora, sin el apoyo de Salgado, estarán desprotegidos, al menos por un rato. Patricia, establece un cordón de seguridad en torno a Milena; bueno, para protegerla y para impedir que escape. —Oprimió el interfón y solicitó a su secretaria que lo comunicara con el embajador de México en España y le reservara un boleto de avión para viajar a Madrid la noche siguiente.

59

Amelia
Miércoles 19 de noviembre, 6 p. m.

Tampoco era un buen día para Amelia: hacía tiempo que de la política solo recibía intrigas y puñaladas traperas, y del amor solo desamor. Después de una semana sumergida en los proyectos de presupuesto, se sentía experta en finanzas públicas. Esa misma noche le esperaba una reunión con los diputados de su partido para definir la postura de cara a la inminente votación en la Cámara, pero el desánimo se había instalado en ella. El partido del presidente controlaba el 50 por ciento más uno de los votos, lo cual significaba que el debate sería tan retórico como inútil. Sus compañeros de la dirigencia del PRD argumentaban la importancia del foro que ofrecía la tribuna legislativa para que el pueblo entendiera que el partido defendía los intereses de las clases populares, pero eso a Amelia le parecía una idiotez. Votar para cubrir el expediente, sin posibilidad de influir en los acontecimientos, no solo carecía de objeto; al final era un acto de complicidad. Ella había aceptado participar en la política para incidir en la vida pública del país, no para darle coartadas al equipo gobernante.

La relación con Tomás seguía en un *impasse* poco prometedor. El fin de semana apenas se habían visto y las pocas horas que pasaron juntos se refugiaron en las rutinas que en otros momentos constituían oasis de relajación, ahora convertidas en automatismos que les excusaban de esa sustancia que hace de la convivencia un nido amoroso, o al menos así le había parecido a Amelia. Se preguntó si esas rutinas no eran sino los desechos arrojados por la vida en común que habían llevado.

Y encima de todo lo anterior, creía haber advertido una nueva mancha en el dorso de su mano. A sus cuarenta y tres años se sabía con mejor cuerpo que la mayoría de sus amigas treintañeras, y su rostro moreno claro no conocía los pliegues de la edad o de la preocupación; sin embargo, la piel de sus manos comenzaba a ser la de su madre, un anticipo de la tercera edad, un aviso de eso que se corrompía en el interior de su organismo. Nunca había sido hipocondriaca, pero no pudo evitar preguntarse si las nuevas manchas eran un indicio de muerte celular, manifestación de algún cáncer invisible que se estuviera gestando en el recoveco de un órgano vital.

Sabía que Tomás se reiría de esta preocupación y desecharía sus temores con un elogio a la firmeza de su busto o al satinado de sus muslos, pero no podía evitar que al desánimo de las cosas políticas ahora se agregara algo parecido a la tristeza por motivos que comprometían al corazón. Quizá eso fuera la depresión, un asunto que siempre había considerado tan ajeno a ella como la malaria o el paludismo, algo terrible que les sucedía a otros.

Se dijo que Tomás no era el motivo de su tristeza, por más que le afligiera la posibilidad de perderlo; nunca había dependido de una pareja para sentirse viva y útil. Se preguntó si serían los primeros síntomas de una menopausia anticipada y volvió a contemplarse el dorso de la mano. Al final desechó el oprobioso pensamiento, y como tantas veces en la vida detuvo sus preocupaciones delineando un plan. Si la gestión del PRD había dejado de resultarle un desafío y no podía hacer nada en cuanto a las pecas que como estigmas vergonzantes tatuaban su mano, se dijo que al menos tendría que hacer algo más que quedarse como espectadora frente a la tragedia que vivía Milena. Durante más de una década había sido una de las principales activistas del país con relación a la trata de personas y la prostitución. El caso de la croata ofrecía una oportunidad para poner un alto a la entrada de las mafias europeas en los circuitos de explotación sexual en México: no dejaría que Milena terminara siendo víctima de la oscura agenda de Jaime o de la frivolidad de Claudia movida por un resabio emparentado con el complejo de Electra. Decidió que aprovecharía por vez primera su influencia política para llevar agua al molino de sus propias causas, pero primero necesitaba empaparse en el asunto.

Una hora más tarde llegaron Rina y Vidal. No le fue fácil convencer al chico de que abandonaran las instalaciones de Lemlock y viniera a su oficina; él pretextaba razones de seguridad para no moverse. Amelia se vio obligada a dejar un mensaje con la secretaria de Jaime para decirle que necesitaba a Rina, y ante la cortés negativa preguntó si estaba retenida en calidad de secuestrada. Al parecer, Jaime decidió que no valía la pena abrir un frente de batalla con Amelia y dejó partir a Rina, aunque instruyó a Vidal de no separarse de su amiga. Ahora que Lemlock tenía a Luis y a Milena en su poder, Rina había perdido valor estratégico.

Una vez que los tuvo enfrente, Amelia observó los cambios drásticos que había experimentado la relación de los dos jóvenes en apenas una semana. Rina se mostraba esquiva con las atenciones de Vidal, como si algo entre ellos se hubiera roto. Pese a que estaba al tanto del vínculo que había surgido entre ella y Luis, quedó impresionada por la forma en que eso había enturbiado la atmósfera entre ambos.

En menos de media hora Vidal y Rina pusieron a la presidenta del PRD al corriente de los incidentes de los últimos días. El contraste de matices en las versiones de uno y otro le llevaron a pensar que el distanciamiento entre ellos no solo obedecía a asuntos del corazón: Rina tomaba partido por Luis y Vidal lo hacía a favor de Jaime, algo que la primera interpretaba como una suerte de traición de parte de su amigo. Con todo, al final del relato, Amelia se hizo una idea de la situación. En suma: Claudia quería al Turco muerto y Jaime deseaba ofrecerle su cabeza como trofeo; por razones que no entendía, Milena se oponía a la muerte de sus perseguidores; Víctor Salgado se había dado a la fuga y un tal Vila-Rojas era el nuevo titiritero. Jaime retenía a Luis y a Milena en algún hotel de Tasqueña.

Amelia analizó el panorama por unos momentos. Recordó una situación denominada Zugzwang en el ajedrez —única afición que llegó a compartir con su padre—. Zugzwang designa la situación en la que uno de los jugadores queda reducido a un estado de impotencia activa: está obligado a mover, pero cualquier movimiento solo empeora su situación. Operar en contra de la banda que perseguía a Milena redundaría en perjuicio de la croata, aunque no hacerlo podía precipitar su muerte o su recaptura por parte de los tratantes y su desaparición en los circuitos internacionales de la prostitución. Un nudo gordiano sin solución aparente.

Sin embargo, para una activista como Amelia cualquier estrategia de ayuda tenía que pasar por la víctima: era la hebra que necesariamente conducía a deshacer toda la madeja. En consecuencia, decidió que el primer paso consistía en rescatar a Milena de las manos de Jaime, y el segundo en construir una vía de escape segura y definitiva. Las consecuencias eran difíciles de predecir pero al menos ella estaría fuera de peligro de una vez y para siempre. En media docena de ocasiones había orquestado con éxito la reubicación de víctimas a otros países y su cambio de identidad; el jefe de la policía de la Ciudad de México, amigo y eterno cortejante, le podría proporcionar el músculo que necesitaba.

También decidió que un aliado dentro de Lemlock le vendría de perlas y para eso necesitaría recuperar a Vidal. Aprovechó una salida de él al baño —quizá un mero pretexto del chico para hablar con Jaime— y le expuso su plan a Rina. Ella quedó encantada: recobrar la complicidad de Vidal y liberar a Luis y a Milena eran también sus objetivos inmediatos, aunque no necesariamente en ese orden. Les llevó dos horas conseguirlo; al final Vidal accedió a convertirse en su informante. Un largo y cálido abrazo de Rina terminó por sellar su complicidad, al menos por el momento.

Luego la joven quiso enfrascarse en el análisis de los presupuestos y se excusó; sabía que ya era de poca utilidad lo que pudiera aportar pero sentía que le había fallado a Amelia al ausentarse tantos días con la crisis surgida por el caso de Milena. Deseaba demostrar su valor como asesora en futuras asignaciones.

—Hay una parte en la que Jaime tiene razón —dijo Vidal cuando se quedaron solos, buscando justificarse a los ojos de Amelia.

—¿Y cuál es esa?

—Las personas no son lo que dicen que son, y a veces ni siquiera saben lo que son —respondió de manera categórica, aunque el argumento que alguna vez le pareció inexpugnable en boca de su tío ahora parecía un galimatías saliendo de la suya—. Quiero decir, que es muy importante lo que hace Lemlock para descubrir los comportamientos de la gente, sus verdaderas intenciones, lo que hacen y dejan de hacer cuando creen que no son observados. Te sorprendería la tecnología que tiene Jaime para enterarse de todo. —Al oír sus propias palabras el joven palideció; buscó con la mirada el celular de Amelia, que reposaba sobre su escritorio, y luego tocó el suyo, que guardaba en el bolsillo de su pantalón.

Amelia siguió su mirada e interpretó sus temores:

—Incluyéndonos a nosotros, ¿cierto?

Vidal afirmó muy despacio con la cabeza, y a preguntas de Amelia terminó explicándole el vasto operativo que Lemlock montó para controlarlos a todos ellos, y la manera en que él accedió a espiar a Rina y Luis. Al terminar lloraba como un niño y Amelia lo acogió en sus brazos. Luego le pidió que le hiciera compañía a Rina.

En cuanto se quedó sola, llamó a Jaime. Este llegó veinte minutos más tarde.

—¿Cuál es la urgencia? Tenemos una filtración y estamos a punto de descubrir el paradero de Bonso. Me sacaste de la reunión en la que preparaba el posible operativo. —En realidad, Jaime no sonaba contrariado, por el contrario, agradecía la oportunidad de ver a solas a Amelia, algo que ya rara vez sucedía.

—Quiero que me expliques qué estás haciendo con Vidal. No tiene la madera para transformarse en aprendiz de la KGB, como pretendes. Y ya que estás en eso, explícame con qué derecho has intervenido nuestros celulares.

Amelia estaba de pie, apoyada contra su escritorio y Jaime recibió la andanada de reclamos a treinta centímetros de distancia.

—Yo no soy un enemigo, Amelia —dijo él, y a ella le hizo gracia haber escuchado de Claudia la misma expresión días antes.

—Nadie de nosotros tiene potestad sobre Vidal, en eso estoy de acuerdo. Está desorientado y con muchas inseguridades. Yo simplemente le estoy ofreciendo una alternativa. Pero tienes razón, quizá lo estoy exponiendo a mierdas y realidades para las que aún no está preparado. Hablemos de esto en otro momento.

—Y no olvidemos que no somos sus padres —respondió Amelia, aunque en tono conciliador tras la reconsideración de parte de él.

—No, por desgracia tú y yo no somos sus padres —dijo él y colocó una mano sobre el hombro de ella. En el tono de sus palabras y en el brillo de sus ojos asomó un atisbo de coquetería, como si fueran una pareja que prefirió no tener hijos.

Amelia deshizo el contacto con un leve movimiento del hombro, como si se acomodara el lazo del sostén.

—El espionaje es inaceptable... —comenzó a decir.

—Debes saber que personas como tú, yo o Tomás somos

400

grabados y monitoreados por más de una oficina con distintos propósitos —la interrumpió él—. No está de más que uno de nosotros también lo esté haciendo, pero para provecho nuestro. Eso me permite interceptar a los que nos acechan y cuidarnos cuando es menester. En más de una ocasión he bloqueado por unos minutos alguna conversación delicada de tu parte para que no pudiera ser captada electrónicamente. ¿Te parece indignante que Lemlock escuche tus conversaciones privadas, a pesar de que lo hace para ayudarte, cuando una media docena de agencias hostiles lo hacen para encontrar maneras de perjudicarte? Si yo dejo de hacerlo, ¿tú crees que ellos también se abstendrán?

Ella no pudo evitar recordar algunas conversaciones íntimas con Tomás o de asuntos delicados con sus colegas políticos. Súbitamente cayó en cuenta que la mayor parte de sus relaciones personales y profesionales se hacían a través del teléfono y el correo electrónico. Si lo que Jaime decía era cierto y monitoreaba todas sus conversaciones, a estas alturas la conocía mejor que cualquier otra persona en el mundo.

—Despreocúpate, me he asegurado de que todos los archivos y grabaciones relacionados contigo tengan privacidad absoluta. Solo yo puedo verlos. Y créeme que eso nunca será usado para dañarte. Por el contrario, nadie te cuidará como yo lo hago. ¿Lo sabes, verdad?

Él interpretó el silencio de ella como una suerte de claudicación ante sus argumentos y, de alguna forma, una aceptación de su amor. Alentado, volvió a tomarla por los hombros pero esta vez con las dos manos.

—Amelia, acéptalo. La posibilidad de haber estado juntos, tú y yo, siempre estuvo allí. A los veinte años tú eras más adulta que nosotros y entiendo que mi padre era una versión más madura e imponente que yo. Pero estoy convencido de que en el fondo era a mí a quien buscabas en esa relación. Ahora podemos intentarlo; yo nunca he dejado de quererte.

Jaime acercó su rostro y besó a Amelia en los labios. Ella

permaneció inmóvil, sorprendida y abrumada con sentimientos encontrados. Querría haberlo empujado indignada, pero tampoco deseaba lastimarlo. Y una parte de ella examinaba el beso buscando reminiscencias de la pasión del padre. Pudo haber sido eso, o simplemente el hecho de saberse deseada en momentos en que su pareja podría estar a punto de abandonarla por otra mujer, pero sintió que un soplo agradable recorría su cuerpo.

Un mensaje de Telegram interrumpió el abrazo. Los hábitos profesionales de Jaime se impusieron; miró el texto y leyó: «Hemos encontrado a Bonso, ¿qué hacemos?». Minutos más tarde volaba a su oficina.

Ellos VIII

Concedo: en un mundo ideal no existiría la prostitución. Tampoco las mentiras, la envidia o los placeres que nos hacen sentir culpables. Pero nada de eso va a desaparecer, porque antes que otra cosa somos biología. Tiran más dos tetas que dos carretas, dice el viejo refrán campesino, y con toda razón. Solo en los libros de texto triunfan las grandes causas y los más nobles principios; en la historia real, no en esa de bronce que nos cuentan en la escuela, son las bajas pasiones y las obsesiones insatisfechas el verdadero motor de los acontecimientos.

Basta ver cómo reaccionan las masas en una marcha. Miles de individuos convertidos en una anémona, una mera entidad biológica impulsada por emociones primitivas. Es irónico: reúne en el mismo sitio a muchos seres humanos y tendrás el comportamiento de una célula, lo cual no dice gran cosa de nuestro cacareado proceso civilizatorio, ¿no es cierto?

No se trata de que nos conduzcamos como cerdos, pero no llegaremos a ningún lado negando nuestra pertenencia al reino animal. Somos organismos diseñados para satisfacer las condiciones básicas de supervivencia y reproducción. Allá los suecos, que intentan prohibir el sexo por dinero, también creen que han superado la discriminación racial, y un día se convencerán de que se tiran pedos que no huelen; eso hasta que viene uno de esos vikingos contemporáneos y se despacha a cien ciudadanos para recordarles que todavía pertenecen al género humano.

403

Así que no importa cuánto desodorante nos untemos, no dejaremos de ser axilas, flujos y entresijos. Mejor vivir con ello que contra ello. Esos códigos morales construidos a contrapelo de las hormonas no son más que la justificación de los cobardes.

Durante treinta y nueve años he vivido fiel a las exigencias de mis orificios; no tengo nada de qué arrepentirme, y sobrellevo con la misma dignidad que un roble viejo las enfermedades contraídas. La hepatitis C y la sífilis latente solo me molestan algunos días. No importa, de cualquier manera, no me quedan muchos.

C. B. Exmagistrado del Tribunal Supremo,
España

60

Tomás
Miércoles 19 de noviembre, 11.45 p. m.

—Hoy salió temprano, patrón.

—Hoy se pudo —respondió Tomás, aunque con muy pocas ganas de darle conversación a su comunicativo chofer. Rodaban por la avenida Insurgentes camino al departamento del director de *El Mundo*, en la colonia Condesa; con alivio pensó que el trayecto sería breve, a esas horas apenas había tráfico en un día entre semana.

—La de en medio vale la pena, pero las otras dos deberían dedicarse a otra cosa —dijo el conductor en tono apreciativo y señaló a tres mujeres apostadas en la esquina—: Los niños, los borrachos y los mallones siempre dicen la verdad —añadió.

Tomás siguió la mirada y comprobó que en efecto, los *leggings* de dos de los mallones resultaban reveladores en el peor de los sentidos; mostraban todas las curvas de sus cuerpos, en particular las menos apetecibles. Se trataba de tres prostitutas que desafiaban el frío de la noche esperanzadas en la larga pausa del semáforo en el cruce de Insurgentes con Álvaro Obregón.

El espectáculo invocó el recuerdo de Milena, y con ello el asesinato de Emiliano Reyna. Durante las últimas horas Tomás había podido evadir el tema gracias a las rutinas del diario, en las que debió concentrarse tan pronto se disolvió la amenaza de Salgado. Dos tercios de las actividades de un director de periódico se destinan a las relaciones públicas institucionales y a la administración; en teoría, el tercio restante lo dedica a las noticias. Por lo menos eso le habían dicho, pero a Tomás le parecía que la mayor parte de sus diligencias no eran muy distintas de las que atendería el director de una fábrica o de una compañía de seguros: *marketing*, gestión de personal y presupuestos.

Cuando abrió la puerta de su departamento se había convencido de que eso habría de cambiar a partir del día siguiente, así tuviera que contratar a un brazo derecho en el cual delegar las tareas administrativas.

Sin embargo, fue el brazo izquierdo el que utilizó cuando cayó al suelo al recibir el golpe en la nuca; intentaba incorporarse cuando alguien a su espalda encendió la luz y pudo contemplar la figura instalada en el salón de su casa.

—A ver, pendejito, ¿quién te dijo que los asuntos entre hombres se resuelven a periodicazos?

Salgado se había instalado en el sofá individual de la sala con un vaso con hielos y un líquido color caoba; Tomás supuso que era whisky. Tenía abierto sobre el regazo un álbum de fotos familiares que su hija Jimena le había regalado la Navidad anterior.

—¿Qué estás haciendo aquí? La policía te está buscando —dijo Tomás más confundido que asustado.

—Vine a arreglar cuentas. Me jodiste la vida, pero yo no soy de los que se van solos.

—Cabrón, ¿qué esperabas? Asesinaste a Emiliano sin necesidad.

—¿Sin necesidad? ¿Quién chingados les mandó meterse en lo que no les importa? Nomás no entendían que el asunto estaba muy por encima de su liga. ¿De qué otra forma querían que se los dijera?

Tomás observó las cortinas cerradas y asumió que tenía muy pocas posibilidades de salvarse: no parecía que Salgado hubiera ido a negociar algo. Por lo demás, ¿qué podría negociar? El golpe ante la opinión pública ya estaba dado y gozaba de inercia propia; aun cuando hubiera querido, no podía detener lo que le había caído encima al viejo excarcelero. En el mejor de los casos, el hombre había acudido a desahogarse; en el peor, a vengarse. En ambos el asunto podría terminar muy mal para él.

Como si quisiera confirmar el planteamiento pesimista de Tomás, Salgado levantó dos dedos de la mano que apoyaba en el brazo del sillón, tras lo cual sintió una patada en las costillas. Mientras rodaba sobre el costado, mantuvo en la pupila la imagen de Salgado apoltronado en el sillón, enorme e intimidante, como la estatua de Abraham Lincoln que había visto en Washington. Se puso a cuatro patas tratando de recuperar la respiración y levantó la cabeza solo para ver que Lincoln volvía a levantar los dedos. Una patada en el costado opuesto le confirmó que había dos hombres dispuestos a practicar futbol con su tórax.

—Solo vine a decirte que conmigo nadie se mete. Te voy a poner dos balas en el cráneo y de aquí nos vamos a Vicente Suárez 46. Con tu mujer y tu hija no jugaremos a las patadas: algo mejor se nos ocurrirá, hijo de puta.

—¿Y qué ganas con eso? Tú serás el primer sospechoso.

—Yo soy hombre muerto, si te sirve de consuelo. Los que me contrataban ya consiguieron mi reemplazo y ahora soy un lastre incómodo. No es a la policía a lo que temo.

—Entonces tendrías que estar huyendo, ¿para qué pierdes el tiempo con nosotros?

—¿Huyendo? ¿A mi edad? Muy poco digno. Prefiero divertirme un poco antes de hacer mutis.

—¿Y por qué no te diviertes con tu puta madre? —dijo por fin Tomás con un valor que nunca se había adivinado.

—Nah —respondió Salgado—. En esta fiesta las mujeres corren por tu cuenta. Y aquí ya se acabó el whisky, espero que tu Teresa tenga mejor cava. —Dirigiéndose a uno de los gorilas, agregó—: Quiébralo, pero tráete una almohada, no quiero despertar a todo el edificio.

Tomás consideró la posibilidad de correr y tirarse por la ventana; no obstante, el cuarto piso en que se encontraba solo significaba morir por otra vía. Decidió también él terminar con algo de dignidad. Levantó las manos para indicar que no intentaba nada temerario e indicó con la cabeza el sofá de tres plazas que completaba el esmirriado salón de su departamento; prefería esperar sentado que arrodillado el tiro de gracia del matón, que ahora regresaba de su dormitorio con la dichosa almohada. Mientras se incorporaba, Tomás se preguntó cuándo fue la última vez que cambió las sábanas, y se alegró al recordar que la mujer de la limpieza que iba a su casa martes y jueves lo habría hecho el día anterior.

Eso fue lo último que pensó. Lo siguiente fue un ruido en la puerta, dos zumbidos rápidos, el sonido de un cuerpo al caer sobre el piso y otros dos zumbidos. Cuando sus manos aterrizaron en el sillón y se dio la vuelta para hacer frente a lo que sucedía, observó a una mole negra que encañonaba a Salgado con una pistola larga. El silenciador era idéntico a los que salían en las películas, no así el sonido, que le pareció muy diferente. Miró los dos cuerpos que yacían en el suelo, uno de los cuales empezaba a desangrarse; Tomás volvió a recordar a su asistente doméstica, una mujer con muy malas pulgas. El otro reposaba boca arriba, abrazado a la almohada a la que se había aferrado en busca de protección.

Apenas había terminado de hacerse una composición de lugar cuando la escena volvió a cambiar. Otros dos zumbidos confirmaron que el sonido no era como el del cine, aunque el efecto resultaba igualmente mortífero. Las balas interrumpieron el movimiento que intentaba Salgado; una pistola pendía de la mano que antes había decretado sus castigos. La otra, apoyada en el sillón, aún atenazaba al vaso con whisky. Parecía ser lo único que no había cambiado en el último minuto.

Tony Soprano lo ignoró mientras se acercaba a cada uno de los tres cuerpos y se aseguraba de que estuvieran en camino a cualquier cosa que fuera el infierno de los delincuentes. A uno de ellos, el que abrazaba la almohada, le dio el tiro de gracia en mitad de la frente. Tomás habría preferido que no lo hiciera: los seis disparos anteriores habían sido producto de una confrontación de tres contra uno, que tenía mucho de meritoria; el último no era más que una ejecución sumaria.

El pistolero de Jaime no parecía muy interesado en sus consideraciones éticas. Tras un vistazo rápido para asegurarse de que el periodista estuviera ileso, volvió a ignorarlo. Tampoco parecía interesado en preservar alguna escena del crimen: arrastró los tres cuerpos por el suelo y los recostó contra la pared, a un lado de la puerta. Luego revisó de manera meticulosa cada uno de los bolsillos de la ropa de los cadáveres y extrajo cartera, teléfonos, un par de cuchillos, llaves, una cajetilla de Marlboro, dos condones, un encendedor, monedas. Fue a la cocina y rebuscó en los cajones hasta encontrar una bolsa de plástico, dentro de la cual fue depositando tras un detallado examen cada uno de los objetos encontrados, pero se guardó carteras y teléfonos en los bolsillos. Por último, despojó a los tres cuerpos de sus cinturones: el vientre de Salgado quedó expuesto y Tomás pudo advertir la cinta de lo que parecían unos calzones rojos, un detalle que el periodista nunca habría asociado a la imagen de macho militante que el excarcelero se empeñaba en proyectar. Inevitablemente pensó en la ropa interior que él mismo llevaba y en el contenido de sus propios bolsillos; se preguntó qué imagen habrían ofrecido sus objetos personales en una bolsa de plástico si la noche hubiera terminado de otra forma.

El gordo puso en pausa el trajín sobre los cuerpos de sus víctimas para atender la pantalla iluminada de su teléfono. Tecleó algo y volvió a sus ocupaciones. Dos minutos más tarde, Jaime irrumpió en la habitación seguido por tres hombres.

—¿Estás bien, Tomás?

—Yo sí, ellos no —respondió sin poder separar la mirada del cuerpo de Salgado.

Con un movimiento de cabeza Jaime señaló a sus hombres los tres cadáveres y de inmediato se lanzaron a la tarea de buscar mantas para envolverlos. Él siguió su camino hasta el gabinete donde su amigo mantenía las botellas de alcohol y sirvió dos caballitos de tequila; entregó uno a Tomás y se sentó en el lugar que Salgado había ocupado minutos antes. El periodista observó que también Jaime reposaba sobre el sillón la mano izquierda que sostenía la bebida.

—Estaban a punto de ejecutarme —dijo casi para sí mismo.

—Lo sé. Ya pasó todo. Ahora tómate tu tequila.

Tomás apuró un trago largo y luego miró a Jaime como si solo entonces advirtiera su presencia.

—¿Y cómo supiste? ¿Cómo llegaste tan rápido?

—Bueno, tú me pediste ayuda para proteger el periódico, así que puse a alguien a cuidar tu edificio. Si ya habían matado a un subdirector, no era descabellado suponer que el siguiente paso involucrara al director, ¿no crees? Hace rato me advirtieron que habían entrado varios individuos sospechosos, así que decidí darme una vuelta por acá al salir de mi oficina; envié a mi mejor hombre de avanzada.

Jaime no había mentido del todo, aunque prefirió ocultarle a su amigo que en realidad tenía intervenido su teléfono y cableado su departamento con micrófonos de vigilancia desde unos días antes; un cerrajero había obtenido una llave de la puerta de entrada.

Tomás no puso objeciones a la endeble explicación de Jaime y este supuso que su amigo todavía se encontraba en *shock*. El periodista requirió otro tequila, la desaparición de los tres cuerpos y quedarse a solas con Jaime para salir del ensimismamiento en que se había sumido.

—¿Dónde nos deja la desaparición de Salgado? ¿Habrá represalias? —dijo haciéndose cargo por fin de lo sucedido.

—Lo dudo. Era un animal acorralado; sus superiores ya le

410

habían retirado el apoyo. Ni siquiera creo que su organización se haya enterado de que te iba a hacer una visita. Desaparecemos los cuerpos y colorín colorado.

—Pues te debo una, hermano. Ahora sí que la vi muy cerca —dijo Tomás conmovido.

—Mi especialidad, no te preocupes —respondió Jaime haciendo con la mano un vago gesto de indiferencia.

—Supongo que mientras Bonso y el otro sigan sueltos, el peligro no ha terminado, ¿no?

—Así es —dijo Jaime—. Pero ya los localizamos. Hoy en la madrugada vamos por ellos.

—¿Vas con Lemlock o participan autoridades? ¿No es muy peligroso? Perdiste tres hombres la última vez.

—Ahora están solos: los policías que protegían a Bonso eran gente de Salgado. Quiero caerles antes de que el nuevo operador les asigne otra fuerza policial.

—¿Y qué harás con Bonso?

—Primero, enterarme de la verdadera relación que tiene con Milena. Después de eso, sabremos qué hacer con ellos. —Ambos pensaron en la petición de Claudia de ejecutar al Turco, pero ninguno la mencionó.

Jaime se retiró tras prometer que llamaría a primera hora de la mañana, cuando tuviera a los mafiosos a buen recaudo; le dijo al periodista que dejaría a un guardia apostado en un vehículo afuera de su casa y le hizo algunas recomendaciones de seguridad. Tomás se dio cuenta de que su amigo se regodeaba en la situación y explotaba al límite el hecho de haberle salvado la vida. Se preguntó si lo que acababa de suceder modificaría definitivamente el extraño equilibrio en la competencia, a ratos feroz, que los dos sostenían desde que eran niños.

Y en efecto, de camino a sus oficinas Jaime estaba exultante; la situación había evolucionado a su favor. Tenía en su poder a Milena, y muy pronto también a Bonso. Confiaba en que en un par de días, cuando se sentara con Vila-Rojas, llevaría varios ases en la manga para negociar con el granadino algo más que la liberación de una prostituta. Y, desde luego, estaba el beso que él y Amelia habían interrumpido unas horas antes. Lo embargó una sensación de plenitud.

Fantaseó algunos momentos con la posibilidad de financiar proyectos enormes con ayuda de los fondos lavados y semilegítimos de las mafias europeas. Salgado había sido una versión primitiva como protector de las inversiones y negocios del crimen organizado en México; Jaime se dijo que él podría llevar a una nueva dimensión las relaciones entre los circuitos financieros de procedencia cuestionable y los negocios redituables en una sociedad tan flexible como la mexicana. Un verdadero *broker* entre el gobierno de Prida y los capitales que necesitaban saltar las nuevas restricciones impuestas por Wall Street. Jaime sonrió para sí; todas las piezas encajaban a la perfección, como una partida de ajedrez que se desenvolvía inexorablemente de acuerdo a lo planeado. No sabía que Luis y Milena estaban a punto de demostrarle lo contrario.

61

Luis y Milena
Miércoles 19 de noviembre, 11.50 p. m.

Un día completo de encierro había hecho muy poco para tranquilizar a Luis, y en nada ayudaba que doce horas antes lo hubieran despojado de su laptop y sus celulares. Milena se burló cariñosamente de su síndrome de abstinencia. Y no carecía de razón: un fumador sin cigarros o un alcohólico sin bebida habrían recorrido menos pasos en el interior de la habitación 312, donde se hallaban confinados. Durante las primeras horas de su encierro, Patricia intentó en varias ocasiones entablar conversación con ellos, pero Luis asumió que solo quería sonsacar información. Al final la mujer dejó de visitarlos.

Entendieron que las advertencias enviadas a Bonso para evitar que cayera en la trampa de Jaime habían tenido éxito, y no solo porque le quitaron su equipo de informática, también porque la tensión mostrada por sus custodios durante las primeras horas había desaparecido.

—Tenemos que salir de aquí, no va a haber ningún ataque. Ahora ni siquiera pueden decir que nos están protegiendo: se trata simple y sencillamente de un secuestro.

Milena respondió con una sonrisa. En realidad, había comenzado a disfrutar cada minuto del encierro forzado; había asumido que dentro de esas cuatro paredes y ese tiempo extraordinario no existían reglas ni lealtades, y se entregaba sin reservas a las expresiones amorosas de su compañero de cautiverio. Nunca había cultivado el hábito de la ternura y ahora se sorprendía conmovida por los imperceptibles quejidos que Luis emitía al dormir o por la vista de su nuca, larga y rapada. La mujer no recordaba un solo vínculo romántico a lo largo de su vida: en la relación con Rosendo Franco fue más una protegida que una amante, y pese a que le resultaba difícil precisar la naturaleza de los sentimientos que la unían a Vila-Rojas, sabía que en el apego que él llegó a tener por ella se entremezclaban el cálculo instrumental y una pasión no confesada. El resto de sus relaciones con los hombres recorría todo el gradiente descarnado que entraña el intercambio de sexo por dinero.

Ajeno a las reflexiones románticas de su compañera, Luis asomó el torso por la ventana por enésima ocasión en las últimas horas, en busca de una vía de escape. La rama de un árbol a dos metros de distancia había adquirido proporciones míticas a fuerza de examinarla. Un día antes le pareció una opción peregrina; ahora se sorprendía una y otra vez imaginándose el salto que tendría que dar para no precipitarse contra el pavimento. Decidió que el problema no era alcanzar la rama sino sujetarse a ella después del impacto. Como un saltador olímpico que repasa sin cesar los cinco segundos que decidirán su futuro, Luis había considerado todos los posibles ángulos de pies y manos para asirse del árbol.

—Si lo intentamos a las cuatro de la mañana, tendremos una alta probabilidad de éxito. Tienen un coche en cada esquina, dudo que estén despiertos toda la noche. Total, en el peor de los casos nos regresan a la habitación.

—En el peor de los casos nos rompemos el cráneo en la acera —dijo ella con una carcajada—. Por mí no hay problema, no debe de ser más difícil que una sesión de baile en barra; durante años fue parte de los ejercicios que practicábamos para estar en forma. Más bien me preocupas tú —añadió mientras sus ojos apostillaban la pierna izquierda de Luis.

—A cuatro puertas del hotel está el pasaje comercial donde tomamos los jugos de naranja que te encantan, por allí salimos a una calle lateral —dijo él ignorando su mirada.

—¿Y tus cosas, tu laptop y tu celular?

—Todo lo que importa está en la red. Además, tarde o temprano los recuperaré por medio de Vidal, supongo.

—Pues yo me meto en el bolso la libreta y los pasaportes y ya está.

—¿Los pasaportes?

—¿No te había dicho que soy veracruzana? —dijo con una sonrisa coqueta—. Aunque también puedo ser yucateca. Bonso tiene mi pasaporte original, así que Rosendo me gestionó uno mexicano para poder salir de viaje; luego resultó que lo había solicitado por dos vías distintas y las dos le funcionaron. Los documentos son auténticos, no falsificados; también son auténticas las actas de nacimiento que alguien consiguió en Perote, Veracruz, y en Valladolid, Yucatán. Mira, te presento a Margarita Valdivia, ¿o prefieres a Margarita Salazar? —dijo ella y le extendió los documentos que extrajo de su bolsillo.

Luis los observó durante algunos momentos y luego la miró a la cara:

—Prefiero a Alka. —Se acercó a ella, la tomó de la cintura y la besó; luego le hizo el amor con fogosidad, pensando que sería la última vez. No fue así.

Dormitaron entrelazados las siguientes horas: ella a pierna suelta, él en un duermevela interrumpido por un amago de sueño en el que una y otra vez terminaba precipitándose al vacío. A partir de las tres de la madrugada fue incapaz de dormir; escuchaba la respiración de Milena y sentía su pesado muslo sobre la pierna. La posición se había tornado incómoda, pero él prefería pensar que los poderosos músculos de ella transmitían algún vigor terapéutico a sus ligamentos irreparablemente rotos. El recuerdo de Jaime le hizo pensar que cualquier riesgo valía la pena con tal de no ser prisionero del hombre que había trastornado su vida: escaparían, llamaría a Rina y con ayuda de Amelia pondrían a Milena lejos del alcance de sus perseguidores. Pensó con cariño en Rina, en sus huesos grandes y su rostro alargado, aunque era consciente de que a estas alturas había hecho el amor más veces con la croata que con la mexicana.

Tendría que despertar a Milena, pero algo en él se resistía a interrumpir esos últimos instantes en el cuarto de hotel convertido en hogar improvisado. El muslo de ella despedía un calor estimulante que subía a su entrepierna como el cosquilleo de una caricia. Un ramalazo de deseo lo estremeció y provocó que ella se removiera inquieta hasta darle la espalda, completamente dormida. Sin pensarlo, él regresó al calor de su cuerpo abrazándola por detrás; su pene se acomodó en la profunda hendidura de sus nalgas y creció con voluntad propia. Al sentirlo, el trasero de Milena se frotó contra su vientre y embocó su miembro. Él empujó con suavidad, sorprendido por la humedad de su vulva; la respiración acompasada de ella no se había alterado. Luis se preguntó si su complacencia tenía que ver con automatismos del pasado o con la pasión de las últimas noches. ¿Soñaba que estaba con algún cliente, o era una entrega íntima y personal? Interrumpió sus divagaciones cuando el resto de su cuerpo decidió hacerse cómplice del pene y se concentró en embestidas cada vez más rápidas y vigorosas. Cuando terminó, los dos estaban plenamente despiertos.

Veinte minutos más tarde contemplaban la rama del árbol con detenimiento. Ella tranquila y calculadora, convencida de sus habilidades; él con nerviosismo, consciente de la debilidad de su pierna izquierda. Uno de los dos coches había desaparecido, aunque se advertía la silueta de un hombre en el que se encontraba estacionado veinte metros más adelante.

—Yo voy primero —dijo ella al percibir el titubeo de Luis.

Pasó el cinturón por el asa de su mochila para fijarla en la zona lumbar, se acuclilló en el alféizar de la ventana en el que se habían contado tantas cosas las últimas noches, tomó impulso y aterrizó a horcajadas sobre la rama. Lejos de tranquilizarse, Luis consideró que sus testículos no resistirían un impacto de esa naturaleza. Eso, si lograba reproducir el espectacular salto que acababa de contemplar.

Ella descendió un par de metros, se sentó encima de una rama más gruesa y esperó a su compañero con una sonrisa que él no supo decir si era burlona o invitadora, pero que funcionó porque él puso fin a su titubeo. Luis imitó la posición que ella había asumido y cuando se lanzó hacia el árbol sucedió lo que temía: su pierna izquierda fue incapaz de impulsarlo y terminó cayendo más que volando, como había sido su intención. Lo salvaron la estatura y sus largos miembros: alcanzó a aferrarse a la rama con ambas manos; no obstante, sus dedos resbalaron por la precaria posición en que se encontraban. Mientras su cuerpo colgaba, sintió con pavor que su peso vencía centímetro a centímetro la fuerza de sus nudillos; pronto arañaría los costados de la rama. Luis bajó la mirada para observar el cemento ocho metros abajo y se preguntó si sobreviviría a la caída; trató de recordar la posición de los paracaidistas al tocar tierra. No pudo impedir que la imagen de una silla de ruedas pasara por su mente.

Súbitamente sintió que un muslo se deslizaba entre los suyos y lo empujaba hacia arriba. Milena, a quien había dado la espalda hasta entonces, abrazaba la rama como si fuera una viga cargada sobre el hombro y doblaba una de sus piernas para sostener momentáneamente a su compañero. Este bendijo los poderosos muslos de su amante, afirmó la posición de las manos en la rama y a su vez dobló la cintura para elevar los pies hasta lograr entrecruzarlos en el árbol; agotado, sostuvo la posición durante algunos instantes, como un mono araña en medio de su siesta. Finalmente, con un impulso pegó el pecho a la rama y se incorporó.

Pasaron un par de minutos examinando la calle al abrigo del follaje. La silueta no se movía y no había rastro de personas o vehículos circulando. Descendieron por el costado del tronco opuesto al coche y su vigilante y corrieron pegados a la pared hasta alcanzar la boca del pasadizo comercial; luego anduvieron durante horas por calles secundarias en dirección al centro de la ciudad. Aunque sabían que no notarían su ausencia hasta las nueve de la mañana, cuando solían pedir el desayuno, preferían poner tierra de por medio con los hombres de Lemlock. En algún momento, al cruzar un semáforo ella le tomó la mano; él liberó la suya un metro antes de poner el pie en la banqueta. Le pareció que era un acto de lealtad a Rina.

A las siete bebieron un jugo en el primer puesto que encontraron abierto y luego detuvieron un taxi. Les llevó casi una hora llegar a las oficinas del PRD en la colonia Roma. Hablaron poco durante el camino y acerca de asuntos triviales: el clima frío, las habilidades atléticas de Milena, el estado calamitoso de los jeans de Luis; nada con relación a la estrecha intimidad que habían mantenido durante los últimos días o el inminente reencuentro con Rina.

Al bajarse del taxi frente a las puertas del PRD coincidieron con Alicia, la secretaria de Amelia, que entraba en el edificio en ese momento. Los instaló en la sala de juntas de la presidencia y al segundo levantó el teléfono para comunicar a su jefa la llegada de sus inesperadas visitas.

62

Jaime
Jueves 20 de noviembre, 5.15 a. m.

Resultaba difícil de creer que el hombrecito que balanceaba las piernas en la silla hubiera traído al mundo de cabeza; o a *El Mundo*, en todo caso. Jaime contemplaba a Bonso con absoluta fascinación antes de entrar a la cámara de Gesell para interrogarlo. Un tipo muy bajo y regordete, de cincuenta y seis años según su pasaporte, tez morena clara flagelada por el acné, el pelo pintado de castaño claro. En suma, una apariencia física poco propicia para triunfar en la vida. Una razón más para no subestimarlo.

Además de Bonso y el Turco, dos esbirros de importancia menor habían sido capturados en un departamento de la Villa Olímpica. Los cuatro dormían cuando fueron sorprendidos por el operativo, que logró cabalmente su objetivo: apresarlos vivos. Los habían localizado gracias a la vigilancia mantenida sobre los guardias que cuidaban las casas de mujeres que poseía la banda. Finalmente uno de ellos los había conducido a la guarida provisional que ocupaban el rumano y su brazo derecho.

—¿Qué tipo de policías son ustedes? Tengo derecho a hablar con mi abogado y a hacer una llamada a la embajada —exigió Bonso cuando Jaime entró a la habitación.

El detenido estaba indignado y sin atisbo alguno de sentirse amedrentado. Una vez más, el director de Lemlock admiró su aplomo.

—Del tipo de policías que no aparece en ningún organigrama. Del tipo que puede hacer lo que le plazca con escorias como tú.

—Soy un ciudadano extranjero, tengo derechos.

—Salgado también los tenía, supongo; ahora ya no tiene nada —dijo Jaime y le mostró la fotografía del cadáver que exhibía la pantalla de su celular.

Bonso observó el teléfono y, ahora sí, Jaime percibió su temor.

—¿Y sabes qué? Tenía menos motivos para ejecutar al coronel que a ti y al Turco, así que dejémonos de pendejadas. Mi tarea consiste en ofrecer una imagen como esta a los que me contrataron. ¿Qué tan fotogénico será tu cadáver?

—¿Y por qué sigo vivo?

—Porque estoy tratando de averiguar si me eres más útil así que muerto. Dependerá de ti.

—Tengo dinero, todas las mujeres que desees. —El tono del rumano volvió a ser el de un vendedor de feria; por vez primera su semblante se iluminó con un rictus que pretendía ser cautivador.

—Solo me interesa lo que tengas en contra de Vila-Rojas y que me aclares qué es lo que andan buscando entre las cosas de Milena —respondió Jaime.

Fue un tiro exploratorio pero al parecer dio en el blanco: el semblante de Bonso se contrajo y una ráfaga de temor nubló sus ojos por un instante. Luego guardó silencio.

—¿Vila qué? No sé de quién me hablas —dijo al fin recompuesto.

—No voy a perder el tiempo jugando contigo al gato y al ratón, y tampoco te conviene perderlo a ti porque solo te queda una hora de vida. Mira el reloj en la pared: dentro de sesenta minutos exactamente vendrá alguien a torturarte. No para extraerte información, sino para asegurarse de que mueras atormentado. Tienes cincuenta y nueve minutos para decidirte.

—Espera, ¡si me matas, no obtendrás nada!

—Si te mato, es porque tú decidiste no darme nada; en el peor de los casos cumplo con mi cliente y entrego tu cuerpo ensangrentado. Y desde luego, siempre queda la posibilidad de que tu compañero tenga más aprecio por su vida. —Jaime dio media vuelta sin esperar respuesta y salió del cuarto.

Cuando llegó al otro lado de la ventana, Patricia y el comandante Carrasco lo esperaban con un café en la mano.

—¿Creen que va a hablar? —preguntó ella, mucho menos entrenada que los otros dos en las técnicas del interrogatorio bajo presión.

—Por la manera en que mire el reloj en los próximos minutos lo sabremos con certeza. Yo diría que sí —respondió Jaime—, el tipo es un sobreviviente.

—Y no le dejaste mucho espacio para pensar que se trata de un *bluff*.

—Es que no es un *bluff* —dijo Jaime dando el primer sorbo a su café.

Los tres se concentraron en Bonso como si fueran científicos dedicados a la fascinante tarea de examinar a un neandertal de repentina aparición.

Consciente de que lo observaban quienes se hallaban detrás del cristal, el rumano clavó la mirada en las uñas de las manos y después de un examen crítico emprendió su limpieza, una tras otra, detenida y meticulosamente.

—Es bueno, el cabrón —dijo Patricia.

—Solo tiene diez dedos —respondió el comandante sin mayor inflexión en la voz.

Y en efecto, cuando la uña del pulgar de su mano derecha quedó purgada de cualquier brizna de tierra que pudiera haber albergado, Bonso alzó el rostro, se mesó los cabellos y de modo disimulado y furtivo atisbó la hora. Habían pasado catorce minutos. Los tres observadores festejaron el gesto como si el neandertal hubiera resuelto una suma en el pizarrón. Ocho minutos después volvió a mirar el reloj. Al completarse la primera media hora, comenzó a mirarlo cada dos o tres minutos, y a los cuarenta y cinco seguía el segundero sin poder quitar la vista. A los cincuenta y siete minutos golpeó el cristal, primero con forzada resignación, luego desesperado. Jaime dejó correr el segundero hasta llegar a los cincuenta y nueve minutos y volvió a entrar a la sala; para entonces su prisionero se encontraba en estado frenético.

—Los llamé desde hace diez minutos, ¿eh? —dijo angustiado y se volvió hacia el espejo como si invocara testigos. No tenía claro si Jaime estaba allí en calidad de negociador o de ejecutor.

—Ahora convénceme de que lo que tienes justifica incumplir el contrato con mis clientes —dijo este y se sentó sin prisa en una de las sillas que rodeaban la larga mesa.

—Lo único que me ha mantenido vivo estos años es lo que tengo; unos documentos. Si te los entrego, sería hombre muerto.

—Si no los entregas, puedes conjugar en presente. Según mis cuentas, has vivido ya un minuto más de lo que mereces. Tú dirás.

Bonso inhaló profundo con exagerado gesto de resignación.

—Sé que andan buscando algunos documentos de Milena, desconozco los detalles; hasta hace cinco semanas simplemente querían que no la perdiéramos de vista, porque tenía que estar disponible para consultas desde Marbella por alguna información que ella tenía. Yo nunca supe de qué se trataba. Cuando se fue con el viejo ese del periódico yo quise recuperarla pero el coronel...

—¿Salgado? —interrumpió Jaime.

—Ese, sí. Él dijo que mientras siguiera en contacto con España no había problema y que tocar a Franco podía causar mayor revuelo.

—¿Y qué sucedió hace cinco semanas?

—No tengo ni idea, solo dijeron que teníamos que deshacernos de la puta y de todos los documentos que tuviera en sus
manos, sin importar a qué precio.

—¿Quiénes ordenaron eso? ¿Vila-Rojas?

—Mejor te explico lo que pasó la última noche en Marbella —dijo con otro gesto de exagerada resignación.

63

Milena

Enero de 2014

—¿Qué coño pasó en el Onepercent? —preguntó molesto Vila-Rojas a Bonso tan pronto subió los catorce escalones de metal hasta llegar a la oficina iluminada de la vieja bodega en los muelles de Marbella.

—Pasó que la ejecución de Boris que ordenaste se te fue de las manos y nos metiste en un lío —respondió Bonso.

Desconfiado, Vila-Rojas revisó la estancia en busca de cámaras o micrófonos antes de contestar.

—No sé de qué me hablas, explícate. Primero dime qué pasó.

Bonso hizo un gesto de impaciencia y respondió en el tono con que se habla a un niño.

—Boris murió por una sobredosis administrada por Milena siguiendo tus instrucciones; tu puta ya nos lo confesó.

—¿Y quién es esa Milena y qué tiene que ver conmigo? Tus ganas de incriminarme con el testimonio de alguna de tus mujeres resultan patéticas —respondió Vila-Rojas en voz alta mientras con los ojos seguía buscando un micrófono que diera cobijo a su declaración de inocencia.

—¿Qué tiene que ver Milena contigo? No seas ingrato, Agustín, desde hace dos años trabaja para ti. Tengo el video de aquella sesión en mi casa, cuando nos encerramos en mi oficina y me la compraste: te pedí cien mil euros por ella y tú me ofreciste doscientos mil a condición de que desde ese día obedeciera exclusivamente tus órdenes. Para mí fue un negocio redondo porque esa noche íbamos a deshacernos de ella. Tengo diez copias de ese video repartidas en lugares de confianza. —En realidad, solo se trataba de cuatro copias, pero eso no tenía por qué saberlo el abogado.

Vila-Rojas guardó silencio, volvió a repasar las paredes de la oficina e hizo un gesto para que lo siguieran. Bajó la escalera y caminó hacia su vehículo, estacionado cerca de la entrada, en una zona apenas iluminada de la bodega. Recostó el cuerpo contra la puerta del coche y esperó a sus acompañantes.

—Prefiero hablar aquí —dijo Vila-Rojas mientras los dos hombres se aproximaban—. ¿Y qué se supone que vas a hacer con esos videos? —preguntó cuando Bonso llegó a su lado.

—Nada, si me mantengo vivo. De lo contrario, mis amigos tienen instrucciones de hacerlos llegar a la madre y a los tíos de Boris, tanto en Marbella como en Ucrania.

—Es imposible salvar al Turco. Nunca debió intervenir, convirtió en un tiroteo lo que iba a ser un mero asunto entre drogadictos. No hay posibilidad alguna de que los ucranianos le perdonen la vida: mató a dos de ellos, uno por la espalda, y lo mismo vale para Milena. Pero te puedo salvar a ti. Habría que convencerlos de que se trató de un drama amoroso: el Turco se puso celoso y quiso eliminar a Boris.

Bonso sopesó la idea y negó con la cabeza segundos más tarde.

—¿Un celoso que planea una sobredosis y luego la emprende a balazos? ¿Tú crees que los rusos son imbéciles? No, la historia de los enamorados no va a funcionar. Eso no me va a salvar.

—¿Y cómo te quieres salvar?

—No sé, abogado, tú eres el que goza de la confianza de Yasha; algo se te ocurrirá, ¿no? Y si no se te ocurre, pues nos jodemos juntos.

Guardaron silencio durante algunos minutos, Bonso algo más tranquilo ahora que había trasladado la responsabilidad a otro; Vila-Rojas repasaba opciones a ritmo frenético.

—¿Dónde está Milena?

—Yo la tengo, no te preocupes.

El granadino se tomó un largo rato para reflexionar. Bonso no le quitaba la mirada de encima, pendiente de las palabras que iban a salir de su boca.

—Yasha no tiene por qué enterarse —dijo finalmente—. Vosotros dos salid del país, si es posible esta misma noche. Algún lugar de Sudamérica sería lo mejor, en Colombia y México están mis mejores contactos. Yasha mismo se verá obligado a perseguiros por mar y tierra pero yo me aseguraré de que no os pongan la mano encima si tú me garantizas que esos videos nunca llegan a aparecer. —Vila-Rojas comenzó a entusiasmarse a medida que explicaba su plan. Nunca podría confiar en Bonso, pero al menos ganaba tiempo para buscar el posible paradero de los videos comprometedores. Lo importante era que los hombre de Yasha, o peor aún, los de Olena Kattel, no atraparan al Turco, a Bonso o a Milena—. Ella se queda conmigo —agregó acordándose del cabo suelto que la chica representaba.

—¿Y a ti para qué te sirve? Es una papa caliente aquí en Marbella —dijo Bonso recordando el argumento del Turco sobre la utilidad de mantener a la croata en su poder.

—Ese es asunto mío, no tuyo.

—Vas a matarla y me quitas la prueba viviente de que yo no tuve nada que ver con lo de Boris.

—No seas absurdo. Milena es de mi propiedad, y yo no voy a destruir lo que es mío, ¿no crees?

—Pues yo no lo creo —dijo Milena saliendo de la oscuridad, a las espaldas de Vila-Rojas, desde donde había escuchado la última parte—, no confío en ti.

—Tú no te metas, puta del mal. Estamos metidos en esto por tu culpa. Este es un asunto entre hombres —protestó Bonso.

Vila-Rojas la contempló con sorpresa. Había temido que el rumano ya la hubiera matado en un arranque de ira. Algo que quizá le hubiera convenido a él, pero juzgó que eso aún no lo tenía resuelto.

—Tenía un acuerdo contigo, y aún pienso cumplirlo, cariño —le dijo.

—¿Un acuerdo? Cerdo hijo de puta: me diste dos kits de la muerte. Tu plan era matarme. —Ella desvió la vista hacia el Turco y este, en un acto mecánico, sacó de su bolsillo el paquete con la jeringa.

—¡Esa dosis no es mortal! —exclamó Vila-Rojas al tiempo que se arremangaba la camisa y dejaba expuesta la parte interna de su antebrazo—. ¡Aplícamela!

Milena lo observó con curiosidad. Después de lo que había vivido al lado de Vila-Rojas, todo resultaba confuso. Quería abrazarlo y refugiarse en él, pero también quería someterlo a la prueba de la heroína. Al final no hizo ninguna de las dos cosas.

—Llamemos a Yasha.

—¿Qué? ¿Estás loca?

—Él es el único que puede garantizar mi vida. Tengo información precisa de lo que se está tramando en contra de él. No me querrá muerta, te lo puedo asegurar.

—Esa información también la tengo yo, tú misma me la pasaste. Eres absolutamente prescindible —objetó Vila-Rojas con rabia.

—Te equivocas. Tengo mucho más de lo que te mostré. A Yasha y a ti mismo os barrerán con lo que se está planeando, créeme. —No estaba muy segura de lo que decía, pero el tono categórico en que lo afirmaba impactó al abogado.

—Llama a Yasha —intervino Bonso amenazante.

El rumano juzgó que si lo que Milena decía era cierto, el capo ruso era un mejor seguro de vida que Vila-Rojas. En el fondo sabía que no existía un escondrijo capaz de ocultarlo de la mafia; la única posibilidad de sobrevivir era que Yasha los dejara escapar aun cuando fingiera perseguirlos.

Vila-Rojas observó a uno y a otro dubitativo. Consultar con Yasha era arriesgado, pero en el fondo podría ser la apuesta más segura. Si la mafia capturaba a Bonso, lo cual no era improbable, este confesaría y él mismo terminaría pudriéndose en el mar. Mejor poner al corriente ahora a Yasha por su propia boca; después de todo, eliminar a Boris también había sido en beneficio de su cliente. Tampoco a Yasha le convenía que los videos se hicieran públicos; la propia Olena pensaría que Vila-Rojas operaba bajo sus órdenes por más que el capo lo negara.

—Más vale que lo que traigas sea bueno —dijo antes de llenar sus pulmones y marcar un número en un celular que Milena nunca había visto.

Luego se alejó algunos metros y habló durante algunos minutos. Regresó con Milena y le pasó el aparato.

—Ahora es tu turno.

La escucharon hablar en ruso de manera fluida durante un largo rato. Bonso seguía sus palabras como los perros a las aves que pasan por encima de sus cabezas con la vana esperanza de que alguna caiga para enterrar en ella los dientes. Por la actitud de su rostro se advertía que entendía las alusiones a Boris y la mención de algún otro nombre de la familia Kattel, y muy poco más; palabras sueltas que no hacían sino intensificar su angustia.

Cuando por fin colgó, fue atosigada a preguntas: ella tan solo les dijo que Yasha se había interesado en lo que le transmitió. Trataron de extraerle la información, pero ella insistió en que lo que había dicho pertenecía exclusivamente al capo. En realidad, se había jugado el todo por el todo en su conversación con Yasha. Le había dado dos informaciones clave: el complot que Boris y su madre estaban preparando en su contra, lo cual atrapó su atención; y algunos datos que había recopilado de las visitas de los agentes de Moscú y sus intentos por relacionarse con los ruso-ucranianos de Marbella, datos que Yasha desestimó.

Cinco minutos más tarde, los cuatro se sobresaltaron cuando el celular de Vila-Rojas emitió un extraño timbre que resonó en la bóveda oscura del almacén. Los rostros expectantes quedaron brevemente iluminados por la pantalla del teléfono. Esa vez la conversación fue un poco más breve. Vila-Rojas les comunicó el resultado.

—Al parecer, nos hemos librado —dijo con alivio al pequeño grupo que lo rodeaba—. Quiere verme en una hora para establecer los detalles de vuestra fuga: tenéis que desaparecer del país por el momento. A él le interesa obtener más información de Milena, pero considera que es demasiado peligroso tenerla cerca. Le basta con que se traslade a un lugar donde los Kattel no la vean y él pueda contactar con ella por teléfono cuando sea necesario. Vosotros seguiréis con vida y se os proporcionará un negocio, a condición de que os convirtáis en sus protectores: esto significa cuidarla y al mismo tiempo no perderla de vista. Él la necesita viva, en un lugar seguro y lejos. Si cumplimos esas condiciones, todos sobrevivimos. En cuanto las aguas se tranquilicen quiere a Milena de regreso. Quiere conocer en detalle todo lo que ella escuchó en su convivencia con Boris. No tenía idea de lo que tramaban los Kattel en su contra, los de aquí y los de Ucrania. Por el momento esta vale oro.

—Coño, vamos a ser niñeras —protestó Bonso.

—O fiambres, vosotros escogéis.

—¿Van a ponernos un negocio? Yo solo conozco uno.

—Pues que sea ese: será más fácil que ella pase inadvertida. Además, creo que tampoco Milena tiene otro oficio —dijo Vila-Rojas todavía resentido por la presión a la que había sido sometido—. Yasha no me dijo que la tratarais como a una reina, ponedla a trabajar pero sin correr riesgos.

En la mirada de Vila-Rojas y en las duras palabras que sellaban su destino, Milena volvió a preguntarse si el «kit del sueño» era letal. Quizá ella nunca había significado nada para él; un instrumento para usar y luego un lastre del que había que desembarazarse.

Pensó en los árabes que se encontraban en el fondo de la bodega y deseó ser uno de ellos. Había advertido sus rostros angustiados, surcados por la incertidumbre, pero también por la esperanza de encontrar un destino diferente. Y, además, se tenían unos a otros. Mientras Vila-Rojas y los otros dos conferenciaban entre sí para poner a punto los detalles de la fuga, ella se alejó del grupo, bajó la vista al cemento estrellado y maltrecho de la bodega, encontró una grieta que corría hasta la pared y caminó encima de ella como si pudiera hundirse en el pliegue y desaparecer de una vez y para siempre.

La despertó un beso en la frente y los pasos de Vila-Rojas cuando se alejaba para subirse a su coche. Observó cómo la noche se tragaba los faros traseros del Mercedes antes de que los otros hombres se apresuraran a cerrar la bodega.

64

Amelia y Milena
Jueves 20 de noviembre, 10.15 a. m.

Cuando Amelia llegó, los cuatro jóvenes ya ocupaban su sala de juntas. Supuso que después de avisarle a ella, Alicia había alertado a Rina y a Vidal de la súbita aparición de Luis y Milena. Juzgó que era una atribución que no le correspondía a su secretaria, aunque sabía que su romanticismo era tan grande como su eficiencia; ahora se vería obligada a abordar enfrente de los otros tres los planes que tenía para Milena, un asambleísmo que solo haría más lenta y compleja la decisión final de la croata.

Sin embargo, la escena que contempló al abrir las puertas del salón de reuniones justificó la indiscreción de Alicia. Luis y Rina estaban de pie, junto a la ventana, en un embelesado intercambio de murmullos; el dorso de la mano de él acariciaba con ternura la mejilla de ella. Vidal y Milena al parecer coincidían con su apreciación porque habían interrumpido el abrazo de saludo apenas iniciado: se sujetaban de los brazos, pero las cabezas de ambos estaban giradas noventa grados para ver a sus dos amigos, como una pareja que espera la indicación del instructor en una clase de baile. Amelia no supo decidir cuál de los dos cuadros le resultaba más conmovedor.

Luego concentró su atención en Milena, a quien veía por primera vez, y lo que vio le permitió entender el alboroto que la mujer provocaba a su paso. Su belleza generaba en el observador algo a medio camino entre la turbación y la fascinación: un rostro que resultaba difícil dejar de mirar, y eso sin considerar el cuerpo alargado y de proporciones esculturales. Amelia se dijo que si los seres humanos fueran obra de una máquina, la croata pertenecería a la serie de los que pasaban dos veces por la banda del acabado final: los ojos eran más grandes, la nariz impecable y fina, las proporciones faciales perfectas, una cintura inexplicablemente estrecha.

—Milena —dijo Amelia simplemente; se acercó a ella y la abrazó.

La croata acudió al encuentro y estrechó a la mujer que vino hacia ella. Pensó que le hacía bien el abrazo. Amelia emanaba una fuerza poderosa y tranquilizante, y por primera vez en varios años Milena evocó el regazo de su madre, cuyo recuerdo había logrado mantener alejado.

Al separarse, los demás también acudieron a saludarla e inmediatamente se pusieron al día. Luis describió lo que él y Milena habían hecho desde el momento en que se internaron en el bosque; Amelia advirtió que en esta ocasión su relato carecía de la fluidez que le había caracterizado en otras ocasiones. Escogía las palabras con mucho cuidado y omitía cualquier mención a las sensaciones que pudieran haber experimentado: frío, hambre, zozobra, temor o desesperación. Súbitamente cayó en la cuenta de que su brusquedad tenía como propósito salvaguardar lo que en realidad había sucedido entre los dos fugados en los cinco días de persecución.

Observó a Rina de reojo y solo pudo ver el arrobamiento con que seguía el relato de su pareja. O tenía una fe ciega en él, o había decidido que cualquier cosa que hubiera pasado era irrelevante ante el gozo de tenerlo de regreso. Y cualquiera de las dos opciones le pareció admirable.

La actitud de Vidal era otra. Mientras Luis hablaba, él observaba la bandeja de galletas que reposaba al lado del café, como si le costara decidirse entre una y otra. Escuchaba con la impaciencia del que ya conoce lo que se está informando o con la incredulidad del que pone en duda lo que oye; le habría gustado acusar a su amigo de embustero y exigir que confesara lo que en realidad había sucedido en ese cuarto de hotel. Pero omitió toda confrontación, diciéndose a sí mismo que no era el momento de escenificar un sainete.

Luis terminó de hablar y por algunos instantes observó el semblante de su amigo con preocupación, temiendo lo peor; luego se convenció de que Vidal no lo pondría en un aprieto.

—¿Y qué ha pasado con Jaime? ¿Algún avance? —inquirió Amelia.

Vidal tardó en darse cuenta de que la pregunta iba dirigida a él, pero agradeció la oportunidad de exponer los logros de Lemlock, aunque ahora los sentía menos suyos, después de la confesión que había hecho a Amelia. Los puso al tanto de la detención de Bonso y el Turco y del interrogatorio que se realizaba justo en ese momento en las oficinas de la empresa. Los otros cuatro quedaron impactados por la nueva información y guardaron silencio unos segundos, tratando cada uno de sopesar las implicaciones de la noticia.

—En el fondo no cambia en nada lo que quería proponerte, Milena —dijo por fin Amelia—. No puedes vivir sometida a lo que sucedió en Marbella, cualquier cosa que haya sido. Todo el mundo tiene derecho a una segunda oportunidad, y te sorprenderían los casos en que hemos obtenido esa segunda oportunidad para mujeres que creían haberlo perdido todo.

Milena se removió inquieta y por un instante dio la impresión de querer rebatir lo que escuchaba, aunque se contuvo.

—Podemos enviarte con una nueva identidad a algún pueblo de Canadá, Australia o Nueva Zelanda, donde tu físico no llame tanto la atención; hay redes internacionales de apoyo a mujeres víctimas de trata que operan con protocolos muy reservados y profesionales —continuó Amelia.

Los tres miraron el rostro de la croata en busca de alguna reacción. Al no haberla, la líder del PRD insistió:

—No les debes nada a los que mueven los hilos en España y mucho menos a Bonso y al Turco. Bueno, les debes diez años de una explotación infame y parte de tu juventud perdida; pero tienes otros cuarenta o cincuenta años por delante. Lo que vaya a suceder con estos canallas luego de tu fuga no es responsabilidad tuya; cualquier cosa que enfrenten habrá sido resultado de sus delitos. Tú solo has sido una víctima.

Milena se imaginó en algún pueblo del norte de Canadá, trabajando como cajera de un supermercado rural con un delantal con el nombre «Mary» bordado sobre su pecho izquierdo. La imagen le provocó una inmensa fatiga; carecía del ánimo necesario para tomar la infinidad de pequeñas decisiones que conlleva emprender una vida por sí misma. Tantos años sujeta a designios ajenos le habían atrofiado el músculo de la voluntad. Pensó en lo delicioso que habría sido continuar con Luis y dejar que él tomara las decisiones importantes; incluso los meses transcurridos como protegida de Rosendo Franco parecían un paraíso comparado con lo que le podría esperar en un poblado perdido entre bosques de pinos: una mujer rubia vaciando una botella de whisky en la soledad de su cocina. Las vías del metro volvieron a ser una opción apetecible.

—Milena —dijo Luis intuyendo lo que pasaba por la cabeza de su amiga—, el futuro puede ser lo que tú quieras. Nos las arreglaremos para visitarte, publicaremos *Historias del cromosoma XY*, y quizá continúes escribiendo. O a la mejor se te antoja poner un restaurante en Montreal; seguimos en espera de probar tu sazón, ¿eh?

Milena consideró durante algunos instantes las palabras de Luis y concluyó que podría tener razón. Una cajera deprimida en un pueblo de leñadores no era el único futuro posible. No obstante, se dijo que en cualquier escenario siempre tendría que buscar por encima de su hombro la amenaza constante del largo brazo de la mafia.

Amelia juzgó que había llegado el momento de apretar a

la croata. Quiso hacer primero la propuesta de ponerla a salvo para mostrar que ella estaba de su lado. Pero no podía seguir ignorando el delicado tema de la enigmática libreta negra.

—No solo es a ti a quien buscan, ¿no es cierto? Los que te persiguen han destrozado muebles y paredes a su paso. Ya es hora de que confíes en nosotros; tu secreto se ha cobrado varias vidas y podría seguirlo haciéndolo. Es un asunto que nos afecta a todos los involucrados y obviamente se trata de algo más que el afán de unos miserables por recuperar a una trabajadora sexual fugada.

Milena bajo la vista, turbada.

—No lleves la carga sola, pequeña —agregó Amelia y estiró el brazo para tocar con la palma de la mano la mejilla de Milena.

Esta emitió un sollozo, cruzó los brazos sobre el pecho y se derrumbó en los brazos de la otra. Amelia la acogió y la retuvo unos minutos. Nunca había estado en el Adriático pero le pareció que la croata olía a sal de mares fríos y remotos. Pese a su estatura y su impresionante físico, la chica emanaba una sensación de fragilidad que conmovió a la mexicana.

Finalmente Milena rompió el abrazo, alcanzó su bolsa, extrajo la libreta y la puso en manos de Amelia. Luego se desplomó sobre una de las sillas que rodeaban la larga mesa de juntas.

Los demás se aproximaron a Amelia con el propósito de examinar el cuaderno, pero esta los contuvo.

—Denme unos minutos —dijo, se instaló en la cabecera de la mesa y comenzó a leer.

Luis, que ya conocía las historias de *Ellos*, se lanzó a la computadora que había en el otro extremo de la mesa, preguntó si tenía conexión a Internet y comenzó a teclear vigorosamente. Estaba impaciente por consultar sus correos luego de tantas horas, pero no había querido interrumpir el reencuentro con Rina mientras habían esperado la llegada de Amelia.

Cuando observó el largo correo en clave recibido de parte de Anonymous sonrió a Milena, aunque esta no reaccionó. La croata seguía la mirada de Amelia mientras esta pasaba página tras página de apretada escritura.

Mientras Luis y Amelia leían en silencio, Vidal se enfrascó en la consulta de su teléfono sin encontrar algo mejor que hacer. Rina se colocó de pie, tras la espalda de Luis, intentando seguir lo que el otro revisaba en la pantalla.

Después de un rato, Amelia comenzó a pasar cada vez con mayor velocidad las páginas de la libreta. Las historias de *Ellos* eran impactantes y apreció las consecuencias devastadoras que tendría para los personajes allí mencionados. Admiró la capacidad de observación de Milena y su sensibilidad para proyectar los pretextos que se dan los hombres para abusar de una mujer. Sin embargo, se preguntó si todo ello bastaba para justificar la saña desplegada por la mafia para encontrar o destruir ese material. Quizá alguna de las celebridades exhibida en sus páginas se había enterado del contenido y había pagado al crimen organizado para asegurarse de su desaparición. Probablemente nadie más que Milena conocía a fondo el contenido de la libreta negra, pero muchos temían las revelaciones que encerraba.

La intervención de Luis le mostró que su hipótesis estaba equivocada.

—Vila-Rojas es todo un caso. Entre Anonymous y Mala tenemos un reporte casi exhaustivo de lo que ha hecho en los últimos meses. Pero también hay datos de su pasado. ¿Sabes que a los veintidós años pasó algunos meses en Moscú? —dijo dirigiéndose a Milena.

—¿Qué edad tiene? ¿Cuándo fue eso? —se interesó Amelia.

—Tiene cincuenta y tres —respondió Milena, todavía con la vista clavada en Amelia.

—Fue en 1983 —informó Luis tras una rápida revisión del texto.

—Todavía en tiempos de la Unión Soviética —dijo Amelia pensativa.

—¿Entonces habla ruso? —exclamó en voz alta Milena, de nuevo más para sí misma que para el resto.

—Y lo escribe —confirmó Luis—. Los de Anonymous hicieron la traducción de algunos de sus correos al inglés, pero advierten que están en ruso los que van dirigidos a sitios utilizados por intermediarios del Kremlin.

Amelia tomó la libreta negra y preguntó categórica:

—¿Qué es lo que no estamos viendo aquí, Milena?

Esta se levantó de la silla, tomó la libreta de manos de la mujer, despegó con cautela las guardas de los forros y la puso sobre la mesa. Todos pudieron observar en letra muy pequeña un listado de bancos, números de cuentas, nombres de personas con apellidos rusos y empresas de importación y exportación con diversos giros.

—¿Qué es esta información? ¿Es esto lo que han estado buscando los que te persiguen? —preguntó Amelia.

—Sí, supongo. Son datos que cayeron en mis manos de manera circunstancial y los atesoré porque creí que podían ser importantes, aunque no estaba del todo segura. Lo que he venido escuchando sobre la crisis en Ucrania me hizo pensar que, después de todo, sí podían ser cruciales. Creo que esta cacería en mi contra lo confirma, ¿no?

Luis se sorprendió al escuchar la revelación de Milena. Creía que en las largas noches de conversaciones compartidas en la semioscuridad se habían confesado todo. Por lo menos él creía haberlo hecho. Hizo a un lado el reproche que comenzaba a crecerle y se concentró en la pantalla.

—El reporte que tengo aquí podría estar relacionado con lo que dices, tiene más de veinte páginas por la cantidad de correos electrónicos que se transcriben. Lo que he alcanzado a ver muestra un intenso intercambio de información entre gente que está operando una red de colaboración entre Moscú y Marbella, por intermedio de Vila-Rojas y una tal Olena. Tendría que confirmarlo con una lectura en detalle.

—¿Cómo que Vila-Rojas? Olena es la que estaría vinculada con Moscú, pero no Vila-Rojas —dijo Milena sorprendida.

—Pues no parece haber duda: en los últimos meses existe

un intenso intercambio entre ellos. Olena Kattel, ¿no? —preguntó Luis leyendo directamente de la pantalla.

—A ver —protestó Milena incrédula—, Vila-Rojas trabaja para el rival de Olena Kattel. Más aún: es el responsable de la muerte de su hijo. ¿Cómo va a ser ahora su aliado?

—La información es categórica... —insistió Luis recorriendo con la vista la pantalla—, el tema es Moscú y el dinero para apoyar a Ucrania.

—Me cuesta creer que comunicaran abiertamente esos asuntos por correo electrónico —intervino Amelia.

—No es extraño. Incluso muchos especialistas creen que el uso de la Darknet y los candados digitales que ahora existen hacen inviolables sus comunicaciones. Pero para la élite de *hackers* mundial, y no pasan de una docena, no hay cortafuegos que valga —dijo Luis con orgullo—. Estos ni siquiera recurrían a algún código para esconder la información más allá del uso de iniciales; creían que su *software* les garantizaba la seguridad —añadió con cierto desdén.

Milena trató de asimilar la información que acababa de escuchar. Ahora que sabía que Vila-Rojas hablaba ruso quedaba claro que él había entendido la conversación que sostuvo con Yasha diez meses atrás en aquella bodega. El capo ruso no había prestado atención al dato de los hombres de Moscú que habían visitado a Boris, y solo le había interesado la parte correspondiente al complot que los Kattel preparaban en su contra, pero Vila-Rojas era otro cantar. Durante su estancia en México ella había recibido varias llamadas de parte de Yasha para confirmar detalles sobre los sujetos que sus rivales habían infiltrado entre sus filas y otros asuntos relacionados con los tíos de Boris en Kiev. Nunca le había preguntado algo adicional respecto a los datos escondidos en su libreta, a pesar de que ella lo había puesto al tanto de su existencia. Obviamente no era el caso de Vila-Rojas.

Milena se sumió en un largo silencio mientras los otros seguían especulando sobre la libreta y la mafia rusa. Le costaba trabajo asociar a Agustín y a Olena. Y, sobre todo, le angustiaba pensar en las implicaciones que podía tener para ella el resultado de esa alianza. Con creciente congoja repasó la intensificación de las amenazas, las paredes destruidas, los cadáveres segados a lo largo de la persecución. Pensó de nuevo en Vila-Rojas y sintió que el aire se negaba a entrar en sus pulmones.

El timbre del celular de Amelia interrumpió la conversación de los otros. Era Jaime.

—Tenemos que vernos. Vidal ya me informó que la mujer está con ustedes. Y también nosotros tenemos lo que Luis está viendo ahora en pantalla. Mi equipo ya lo decodificó, necesito enterarte de lo que en verdad se trata. Sugiero que se vengan a Lemlock, acá tenemos a los que la andaban buscando.

—Vámonos, Jaime tiene a Bonso y al Turco —dijo Amelia a los demás.

Ya en el coche llamó a Tomás y, sin entrar en detalles, le hizo saber que tenían que verse de inmediato en Lemlock. Ella prefería tener al periodista de su lado en caso de cualquier confrontación con Jaime. Luego hizo otra llamada, aunque esta la colmó de satisfacción.

—Claudia —dijo Amelia—, tu padre no está en la libreta negra. Estate tranquila. —Colgó antes de que la otra alcanzara a reaccionar.

65

Los Azules
Jueves 20 de noviembre, 2.15 p. m.

Se reunieron en la propia oficina de Jaime, pese a la incomodidad que le generaba a Amelia la certeza de que todo lo que allí se dijera sería grabado. Pero después de lo que se había enterado le quedaba claro que ningún sitio era privado. Al menos logró convencer a Vidal y a Rina de que los dejaran solos. Anticipaba un encuentro violento entre los propios Azules y no deseaba más testigos que los imprescindibles.

Como siempre, Jaime los sorprendió con el cúmulo de información que había logrado reunir sobre la mafia y el lavado de dinero en la Costa del Sol. Tomás, Milena, Luis y la propia Amelia lo escucharon absortos durante los primeros minutos.

—Este es el expediente de los estadounidenses sobre Vila-Rojas —dijo él mostrando el grueso documento depositado frente a su silla. Se encontraban todos en la enorme mesa de cristal que hacía las veces de escritorio del director de Lemlock.

Luis observaba incómodo la información titilante que aparecía en las enormes pantallas que lo rodeaban. A su pesar le impresionó la tecnología que contenía el amplio despacho. Tomás estaba inquieto por ser el menos informado de los presentes sobre los últimos acontecimientos y le irritaba el papel predominante que la cabecera de la mesa le otorgaba a Jaime.

Milena observaba el extenso jardín de la azotea lleno de plantas y de color terracota que se extendía detrás de la puerta corrediza y ofrecía un agradable contraste con el ambiente frío y eficiente del diseño industrial de cemento y vidrio en el que se encontraban.

—El expediente concentra las fichas de distintos organismos de investigación del gobierno estadounidense sobre Vila-Rojas y la organización de la mafia ruso-ucraniana en España, e incluye datos del FBI, la CIA, el Departamento de Tesoro y la NSA —agregó Jaime orgulloso.

Y tenía motivos: no le fue fácil convencer a Robert Cansino, coordinador en México de los servicios de inteligencia estadounidenses, pero la larga amistad nacida veinte años atrás, cuando eran aprendices de los seminarios en interrogatorios impartidos por la CIA, y los muchos intercambios realizados en el pasado para beneficio de las carreras de ambos habían conseguido la proeza. También había ayudado el inventario que él había entregado a Cansino de la nómina de los jueces mexicanos corrompidos por los cárteles de la droga que Lemlock había detectado.

—La muerte de Alexander Kattel, el líder histórico de la mafia rusa en Marbella hace tres años, provocó una suerte de escisión. Yasha Boyko, el cuñado, heredó el poder aunque en condiciones muy precarias. Su autoridad nunca fue del todo reconocida por la viuda, Olena Kattel y su hijo Boris. Casi desde el inicio intentaron boicotear a Yasha recurriendo a los hermanos de Alexander que operaban los intereses del grupo en Ucrania. La respuesta de Yasha fue extender las operaciones en el Mediterráneo y en América para adquirir mayor autonomía respecto a sus compatriotas prorrusos. En caso de darse una ruptura, él ya habría construido una base económica propia.

—Y allí es donde entra Vila-Rojas —dijo Luis crecientemente incómodo por el tono magistral del otro.

—En efecto —asintió Jaime—, aquí entra Vila-Rojas. El abogado se convirtió en el artífice de casi todos los nuevos proyectos de Yasha y en buena medida su representante en los negocios en los que colocó el dinero lavado. En el reporte de los gringos, Vila-Rojas aparece como miembro del consejo de administración de una veintena de empresas europeas importantes. Tres de ellas operan grandes presupuestos de obra pública en México —dijo con un gesto apreciativo.

—¿Y qué hay sobre sus relaciones con Moscú? —preguntó Milena inquieta.

—Aquí es donde entra el aporte de Luis —respondió haciendo una breve reverencia en dirección al joven—. Ni siquiera los estadounidenses se percataron del cambio de bando del abogado. Gracias al informe de Anonymous pudimos detectar que Vila-Rojas había entrado en comunicación con los contactos de Olena y de Boris en Moscú.

—¿Desde cuándo? —volvió a preguntar Milena pensando en el calendario.

—Hace dos o tres meses —respondió Jaime.

—Hace dos o tres meses..., o sea, este verano —añadió Tomás en tono reflexivo—; justo cuando Occidente decidió aplicar sanciones comerciales en contra de Putin por su apoyo a los rebeldes de Ucrania. Escribí un artículo asegurando que el Kremlin no renunciaría a apoyar a los milicianos prorrusos en esta guerra, pero tendría que usar vías mucho más sutiles. Intentó pasarlo como ayuda humanitaria pero Bruselas amenazó con imponer sanciones más severas. Supongo que fue entonces cuando activó otras vías para entregar los suministros.

—La comunidad ruso-ucraniana de Marbella, por ejemplo —añadió Amelia.

—Pero ¿tiene tal importancia Marbella? —preguntó Luis, quien solo recordaba una marina con imponentes yates, de una breve visita cinco años antes.

—Marbella es la verdadera Babel del Mediterráneo —respondió Tomás.

—Babel, Las Vegas y las islas Caimán, un poco de todo —añadió Jaime—. La sociedad que fundó Gil y Gil sigue incólume. Jeques árabes, exdelincuentes de cuello blanco de Europa del norte, cárteles latinoamericanos, mafias de las antiguas repúblicas soviéticas, turismo de la élite mundial en busca de placeres legales e ilegales: todo converge allí. Hay millones de euros a la vista en desarrollos inmobiliarios y turísticos, pero hay muchos más que viven y respiran por debajo de la superficie.

—¿Y qué tan importante es la comunidad rusa en Marbella? —inquirió Amelia.

—Enorme —respondió Jaime recordando el informe que le había entregado Esteban Porter horas atrás—. Ya hay miles de hogares rusos en la zona, pero mucho más importante que eso, tienen un poder adquisitivo muy por encima de la media. Hay buena cantidad de millonarios y, entre ellos, representantes de las distintas corrientes de la mafia rusa. La ucraniana es la predominante, de allí el interés de Moscú de convertir a la colonia en una especie de cabeza de playa en territorio de Europa Occidental.

—Y el viejo liderazgo como el de la familia Kattel habría sido el vínculo perfecto para esa tarea, aunque necesitaban a un operador moderno como lo es Vila-Rojas —dijo Amelia.

—En efecto. No está claro quién tomó la iniciativa, o quién buscó a quién, si Olena a Vila-Rojas o Vila-Rojas a Olena, pero supongo que él evaluó la correlación de fuerzas y decidió cambiar de aires —concluyó Jaime.

—Pero ¿y Yasha? No es alguien a quien se pueda engañar tan fácilmente —intervino Milena.

—Supongo que Yasha estaba feliz con el derrocamiento del gobierno prorruso en febrero pasado, al que eran afines sus rivales. Seguramente creyó que ese era el impulso definitivo para imponerse a Olena y sus parientes. Quizá se descuidó.

—Si es como dices y Vila-Rojas cambió de bando, es probable que Yasha tenga los días contados —dijo Milena con cierto pesar. Se imaginó una larga garza con el cuello quebrado desplomándose contra el suelo.

—¿Y todo esto cómo se relaciona con Milena? —intervino

Luis poniendo su mano sobre la de ella. Intuía que la traición de Vila-Rojas a Yasha de alguna forma constituía un duro golpe para su amiga.

—Bonso confesó que hace cinco semanas recibieron instrucciones de deshacerse de ella y de toda información que pudiera atesorar.

—Vila-Rojas —musitó Milena en tono sombrío.

—Lo que importa es qué vamos a hacer ahora —dijo Luis preocupado por Milena, quien tenía la mirada perdida en algún punto de la terraza.

Tomás y Jaime miraron con curiosidad a la croata; parecía no estar escuchando. El pecho hundido y la espalda doblada eran la imagen fiel de lo que pasaba por su cabeza. Escenas de las pesadillas que había experimentado en un ropero diez años antes, el plástico extendido a sus pies y dos perros dispuestos por Bonso para castigarla, la conversación con Vila-Rojas en un yate mecido por la marea la noche en que lo conoció, la complicidad férrea y que creía indisoluble después de tres asesinatos y los orgasmos que experimentaron con ellos. Y finalmente, la traición. La orden que a la fuerza tendría que haber dado Agustín para matarla.

—¿Y por qué el afán de terminar con ella? —dijo Tomás.

—La libreta negra —respondió Amelia y asumió que era su turno de compartir la información—. No sé cómo ni por qué la tiene, pero incluye todos los datos de la operación de Moscú a través de Marbella: cuentas bancarias, nombres y sociedades membretes.

—Eso lo explicaría todo —dijo Jaime—. En manos de las autoridades de la Comunidad Europea, esos datos permitirían desmontar la operación.

—Lo cual significa que Milena sigue en peligro. No solo se trata de la destrucción de una libreta sino también de eliminarla a ella. Neutralizar a Bonso o al Turco no resuelve nada. Salgado tenía razón, simplemente entrará en acción un eslabón más alto de la cadena —intervino Tomás.

—¿Y qué? No vamos a quedarnos cruzados de brazos —dijo Amelia—, podemos ocultarla, cambiarle la identidad. Sé cómo hacerlo.

—Mejor aún, podemos publicarlo —afirmó Tomás repentinamente entusiasmado—. Es lo único que salvaría a Milena. Una vez que la información esté en manos de la opinión pública, ella será irrelevante.

—Y además, eso pone fin a una operación a todas luces ilegal que podría mantener con vida una guerra absurda —añadió Amelia.

—Es que a mí se me ocurre algo mejor —dijo Jaime con una sonrisa socarrona. Y dirigiéndose a Luis agregó—: ¿Por qué no llevas a Milena a la terraza? Creo que le vendría bien un poco de aire.

El joven entendió que cualquier cosa que Jaime fuera a proponer no lo haría en su presencia. Y por lo demás, era cierto que a Milena se le veía deprimida. Ella misma se puso en pie al oír la propuesta del anfitrión.

—Necesito ver a Bonso —afirmó. Le urgía enterarse por boca del propio rumano si la orden de asesinarla había surgido de Vila-Rojas.

—Luego —propuso Jaime—, en cuanto terminemos la reunión te llevo con él. Está abajo en un cuarto de seguridad.

—De aquí no me muevo —respondió ella absolutamente decidida.

Jaime evaluó las circunstancias, descolgó el teléfono y ordenó que subieran al proxeneta.

El rumano llegó flanqueado por dos hombres con proporciones de ropero, o quizá lo parecían por contraste con la diminuta figura del cautivo. Le pareció a Milena que desde la última vez Bonso había empequeñecido aún más. Pero no había nada susceptible de inspirar ternura o compasión en la imagen que ahora tenía frente a ella: demasiados años de abuso le impedían verlo como otra cosa que no fuera un implacable verdugo. El resto de los presentes lo examinó y todos experimentaron algo semejante a la decepción, después de tantos días de pronunciar su nombre con temor. Tomás se obligó a recordar que ese gnomo de apariencia insignificante era responsable del asesinato de Emiliano.

Jaime despidió a los dos guardias tras recorrer con la vista la superficie de la mesa de la terraza adonde condujeron al prisionero, para asegurarse de que no hubiera algún objeto con el cual el enano pudiera agredirlos. Asumió que la corpulencia de Luis bastaría para conjurar cualquier exabrupto que pudiera tener el rumano en presencia de su antigua cautiva.

El chico se quedó de pie a tres metros de distancia de Milena y Bonso, a medio camino de la puerta corrediza, ahora cerrada, que comunicaba la terraza con la oficina de Jaime. Quería captar algo de lo que se discutiera en la habitación aunque también tenía curiosidad por enterarse del diálogo que iba a darse entre ella y su perseguidor.

Una vez que los Azules se encontraron solos, Jaime expuso su plan.

—Bonso me entregará las copias del video, tenemos el expediente de la DEA sobre Vila-Rojas y la información de la libreta negra que desmontaría el operativo de Moscú en Marbella. Un arsenal de argumentos para obligar a Vila-Rojas a negociar. Le entregamos todo a cambio de la libertad absoluta de Milena. Cualquier violación de su parte llevaría a la publicación de esos materiales.

—Una forma muy retorcida de ayudar a Milena, ¿no te parece? —dijo Amelia—. ¿A costa de mantener una guerra?

—Es que no han escuchado la segunda parte del plan. Esta es la que en verdad importa. Estamos ante una oportunidad única para aprovechar los enormes fondos del lavado de dinero para hacer prosperar a este país.

Tomás y Amelia lo miraron con extrañeza; Jaime se había puesto de pie, entusiasmado, y hablaba apoyando sus palabras con todo el cuerpo.

—Con la ayuda del español, es posible organizar flujos financieros procedentes del lavado de dinero internacional en México, en proporciones jamás vistas. En cierta manera, es una suerte de compensación para un país que se ha desangrado por el mercado de las drogas que se origina en los países del primer mundo. Tengo las relaciones necesarias con los círculos oficiales del Estado mexicano para convertir esos flujos en proyectos masivos capaces de irradiar bonanza y empleo en amplias zonas del territorio.

—Jaime, pero ¿tú estás loco? —interrumpió ahora Tomás.

—Piensa fuera de la caja, salte de tus prejuicios. Imagínate, por ejemplo, una alternativa continental al canal de Panamá mediante la construcción de un ferrocarril ultramoderno y rápido en el istmo de Tehuantepec; un sistema capaz de trasladar contenedores a bajo costo entre el Pacífico y el golfo de México. De acuerdo, hay algunos muertos en Ucrania —dijo levantando la mano para acallar el intento de Amelia de interrumpirlo—, pero recuerden la miseria que existe desde Puebla hasta Nicaragua y el detonante económico que representaría un proyecto como el que estoy hablando. Todos los días mueren centroamericanos y mexicanos del sureste por la violencia y la pobreza. Eso comenzaría a cambiar. Y no es más que el principio. —Jaime examinó el rostro de Amelia; supuso que los argumentos a favor de los que viven en la miseria tendrían un efecto sobre de ella.

—Y el final; quieres hacer de México un Estado criminal, vinculado al crimen organizado —dijo Tomás.

—Dejémonos de hipocresías. Las Vegas es una ciudad construida a partir de un acuerdo con la mafia; la prosperidad de Suiza tiene mucho que ver con los flujos del lavado de dinero; o Gibraltar, o Montecarlo, o las islas Caimán toleradas por los gringos. En México podríamos hacerlo incluso mucho mejor: un refugio de los capitales internacionales procedentes de las zonas grises en busca de un gobierno flexible, pero responsable.

—¿Y tú crees que puedes confiar en alguien como Vila-

447

Rojas, un tipo que acaba de traicionar a su jefe? ¿Con ese quieres levantar la futura prosperidad mexicana?

—Bueno, quizá no sea el operador adecuado, lo importante es entrar a ese circuito.

—Basta —dijo Tomás—, lo publicamos y ya.

—Espera. Denme cuatro días. De cualquier manera mañana es viernes, mal día para dar una primicia mundial; el fin de semana te la desinflaría. Publícalo el martes.

—¿Y qué esperas ganar con cuatro días?

—Esta misma noche sale Esteban Porter en un vuelo México-Madrid-Málaga para entrevistarse con Vila-Rojas; le enseñará una breve muestra del expediente de la DEA que tenemos en nuestras manos. Será suficiente para citarlo en Londres el próximo domingo. Allí conversaré largo y tendido sobre los flujos financieros internacionales y las posibilidades de realizar operaciones con México. Con un poco de suerte me vincula con otros operadores y establezco alguna otra relación inicial.

—Me suena un poco precipitado, ¿no?

—Tampoco es que me dejes alguna opción si vas a publicarlo. Al menos intento un golpe de suerte.

En realidad, Jaime todavía tenía la esperanza de hablar con Claudia a su regreso de Londres. Ella era mucho más realista que sus dos amigos. Con la ayuda de algún ministro del gabinete, quizá podrían convencerla de las razones de Estado para no publicar la información. Cualquier cosa antes de dar por perdida la extraordinaria oportunidad que tenía enfrente.

Amelia estaba a punto de decir algo cuando un grito aterrador procedente de la terraza los puso en movimiento.

Ellos IX

Somos las cucarachas de la especie humana: impresentables, portadores de todo mal, objetos de repulsión. Y como las cucarachas, hemos estado desde el principio de los tiempos y seguiremos estando hasta el día en que la humanidad consiga extinguirse. En el fondo, un proxeneta es tan indispensable o más que cualquier organismo en esto de la cadena de la vida, aunque ningún asiduo al burdel quiera admitirlo. Como dicen, la gente prefiere comerse sus salchichas sin enterarse de lo que traen dentro.

Todos los días del Señor millones de hombres recurren a los servicios de una ramera, y quieren que esté sana y limpia, que ofrezca un servicio digno a cambio de su dinero; buscan desahogarse sin acabar con sus huesos en una cárcel o ser asaltados y vejados en el intento. Nosotros, los proxenetas, chulos o alcahuetes —llámenlo como quieran— somos los responsables de que el servicio ofrecido satisfaga esa exigencia. Somos los verdaderos profesionales de la prostitución, más aún que las putas, la mayoría de las cuales creen que están de paso aunque se mueran en ello. Nosotros, en cambio, estamos aquí para quedarnos: incomprendidos y odiados, siempre solicitados.

Me da la risa cuando me acusan de ser despiadado. Vamos, eso es lo mismo que denunciar a un perro por mover la cola o un capataz por mostrarse autoritario. Y es que un chulo samaritano le haría más daño que bien a cualquier ramera: milenios de experimentación han depurado el manual de operación de esto que llaman la profesión más vieja del mundo. Uno tiene que ser implacable para evitar sufrimientos innecesarios. Estamos en un negocio de ilusiones al que muchos hombres vienen a comprar amor, y cualquier ambigüedad se paga muy cara. Nuestra inflexibilidad termina haciéndole un favor al cliente y a la prostituta. Aquí no hay espacio para el corazón, solo reglas rígidas y categóricas bajo las que toda falta se castiga con brutalidad; únicamente eso puede quitar la tentación de una desobediencia posterior.

Y déjenme decirles que ser proxeneta requiere una disciplina espartana de cuerpo y espíritu. ¿Creen que es fácil reprimirse cuando una de las muchachas se encapricha con uno? Es algo que sucede muy a menudo, con eso del síndrome de Estocolmo o qué sé yo. Vivir entre vicios sin enviciarse, proteger a tus mujeres manteniendo un absoluto desapego. Es como de budismo zen, ¿no?

Yo no sé si un psicólogo de esos que se sientan junto al diván con sus gafitas costosas podría competir con cualquiera de mis colegas en el arte de moldear a otro ser humano. Todo alcahuete que se precie es un maestro para mezclar el terror dosificado y el consuelo ocasional. Se requiere mucha labia y más intuición para hacer entender a una mujer que no tiene otro lugar en el mundo que vivir para prostituirse en mi beneficio, aun cuando otros hombres, a razón de diez o veinte por semana, quieran convencerla de lo contrario. Desmantelar de manera constructiva a una persona requiere un talento excepcional; matar toda esperanza en el alma sin destruir el cuerpo es un proceso que exige disciplina y talento singulares.

En resumen, my friend, *la próxima vez que acudas a una prostituta, dedica un instante de reflexión y agradecimiento a la profesionalidad del chulo que lo hizo posible.*

Bonso

66

Milena
Jueves 20 de noviembre, 3.50 p. m.

—No te pintan bien las cosas, Bonso —dijo ella una vez instalados en la mesa de la terraza.

—He salido de peores —respondió él, aunque su tono de voz evocaba el más profundo desánimo. Sus ojeras y la cara ajada mostraban el desgaste al que había estado sometido en las últimas horas, quizá días. Sin la crueldad que le otorgaba el poder de mando, el rumano parecía haber perdido el alma.

—Pues ya ha terminado todo. No sé qué va a ser de ti, pero a mí no me volverás a ver. El acuerdo que se hizo aquella noche ha quedado disuelto.

—¿Disuelto? ¿Por qué?

Milena asumió que el tipo sabría qué significaba la palabra «disuelto», aunque no estaba del todo segura.

—Para empezar, porque Vila-Rojas mandó matarme, ¿no es cierto? —Hizo la pregunta como si fuera un dato obvio, pero aguantó la respiración en espera de la respuesta, el corazón horadando su pecho.

—Parece que muchos te quieren muerta.

—Eso no va a suceder. Los que están dentro tienen suficientes municiones para negociar con los de Marbella. Después de eso, todos seremos libres.

Bonso volteó a ver a Jaime y pensó en la fuerza y el empaque del mexicano y concluyó que Milena podía estar en lo cierto. Las implicaciones lo descolocaron. Como si ahora no pudiera concebir otra vida que aquella a la que se había acomodado en los últimos años.

—Tendré que hablar con Vila-Rojas para confirmarlo. Yo no recibo instrucciones de una puta —dijo él despectivo.

—Pues habla con quien quieras. A mí no me vuelves a ver.

—No te hagas la listilla: si lo que dices es cierto, eso solo significa que serás mía otra vez. Me perteneces. Al terminar la contratación de tus servicios por parte de Vila-Rojas, serás de nuevo una del montón; se acabaron tus privilegios, princesa, tendrás que volver a mover el culo. —Bonso revivió al escuchar su propia voz, que volvía a encumbrarle como el dueño absoluto de las mujeres de su casa.

Milena lo miró con sorpresa y luego con desolación. Se dio cuenta de que bajo los códigos del proxeneta, en efecto, nada había cambiado. Nunca se libraría del yugo de su explotación; en todo caso, las cosas habían empeorado. Los relatos de su libreta negra se agolparon en su cerebro, la imagen de algunos de sus clientes volvió a pasar por su cabeza; la furia hizo el resto.

Se puso en pie de un salto, tomó a Bonso por las axilas y lo alzó a la altura de su propia barbilla; le sorprendió la liviandad de su cuerpo, mucho más frágil de lo que habría pensado. El propio rumano no entendió lo que pasaba ni lo que Milena intentaba, se dejó hacer llevado por la sorpresa. Luis mismo se había distraído tratando de captar algo de lo que Jaime decía. Todo sucedió en un instante. Ella caminó rápido los dos metros que los separaban del borde de la terraza, con los pies abiertos como quien carga una olla grande de agua hirviendo, tomó impulso y lanzó al hombre al vacío. Cuando Bonso reaccionó, ya era demasiado tarde. Se precipitó pataleando boca arriba, chillando como un bebé enfurecido en su cuna, hasta que su cabeza estalló contra el pavimento dieciocho metros más abajo. Luis llegó al lado de la mujer a tiempo para alcanzar a ver la mancha roja que se extendía sobre el gris de la banqueta.

Milena alzó el rostro al sol del mediodía, cerró los ojos y respiró profundo. Al cabo de unos segundos se dirigió a Jaime, que venía a su encuentro.

—¿Dónde está el Turco?

Ellos X

Algo sustancial ha cambiado en Milena. No sé si es el pelo negro que se advierte tras la peluca rubia o la manera en que se mueve; sus gestos y sus palabras no son los de antes, cuando estaba sin estar, cuando solía ocupar las habitaciones entregada a la imposible tarea de hacer de su cuerpo algo indetectable para los demás. O quizá sea su leve acento mexicano lo que encuentro diferente. Palabras tropicales de musicalidad dulce pese a su rostro de mirada acerada. «Vamos a platicar a mi habitación —susurró, después de encontrarnos en el bar—, lo que tengo que decirte sobre Yasha Boyko te va a interesar.»

Yo no tenía ganas de verla. Cuando Jaime Lemus me dijo que también se hospedaba en el London Park Majestic y que deseaba explicarme algo sobre los ucranianos, mi primera reacción fue poner alguna excusa y rehusar el encuentro. Lo último que me interesaba era una sesión de reproches y lloriqueos. Pero la reunión con el mexicano me había puesto de buen humor; si la mitad de lo que dice es cierto, las inversiones justo a la puerta de la frontera norteamericana pueden convertirse en una oportunidad de oro. Y Lemus parece ser un tipo sólido, hasta donde hemos podido investigarlo. Ya lo muestra el expediente que me ha entregado; los putos yanquis saben mucho más de lo que creía. Al final, me ganó la curiosidad de enterarme de los secretos de la familia Kattel que aún no conozco. Yasha nunca me reveló el contenido de las conversaciones telefónicas que sostuvo con Milena desde México, pero debieron de ser importantes a juzgar por su exigen-

cia, reiterada una y otra vez, de someter a la puta a una vigilancia extrema. Lemus pretende la libertad de Milena a cambio de no divulgar la información sobre Moscú; si hacemos negocios, cumplirá su promesa, pero debo mirarla a ella directamente a la cara y luego asegurarme que se mantendrá callada.

Subimos por el elevador con la vista de ella clavada en el panel de números como si la fuerza de su voluntad proveyese la fuente de energía que nos transportaba. La Milena de antes habría clavado los ojos en las paredes anodinas de la caja metálica y se habría dejado llevar por correas y zumbidos eléctricos accionados por una voluntad ajena. No cruzamos palabra, yo simplemente aproveché su concentración para dar un paso atrás y examinarla a mis anchas. Me urgía encontrar las claves para descifrar a esa desconocida. Incluso la ropa que ahora utiliza no tiene que ver con la que solía ponerse en Marbella. Un sombrero de alas anchas, grandes gafas de sol y un vestido gris de colección, entallado y corto, en absoluto vulgar pese a la generosidad que ofrece a la mirada. Un atuendo suficiente para atraer la atención de los presentes en el vestíbulo de un hotel por el que han pasado algunas de las bellezas más celebradas del planeta.

No me gusta esta Milena. No bebe mis palabras, ni vigila mis gestos como antes; las inflexiones de mi voz ya no sacuden su rostro. Y sin embargo, apenas puedo controlar la excitación que me provoca. Una sensación inesperada, incómoda. La sigo al interior de la habitación y me apresuro a ocupar el único sillón individual para hacerle saber que no estoy desesperado por quitarle la ropa. Una erección inoportuna boicotea a mi pesar el tono áspero con que la conmino a hablar. La mirada de ella baja a mi entrepierna y nada en su semblante acusa una reacción. No obstante, se sienta en la cama, alarga el brazo hasta alcanzar la botella de champán abierta que se enfría sobre la mesita de noche y sus dedos rodean el cuello y acarician por unos instantes el papel dorado antes de llevarlo hacia abajo, como un prepucio abatible. Llena una copa, camina hasta donde me encuentro y me la entrega. Me sorprende la salvaje urgencia de mis manos para atenazar su talle; reparo en la difícil geometría de un cuerpo de tales redondeces sostenido por tan diminuta cintura. El recuerdo de haberlo *poseído en el pasado no es consuelo para el desesperado apremio que ahora me ciega. Apuro la copa y agradezco el hormigueo de las burbujas al pasar por mi garganta reseca.*

Ella regresa a la cama y se sirve una copa; miro sus labios apretarse contra el vidrio, aunque antes de beber comienza a hablar. «Yo lo único que quería era que mi fémur no terminara convertido en una espada.» Observo cómo los largos muslos se tensan al cruzar las piernas y pienso que sería el fémur más bello del mundo. Empieza a desgranar una historia sobre un abuelo germanófilo y un restaurante en Berlín. Apenas puedo escucharla por las burbujas que han comenzado a bullir en mi cerebro. Trato de recordar qué y cuánto bebí con el mexicano, pero el recuerdo de la imagen de los labios rojos posados sobre la copa aún intacta se impone. Desde donde estoy constato que el nivel del líquido de su bebida se mantiene inalterado, casi al borde de la marca rugosa del lápiz labial sobre el cristal. Ella no ha bebido. Algo no está bien.

Milena sigue hablando pero ahora ha empezado a desabotonarse el vestido por el frente y al abrirlo compruebo que su talle es perfecto. Sé que debo hacer algo para espabilarme, levantarme de ese sofá que me aprisiona, pero solo puedo mirar hipnotizado la manera en que el vestido resbala con lentitud, superando con dificultad la curva de sus caderas.

Intento levantarme sin saber muy bien si quiero hacerlo para alcanzar su cuerpo o para salir de la habitación y dejar atrás la creciente sensación de peligro que comienza a angustiarme. Los músculos no me obedecen, trato de decir algo pero mi lengua se ha transformado en una espátula de madera. Milena se aproxima enfundada en una minúscula ropa interior de encaje negro; luce inmensa de pie sobre esos tacones imposibles. Se dobla sobre sí misma para desnudarme de cintura para abajo y solo entonces advierto que mi erección no ha menguado. Contemplo mi pene enhiesto un segundo antes de que ella monte a horcajadas sobre mis piernas y lo vea desaparecer en su interior. Nos acoplamos con facilidad ayudados por la inesperada humedad. Solo entonces, cuando respira agitada por la excitación o por el movimiento, logro entrever un rastro de los orgasmos del pasado. La breve sensación de intimidad queda interrumpida cuando ella expresa lo que en verdad ha venido a decirme.

«Yo te ayudé a eliminar a quienes amenazaban tu tranquilidad, hoy harás lo mismo para mí. Tú eres lo único que me mantiene con un pie en el pasado, hoy vengo a liberarme. Y lo hago de la manera en que me enseñaste a hacerlo. Te follo para matarte, Agustín.»

Lo dice con voz dulce, su aliento cálido sobre mi oído provocando oleadas de placer a lo largo de la columna, pese a sus terribles palabras. Entiendo lo que dice y por alguna razón no me alarma. Quizá sea el somnífero que me paraliza o quizá las sensaciones que dominan a mi bajo vientre con el rítmico movimiento de sus caderas. Concentro el resto de mis fuerzas en encajarme en ella, un último acto de resistencia que termina siendo de rendición cuando eyaculo en su interior.

Milena se desprende del abrazo y solo entonces advierto lágrimas en sus ojos y una jeringa en la mano. Asumo que no será el «kit del sueño». Lleva la otra mano a la base de mi pene y se incorpora para arrodillarse entre mis piernas. Inexplicablemente me enorgullecen las profusas gotas de semen que su sexo deja caer sobre mi muslo. Aprieta el miembro semierecto hasta encontrar una vena gruesa, inyecta en ella el contenido de la jeringa y se aleja de mi cuerpo.

Instantes más tarde respiro con dificultad y los objetos comienzan a difuminarse. Aun así, alcanzo a distinguir a Milena, ahora completamente vestida, caminando hacia la puerta de salida. Se da la vuelta y me contempla con atención. Imposibilitado de decirle algo, intento proyectar en la mirada la profundidad de mi odio pero me ganan la fatiga y la sensación de ridículo al imaginarme vestido con camisa, gemelos y corbata, pero desnudo y despatarrado de cintura abajo, con una jeringa clavada en el pene desfalleciente. Ella parece adivinar mis pensamientos porque esboza una sonrisa y su rostro adquiere una expresión que nunca había visto. No es la Milena de hoy ni la del pasado. Luego da media vuelta y desaparece de mi vida. Todo lo demás también.

Agustín Vila-Rojas. Abogado de Granada

Todos
Martes 25 de noviembre

Agustín Vila-Rojas había muerto de un paro cardiaco unas horas antes. La propia Milena se lo había comentado a Jaime, sentada a su lado en el avión de regreso de Londres a México la noche anterior. La noticia impactó al dueño de Lemlock y lo sumió en la más profunda frustración. Cuando dejó con vida al abogado andaluz horas antes en el London Park Majestic creía haberlo convencido de construir una alianza para poner en marcha sus ambiciosos planes de inversión en México. Con infinita tristeza asumió que tal posibilidad se había esfumado por completo. Se preguntó, con rencor, si Milena habría tenido que ver algo con el sorpresivo fallecimiento.

Sin embargo fue ella misma quien le rescató de la pesadumbre. Le llevó algunas horas más del largo vuelo, pero al final se convenció de que la vía de salida que la mujer le brindaba resultaba aún mejor que la perspectiva de una alianza con Vila-Rojas.

La noche del lunes, ya de regreso del viaje, en las oficinas de Lemlock en México, Milena se comunicó con Yasha y lo puso al tanto de la traición de su operador financiero: pruebas sobraban. A través del correo electrónico de Esteban Porter, todavía en Marbella, le transmitieron fragmentos del informe de Anonymous sobre los acuerdos de Vila-Rojas con Olena.

Más importante aún, le enviaron la nota que al día siguiente publicaría *El Mundo*, y más tarde la prensa internacional, sobre la operación que Moscú estaba montando con una parte de la comunidad ruso-ucraniana de Marbella. Milena exageró los méritos de Jaime en el descubrimiento del complot y luego le pasó el teléfono al propio Lemus.

Yasha quedó impactado por las revelaciones, pero asumió que podía salir bien librado si tomaba ventaja de la diferencia de horas entre los dos continentes. Tenía la mañana del martes para actuar en España, antes de que la noticia se publicara en México y en Nueva York. A través de sus contactos de confianza podía atribuirse el mérito de advertir a las autoridades europeas de lo que el Kremlin intentaba hacer. Jaime quedó eufórico ante las muestras de agradecimiento del ucraniano. A la postre, juzgó que su posición con el capo de la mafia de la Costa del Sol para hacer negocios en México era mucho más sólida de la que pudo haber tenido con el taimado Vila-Rojas. Convinieron en encontrarse en Europa tan pronto como se tranquilizaran las aguas. Mientras tanto, «Cuide a Milena, esa mujer vale oro», le había dicho Yasha antes de despedirse.

Así que Jaime tenía motivos para sonreír ese martes por la mañana. Y la reunión que acababa de tener con su equipo se lo confirmaba. Por lo pronto, su empresa había realizado un adecuado control de daños tras la muerte de Bonso. Las autoridades aceptaron la versión del suicidio del rumano, que había decidido lanzarse desde la terraza de las oficinas de Lemlock tras ser rechazada su solicitud de empleo. Gracias a un fino trabajo sobre los medios de comunicación, la noticia pasó poco menos que inadvertida el fin de semana.

En el caso del Turco, el saldo era mucho menos positivo. Había pensado ofrecer a Claudia su cabeza como muestra de eficiencia y sobre todo, de lealtad. Jugó, incluso, con la posibilidad de proponerle a ella o a Tomás que ejecutaran personalmente al verdugo de su editor de Opinión. Habría sido un secreto de sangre capaz de unirlos inexorablemente por el resto de sus días y de asegurar para siempre su influencia en *El Mundo*. Sin embargo, sabía que Tomás rechazaría esa posibilidad como el cobarde que era. Preferiría, como siempre, que alguien se hiciera cargo del trabajo sucio y optaría por enterarse lo menos posible de los detalles incómodos. Y además, desconocía la reacción que su oferta podría provocar en Claudia; cabía la posibilidad de que ella considerara monstruosa su propuesta o peor aún, que la aceptara, asesinara al pistolero y que luego el remordimiento la llevara a repudiar al que lo había hecho posible. Cuando las buenas conciencias hacen actos deleznables suelen achacárselos a los pérfidos que las rodean. De cualquier manera, la actitud de Milena hacia el Turco abortó cualquier posibilidad en ese sentido.

Sin embargo, la croata había sido muy eficaz en lo que en verdad importa. Primero se ganó su derecho a acompañarlo a Londres para «despedirse de Vila-Rojas», algo que él encontró extraño, aunque no tuvo posibilidad de oponerse. Fue la condición exigida por Milena para arrancar del Turco el paradero de los videos que comprometían al operador financiero en la muerte de Boris Kattel. Y él necesitaba esos videos para congraciarse con quien creía su futuro socio. No le quedaban claros los motivos de la mujer para querer entrevistarse con el probable instigador de la persecución que había padecido, pero asumía que esos dos compartían una historia mucho más compleja que la sobredosis inducida que mató al joven ruso. En todo caso, el asunto había terminado de la mejor manera posible. Gracias a su relación con Yasha, podría construir un sólido maridaje entre los inmensos capitales internacionales de la economía subterránea y la estabilidad flexible del Estado mexicano.

Con los recursos adicionales estaba en condiciones, incluso, de hacerse poco a poco con el control de *El Mundo*. El diario seguiría perdiendo dinero y con el tiempo él podría entrar a rescatarlo y no solo para evitar su muerte. Con los debidos apoyos e influencias podía convertirlo en la cabeza de un grupo mediático con influencia en la televisión y en las telecomunicaciones. El recuerdo del diario le llevó a pensar en Tomás y sonrió satisfecho; su amigo literalmente le debía la vida. Esperaba que a partir de ahora los Azules suavizaran la severidad con que en el pasado habían juzgado sus métodos.

Ahora más que nunca se sentía con mayores méritos que Tomás para ser pareja de Amelia. Un obstáculo era el idealismo absurdo que profesaba su amiga, pero confiaba en el poder de erosión de las implacables olas de realidad que imponía la política a su altruismo ingenuo. Hacía rato que Amelia había perdido la inocencia e iba camino de perder muchas más cosas. El otro obstáculo era la relación que mantenía con Tomás, aunque también se sentía optimista al respecto. La relación del director con Claudia tarde o temprano culminaría en romance. El corazón de Tomás era volátil, y sus genitales voluntariosos, una mezcla que haría de la dueña del diario un destino manifiesto. Cuando eso sucediera él estaría allí para acompañar a Amelia. Por lo pronto, ya le había puesto al tanto de su pasión; dejaría que esa información sedimentara en ella. Eso y el desengaño por la traición de Tomás le permitiría colocarle los aretes egipcios que esperaban adornar su rostro desde hacía veinte años.

Asumió que las muertes de Bonso y Vila-Rojas agradarían a Claudia, o por lo menos le servirían de consuelo para dejar atrás la pérdida de su subdirector. No había podido entregarle una imagen descarnada y contundente del cadáver del Turco, como habría deseado, pero ella tendría que entender que el argelino simplemente había sido un gatillero a las órdenes de sus jefes Bonso, Salgado y, en última instancia, Vila-Rojas, y ninguno de ellos estaba vivo. Tras la muerte del abogado en Londres, Jaime había llamado a Tomás para que él personalmente le diera la noticia a Claudia. En este momento estaba más interesado en que fuera el periodista quien recibiera los agradecimientos, y ojalá mucho más que eso, de parte de la dueña de *El Mundo*.

Jaime no se equivocó; Claudia, en efecto, quedó encantada con la nueva. Tomás se la había comunicado con el mayor tacto posible para no lastimar sensibilidades, pero la pelirroja no parecía tener reservas en materia de revanchas. Le agradeció de manera efusiva que hubiera cumplido su deseo, como si Tomás en persona hubiera disparado a Salgado, detenido el corazón de Vila-Rojas y empujado a Bonso al precipicio.

En realidad, Claudia estaba eufórica por el desenlace de toda la historia: la amenaza contra el diario quedaba conjurada y los enemigos que se habían atrevido a desafiarlo estaban muertos. Esa misma mañana leyó el cuaderno de tapas negras que sin vacilación alguna Milena le hizo llegar la noche anterior después de su regreso de Londres. En total, cincuenta y ocho relatos de *Ellos* bajo el título *Historias del cromosoma XY*. En conjunto, una larga relación de las razones que los hombres se dan a sí mismos para prostituir a una mujer. La lectura resultaba aún más impactante por las firmas al pie de cada relato. Aun cuando solo se revelaran las iniciales y la mayoría correspondieran a la sociedad española, conocía en persona al menos a una media docena de los mexicanos señalados. De hecho, todo el mundo podría identificarlos y, aun cuando el material carecía de valor jurídico, bastaría para destruir la reputación de los aludidos. Podía comprender el recelo de su padre; seguramente se enteró de la existencia de la libreta y quizá leyó alguna de las historias. El viejo temió que Milena hiciera alguna ficha sobre él al calor de un exabrupto o un despecho.

Claudia además experimentaba la extraña y, al mismo tiempo, agradable sensación de convertirse en benefactora de la examante de su padre. Tenía ante sí el paquete que había recogido en la bóveda del banco veinte días antes: medio millón de dólares, la tarjeta manuscrita con los temores de su padre y la carta membretada. Sus dedos recorrieron con cariño la familiar firma de Rosendo Franco y sus ojos quedaron atrapados por las frases póstumas:

Claudia querida:

Te pido que no me juzgues, solo que me ayudes a cumplir este último acto de voluntad. Quise ahorrarle a la familia la lectura de esta nota en el testamento.

Alka Mortiz me ha hecho infinitamente feliz en mi último tramo de vida. Eso no desmerece el amor que tengo por ti y por tu madre, y espero que sepas comprenderlo.

Con lo que está en la bolsa quiero ofrecerle las oportunidades que la vida le ha negado. No me prives de esta satisfacción. Esto no es más que el agradecimiento de un viejo para una amiga que transformó su invierno en primavera.

Confío en ti.

P. S. AlkaMilena vive en Copérnico 26-201, colonia Anzures.

Ahora que leía el texto con detenimiento, Claudia quedó conmovida por el gesto de su padre al llamar AlkaMilena a su amante, fusionando nombre real y apodo artístico en un torpe esfuerzo por ocultar su profesión. Le provocó un orgullo casi infantil que hubiera confiado en ella para asignarle una misión que a primera vista resultaba contra natura, sobre todo porque implicaba entregar a la croata una cifra que le habría venido muy bien a la alicaída economía del diario, y no obstante, no le disgustaba convertirse en mecenas de la vida de Milena. Le hacía sentirse magnánima, madura. Se consoló pensando que con toda seguridad se trataba de un dinero sin registro en la contabilidad de la empresa, lo cual de cualquier forma complicaría su ingreso en las cuentas bancarias. Muy probablemente había salido de la caja de los anuncios clasificados, parte de la cual nunca se comunicaba al fisco: los clientes no pedían factura cuando colocaban un aviso para deshacerse de un refrigerador usado u ofrecer en venta un cachorro.

Salió de sus reflexiones cuando Tomás entró a su oficina para mostrarle con orgullo las referencias que se hacían en informativos y portales de todo el mundo a la nota publicada por el diario. Una de ellas, publicada por la Associated Press capturó su atención: \

La Mafia Rusa de Marbella entra en guerra en Ucrania

México-Madrid/AP

El Kremlin montó en los últimos meses una red a través de la mafia ruso-ucraniana de Marbella para suministrar recursos financieros y materiales a las milicias rebeldes del este de Ucrania, en un intento de evadir las sanciones impuestas a Moscú por la Comunidad Europea.

Una investigación exclusiva del periódico mexicano *El Mundo* revela los contactos que agentes rusos establecieron con Olena Kattel, cabeza de una de las facciones de la mafia en la Costa del Sol, para desarrollar una serie de compañías fantasmas en España a través de la cual se canalizarían los envíos a los grupos insurgentes. En la nota publicada se revelan los números de las cuentas bancarias, las cuantiosas cifras depositadas y el nombre de las empresas creadas. Importadora y Exportadora Atlántica, Báltico y Mediterráneo, Maderas, Aluminio y Acero S. A. son algunos entre una docena de membretes utilizados. En el consejo de administración de estas empresas figuran miembros importantes de la comunidad rusa en Marbella.

A partir de las sanciones impuestas por Bruselas a Moscú el verano pasado, en represalia por el apoyo a la insurrección de los milicianos prorrusos en contra del nuevo gobierno ucraniano, el régimen de Putin intentó hacer pasar su ayuda como suministros con fines humanitarios. Sin embargo, los gobiernos europeos denunciaron tales donaciones como un subterfugio para mantener viva la insurrección y amenazaron a Moscú con un incremento en las sanciones.

Presumiblemente fue entonces cuando el Kremlin decidió activar su relación con algunos líderes de la comunidad rusa en España para encontrar una vía alternativa para sus propósitos.

La oficina de prensa del gobierno de Bruselas ha reaccionado a la publicación de la noticia asegurando que se realizará una investigación. No descarta aumentar las sanciones si, en efecto, se comprueba alguna responsabilidad de Moscú en la construcción de una red financiera para apoyar la guerra en Ucrania desde territorio de Europa Occidental.

La noticia sacudió a la comunidad ruso-ucraniana de Marbella. Olena Kattel, viuda del líder histórico de la mafia rusa en la región, ha sido requerida por las autoridades pero se encuentra desaparecida. Yasha Boyko, un connotado líder de la comunidad ucraniana emigrada al sur de España, ha declarado en nombre de sus paisanos que la gran mayoría de los residentes en Marbella procedentes de los países de Europa del Este son vecinos pacíficos, respetuosos de la ley, y que su presencia ha sido un factor de prosperidad en la región.

Al terminar la lectura tenía los ojos húmedos: el diario fundado por su padre había por fin sacudido al mundo. Miró a Tomás conmovida por lo que acababa de leer pero también por el entusiasmo de su director, su lealtad, su generosidad. Se dijo que ahora que la crisis había pasado tendría que afrontar la ruptura de su matrimonio: no quería seguir un día más simulando una relación con una pareja a la que había comenzado a despreciar. De algún modo le pareció natural lo que dijo a continuación:

—Vámonos cuatro o cinco días a Nueva York a empaparnos de periodismo, Tomás; a ver gente de Columbia, del *New York Times*, de los semanarios. Cargamos baterías y nos despejamos un poco de la presión del día a día. ¿Qué dices? ¿Dentro de dos o tres semanas?

Quizá no era muy profesional iniciar un romance con el director de su periódico, pero aun así decidió que no se quedaría con las ganas. La vida la había cargado súbitamente de enormes responsabilidades como para que encima se autoimpusiera sacrificios. Decidió dejar que las cosas siguieran su curso, aunque un pequeño empujoncito, como irse de viaje a Nueva York, no estaba de más.

—Sería provechoso —dijo Tomás con cautela, pero no pudo evitar el recuerdo de la piel pálida y la cabellera roja sobre las sábanas de un cuarto del hotel Plaza frente a Central Park.

Pensó en Amelia y algo estrujó su vientre, como si una hernia abdominal le hubiera surgido de la nada. Asumió que a eso se parecía la sensación de pérdida que le provocaría la ruptura con ella, algo que se le antojó insoportable. Prefirió concentrarse en la difícil tarea que tenía por delante: transformar *El Mundo* en un diario capaz de convertirse en el espacio de referencia para la opinión pública. Sería un reto complicado en los nuevos tiempos en que la blogosfera desplazaba al papel. No resultaría fácil encontrar un modelo de negocio en la versión digital que permitiera conservar la actual planta de redacción; necesitaría toda la ayuda posible, de donde pudiera venir.

Evocó a los Azules y la posibilidad de que ellos también hicieran suya la misión de refundar *El Mundo*. Quizá podría contratar a Mario a tiempo completo cuando regresara de su viaje a Puerto Rico; hacía mucho que notaba el desencanto que sentía por su trabajo en la universidad. Tal vez podría echarle una mano en la sección de Opinión, vacante desde la muerte de Emiliano.

El asesinato de su colaborador le hizo pensar en Jaime, truculento pero leal a su manera y siempre provisto de recursos; con su respaldo, el diario podía obtener atajos útiles y poderosas redes de apoyo. Jaime nunca dejaba de sorprenderlo, en ocasiones de la peor forma, y no obstante, al final sabía que podía contar con él, particularmente en asuntos de vida o muerte. Un escalofrío recorrió su cuerpo al recordar el cadáver de Salgado en el sofá de su salón.

Cayó en la cuenta de que las últimas dos noches había buscado pretextos para quedarse con Amelia y no regresar a su departamento. Era hora de mudarse. Descartó la idea de proponerle a su amante la posibilidad de vivir juntos; no parecía el mejor momento si es que habría alguno para hacerlo. Quizá podría encontrar una vivienda más cerca de la casa de ella en la colonia Roma, o tal vez a medio camino entre el periódico y Amelia. Luego pensó que su terapeuta, si lo tuviera, le estaría diciendo que ese deseo era una proyección de un amor indeciso entre las dos mujeres, pero desechó el pensamiento al instante. Esa noche y lo que restaba de la semana dormiría con Amelia, y eso bastaba para alejar a los demonios que acosaban al corazón y la entrepierna.

Los demonios que acosaban a Amelia, en cambio, tenían muy poco que ver con su entrepierna y mucho con su hígado. Esa mañana se enteró de que el coordinador de los diputados de su partido ya había negociado con los enviados del presidente Prida los votos necesarios para aprobar por amplia mayoría en las cámaras el presupuesto para el siguiente año. De nada había servido que Amelia mostrara a sus correligionarios las partidas dedicadas a promover el voto a favor del Gobierno, disfrazadas de ayuda social: sus compañeros habían cedido frente al Ejecutivo escudados en la obtención, «gracias a sus negociaciones», de un aumento en las pensiones para discapacitados. Amelia sospechaba que la repentina aquiescencia del líder de los diputados de izquierda estaba más relacionada con la promoción de su carrera personal que con el bienestar de la población con capacidades diferentes.

Una vez más consideró la posibilidad de renunciar a la presidencia de su partido y denunciar los arreglos de cúpula que se hacían a espaldas del interés público; como en otras ocasiones, pensó que eso dañaría aún más las de por sí escasas posibilidades de la izquierda para influir en la construcción de la agenda del régimen priista, que amenazaba con instalarse durante varias décadas. Se tragó el mal sabor y prefirió concentrarse en el inesperado y esperanzador desenlace de la historia de Milena.

Como tantas cosas relacionadas con Jaime, persistían muchas preguntas sin respuesta en el caso de la extraña muerte de Vila-Rojas en Londres y en la súbita desaparición del Turco. Jaime era así: siempre resolvía, aun cuando por lo general uno prefiriera no enterarse de los detalles. Y para muestra lo que había comentado Tomás, a quien Jaime literalmente rescató de una muerte segura. Su pareja fue vaga en el comentario, pero asumió que con el tiempo llegaría a conocer los pormenores de esa historia durante las confidencias a las que Tomás solía entregarse en la oscuridad del lecho compartido.

Por primera vez en la vida se preguntó si Jaime no tendría razón en su tesis tan obsesivamente defendida de que el combate a la podredumbre del sistema requería métodos categóricos y estómagos fuertes. Volvió a recordar la traición de su coordinador de diputados, y por unos instantes especuló con lo que habría hecho Jaime de encontrarse en su posición. Le asustó la profundidad de su resentimiento: supuso que ni siquiera Lemlock se atrevería a involucrar los testículos del diputado en una estrategia disuasoria, en la forma en que ella acababa de imaginarlo.

Quizá estaba siendo injusta con Jaime; su amigo era capaz de descender una y otra vez a sus zonas más oscuras, pero nunca se perdía en ellas. Se removió incómoda al recordar las recientes declaraciones de amor, algo que ella intuía desde la adolescencia y constituía una de las tensiones que habían sostenido la existencia de la extraña cofradía de los Azules a lo largo de varias décadas. Imaginó por algunos instantes la posibilidad de convertirse en amante de su compañero y no pudo evitar un breve escalofrío. Recordó el tupido vello de sus antebrazos musculosos e inevitablemente su propia piel se erizó con el recuerdo del cuerpo de Carlos Lemus, padre de Jaime, a quien había idolatrado veinte años atrás con el intenso fervor de su primer enamoramiento. Entendió que, para desgracia del propio Jaime, nunca dejaría de verlo como una versión empobrecida de su formidable padre.

El recuerdo de sus amoríos juveniles le hizo pensar con envidia sana en la entrega espontánea que parecían profesarse Luis y Rina, una atracción pura y por ahora a salvo de las miserias pequeñas y grandes que infligía la vida, o quizá estaba siendo injusta con esa forma de atracción que le resultaba tan ajena e inverosímil. Después de todo, la escapada de Milena y Luis durante varios días constituía ya una primera prueba para cualquier cosa que se estuviera cocinando entre ellos. La sexualidad intensa y a flor de piel de la croata debió de ser un tormento para Rina, quien los sabía encerrados en la habitación de algún hotel macilento y, no obstante, su actitud hacia Milena era de absoluto cariño. Una vez más admiró a su colaboradora, aunque al final no supo si tal admiración obedecía a la generosidad que mostraba su corazón o a su increíble capacidad para desentenderse de aquello que la irritaba. O tal vez simplemente estaba interpretando como madurez lo que no era más que una actitud práctica de Rina hacia un amorío de invierno breve y pasajero.

Algo así le habría ido bien al pobre de Vidal, quien no ocultaba la tristeza que le producían las muestras de cariño entre Luis y Rina. La noche del viernes había sido un martirio: entusiasmados por lo que parecía el desenlace de la historia, los tres jóvenes arrastraron a Milena a una cantina y concluyeron la velada a medianoche en la plaza Garibaldi, sede mundial del mariachi. Durante todas esas horas Vidal observó a Rina de manera intermitente, tratando de captar gestos vulgares y expresiones despreciables, cualquier cosa que le sirviera para alimentar un desamor que aliviara su pena. Para su desgracia, el resultado de su observación no hizo sino incrementar su pasión; renunciar a ella parecía algo a lo que sus vísceras no estaban dispuestas a avenirse de forma voluntaria.

Empujada por Luis y Milena, y para deleite de turistas, mariachis y meseros, cerca de la medianoche Rina terminó por bailar un jarabe tapatío encima de una de las mesas, y ni siquiera cuando resbaló y se dio de bruces contra una silla incurrió en el ridículo; tan solo se incorporó, no sin cierta gracia, ante el aplauso festivo de la concurrencia. Para Vidal, quien nunca podía despojarse de la sensación de que cada uno de sus actos era enjuiciado por los que lo rodeaban, resultaba fascinante e incomprensible la manera en que el cuerpo de Rina se movía con absoluta indiferencia de la opinión de los demás.

Algo que también parecía apreciar Luis, completamente imantado por la vitalidad de Rina, con la ventaja de que no tenía que renunciar a ella, al menos no por el momento. Después de la juerga, los cuatro decidieron regresar al departamento de Rina; la distribución de las habitaciones no hizo sino profundizar las desdichas de unos y los regocijos de otros. Milena se acomodó en el sillón de la sala y Vidal se tendió en la alfombra sobre un lecho improvisado, tratando de ignorar los atormentadores sonidos que procedían de la recámara donde se instalaron Luis y Rina.

Vidal se consoló diciéndose que su vida tenía ya una dirección. Se convertiría en un aprendiz modelo de Jaime y terminaría siendo un ejecutivo triunfal y exitoso. Se vio a sí mismo a los veintinueve años, investido del aplomo y la autoridad que solían emanar de su tutor y la imagen le ayudó a mitigar el efecto que le producía encontrarse a quince pasos del lecho donde su amada yacía con otro. Repasó los consejos de Jaime y se convenció de que tarde o temprano Rina sería suya. Solo tenía que esperar a que Luis se decidiera a desaparecer, y terminó preguntándose cómo podría ayudarlo a hacerlo.

Algo que estaba muy lejos de encontrarse en la mente de Luis esa noche. El joven le había hecho el amor a su amada de manera acuciosa y pausada, deteniéndose en algunas porciones de su cuerpo como si quisiera sustituir, con los de Rina, el recuerdo de la piel, los sabores y los contornos de Milena vigentes aún en sus manos y boca; una manera de rebobinar el material del que se alimentan los deseos. No le resultó fácil: una y otra vez a lo largo de esa sesión acudieron a su mente súbitas imágenes de fragmentos del cuerpo de Milena, y una tras otra logró desecharlos diciéndose a sí mismo que su relación con la croata había sido un acontecimiento único e irrepetible.

Por primera vez en muchos años, Luis no tenía un plan de

ruta. Había llegado a la Ciudad de México para una visita al médico y su boleto de regreso a Barcelona estaba fechado para el siguiente fin de semana, pero Rina —y ahora Milena— le habían sucedido en la forma radical y disuasoria en que otros experimentan la obtención de una beca inesperada o la súbita llamada del reclutador del Ejército. Decidió que cancelaría su boleto de avión y prolongaría su estancia en México las próximas semanas mientras terminaba el diseño de un programa para un centro comercial al que se había comprometido. Le habían pagado una fortuna para desarrollar un programa de *marketing* tan eficaz como diabólico. Se ofrecía Wi-Fi gratis a todo el que pusiera un pie en un centro comercial de Houston, y una vez aceptado por el usuario, el programa registraba cada uno de sus pasos: qué tiendas visitaba, en qué escaparates se detenía; un espejo enorme asociado a la geolocalización del celular permitía definir sexo, edad aproximada y rasgos étnicos. A partir de toda esa información, el programa era capaz de bombardear al usuario con información personalizada de ofertas puntuales a medida que se desplazaba por los distintos comercios: una especie de Gran Hermano de naturaleza mercantil, que no política.

Pese al estímulo que implicaba diseñar tales programas, Luis experimentaba una creciente incomodidad por los fines comerciales y la dosis de manipulación que entrañaban. Tras cruzarse con la historia de Milena o contemplar de cerca los afanes de Amelia y sus causas, encontraba pueriles y desalentadoramente frívolas sus antiguas tareas. Se preguntó si sus habilidades para combatir redes de traficantes, recién exploradas, servirían para ayudar al rescate de víctimas de las mafias. Una vez que se asentara la polvareda abordaría a Amelia y, por qué no, a Milena, para hablarles de un proyecto en ese sentido. Aunque, ahora que pensaba en ello, no tenía idea de lo que Milena querría hacer de su vida.

Tampoco Milena lo sabía. Ni siquiera podía identificarse con el nombre de Alka, aun cuando ese martes había despertado murmurándolo como si fuera un mantra. Había dormido en la *suite* que Jaime utilizaba cuando se quedaba en sus oficinas de Lemlock, pero más tarde Claudia pasaría a por ella. Por la noche, al regresar de Londres, había hablado por teléfono con la hija de Rosendo Franco y la abrumó su calidez y generosidad. Le anticipó que tenía una agradable sorpresa y le ofreció su casa en Cuernavaca para pasar algunos días, mientras decidía qué hacer con su vida.

Pero ella solo quería deshacerse de una vez por todas de Milena, como una serpiente que se desprende de una piel que deja de ser la suya, aun cuando no encontraba con qué epidermis cubrir la desnudez que ahora experimentaba. Esa misma mañana había creído que al saldar su cuenta con el Turco, cerraba definitivamente el ciclo. No había sido fácil convencer a Jaime de que dejara en libertad al argelino, pero fue una de las condiciones que ella puso para conjurar el riesgo de los videos. Lemus se había mostrado más curioso que contrariado por su decisión y ella tampoco tenía del todo claro por qué lo había hecho. Aunque nada deseaba menos en la vida que volver a ver al Turco, trató de explicárselo a sí misma diciéndose que era algo que le debía; después de todo, él la había salvado en dos ocasiones: en el baño de mujeres al rescatarla de los matones de Boris y en los muelles de Málaga cuando Bonso pensaba ajusticiarla. Ella había insistido en acompañar al Turco hasta la calle para asegurarse de que, en efecto, Jaime lo dejaba libre. Y una vez en la banqueta, en el momento de despedirse, se contemplaron durante algunos minutos en silencio. Luego con una mirada de súplica que nunca había visto en sus ojos, el Turco le pidió que lo acompañara, que huyeran juntos. Ella entendió que, después de la desaparición de Bonso, la vida de su guardián estaba tanto o más destrozada que la suya. Lo vio alejarse, abrumado y confuso, difuminado en una silueta más insustancial que el humo del cigarro que dejaba atrás. Para su sorpresa, alguna parte oscura de ella la impulsó, durante un efímero instante, a seguirlo y perderse con él, en él.

Justo ahora cobraba conciencia de lo que había sucedido en los últimos días. Sin Bonso y el Turco, estaba libre; sin Vila-Rojas se encontraba incomprensiblemente vacía. Trató de borrar de su memoria los últimos diez años de vida y regresar a los dieciséis, cuando el futuro era una pradera de infinitos senderos. Pero no podía identificarse con esa adolescente que había existido en otra vida. Residir en Croacia tampoco le parecía una alternativa deseable, no por ahora en todo caso. Algún día visitaría a su familia, pero tendría que prepararse para ello y, sobre todo, prepararlos a ellos. Y todavía menos le apetecía regresar a Marbella aun cuando Yasha le prometiera una existencia dorada. La mera posibilidad de imaginarse volviendo a pisar la ciudad en la que había sido explotada día tras día le provocaba un violento malestar físico. Y tampoco podía descartar a Olena Kattel: no le quedaba claro qué le había dicho Yasha a la madre de Boris para evitar que esta se lanzara en su persecución; probablemente le habría asegurado que la asesina de su hijo ya estaba muerta. Por lo mismo, mientras Olena viviera, la Costa del Sol era una zona prohibida.

Se preguntó si podría trasladarse a Madrid o a Barcelona, e inevitablemente pensó en Luis. Finalmente sacudió la cabeza, observó la silueta de la bolsa que reposaba en la mesa de centro y recordó la libreta de pastas negras que había prestado a Claudia; un estremecimiento de satisfacción recorrió su cuerpo y de inmediato supo lo que seguiría.

Aún tenía una cuenta pendiente con su pasado: publicar un libro con los relatos que había ido construyendo a lo largo de esos años. Solo de esa manera podría cerrar el ciclo y decirle adiós a Milena para siempre. Tomás le había ofrecido la posibilidad de publicarlos por entregas en *El Mundo*, asegurándole que eso los haría explosivos. Se comprometió, incluso, a explorar entre sus colegas españoles la posibilidad de reproducirlos en diarios de Madrid, Barcelona y Sevilla. Milena entendió que su vida por fin podía tener una dirección, aunque aún no conociera el puerto de llegada; decidió que simplemente navegaría como los viejos marineros, de horizonte en horizonte. Abrió la nueva libreta negra que Luis acababa de regalarle y releyó el texto que había escrito la noche anterior: *Historias del cromosoma XY*. «Ellos: Agustín Vila-Rojas». Le sentó bien; antes de darse cuenta, su cerebro comenzó a redactar una nueva historia, pero en esta ocasión, por vez primera, sintió que abordaba pasajes de una vida que ya no era la suya.

NOTA DEL AUTOR

Los vínculos de la ficción y la realidad a lo largo del texto son estrechos. El autor se ha tomado pocas libertades en beneficio de la trama que recorre esta novela. Una de ellas, sin embargo, consistió en modificar ligeramente la composición de la comunidad procedente de países exsoviéticos radicada en Marbella. Las bandas de origen ruso-ucraniano no son necesariamente las que predominan en el puerto marbellí, aunque son importantes. Un reporte periodístico en 2004 situaba a los ucranianos como dominantes en Murcia, Alicante, Huelva, Cuenca, Badajoz y el sur de Valencia. En Marbella, además de las ucranianas, participan activamente bandas de origen lituano, armenio, georgiano y rumano. Desde luego la composición es cambiante a lo largo del tiempo. Obvia decir, en palabras del personaje Yasha Boyko, que la mayoría de los residentes extranjeros en la Costa del Sol procedentes de Europa del Este son vecinos pacíficos, respetuosos de la ley.

En cuanto a la descripción de las implacables redes de esclavitud sexual, no hay libertad literaria alguna. El fenómeno se ha endurecido en los últimos años como resultado de la globalización de las redes de tráfico de personas. La tipología de clientes del comercio sexual que se describe en *Ellos* se ha alimentado de una amplia bibliografía. Destaco para consulta del interesado tres obras en particular: *The Industrial Vagina. The Political Economy of Global Sex Trade*, de Sheila Jeffreys (Routledge) y dos extraordinarias investigaciones de Victor Malarek:

The Natashas. The Horrific Inside Story of Slavery, Rape, and Murder in the Global Sex Trade (Arcade Publishing) y *The Johns. Sex For Sale and The Men Who Buy It* (Arcade Publishing).

Lydia Cacho atrajo mi atención al tema, Guillermo Zepeda Patterson me ayudó a redactarlo mejor y Camila Zepeda fue estímulo e interlocutor permanente. Alejandro Páez se echó a los hombros muchas tareas para que yo tuviera el tiempo de escribirlo. Alma Delia Murillo fue cómplice de lo que haya en mí de escritor y, más importante, me hizo feliz a lo largo de todo el proceso. A todos ellos mi agradecimiento.